# 浪迹天涯

张文龙◎著

上海文艺出版社
Shanghai Literature & Art Publishing House

**图书在版编目（CIP）数据**

浪迹天涯 / 张文龙著. -- 上海：上海文艺出版社，
2022

ISBN 978-7-5321-8508-5

Ⅰ．①浪… Ⅱ．①张… Ⅲ．①长篇小说－中国－当代
Ⅳ．①I247.5

中国版本图书馆CIP数据核字(2022)第182458号


出版策划：唐根华
责任编辑：倪　骏
封面设计：金雪斌



书　　名：浪迹天涯
作　　者：张文龙著
出　　版：上海世纪出版集团 上海文艺出版社
地　　址：上海市闵行区号景路159弄A座2楼201101
发　　行：上海文艺出版社发行中心发行
　　　　　上海市闵行区号景路159弄A座2楼206室
　　　　　201101 www.ewen.com
印　　刷：北京军迪印刷有限责任公司
开　　本：889mm×1194mm　1/16
印　　张：18
字　　数：258千字
印　　次：2022年11月第1版 2022年11月第1次印刷
ISBN：978-7-5321-8508-5/I·6709
定　　价：88.00元

# 浮云游子意

## ——长篇小说《浪迹天涯》之序

毛时安

　　烈日酷暑，在上海破历史的几十天连续四十度高温中，跟着《浪迹天涯》书里的五个主要人物，花威师范学院中文系学生钱晨、杜考瀑、朱彬、徐飞和艺术系纪闲林的足迹，走南闯北，飞渡重洋，游历了大半个地球。对于我们这代读者来说，这是一次亲切而极具代入感的阅读体验。

　　纪闲林常爱唱的那首诙谐之歌，唱出了当年年轻人渴望参军的心情的《真是乐死人》，就是我中小学经常演唱的歌曲。他们的坎坷而充满悲欢离合的人生经历，就是我们人生的倒影、镜像和回声。谁不曾和他们一样在与自己民族、国家一起前行的路上，那样挣扎过，打拼过，那样充满豪情壮志地向往过，追求过，在时代的大潮中颠簸拼搏过。对于更年轻的读者，他们可以望着自己父辈开始苍老的背影，感受一个并不遥远而渐渐远去的时代，和几乎一代人立体丰满的群像。他们是中国20世纪80年代的新游子。

　　五个人不约而同来自大学的1978级。大学1977级和1978级，是中国当代历史的一片特殊的文化景观。大浪淘沙，经过十年的沉淀，1977、1978年他们先后参加重新恢复的高考，在总数1170万多考生中，录取67.2万，不到6%录取率的竞争中，脱颖而出。在历史回黄转绿、百废待兴的重要转折点上，他们经过自己的不懈努力，改变了个人的命运，也参与变革了一个时代，成为了时代的幸运儿。但他们不甘心于时代的安排，不甘心自己按部就班的庸常人生，选择了放飞人生，放飞灵魂，在自己生命的天空上留下了不同寻常的、属于当代游子的那道很文学的——他们4个毕业于中文系，一个就读艺术系，都是属于感情浪漫丰富的人群——人生轨迹。

　　游子是中国传统文学的重要母体和形象。中国幅员辽阔山川壮美，历来学子为求功名和生机，或为抒写内心情怀，远离故土，在"读万卷书，行万里路"的过程中，寻觅、创造这自己各领风骚的诗和远方。"慈母手中线，游子身上衣"，游子的思乡和漫漫的羁旅的孤独寂寞，对"日暮乡关何处是"的飞鸟归林般的眷恋，感动着世世代代的读者。长篇小说《浪迹天涯》是这一古典文学传统当代接续和当代表达。所谓当代，就是他们飞出了国门，演绎了古代游子所想象不出的另一种生活，另一种乡愁，另一种精彩。

　　全书以同学聚会各自讲故事和听故事的叙事结构贯穿。同学聚会的氛围，赋予阅读有了一份特殊的带有沉浸式体验的亲切感。而听故事，特别是带有私人隐私的传奇故事，是一种人类自童年就有的古老的本能。在熟悉而多少年各奔东西，事实已经完全没有了利害关系的熟人、老同学面前，倾诉埋藏在内心而无法透露的人生秘密，也是在高度紧张的高节奏中生活的现代人的一种情绪的宣泄。

　　1982年6月江南水乡古镇陆镇，毕业前夕钱晨召集三男三女六个同学的告别聚餐，他们回味了自己初恋的苦涩，钱晨在人生低谷的被动爱情，使我们想到路遥小说《人生》《平凡的世界》。而梅姗芳的自保，导致并无感情纠葛的男孩被枪毙，更如噩梦纠缠着自己。云南插队的杜考瀑因为贫困，毅然关闭了爱情的大门，也探讨了今后出国的可能。他们都开启了跃跃欲试的新的人生努力。喜欢干净的徐飞想到日本发展。特别是清丽明媚婀娜多姿的将门之女朱彬，即使并不清楚人生的坐标在哪里，仍然毫不犹豫地推开国门，决计"尽快出国，闯荡一下世界"。陆镇聚餐，既是一次他们对过去人生的盘点，更是一次改变人生的起点。小说先后有五六次聚会，每次都以同学自叙的方式，成为推动着情节的发展动力。

　　闯荡世界，游子的社会角色是相似的，但推动游子离开故土的原因，其后走过的道路，各有各的不同。

　　游子们曲折传奇的人生所经历的40年，正是中国和世界经历天翻地覆变化的40年。他们的人生和他们生活的世界一样，充满了不可思议的传奇色彩。《浪迹天涯》注重生活的现实主义观察和描写。但更突出他们一路留下的传奇的人生风景。已经成为副局长的钱晨因为夫妻矛盾，和白驹婚外恋而离婚，仕途受阻，铤而走险，奔赴扶桑之国日本。在东京繁华的东京高楼间穿梭，先是搬运水箱板做"臭苦力"，接着屈辱地干起了称为"捡鲔鱼"背死人的活儿，由此干起了背假死人被媒体揭穿曝光，遣返回国。成了第一个归国的游子。杜考瀑则像当年插队那样埋头苦干，在伦敦，从电梯维修工干到物业公司总经理。在和妻子去印度泰姬陵旅游中居然发现了大批的小叶紫檀，由此改变了人生。同样去日本发展的徐飞，在东京的一次健身中，邂逅日本NNN媒体大亨佐藤先生，还研究过中国钧瓷。他们一见钟情，陷入情网，而且真的有缘千里来相逢，两人情意绵绵，有情人终成眷属，步入婚姻的殿堂。在当年终成一段中日交往的佳话。不幸的丈夫早逝，形影只单，独守闺房，空享巨富的荣华富贵。而1984年最早来到美国的纽约的朱彬，异国他乡也邂逅她的白马王子，高大英俊，金发碧眼且风流倜傥，一眼让她心动的美国男子耐克。没想到酒后吐真言，中情局特工耐克要把她拖下水，美男计败露。真是没有做不到的，只有想不到的。在父亲朱将军老部下儿子鲁庆林的帮助下，她和老同学纪闲林假扮夫妻辗转3560公里，亡命洛杉矶。天上掉下个林妹妹。朱彬意外低价收进国民党溃败时带走的10箱价值50亿美金的珠宝文物。最后有惊无险，几天内打包回国。艺术系的游子纪闲林在一连串艳遇受挫后，登临埃菲尔铁塔，抛弃浪漫，开始了对事业疯狂追求。奇迹般地发现、引进改造土壤污染的专利"绿洲毯"。一波三折，《浪迹天涯》中人物的现代游子生涯，看似比小说还小说，但我们生活中匪夷所思的种种，也确实超出了世俗和艺术的想象。从这个视角望出去，这是一个时代几乎毫不夸张的记录。诚如作者感慨的，"闯荡世界，走过南，去过北，到过东，闯过西，融入温柔而神秘的夜晚，跋涉过不计其数条诡谲莫测的道路，有平坦，也有崎岖，有甜蜜，也有苦痛，每一秒都有着故事，每一刻都有陷阱……"

感情丰沛的游子人生，被受古今中外各种文学名著艺术经典的熏陶，中文系艺术系的学子总是格外的多情善感。他们的感情生活也往往会特别的色彩斑斓。艺术系毕业的纪闲林是当年的应届生，一度毕业出任音乐学院副院长，前程似锦，没想到个性张扬，仕途受阻，闯荡美利坚。先是在纽约百老汇，与有点像英格丽·褒曼小提琴手路易斯，维持了两三年婚姻。不久在西雅图遭遇第二任妻子咖啡店老板露玛，离婚，儿子被美国外公外婆带走。小说重点描写了他和第三任妻子，"宛如天仙般婀娜"的法国人梦娜莎，在佛罗里达校园开始的像佛州阳光一样热烈的情缘。最后闹出了让他当场晕倒、天方夜谭般的结局。他提了一大堆补品，兴冲冲去巴黎看梦娜莎和自己的爱情结晶，抱出来了一个黑人婴儿！后来在推广"绿洲毯"招待酒会上，奇遇被称为"亚洲鲨鱼"奥运游泳冠军夏绢莉。作为形象代言人，一次就拿下了200万亩、4000万元的项目。在巨大财富诱惑下，夫妻矛盾激烈，再次以离婚告终。第五次，他与作家苏珊堕入情网，同居半年，赔了300万补偿费了事。读者会期待他的第六次婚姻善始善终。徐飞和佐藤的爱情几乎就是一个以童话开始的故事。清纯凄恻，情深意切，以对中国文化的共同爱好，享受着花前月下如诗如画的美好时光，可惜不假天年，佐藤肺癌的猝然离世，留下了终身抹不去的记忆。她为自己规避风险画了红线，孤守着寂寞的空房。但有幸找到了自己的生母。唯有杜瀑考和妻子，一路浪漫，享有动荡时代难得有的那样的风平浪静！高傲的朱彬，出乎所有人意料，"娶"了小男人厨师，同居不结婚！

沧桑感悟的游子人生，诚如齐秦歌中唱的那样，"外面的世界很精彩，外面的世界很无奈"。这代人经过几十年的人生奔波，特别是小说里的几个主人，殊途同归，落叶归根，先后回到了这块自己出生、成长的故土。在结束了颠沛流离的游子生涯后，先后把已经发生了深刻的历史性变化的祖国，作为自己人生的归宿。但当年他们聚会的江南古镇，陆镇自身也不再有夹河老旧的民舍，不再有"头上裹着毛巾，穿着搭花老布单衣的中年农妇，摇着橹，哼着吴越山歌，驶着一叶扁舟穿桥而过"水乡风景。周边建造了十来个大型停车场。改名欧阳枫的徐晨，经营豪华的松柏园墓地，发了大财，陆镇上有他全新打造的"鸿运楼大酒店"。小说定格在他们2017秋天鸿运楼大酒店的聚会。浮云游子意，落日故人情。生活在"起点-终点"的不断往复的循环中，走向远方，走向生命的真正终点站。生活在别处，生活更在故乡。中文系毕业的小说作者张文龙面一群对中文系出道的小说主人公，充分展现了中文专业的本色。特别是经历了几十年的人生浮沉，全书不时流露出带着沧桑的生命感悟——

逆境之中，纪闲林告诫自己："如果生活抛给你一个柠檬，你可以把它榨成汁，然后再加点糖。人生低谷时，与其怨天尤人，不如努力改变。若只顾着抱怨，那心里、眼里，皆是糟糕的事；若试着改变，那些苦里、难里，便能看到转机。"

低调的杜考瀑对朱彬说，学识的渊博不是为了征服别人，而是为了看清自己的渺小；财富的丰厚不是为了炫耀奢华，而是增加扬善的担当；地位的显赫不是为了孤芳自赏，而是为了率众前行；力量的强悍不是为了欺压弱小，而是为了自由的呼吸。一个人有了能量，不是为了满足私欲，而是为了承担更多的使命！他记住父亲对他的教诲："精华含于一般事物之中，人才藏于普通群众之中。要想发现他们，必须经过一番识别寻觅，并不是轻而易举，唾手可得的。换一个角度来看，想让更多人赏识你，最好主动走出深巷，而不是隐藏在深巷里，被动地等着别人上门挖掘。"

朱彬离开纽约不胜感慨，"人生这盏清香，是用无数的苦难、挫折、磨砺冲泡开来的，唯有如此，才可品酌到那一缕漫上心头的淡香。再见了纽约，差一点跌进你的深坑！"她回首往事，"想当初，我们去考大学，就是觉得自己还有点本事，而真正踏上了社会，闯荡世界，就会发现，我们有时候还是很渺小的。看来，要把路走稳，看来还得遵循两个字——认真。"

小说中这样的日记、自白、对白时的感悟比比皆是。

而一生自私自利算计他人的梅珊芳，聪明反被聪明误，也算是《浪迹天涯》中一面警测人心的反面的镜子。

诚如，徐飞反问自己的那样，我的人生到底是赢了?还是输了?

也许，人生本来就没有完全绝对的输家和赢家吧。就像徐飞本子上写的那样，"善良之路光明，久远。"

顺便说一下，读《浪迹天涯》，长知识，开眼界。我们随着主人公的足迹，天眼海角，时而漫步纽约百老汇大街，时而听到佛罗里达的涛声，西雅图窗外的秋色，印度小叶紫檀生长的热带丛林，甚至追随徐飞的背影进入东京皇宫的园林居室……还有许多知识、掌故扑面而来。

1980年代有一首风靡一时甚至至今还不时传唱的歌曲《年轻的朋友来相

会》，也是书中游子们聚会喜欢唱的。歌中有一句"再过二十年，我们来相会……"花威师范学院中文系和艺术系的学子，将近半个世纪"再相会"，百感交集。感谢张文龙以他笔再现了这近50年的岁月沧桑……我知道，他长期在媒体工作，为人正直，敢于直言，这也是他以小说的方式吐露的心曲。

2022.8.30

（毛时安：文艺评论家，上海交通大学人文艺术研究院客座研究员，中国文艺评论家协会原副主席。）

# 浪迹天涯

张文龙◎著

## 1

古诗云："游子马蹄难重到，故人尊酒与谁同？"句中好友难以割舍的思念之情是不难体会的。

喜欢远行的年轻人，古代称之为"游子"。上世纪"五零"左右出生的人，现如今正相继进入"古稀"。他们年轻时通常有三大没想到：一，会遇上"文革"，十年辍学，失去受教育的机会；其二，1977年末恢复高考，他们中的少数人有幸考入大学；最后，刚进大学不久就遇到了国家开始改革开放，国门终于打开。

成为"天之骄子"的他们，不知不觉度过了四年的大学生涯。当时他们总觉得自己还年轻，既然自己在学识上实力超群，那么"天生我才必有用"，就得出去闯出一片新天地，实现出人头地的梦想，于是乎躁动不已。

就像关久了的鸟，笼子一旦打开，是否能飞，就是一个很现实的问题。外面的世界是否真的精彩？是否存在着危险和陷阱？谁都不去考虑，谁都不知道。

不少人，跨洋过海，成为游子。起初，这些学子大多想尽快脱贫，迅速致富；也有试图去开阔自己的眼界，放飞自己的灵魂；个别也有实现自己远大的救国、报国之志的……总之，目的很多，多得可能连他自己都不太清楚，什么是自己的终极目标？

真的走出了国门，游子们四处观望，到处寻觅各种适合自己的机会，职业上达到了一个个阶段性目标，财富有所积累，生活相对优裕。但猛然回首，发现从上世纪八十年代开始，故国开始改革开放，随后就迅速崛起，并且不断飞跃，势不可挡。自己的一些留在国内的同龄人，或者伙伴，他们没有成为游子，但在物质、精神方面已经不同程度地追了上来，而且活得越来越精彩，有的甚至超越了远渡重洋的自己！

这就造成了游子们内心的失衡，不甘心、不满足，好胜心、自豪感……都受到了严重的打击，而游子在精神层面产生了迷茫、缺憾、失落和感悟。他们经常在拷问自己，当年自己离乡背井，冒着极大的风险在国外腾挪搏斗是否值得？

游子寂寞闻，自然动归心。一位长着西方人面孔，名字、说的话、唱的歌都具有中国特质的歌星费翔，一曲《故乡的云》，立刻风靡华人世界！它打动了多少国人的心，唱出了多少游子的心声，拨动了多少游子的心弦！

是啊，闯荡世界，走过南，去过北，到过东，闯过西，融入温柔而神秘的夜晚，跋涉不计其数条诡谲莫测的道路，有平坦，也有崎岖，有甜蜜，也有苦痛，每一秒都有着故事，每一刻都有陷阱……

所以，游子与普通人不一样，家书远寄凭游子，邸报频看念故人。有时他们看着潮水，看着浪花，看着风云变幻，看着树木应该凋零，看着应该南迁的大雁，看着看着伤心了，甚至就哭了，尤其是思念起生养自己的父母，——"慈母倚门情，游子行路苦"。对养育自己数十年的父母如何尽到孝心？一直在拷问着自己的良心和良知……真可谓百感交集！连唐代大诗人杜甫都有"游子久在外，门户无人持"之叹。当游子在外吃香喝辣、尽享西方优裕的生活，那么，年迈体弱的父母的饮食、起居有谁在照顾？他们的头疼脑热、得病治疗，遇到各种麻烦……有谁在关心呢？尤其遇到席卷世界的各种疫情，有哪个子女坚守在父母身边，为他们"遮风挡雨"、问长问短、祛灾保驾呢？如果生儿养女，到最后父母的冷暖安危都是无人问津，那这样的下场和结局，最悔恨的是父母呢？还是子女？

上述话题，正在被几个风华正茂的年轻人、行将毕业的大学生聊得起劲。生活中的他们将要面对形形色色的人、纷纷扰扰的事。人有悲欢离合，月有阴晴圆缺，凡事皆有变数，不如意的事情难免会发生。尽管都知道，调整好心态，放下心中执念，方能洒脱处事，活出自己的风采和精彩。然而，当自己真的身处世俗的洪流之中，谁能独善其身呢？

# 2

1982年6月中一天的上午，花威市西南，有一个叫陆镇的地方的河边，聚集了几个刚刚毕业，即将踏上社会的大学生。

他们大多数是历届生，不少是共和国的同龄人，又是"文革"结束以后，恢复高考最早一批的受益者。个别同学是比他们年龄小将近十岁的应届生。这是前所未有之事，都因为一场"文革"，他们被硬生生凑合在一起，就像是把耕牛和拖拉机放在一起耕地，显得有些滑稽，但这是历史造就的怪现象。

当时，社会上各行各业开始走上起死回生的建设之路，市场也开始由萧条变为重新复活。但许多计划经济下的票证还在延续使用。老百姓当时最想吃的菜肴是肉，最羡慕的交通工具是国内名牌自行车……

百废待兴，整个国家还处在浩劫后的疗伤过程中。绝大多数的老百姓还是生活在贫困之中，人心思变，庶民欲富。

国家高层顺应大势、民心，放弃以前提倡的阶级斗争，出台一系列政策，集中所有的财力和精力发展工农业，搞活市场经济，让老百姓摆脱贫穷，过上好日子，这也成为整个社会的共识。

不像现在大学生多如牛毛，"文革"刚结束的大学生，那是凤毛麟角，百里挑一。

这些大学生除个别外，就读于同一所大学的同一个班级，风华正茂，都想挥斥方遒，后来就各奔东西。每一个人路线不同，遇到的事情也不同，命运更是截然不同，但是，奋斗也好，折腾也罢，一切到底是为了什么？……

就如同这个几百年的古镇，被百公里长，十米左右宽，弯弯曲曲的潞河一分为二，沿岸黑乎乎的一二层砖木结构的楼房，没有一幢楼，一间房是相同的。那么，有没有想过，当初建房者这样的造型，到底是出于什么考虑？……

沿河房屋黑灰色的墙体上，或稀稀拉拉地挂着绿色的苔腻，显得非常古朴、神秘，上面用油漆书写的文字依稀可见，或为广告，或是"文革"时期留下的标语。

居民们晾着的各色衣服，和临水石板踏步上刷马桶的妇女，是古老的潞河边一道独特的风景线。每隔半里地，便有一座古色古香的石拱桥横跨河而建。桥上，有陆陆续续男女老少不停地走过。桥洞底下，既有"突突突"装着蔬菜、家禽、水泥、化肥等各类物资的机驳水泥船穿越而过，也有头上裹着毛巾、穿着搭花老布单衣的中年农妇，摇着橹，哼着吴越山歌，驶着一叶扁舟穿桥而过。

已经进入了江南的初夏，虽然有点热了，但花威还是美丽迷人的，到处都是生机盎然，绿荫一片。婷婷玉立的荷花开在不远处的池塘里。一股清新的晨风拂面而来，空气中弥漫着扑鼻的清香。一对对蜻蜓在空中和荷花中来回地飞舞，英姿勃发。青草和泥土的芬芳也掺和进来，闻之令人心旷神怡。在田埂上行走的各色人等脸上都漾着笑意，对未来的美好生活充满着希冀。宋代诗人杨万里曾经这样形象生动地描绘这儿夏天的美景："梅子留酸软齿牙，芭蕉分绿与窗纱。日长睡起无情思，闲看儿童捉柳花。"

时近中午，临河的一处露台上，花威师范学院中文系78级几个同学聚在这里，举行毕业后的告别聚餐。这里本来是大龄同学钱晨的外公家。解放以前，他外公在这里开过一家名叫"鸿运楼"的饭店，曾经生意兴隆，闻名遐迩，可到了"文革"就一直歇业至今。

钱晨兴高采烈地用刚刚采摘来的杨梅和西瓜，招待差不多准时来到这里的两男三女五个同学。

同班的男同学李钟景本来讲好来的，却没有来，李钟景的要好朋友，也是大家熟悉的音乐系的同届同学纪闲林，却被李钟景忽悠来了。这样也好，三男三女，凑满六个人，生态平衡，也讨到了好口彩——"六六大顺"。

纪闲林见了徐飞，首先与她握手。

钱晨问："原来你们早就认识？"

纪闲林回答："是的。她明明中文系的，却老是喜欢在我们琴房附近转悠，今天冒昧地问一下，什么原因？"

"喜欢音乐呗，"徐飞的脸微微泛红，"免费听听音乐，消遣消遣而已，别无它求。"

这个回答没有问题，大家把注意力转到了桌上。

男生杜考瀑、纪闲林，女生朱彬、徐飞、梅姗芳同学各自带来了两包熟菜，被钱晨装在盘子里，端放在八仙桌上。除了红烧肉跟红烧猪头肉稍嫌重复外，其他的冷菜竟荤素搭配得相当不错。有五香牛肉、葱油白斩鸡、白切羊肉、酱鸭、蜜汁熏鱼、四喜烤麸、苏州豆腐干、桂花糖藕等等。钱晨拿了家里的一个大玻璃瓶，去买（当地人叫"拷"）来了四斤陆镇米酒，还买了一只南京盐水鸭和一斤苔条花生。

陆镇米酒是当地的特产，甜甜的，据说只有12度酒精，如同饮料，女同学也喜欢喝。同学们坐在风光极佳、空气新鲜，乡村味浓郁的木制露台上，大家都感到非常惬意，边吃边喝边述衷肠。

已经不是什么秘密了，毕业分配完全是暗箱操作，可以罔顾每个人的学习成绩和实际能力。同班同学中，除了班长、班级的支部书记、几个有很大政治背景的同学，属于"理想分配"，或留在高校教书，或者直接进入各个市属机关工作。其余的同学基本上都分配到花威市的各所中学去当老师。这明明是大家心知肚明的结局，但多数同学的内心，都不太情愿接受这样的"命运"安排。

这在当时也是一种奇怪的社会现象——考进师范学院的大学生，大多不希望将来在中学里当一辈子教师，可见当时中学老师的社会地位之低下，生活之拮据。

朱彬为了今天的这次分手宴会，第一次烫了一头"长波浪"，而以前都是梳着"一把抓"的辫子。

徐飞见了打趣道："怎么？准备来相亲啊？"

"想到哪里去了？"朱彬笑着反问，"说实在的，这是抓住青春的尾巴，以前大家都提倡艰苦朴素。现在改革开放了，再不烫发，以后成了老太婆，就没有机会了。没有犯法吧？"

徐飞讨饶："跟你开玩笑呢。"

说实在的，那时，烫发的人很少。朱彬长得漂亮，她身上的所有线条都是那么柔顺、美丽、引人瞩目。白皙的皮肤，丹凤大眼，舞者的婀娜身材，举止端庄大气，言谈善良而机智。有了这些先天条件，她当然特别喜欢表现自己。

果然，朱彬笑嘻嘻地先开口："别打岔！还是那句老话，天下没有不散之筵席，临别之前，我看这样，既然大家同窗四年，情谊非同一般，就应该在离别之前，嗯……必须老老实实交代下面四个问题。"

杜考瀑迎合："说说看，要交代哪些问题啊？"

"第一，是怎么考进师范学院来的？第二，这次又被分到了哪里去了？第三，谈谈自己的恋爱经历。交代一下自己在学校里有没有谈过恋爱？如有，准备什么时候结婚？第四，也是最后一个问题，以后是否打算出国？出国后，想实现什么目标？"朱彬说。

钱晨苦笑道："好像有点八卦。"

"我不这样认为，"徐飞紧接着发声，"朱彬讲得有道理嘛！这些问题，现在不讲清楚，今后也可能没有机会再见面详细陈述了！大家就成了匆匆的过客，照过面的朋友，而不是寒窗四年的同学了！"

朱彬："就是！就是！所以，如果大家同意我的提议，就鼓掌通过！"

大家迟疑了一下，马上鼓起掌来。

"这样的话，钱晨啊，你得准备好晚饭了！大家说，好不好？"梅姗芳提议。

"好！"其他人一致叫好。

钱晨爽快地回应："小事一桩，没问题！"

梅姗芳说："讲话呢，尽量精短一些，避免废话。"

"尽量争取吧。"杜考瀑说，"我一直在想，我们中大多数人年龄都在奔三十了，当初为什么一定要去考大学？花四年时间读完了大学以后，到底又想去干什么？"

"是啊，是啊！"大家鼓掌表示认同。

朱彬又说："由于我们的专业关系，所以讲话介绍时，希望大家多带一些文学色彩。不能像理科生那样，讲话都是干巴巴的、直来直去。"

"作为东道主，钱晨可率先垂范！"众人嚷嚷。

钱晨说："好，我来试试。人间的路，深浅都是脚印，走过都是故事；人间的情，亲一时，疏一时，时时皆是缘；人间的缘，善一段，恶一段，段段皆注定；人间的事，明白一阵，糊涂一阵，阵阵都是因果报。"

大家都很配合，立即给予掌声。

"开讲之前，我先去拿两壶烧好的开水备用。"说罢，钱晨离开片刻。

那个年代，花威人还没有煤气，烧开水都用煤球或煤饼的炉子。

大家心里都清楚，今天来的六个同学中，钱晨在班里属于第一梯队，算是分配得最好的几个人之一，被分到气象局里。具体干什么工作，目前还不清楚，要报到后，工作一段时间之后才知道。但大家还是羡慕得不行。这也是钱晨顺应了大家的要求，之所以满腔热情发起并组织今天这场聚会的原因。这也顺应了中国人所谓的"吃大户"的传统心态。

大家先介绍了各自的去向。杜考瀑，被分在花威市一所区属的电视大学执教《大学语文》；纪闲林则被分在市中心的光培中学教音乐；徐飞是个冷艳的美女，都知道她是贵族出身，被分配在远郊一所中学教语文；美女朱彬曾被传与钱晨有过恋爱关系，也被分到郊区的橡木中学教书，以便脱离绯闻的缠绕；女生梅姗芳因为有某种心结，所以要求到一所盲人学校教书。当然这是让人看不懂的比较奇葩的选择。这属于较差的去向。但她平静地说，自己会很快辞职不干，否则自己也会变成盲人了。

"梅姗芳的这个说法很具哲理性！"见钱晨来了，徐飞笑着继续说，"现在言归正传，先请东道主钱晨同学介绍一下自己的第一次婚姻。不要遮遮掩掩哦！大家鼓掌欢迎！"

"说是给大家准备开水，其实是内心很纠结，"钱晨说，"反正与大家即将分手，不愿意给大家留下一个两面人的印象，今天豁出去了！"

朱彬揶揄："那先前是个两面人咯？"

钱晨不悦了："尖刻！听完我的叙述再作判断不迟，行不行？"

3

其实，考进大学之前，钱晨的命运真的很糟糕。

"文革"刚开始，"造反有理"、"扫四旧"的口号响彻整个中国。

钱晨的家就被红卫兵和造反派抄了。根据什么?就因为钱晨的父亲钱瑜是江南名牌——"孔雀牌"自行车厂的老板!

钱晨家原先住在花威市中心一幢三层楼的老洋房里,装有抽水马桶卫生间的二楼和三楼,分别被两对身强力壮的造反派夫妻携带了几个子女强行入住。钱晨一家五口人被挤压在没有抽水马桶的底层一个房间里。好在房间有三米多高,毕竟子女已经大了,父亲就请来木匠打造了两个二层阁用来安置三个子女。钱晨和弟弟钱易住一间,还有一间留给妹妹钱帛。从此,钱晨家开始融入平民阶层。

每天,钱晨的母亲林凡紫都要拎着木制的马桶放到门口,等待粪车来收集。可以晾衣和不能晾衣的地方都挂满了各色布幔和各种莫名其妙的东西,比如拖把、掸帚、艾蓬、破伞……

从此,这幢难民营般的老洋房的楼上楼下,天天是大哭小喊,鸡飞蛋打。龟缩在底楼厢房里的钱晨一家人绝对不敢出门劝阻。除了上班、买菜等必要的外出,钱晨一家终日躲在房间内,诚恐诚惶,不得安宁。


钱晨是六七届初中,原先在源山中学读书。由于全国都在"停课闹革命",钱晨也辍学失业,闲荡在家,身无分文。钱晨因为是老大,需要照顾父母,加上长期"心律不齐",混了个"病休青年"的身份,才没有去"插队落户"。而弟妹两个全被赶到农村、边疆去了。

钱晨当时就是真正意义上的"落难公子"、"黑五类子弟",没有人看得起的"社会青年"(当时对失业青年的称谓)。

曾经,钱晨也想去摆个摊,开个小店,但当时这是违法的。因为到处都在"割资本主义的尾巴",连卖点蔬菜、鱼虾、点心都被严格禁止。小贩的货架、秤杆和菜筐随时会被"红袖章"所没收。当时的街道上红旗招展,到处张贴着各种激进口号的横幅和标语。

造反队、红卫兵和"革命群众"川流不息。路人比较多、墙体面积比较宽广的地方,往往贴满了大字报。内容无非是揭发这个,批判那个;传播着中央文革小组的最新指示和首都红卫兵的新动向;以及粗劣的、直白的"造反有理"

的宣传漫画，比如身材魁梧的红卫兵小将用粗壮的手掌攥住几个像老鼠般"黑帮分子"的脖子，或用他们坚硬如钢的腿脚踩住这些"社会渣滓"的身体……

像钱晨这样家庭出身的人，当时自然属于"贱民"之列，只能乖乖地呆在家里。看看书，做做饭，帮助体弱多病的父母做各种家务，心里当然自卑至极！钱晨觉得自己成了社会的奴隶，甚至连奴隶都不如。奴隶至少可以参加社会劳动，为社会出力。而钱晨除了"上山下乡"，没有择业的任何机会。人落到了这种卑微的地步，还有什么尊严？此生完矣！所以，钱晨曾几次想到过自杀！

幸好是O型血，性格开朗，钱晨咬咬牙，度过了这些岁月，觉得从此就可以更坦然地面对人生沟壑，他在自己的日记里写道："生命毕竟是一个漫长的过程，每一寸时光都要自己亲历，每一杯雨露都要自己亲验。每人都有喜欢的生活，没有人是自己的全集；请选择用你的笑容去改变世界，别让世界改变了你的笑容。"

尽管整个社会还处在"大革命"的洪流之中，到处是铺天盖地的大字报和已经被风雨吹坏的各种横幅，但市民的日子还是要过的。烟火气还是照样，每天早晨六点钟以后，随着太阳冉冉升起，各家都在弄堂里生起了煤炉，整条弄堂里到处弥漫着呛人的烟雾。一些去买菜的市民拖着木屐"踢踏踢踏"地往菜场赶去。

钱晨听到街道专门收集粪便的拉车工在吆喝："拎出来噢——"

以前，他们家有一个保姆吴妈，跟了钱家二十多年，这种事都是她去干的。"文革"一开始，她被社会思潮所震慑，回农村老家去了。现如今，钱晨知道母亲林凡紫刚开过刀，正躺在床上休养。于是，他拎起藏在一块蓝色被单后面的马桶，就往门口走。

生病卧床，头发凌乱的母亲，"唰"地一下从床上蹿起身来，像一头发了疯的母狮，一把从钱晨手里夺下马桶，并且瞪起眼珠子冲他吼道："男孩子怎么可以拎马桶？！知道吗，这会一辈子没出息的！"

"可你刚开过大刀啊！"钱晨扶住她，泪水已经模糊了他的双眼。

林凡紫理都不理钱晨，一撅一拐地将马桶拎出门外。然后又进门，在门后拿了一把马桶划笇（清洗马桶的竹刷），拎了一桶清水，继续往门外走。一边走，一边告诫他："记住，即便我死了，你也不能去拎这东西！男人，一定要经得住磨难，要做栋梁，要做大事！否则，我们钱家会充满晦气，永无翻身的可能！"

母爱，就是这么的伟大！钱晨真想大哭一场，可她哪里知道，钱晨之前多次萌发过自暴自弃的想法——活着没啥意思，一了百了！……

自从被抄家后，钱晨的父亲钱瑜像是变了一个人，得了严重的神经衰落症，人瘦了将近30斤，只剩下120斤。个子也缩了5公分。他不再自尊清高，背开始有点驼，见了不管是熟人还是生人，都是低头哈腰，满脸堆笑。更要命的是，经常要呕吐，翻箱倒柜，直到吐清水。钱晨明白个中原由，只好默默忍受。他带着父亲去医院检查过，也没有查出得癌症之类。母亲请来老中医，开了几十贴中药，钱晨负责熬药，对父亲进行调理。

那时的钱晨虽然处身逆境，但内心，仍书生气十足、年少轻狂的他，也曾有过破罐子破摔、有过堕落的企图，但在感情上还是鄙视这种苟且偷生的做派。

钱晨跟父母之间的对话和情感交流也越来越少。与其说对他们很失望，不如说，钱晨对自己很失望。

上世纪七十年代初七月的一个早上，大热天。四五点钟，钱晨就睡不着了，他起床后，步行了二十多分钟，来到了附近荷花人民公社的打谷场，观摩老头老太打太极拳的景象。不曾料到，还有几个女青年也在跟着学习拳术。没有几天，跟几个女青年就混熟了。毕竟，他们都只是二十岁左右的青春男女，彼此吸引是无法抗拒的自然法则。他们在一起聊天，其中之一就是徐根娣。他们很快便打成了一片。

你一定会问，女孩子为什么要去练慢吞吞的太极拳呢？那是因为她们都是所谓的"病休青年"。徐根娣得的是肺结核病，打太极拳是为了调养身体。学习学习这种力所能及，不是激烈运动的拳术，还是比较适合"病休青年"的。否则，容易被有关方面对于你的"病休青年"身份提出质疑。

徐根娣确实长得很一般，浓眉，不太大的眼睛，肉脸，敦厚但不漂亮，衣着打扮有点土。说话，带着浓郁的乡音。但身材好，比较苗条的那种。

他们学的是"陈式太极拳"，架子比较小，体力消耗相对也少。从"起势"，经过"云手"、"揽雀尾"、"白鹤亮翅"、"双峰贯耳"……一直到"收势"，88个动作做完，一般需要花二十多分钟。然后会有十分钟的休息。这是男女青年们最期待、最愉快的时光。老人们在交流拳术和养生之道，而钱晨跟徐根娣则通过十分钟交谈，逐渐了解了彼此。

随后，便进行《24式简化太极拳》的操练。拳打完，太阳高照，男女青年们也随老人们一齐散去。

徐根娣家，是正宗的"红五类"。父母都是工人，徐根娣的三个姐妹也都是纺织女工。一个值得钱晨羡慕的纯粹的工人阶级"红色家庭"。

徐根娣似乎对钱晨的"黑五类子弟"的身份并不在乎，她说，胎儿是无辜的，他们哪里会知道自己住在谁的子宫里?又哪里会知道自己的未来?如果知道自己一出生就会成为"黑五类子弟"，他(她)肯定会咬断脐带，宁愿自杀在母亲的肚子里!

这种说法很怪异，很搞笑，但逻辑性很强，很有说服力。钱晨在感动之余，当然投桃报李，将家里那些没有抄走的、好多当时称之为"大毒草"的世界名著，譬如《安娜卡列尼娜》《悲惨世界》《简·爱》《高老头》等放在黑布包里，陆续地借给她看。

这些书的思想深邃和艺术效果是毋庸置疑的，尤其在当时的"文革"年代。他俩很快就谈得很投机。想到在狂飙时代，居然有一个三代工人阶级出身的"红五类"姑娘看上自己，钱晨就特别感动，觉得自己攀上了高枝。

他俩很快就好上了。一定意义上，钱晨也是黄连树下唱戏本——苦中作乐，在寻找到心灵刺激和平衡的事物。一天天的接触和交谈，如同一股暖流充溢两个年轻人的心灵。初恋永远是刻骨铭心的。尽管事情已经过去了好多年，钱晨觉得还是历历在目。

难以想象，倒是徐根娣先主动提出要跟钱晨谈恋爱。有一天，徐根娣悄悄问钱晨："你为什么不邀请我去看电影呢?"

钱晨怯懦地回答："不敢。"

"为什么呢?"

"我是'黑五类子弟',而你是'红五类子弟'。我们之间有天壤之别……"

"还有吗?"

"当然有!首先我还没有工作,没有房子,也没有钱……总之,是一无所有。"

她喃喃地对钱晨说:"你不是说过,只要有我存在,一切就够了吗?"

"那是说着玩的……"钱晨不敢正视她。

那个年代,至少有一半以上姑娘永远不会懂,正经的男人一般都比较理性,他一旦要动感情,首先想到的是自己有没有养家糊口的经济能力;更何况,当时钱晨的处境极其卑微。而女人一般都是感情动物,她们一旦感情迸发,往往会不顾一切地表达出来。

果然,她从兜里掏出两枚银制的梅花鹿像章,成色有点发黑。她告诉我,这是祖上传下来的东西。这款像章尽管显得有些陈旧,但做得很精致,又很特别,一枚头像是阳铸的。另一枚头像是阴铸的,合在一起是一枚像章,分开又是两枚。徐根娣拿阴铸的那枚给了钱晨,自己留下了阳铸的那款。她的用意是十分清楚的,只有傻瓜才会搞不清楚。

就在钱晨激动地欣赏信物之时,徐根娣猛地抱住钱晨,也顾不上多想,捧起钱晨的脸一阵狂吻……

所以,正如坊间所传,真正恋爱起来,女性的胆量往往是在男人之上。说句真心话,钱晨对于这段突如其来的感情并没有真心地投入,因为除了家庭出身,当时他觉得自己还没有一点点经济基础,内心很虚,在现实世界中,总有一种画饼充饥的感觉。

于是,他用力将徐根娣推开了,扭头就疾步逃离。

徐根娣一脸的无奈和失落,豆大的热泪唰唰地滚落下来……

回家路上,钱晨在想:这种逆境中的爱情是否真实?如果仅仅出于怜悯,那么这种情愫到底能够维持多长的时间?

时间和青春很宝贵,别在不值得的人和事上浪费。与其埋怨怀才不遇、感慨时运不济,倒不如行动起来,开始自我管理、学会投资人生。想一千次,不如行动一次。唯有努力,不负光阴!从茫茫宇宙的角度看,我们每一个人的确都是无依无靠的孤儿,偶然地来到世上,又必然地离去。正是因为这种根本性的孤独境遇,才有了爱的价值,爱的理由。人人都是孤儿,所以人人都渴望有人爱,都想要有人疼。

但是,走错一步,一定会付出沉重的代价!

没有去上山下乡,也没有读书和工作的机会,这样的日子总是难熬的。钱晨不知道自己的出路在哪里?

有一天傍晚,钱晨作好了晚餐等到了父母下班回家,一家人围着桌子默默地吃饭。桌上,妈妈一共做了两道菜一个汤,分别是炒青菜,大葱萝卜,咸菜毛豆。由于家里的肉票已经用完,所以桌上没有荤菜。

父亲钱瑜吃了两口,终于便放下筷子,打破沉默,愧疚地说:"儿子,你也二十几岁了,如果没有文革,你应该大学毕业,分配工作,然后寻找女朋友。可是因为我们的关系,造成你'家庭出身不好',至今还没有工作,也不能够谈恋爱。爸爸对不起你啊!"说毕,竟潸然泪下。

母亲林凡紫眼圈也红了,哽咽说道:"我们老了,曾经做过人,出人头地过,也就罢了,可你一张白纸,还没做过人呢,啥时能够熬出头呢?"

钱晨听了自然是五内俱焚,却强作微笑:"爸妈,我没事,吃饭吧,我总会有出头之日。"

可悲的是,连他自己都不相信,刚才说过的这句话。


一年之后总算是传来了一个好消息,浮山街道团委书记李发元组织本街道病休青年下工厂劳动锻炼。当时钱晨和他的小伙伴们以为,这是他们马上会有职业的曙光。而他们要去劳动的地方,恰恰是钱晨父亲在公私合营前当老板的"孔雀自行车厂"。

结果,白白工作了两年时间,一分钱没有拿到,反而贴出去不少钱用于乘坐公交和伙食。对于钱晨来说，更具讽刺意味，在自己父亲开的厂里无偿打工，每天却要自掏腰包乘车和去食堂用餐。其实厂里是发补贴给街道团委的，不过，都被李发元带着几个团委的姑娘私分掉了。

但钱晨他们几乎毫无怨言，为的是将来能够在"大工矿"（当时对大型国企的统称）"孔雀自行车厂"里留下来，钱晨想："如果能进入国企，此生足矣！"

这是他当时的人生目标和理想。

钱晨多病的父母为儿子能去"孔雀自行车厂"有点高兴，老两口嘱咐钱晨好好干。

对于钱晨来说，学工劳动还是有收获的，至少可以使他每天都可以看到自己的女友——徐根娣。

上班路上，他们几乎每一次都是约好了一起走。

在钱晨眼里，她不算苗条，但较丰满、健康。此时的钱晨作为"落难公子"，看到边上有个姑娘，哪怕再普通，感觉上就如同看到了仙女下凡。

而徐根娣似乎也非常喜欢他的存在，有一天她对他袒露心迹，轻轻地说："你走在我身旁，我很放心，也很开心！"

钱晨听了，当然心跳加速。他想，原来当"贱民"也会遇到知音，也会得到异性朋友的欣赏，在那个特殊的年代，他没有理由拒绝这样的"艳遇"。

到了厂里，他俩待遇的差异立现：钱晨被安排在空气严重被污染、漆味呛鼻的喷漆车间干活，因为他是"黑七类子弟"。而属于"红五类子女"的徐根娣则被安排在比较干净、活儿比较轻松的包装车间工作。

每天，钱晨都要将需要油漆的车架挂在流水线的传送带上，它们在一个个沸腾的装满化学药水或油漆的池子里浸泡、沥干，去做除锈、防腐、上底漆、喷漆、抛光的处理。然后，不断地将处理好的零部件从传送架上卸下，整齐地堆放在货运车上。这个车间的工人每天上班期间都能免费喝到一瓶新鲜牛奶，另外还能获得一笔额外的保健营养奖金。然而，和钱晨同来的病休青年们，在油漆车间里同样干活的"学徒"，白干不算，连喝上一口牛奶，吃上一口营养菜肴的资格都没有。他们为了以后能获得所谓的"择业机会"，也只能默默忍受。

钱晨和徐根娣的爱情竟是在这种艰难的处境下萌发了。工作间隙，他们只要一有机会，就呆在一起悄悄地上下班。像在从事地下工作。他们一起谈毛选，一起谈历史。但说实话，绝大部分时间都是钱晨在唠叨。那时他们还不会谈情说爱。

即便旁边无人，他俩手牵着手都会脸涨得通红。哪里像现在的小青年，动不动就接吻拥抱。

深秋到了。下班时，已经临近夜幕降临，寒风阵阵，所有的树木开始索索发抖。街道上铺满了金黄色的梧桐树的落叶，走在上面，会有窸窸窣窣的声响。人们为什么会喜欢秋天？是因为秋天不足够温暖，不足够炎热，不足够寒冷。与异性拥抱时，刚好足够感知对方的温度。徐根娣正在这么胡思乱想的时候，一个趔趄，差点跌倒。钱晨赶紧拉住了她的手。她将了将自己的头发，拉住了钱晨本想缩回去的手。

钱晨脸红了，紧张地说："别让人看见！"

"哪里像爷们说的话？"徐根娣笑笑，"怕什么呀？我们又没做违法乱纪的事！"

当时的钱晨，全身在发颤，与其说是兴奋，不如说是害怕，因为，钱晨觉得自己是社会上的贱民，根本没有恋爱的权利！而且，这一切是否来得太突然了？

他们手拉着手，行走在铺满梧桐树落叶的马路上。她的脸上漾着幸福的笑意，而钱晨的脸上呈现的是尴尬和害羞。

在"孔雀自行车厂"的劳动实习终于结束。李发元因为贪污了学工青年们几万元的劳动津贴，被街道革委会免职，差点被送进监狱。而学工的病休青年们等于白干了两年，也没有等到被大工矿企业招收为职工的好日子，只好又回家去待业了。

1974年起，随着全国知青问题的解冻，市里下了文件，这些"病休青年"终于有了出路，被分配进了街道生产组。每天的工资只有七毛钱，一个月的薪水不到20块。当时，正规的工矿企业的月薪都在36块以上。而"病休青年"们的工资不到国企工人工资的三分之二。至于工矿企业的职工享受的各种福利待遇，生产组职工都是没有的。可见，"病休青年"们确实是社会上地位和档次最低的那类公民。

钱晨分在里弄玩具组，专门做外贸出口的玩具小钢琴，床边柜那么大小，用五六种颜色喷漆。有十几个键，敲击起来，叮叮当当，声音清脆。据说，颇受欧美小孩子喜欢。而徐根娣则被分在服装组，专门做外贸的胸罩，也是出口到欧美的商品。

钱晨所在的玩具组设在一座以前只闻木鱼敲击声和铜钟撞击声，从未有西洋乐器敢进入的寺庙内，多少有些滑稽。"文革"中，这里被"扫四旧"，菩萨、弥勒等泥塑雕像大多被砸得稀巴烂，后来变成街道革委会堆放杂物的仓库。现在转变成钢琴的生产车间，到处散发着浓烈的油漆味道，原来的香烛味已经荡然无存。每天，钱晨和跟一帮病休青年在"大雄宝殿"里残存的大佛的眼皮底下，叮叮当当地干活，不知这些大佛听到这些西洋音乐作何感想？

一天工作八小时。妇女们一边干着活，一边聊着自己家里的那些鸡毛蒜皮的琐事，乐此而不疲。中午，大家都会拿出各自带来的、经过组里的大灶统一蒸煮的饭菜用餐。阿姨妈妈之间每次都会将自己带来的菜肴进行互相调剂，这样可以增加营养的摄入面。大家在嘻嘻哈哈的气氛中，快速地完成了咀嚼任务。

下午干了一会儿活后，像是被孙悟空施放了瞌睡虫一样，大娘大妈们开始打起哈欠，渐渐困顿起来，于是，有的性格外向、大大咧咧的老阿姨为了给大家解困，会说一些荤段子，往往会引发大家的哄堂大笑，很有解困的"疗效"。

大笑过后，正在巡察的生产组组长李阿姨往往会踏进"大雄宝殿"进行呵斥："忘了？这里还有未婚男青年呢！看你们，一个个狗嘴里吐不出象牙来！再说，在神仙的眼皮底下说这种下作的荤段子，就不怕回家路上被雷劈死吗？"

说荤段子的妇女一听吓坏了，吐了吐舌头说道："罪过！罪过！再不敢造次了！"

就在这个当口，大殿梁上的一只老鼠突然失足跌落下来，摔得头破血流。

让在场所有人都吓坏了。

李阿姨铁青着脸说道："看到吗?这是老天爷给你们的严重警告！"说罢，拿了一张旧报纸，看了看上面没有政治人物的图像，将摔死的老鼠包了离去。

于是，这些妇女马上收敛，她们改弦易辙，在沉静片刻后，开始哼唱起那个时代的流行歌曲来，比如："月亮在白莲花般的云朵里穿行，晚风吹来一阵阵欢乐的歌声，我们坐在高高的谷堆旁边，听妈妈讲那过去的事情……"演唱的水平实在不敢恭维，有时还会荒腔走板。一唱完，老阿姨之间又开始了出格的调侃声和最低俗的辱骂声，而且不绝于耳，好像把刚才发生的事情忘记了。

进了生产组，钱晨和徐根娣都有了一点点可怜的薪水。这点钱，只要不乱花，对付一个人的生活，没有什么问题。他俩开始增加接触，抓住每天下班，星期天的一切机会。只要有空，就要会面。反正住得只差一站路，距离也不太远。

他俩经常寻找幽暗、僻静的地方，接吻拥抱。终于，有一天，徐根娣将钱晨带到家里，正好家里没人，他俩一激动偷吃了禁果……

徐根娣的肚子开始孕育下一代，他俩就考虑结婚事宜。这件事，遭到了徐根娣的父母兄弟几乎一致的反对。反对的理由是：一个"红五类"干嘛"屈尊"去嫁给一个"黑五类子弟"呢?再说，嫁的还是个穷光蛋！

徐根娣的可爱就在于她的坚持和执着，最后，他俩还是结了婚。

而钱晨的父母从小教育小孩，婚姻必须"门当户对"。但到了革命浪潮席卷九州的此时，他俩也不敢再提这个原则了。钱晨的家已沦为"贱民"，还有什么底气提"门当户对"的要求?父母对于钱晨的人生选择只能表示支持。

钱晨的结婚是简陋的。由于家里抄过家，金银细软、一切值钱的东西都被掠夺一空，钱晨的父母拿不出钱去附近饭店帮他俩办婚礼。父母只能借了一块大帆布，在家旁边的弄堂里搭了一个帐篷，请来擅长烹调的亲戚当大厨，在帐篷下摆了几个大煤炉，几口大锅，设了四五桌简单的酒宴，就算举办过了婚礼。因为"文革"还没有结束，大家都显得十分低调。

当时，钱晨家的大部分房屋，包括卫生间还被几个造反派占据，而多病缠身的父母还没有从"文革"的梦魇中苏醒，所以，他们没敢去要回房产。钱晨跟徐根娣只能住在父母家里前几年临时搭建的"二层阁"里。

钱晨的"房间"，比火车的二层卧铺稍高些，有一米三十高，面积十二平米。只能睡地铺，节约了一笔买床的钱。钱晨的洞房里容不下大衣柜，只有五斗橱，不过，由于天花板过低，上面的镜子拆掉了。五斗橱的台面上留下的高度，刚好塞几个水杯。每次钻进房间，钱晨和徐根娣就得像地道战时期的游击队员，弓着腰行走。开始时，觉得很好玩，时间一长，充溢钱晨和徐根娣胸间的是苦涩和悲哀。徐根娣觉得最难堪的是往马桶或是痰盂里大小便，尤其在夜深人静之时，那必然会产生一定力度的声响，虽没有冲锋号那样嘹亮，但其响亮的程度也足以惊醒所有的家人，非常难听，让人顿觉脸红。

徐根娣居然能够接受这段姻缘，也让钱晨叹服，钱晨问她："这样的房间，实在委屈你了！"

"嫁鸡随鸡，嫁狗随狗。谁让我嫁给你呢？"徐根娣叹口气说，"只是……将来我们的孩子生出来，不要吓得不敢长高了！"

"这话非常幽默！倒也是个问题……"钱晨点点头，喃喃地附和道。


是的，人最难的状态是安定，人最可贵的是从容。尘世喧嚣，安定，是架在河上的一座桥；从容，是看着河下湍急的河水，微笑着从桥上走过，不管桥下是深渊，还是壕沟，都能淡定地走过。正如张爱玲所说："因为爱过，所以慈悲；因为懂得，所以宽容。"此时的徐根娣，心态很好，——小夫妻生活条件确实差了点，但更多的是新婚带来的愉悦。

钱晨宽慰徐根娣说："我们不能丈量岁月的长短，但可以调控心情的冷暖。路再长，只要出发，总有一天会到达；心若暖，岁月再薄凉，也不会觉得冷。岁月里，知足就是幸福，开心就是收获。不用奢求太多，惟愿时光不老，你我安好！"

钱晨当时的人生目标就是一个字："混"，混到哪里是哪里。

徐根娣点点头，表示同意。由于收入过低，徐根娣也没有养育子女的信心，他俩商量后，决定将胎儿流产。此后，徐根娣也没有好好休息，就去上班，已经有了家了嘛，收入很重要。

两人每天弓着腰，在自己的"二层阁"里穿行。稍有不慎，就会撞痛额角和脑袋。尽管穷困，住在如此简陋的"房间"里，他俩还是过得很开心。毕竟，这儿用不着付房租，这是小两口自由、幸福的新天地。唯一要当心的是，由于睡的是地铺，他俩"亲密"起来，动静不能太响，否则丢人现眼，还会影响父母的休息。但这样，两人都感到不能尽兴，非常无奈。

另一间，同样大小，是留给钱晨的两个弟妹探亲回家时住的。底下是父母的房间，只有一米七十高。为了能够搭建这两间"二层阁"，父母只得忍痛将两米高的红木大橱的顶部拱起四十公分高的一截的木雕装饰——"牡丹图"拆除扔了。这些现在视为文物，或至少可作为工艺品的东西，在当时都被当作"封资修"的器物，一概属于横扫之列的垃圾。

两口子每月总共四十几元的收入，节约点用，也可以勉强对付。但要抚养下一代，的确有些拮据。徐根娣的母亲，也就是钱晨的丈母娘，每次见了徐根娣总会叹口气，担忧地说道："我看你们以后的日子怎么过喔？"

人算不如天算，这种情况终于迎来了根本性的改变，1976年10月6日，祸国殃民的"四人帮"被抓，压在钱晨和中国所有老百姓心上沉重的石块终于被推了下来。更令人欣喜的是，1977年刚刚复出的小平先生主持召开科学和教育工作座谈会，作出了在当年恢复高考的决定。同年的10月21日，中国国务院正式向全世界宣布从当年12月起，全国立即恢复高考。

机会终于来了！但距离考试的日子只有一个半月左右的准备时间，但是它却激励了成千上万的人重新拿起书本，加入到求学大军中去。钱晨得知这个消息后，内心像头体力特棒的小鹿，狂跳了起来，他跃跃欲试。

钱晨告诫自己："不能再这样'混'下去了，好像前面有一片新天地，我得去尝试一下！"

钱晨立即把自己要去参加高考的决定告诉了徐根娣，当场得到她的支持和鼓励。试想，谁不愿意摆脱困境，追求幸福呢？

但听说全国居然有570多万人报名参加考试，而录取率只有二十分之一。绝对需要破釜沉舟了！

钱晨当即向"大雄宝殿"里的生产组组长请了假，21块钱的月薪也不要了。为的是能够尽快摆脱街道生产组的"桎梏"。

至于考什么，钱晨一无所知。67届的钱晨，其实仅读了两年的初中，数学只学到二元二次方程式。至于对数啦、解析几何啦、三角函数啦……都未学过，一窍不通。见到初三和高中的数学题，简直是如看天书。但是"翻身求解放"的强烈愿望和徐根娣的勉励，给钱晨带来了强大的动力和毅力，促使钱晨每天到市的图书馆去复习迎考。实在不懂的，钱晨记下来四处讨教。幸好有九年自学的底子，钱晨的文科知识比较扎实，所以较少花时间去重温文科。钱晨把主要的精力放在攻克数学的难关上。记得有一次为了解一道数学难题，钱晨骑了一个多小时的自行车赶到偏僻的农村的一位徐白松老师的家里，快到目的地时，要穿过一个独木桥。钱晨为了赶时间，直接骑上桥面，结果一个趔趄摔到河里，幸亏会游泳，才没有出大事。他是像落汤鸡一样到达徐老师家里。徐老师很感动，除了提供一套合适的衣服给他更换，还花了几个小时帮助他搞懂数学原理，教他解题的方法。那天，钱晨回到家里已是凌晨两点。

备考的那些天，钱晨白天还要上班教书，每天基本上只睡三四个小时，硬是把初三和整个高中所有的数学知识攻了下来。

钱晨凭着自己扎实的基础知识和复习"文革"前的高考考卷，高考结束，钱晨各门功课的考分均在八九十分以上，数学居然考了97分。总分远远高于江南名校——虎山大学的录取分数线。不久，钱晨便收到了去虎山大学体检的通知书。当时的心情非常兴奋，至少知道了自己的考分已经在虎山大学的及格线之上。体检结束，被校方要求当场填写政审表格。钱晨如实将自己的家庭出身、社会关系进行了填写。哪里料到，当时"四人帮"粉碎才不久，极左的观念还未被清除。而钱晨恰恰报考的是对于家庭出身要查三代的外交政治专业。于是，钱晨的第一志愿泡了汤！高考发榜日过去好多天，钱晨都未等到录取通知书。虎大与钱晨擦肩而过！

其实，当时心气颇高的钱晨，第二第三志愿填的都是虎山大学（中文系和哲学系）。由于第一志愿政审未通过的耽搁，竟造成了后面两个志愿也被无视，这让他非常沮丧。

但是，钱晨没有气馁。冷静下来之后，他想，"文革"中曾受过那么多的磨难和委屈，自己都笑对人生、豁达度过。第一次高考受挫又算得了什么？于是，钱晨还是努力复习，几个月后，又参加了第二次高考。这次，钱晨算是接受了上次高考的教训，放低要求，报考的是花威师范学院中文系。这是为了争取成功率。

这样，钱晨就非常轻松地跨过分数线，拿到了录取通知书。对此，钱晨的父母当然非常高兴，儿子的前途有了好转，他们的身体也好了许多。

钱晨当即把这个喜讯告诉了自己的妻子徐根娣。但徐根娣的反应十分冷淡，她说："有什么值得高兴的，考进大学，见到的都是有文化的女人，说不定将来你的魂被哪个妖精钩了去，也未可知？"

女人就是这么奇怪的动物，——她们有时一吐为快、不经意间说的某句赌气的话，有时竟会成为一句谶语！而最不可理喻的是，她们从不掂量说出这句话会不会对自己带来多大的伤害！有时简直是打开了一个要命的潘多拉魔盒！

1978年7月20日，通过"文革"后的第二次高考，钱晨终于考进了花威师范学院，实现了自己考入大学的梦想，此时的钱晨已经28岁。他发誓，一定要发奋读书，将来成为一个政治教师或者政府官员　（当时还不流行"公务员"这个名称）。

花威师范学院坐落在远郊，开学前一天，父亲钱瑜和妻子陪着钱晨去报到。乘了两个小时的长途车。九月，灿烂的阳光充满着喜庆的味道，秋日的田野荡漾着丰收的微笑。秋天褪去了盛装，渲染着金黄；秋天冷落了季节，却带来了清爽；秋天疏远了蓝天，却拉近了心的距离；秋意来，暑意去，四季轮回，眼前的秋色实在漂亮。

一路上，父亲钱瑜跟媳妇有说有笑，他老人家全然没有了以前病病殃殃的样子。于是，钱晨明白了一个道理，自己考入大学对于父亲的意义。什么是养生?养生，让"曾经的病"好转康复，让"未知的病"不再发展，让"已经的病"不断自愈，让"未病"没有产生的机会，让"小毛小病"扼杀在萌芽状态。养生就是真正意义上的提高人体免疫力，启动自愈能力，用自身健康的细胞去抵抗和修复受损的细胞，保持身体健康平衡状态。更加重要的是作为儿女，做好自己，不断用自己事业上取得的各种成绩回报给父母，让父母感到自豪和安慰，这是一种真正意义上的对父母的孝敬! 是最好的养生!

钱瑜和媳妇谈得起劲，而钱晨却沉默寡言，他在思考以后的人生道路如何走。

"钱晨，"徐根娣问，"爸爸在，你怎么不说话了?"

钱晨回答："马上去一个新的环境，我在思考进大学以后的路该怎么走?"

父亲今天心情好，他说："生活是自己的，你选择怎样的生活，就会成就怎样的你。与其抱怨这个世界不美好，不如用自己的努力，争取更多的美好和幸运。低头不是认输，是要看清自己的路，仰头不是骄傲，是看见自己的天空。"

徐根娣赞叹："爸爸讲得真好!"

钱瑜接着说下去："人这一生，幸福与否，心态很重要。如果你怨天尤人，常做无意义的比较，只会觉得生活越过越糟。不妨学着跟自己比，只要今天的你比昨天好，现在的生活比以往好，就已经是一种进步。晨晨，记住了?"

钱晨认真地说："我记住了。"

终于来到学校。一些先来的同学敲锣打鼓，欢迎新生们前来报到。缴完学杂费后，钱晨和其他同学拎着大包小包，来到了学生宿舍。这个学生寝室已经有将近10年没有住人了。地上的灰尘至少有2公分厚，遍地是破皮鞋、破草席、破箱子、破袜子、锈迹斑斑的饼干听、旧书报、烟盒、烟蒂……里面至少有三代的老鼠、蚊子、苍蝇、蟑螂、蛾蝶、蜘蛛、虱子、蚂蚁……在这里居住、繁衍和互相斗殴。

到了儿子将要住宿四年的学生宿舍，父亲钱瑜好像百病全无，跟着徐根娣一起帮钱晨打扫床铺和房间。只有一个同学在场，他也投入了打扫工作。

父亲、徐根娣和钱晨捋起袖子，拿着脸盆，从盥洗室里端来水撒满地，将所有的垃圾和各种小虫统统逐出寝室，倒入附近的垃圾桶。父亲今天的表现像个强壮的中年男子，钱晨感悟到，父母对子女的爱是不附加任何条件的，很单纯，很原始，很真挚。他们只是希望儿女们过的更好一些。即便是过的不好了，他们也会不离不弃，爱始终如一！想到这里，他激动地流下了热泪。

妻子细心，看出来了，问钱晨："你怎么哭了？"

"没有哭，是汗水。"钱晨狡辩。

推开窗户，钱晨来了一个极目远眺，原来学校的围墙外都是农田，有好多的牛羊在田野上啃草和嬉戏。一条条田埂交错其间。远处还有一条公路，有货运卡车和拖拉机不断开过。

等到打扫干净，大家已经汗流浃背。钱晨热得最后几乎赤膊。但心里充满了快乐。

打扫完毕，父亲帮钱晨放好了各种生活用品，竖好了蚊帐。徐根娣则帮钱晨铺好了床铺。

同寝室的同学陆陆续续赶到。大家纷纷打开自己的行李，整理自己的床铺。

钱晨带着家人一起到外面的小饭店用晚餐。那时候的小饭店要收粮票，菜没有几道。用餐结束后，父亲和妻子乘公交车回家，钱晨目送他们走。一直等汽车开远了，才扭头赶回学校。

早晨醒来，钱晨推开寝室的窗，迎来九月进校后的第一缕晨曦，让第一缕秋风涌进了陋室，看着早起的同学沿着校内的林荫大道慢跑着奔向远方，望着源源不断逝去的师生们背影，他在想：有些人笑在慢跑的开始，有些人却赢在慢跑的最终，望着消失在地平线远方的道路，人生就是一场马拉松，其实是没有终点，只有拥有健康的体魄，顽强的意志和持有快乐心的人才能跑得更远……

进大学以后，钱晨为了把"文革"中蹉跎的岁月夺回来，每天都要在阶梯教室中自修到深夜，除了预习专业课程，还要广泛涉猎中外政治和哲学著作。当然，也看了一些供消遣的小说。

你想知道钱晨读的是那些书?这也不必隐瞒，他看的除了俄国陀思妥耶夫斯基的《白痴》、法国巴尔扎克的《高老头》以及故国半文半白的小说《金瓶梅》等。

为了不加重家里的经济负担，四年住校学习过程中，钱晨没有去买过任何营养品和宵夜之类，唯一陪伴他的是一个银色的保暖杯，里面放的是已经泡了N遍的绿茶或红茶。

新婚燕尔的钱晨，跟半数同学一样，每周仅在周末回家一次，时间不超过24小时。学校规定，星期天晚上，必须在8点前赶回学校。在校四年，钱晨严守校纪，从未迟到缺课。所以，他各门功课均为优良。他发誓，一定要活出个人样来!另外一个原因，也实话实说，与徐根娣之间的思想交流显得十分苍白，甚至觉得共同语言越来越少。

从理智上讲，钱晨明明也知道，任何事情如果想得太明白，不见得是一件好事。太过聪明，反而是一种负担。古话说："水至清则无鱼，人至察则无徒。"人要是太过精明的话，就再也找不到朋友了。这种推理也可以扩大到考量自己的婚姻。真正的智者，往往更懂糊涂的真谛。什么是糊涂?孔子的中庸是糊涂;老子的无为是糊涂;庄子的逍遥是糊涂;墨子的非攻亦是糊涂;郑板桥的难得糊涂也是糊涂。人生在世，活得糊涂些，过得简单点，是一种大福气。然而，要真正做到糊涂些，非常不容易。

有一个星期六的晚上，他们同枕共眠后，钱晨问徐根娣："想不想听听我在学校里上些什么课?"

"……"徐根娣未置可否。

于是钱晨继续说下去："有《中国古典文学精选》《汉语语法概论》《马克思主义哲学》《马克思主义政治经济学概论》《科学社会主义概论》《国际共产主义运动史》《中国政治思想史》《中国美学史》《法学概论》《逻辑学》《教育心理学》《思想政治教育史》等。"

没等钱晨讲完，徐根娣已经"呼噜、呼噜"鼾声渐起，睡着了。钱晨很扫兴，望着低矮的天花板发呆。到现在，钱晨才明白，夫妻之间，仅仅有性，是远远不够的！

后来，钱晨又试过几次，结局也差不多，搞得十分无趣，这就是文化的差异，与徐根娣的思想交流也少得可怜。其实，她也没有什么可以拿来跟钱晨交流。就如同百万富翁到了原始部落，你就会发现，带再多的钱去也是白搭，土著拿不出多少东西可以跟你交易。顿时，钱晨的自尊心受到了相当厉害的损害。

清楚了吧，这也是钱晨严守校纪的潜在原因，钱晨不想长久呆在家里，居住在环境和思想空间双重受到压抑的地方。钱晨觉得，以后，只要自己走得正，站得直，不需要在乎别人怎么说，千人，千种说法，万人，万个看法。只需做好自己，问心无愧，坦坦荡荡，流言不攻自破。别为那些无关紧要的人，劳心伤神，做好自己，保持沉默，懂你的人，不需要解释，不懂你的人，没必要解释。有本事的人不需张扬，有能力的人无需夸奖，低调做人，高调做事，使得自己一生心中坦荡。因此，不要怨天尤人，改变才是出路。所有人共享着同一段岁月，却在不同的选择中分道扬镳。静下心来，找回自己。脚步向前，境界向上，自己才会有希望。

校园的风光当然无限好，除了学术气氛浓郁，你还可以在校园的林荫大道、操场、食堂、自修教室、图书馆、小卖部……各处都可以看到不少漂亮时尚、温文尔雅、气质非凡、大家闺秀般的女孩子。这是当时，在大学以外，很难见到的如此集中的一道靓丽而独特的风景线。

也不能说，钱晨一定跟其他男人一样，喜新厌旧。但由于时代的局限，对原来婚姻隐隐的懊悔总是有的，尤其是之前徐根娣说过那句谶语后，钱晨心里的"花花肠子"有时会萌动起来。毕竟钱晨还年轻，他越来越强烈地感受到，以前青春时期的他，对于自己的价值评估发生了严重的偏差！他觉得对于自身的价值过去往往把握不准。这就像一个拥有古董的庶民，由于不懂古董级花瓶的价值，就将古董它胡乱处置，甚至将它用作泡菜罐，甚而至于将它当作尿壶来使用。

钱晨开始觉得，当时对自己人生道路的选择明显做得太匆忙和太鲁莽了。

说穿了，就是过早地将自己贱卖了。真的，徐根娣其实跟自己并不般配，钱晨跟她之间文化差异过大，因而十分缺少共同的语言……

钱晨承认，藏在他内心深处的懊悔确实是存在的，"我真傻！我太幼稚！"的自嘲，经常蹿入脑海。当然，钱晨所有的烦恼，还没有到"问君能有几多愁，恰似一江春水向东流"的地步……

他的铁杆发小应众远在了解了钱晨的悔恨后，规劝道：古人留下的"五副后悔药"——富不俭用贫时悔，艺不少学过时悔，见识不学用时悔，醉发狂言醒时悔，安不将息病时悔。但这恐怕也难以概全。其实，也不必后悔。记住，爱是生命中最重要的成分！爱可以成就世间最强壮的气场，你有多大的精神空间，宇宙给你的气场就会有多大！一个心怀慈悲，胸中装的人越多，他的能量场就会越大！走好自己以后的路，还是可以再创辉煌的！

但，这些劝导，钱晨并没有听进心里。


他似乎明白了一个道理——人生的目标，原来会随着境遇的改变而改变！

这种认识居然还来源于自己在高考复习的时候看过的哲学书籍上的一条"颠扑不破的真理"——存在决定意识！

这就导致有一天，钱晨背着书包去阶梯教室自修，在学校林荫大道上走着走着，前面有一个长相相当优雅的女子引起了钱晨的注意。她皮肤很白，剪着齐耳短发，发尖都往里卷，我猜肯定用发钳夹过。她的身材非常苗条、挺拔。上身一件米色的风衣，脚上穿着一双白色的皮鞋，背影显得非常漂亮和高雅。这身打扮在当时刚刚复课的校园里，还是显得相当扎眼。在钱晨眼里，她俨然像个女神，她是谁呢？非常想看到她的真容，但又不敢跑到她的前面去回眸。

突然，她一个拐弯，走入了物理系教学楼的大门，估计是物理系的。钱晨看清了她清秀的侧面。但倏忽，她又不见了，非常遗憾。

进了阶梯教室，钱晨拿出了书——黑格尔的《小逻辑》，但是，怎么看也看不进去，不知道黑格尔这个老头的哲学思想过于深奥？还是自己的精神始终集中不起来？钱晨不得不又拿出另一本书，车尔尼雪夫斯基的《怎么办？》，翻了几页，也是如此，竟不知书上所云。钱晨眼前总是浮现物理系那个女同学的身影。她叫什么名字?文气十足的女孩子为什么要去学物理呢?

这些天听课的效果也好不到哪里去。钱晨脑子里总是浮现物理系那个女同学的身影。

半个月后,钱晨在图书馆里再次见到她。她就端坐在钱晨的对面。这次,钱晨终于看清了她的面容,她齐耳短发,一对美丽的丹凤眼,皮肤白里透红,长的有点像以前的电影明星王丹凤,不过她的左脸好像有些肿。看书时,不断地在摸自己的额头,打着哈欠,有发高烧的迹象。

钱晨伸过手,轻轻地敲了敲她面前的桌子,她马上抬起头微笑地看着钱晨,眼神分明在说:"找我吗?什么事?"

钱晨说:"同学,你大概牙痛,在发高烧吧?"

她点点头。

钱晨立即将自己书包里随身携带的"新癀片"送给了她:"每顿饭后吃两片。"

"不会是蒙汗药吧?"她笑嘻嘻问。

"都是校友,哪里敢?"钱晨回答。

"那倒是,"她接过药片,说了声,"谢谢!"就拿起水杯,吞下了药片。

第二天,还是图书馆里老地方,钱晨又见到了她。她立马起身,跟钱晨握了握手,微笑着说:"吃了你的药,高烧果然退了,牙也不痛了。没想到这药这么有效!谢谢你!"

经这位女同学自我介绍,她的名字叫白驹,果然是物理系的,跟钱晨同届。两人开始了交谈,天南地北、古今中外,谈得相当广泛和深入。

此后,下午下课后,他俩三天两头在图书馆会面,交谈。

那天,白驹显得有点神经质,递了一个纸条给钱晨后,就匆忙离开。钱晨打开一看,是一段她的内心独白——

"一个人的爱,柔软得就像是一朵云,漂浮在内心的最深处。无论后来的心境变得如何浑浊,那一抹洁白,始终不曾沾染半点尘埃。

"一朵花,有过爱的浇灌,总是更容易抵御风雨。一杯茶,有过爱的慢煮,总是更容易醇厚入味。一份情，有过爱的呵护，总是更容易得到原谅。原谅，是因为真的爱过。真的爱过，就会生出慈悲。爱是智慧，可容山海；爱是慈悲，可纳百川。缘分，很暖；遇见，很美。生命中，总有一些缘分，暖到落泪，感恩相遇在校园里！"

钱晨读完，手随着心在颤抖，脸也在微微泛红，内心当然很激动，但是，他没有做任何回应。确切地说，是不敢再迈出那一步。

那天，他们俩在图书馆做完功课后，互使了一个眼色，然后一起站起来，一同走回学生宿舍。物理系的女生宿舍离钱晨住的中文系男生宿舍不远。一路上，他俩总是有讲不完的话题，从天文地理、国际国内大事，一直到谈到穿着、美食。在校内的林荫大道上重复来回走了多次还是意犹未尽。最后无可奈何，只能暂时分手，因为学校有每晚十点必须关灯的规定。

俩人的感情还在不断升华。有一天，钱晨借了辆自行车，在离自己学校大约5公里的罗镇影剧院买来两张电影票。晚餐后，钱晨赶到阅览室，又见到了白驹。记得那天，白驹盘着发结，穿着一条灰格子呢的连衣裙，像个女神。她还是坐在他俩平时经常会面的地方。钱晨把其中一张给了白驹："请你看日本电影《追捕》，可以吗？"

她点点头，眼睛在发亮。看了看票子，问钱晨："电影院很远唉！"

"不远。我借了辆自行车。"

"那行！"

"马上走，否则会来不及！"

于是，她背着时髦的白色牛皮挎包在前面疾走，钱晨推着自行车在后面紧跟，他们一前一后，悄悄走出了校门。

梧桐树下的阴影非常浓重，她大大方方地坐在钱晨身后的书包架上。骑了没有多少路，她已经将右手抱紧了钱晨的腰，他像触电一样，颤抖了一下，心里一阵狂喜，双腿踩得飞快。

钱晨感到，她不断用自己的脸颊磨蹭他的背脊，钱晨心花怒放。要不是在骑车，钱晨真想回过头吻她。

他们正好赶在开场前到达了剧场。然后，认认真真地欣赏起日本影帝高仓健的表演。

　　看到五个同学一阵坏笑，钱晨就知道他们想问什么。

　　果然朱彬问："有没有动手动脚？"

　　钱晨回答："当然有些动作，这是毋庸置疑的，年轻人嘛，而且两人的情感之火已经被点燃了嘛！"

　　那天，剧场里的观众不会超过十个人。他俩找了最后一排的一个角落。当年，他都还年轻，干柴烈火，怎么会没有亲昵的动作呢？接吻、拥抱过多，他俩甚至没有留意后半场的内容，就只记得一句话："昭仓跳下去了，唐塔也跳下去了，现在你给我跳下去，你倒是给我跳呀！"

　　"但是？……"在座的五个同学都是那种诡异的眼神。

　　钱晨当然知道大家想问的事："是的，我是个有妻室的人。也正因为如此，我才最清楚知道，你们女人最需要的是什么？"钱晨反将一军。

　　"好了，别八卦了。"徐飞又问，"你俩还谈了一些什么重要的话题？"

　　钱晨说："她问我日本怎么样？毕业以后，想不想去？我说，当然想了，据说能挣到大钱。她说，那我们一起去。我没有应答。"

　　还是那句老话："热恋中的男女，智商为零！"那天，他们回校已是下半夜。为了不给学校守大门的安保留下口实，他俩是翻墙进去的。分别时，在围墙树荫下，两人反复接吻拥抱，都依依不舍。

　　回到宿舍，简单洗漱后，钱晨摸黑钻进了自己的被窝，兴奋得一夜没有睡好。

　　同寝室的杜考瀑醒了，他嘟囔地埋怨道："你这家伙一定是吃了兴奋剂了，把双人床搅得吱吱嘎嘎的，让人家怎么睡得着呀？"

　　而白驹其实也差不多，第二天，她又给钱晨写了一张折叠过的纸条，快速递给他后，红着脸说："系里有个紧急会议，我走了。"

　　钱晨目送一身白裙的她匆匆离去，马上打开纸条，只见上面写道："世间有一种美，是清澈的相逢，是默默的相伴，是无言的懂得。如蓝天与白云的相映，江河对小溪的相拥，绿叶对红花的相衬。它们相映成景，远离世俗，是那样的自然。她如春花一样娇嫩，如秋菊一样有着暗香，如陌上的青草一样自然，却满是阳光的味道。没有过多要求，只灵魂相拥，心与心，以灵犀为桥，寂静欢喜，也海阔天空，情深不语，归去来兮，唯念安好，宁静微笑。"

落款是："你的驹。"

"胆子大咯！"五个同学在陆镇的饭桌旁默默地听着，纪闲林感叹。

徐飞边吃水果边问："后来呢？"

钱晨笑笑继续讲下去。

后来几天，他俩在自修教室会面后，赶紧做完作业。然后他们散步到湖心岛，那里晚上几乎没有人影。那里不远处是琴房，不时飘过优美的乐章。他们躲在僻静处的石凳上谈着谈着，就情不自禁地搂搂抱抱。

终于有一天，白驹突然从钱晨的怀里挣脱，沉下脸说："哦，对了，班上有一个女同学在传，说我找了个有妇之夫谈朋友……"

钱晨有点气愤："嚼舌头！我一开始就把实情告诉你的。我会与徐根娣分手的……按照她们的逻辑，世界上就没有离婚这个词了！"

"但目前，徐根娣还是你老婆！这算什么呀？你也要为我想想！"白驹含泪嚷道，说完，就头也不回地走了。

事情来得突然，钱晨也知道自己理亏，所以也没有去拦阻。其实，钱晨所在的中文系里，也已经有了风言风语。正所谓"若要人不知，除非己莫为"，钱晨得思考一下，自己的下一步的做事方针。

他俩的这场冷战，持续了将近半个多月。这种情感的折磨，对于两个人而言，其痛苦是难以言述的，因为，他们在情感上曾经迈的步子已经过大了。

钱晨承认，自己主动些，有意而为。但也不尽然，白驹的胆子也是大得要命，往往是她直奔主题。

"这个意思，你们懂的。"钱晨说。

其他五个同学都点了点头。

夫妻俩冷战的这段时间，钱晨回家了两次。他与徐根娣已没有了性爱。这点也足以证明，钱晨是一个在情感世界有底线、有追求的人，并非那种动物性高于理性、随遇而安的人。

这方面，女人最敏感，徐根娣感到不理解，就开始埋怨："你怎么不理睬我了？以前，你一回家，总是急吼吼的，可不是像现在这样对待我的！是不是你外面有人了？"

钱晨心虚，故意嘟囔着回应道："瞎说什么呀？！以前我没有考进大学，有足够的精力陪你。现在老夫老妻了，人家读书又累得要命，还要三天两头对付考试、测验，所以……你就不要烦我了！"

徐根娣撅着嘴，气呼呼地转身自睡，以为钱晨早晚会举起白旗讨饶。但是，钱晨没有，或许，永远不会再有了。这对徐根娣有些不公，但与她好下去，对钱晨也不公啊，是不是？

半个月后，白驹又来到了图书馆。而且是她主动坐到钱晨的对面，像没事的一样，从自己包里掏出一块250克的巧克力放在钱晨的面前。

钱晨知道，暴风雨已经过去。他也从书包里拿出了一袋500克当时视为珍品的"乐口福"颗粒还敬她。

罪过啊，这包营养品是徐根娣塞在钱晨书包里，给他补身体的。白驹含情脉脉地收下了它。

两人又开始了来往。因为白驹家里比较富有，她有洁癖，所以不喜欢住在女生宿舍，她私下把那里称为"猪窝"。她在离校不远的地方，租了一间宽敞简洁的农舍，简单装修后做成自己的闺房。当然，这里也成了与钱晨的爱屋。

听到这里朱彬内心评论道，做人要干干净净，漂漂亮亮。交往，要实实在在，明明白白。人前，不惧议论，人后，不怕误会。心干净，心轻盈，人善良，人轻松。一个人，可以不富裕，但不能没良心；可以不出色，但不能太出格；可以不优秀，但不能没品德！做一个干净的人，安心；做一个善良的人，踏实。干干净净做人，本本分分做事，坚持必有收获，善良终有好报！但她没有将这些话说出来。

钱晨看明白了大家的表情，也没有发火，他说："我那时确实年轻冲动。"

朱彬问："这里，你们也来过吗？"她指的当然是陆镇的这间老房子。

钱晨回应道："没来过！不想让外公外婆知道。"

三个女生合十："谢天谢地！"

朱彬说："否则又多了一个伊甸园。"

大家一阵哄笑。

钱晨红着脸拿来了很多水果，洗干净后，放进了盆子，招呼大家品尝："来来，自己拿来吃！接下来听你们的了。"

梅姗芳问："后来还跟白驹好下去吗？"

"不谈了。"钱晨回答，"她的父母知道了，全力阻止，她只好服从，我们就分手了。"

不久，钱晨又暗恋过班上一个长得如花似玉的女同学，至于是谁，他始终没有把她的名字讲出来。"留个悬念吧。"钱晨如是说。

"这个有点诡异。"杜考瀑提议，"我们都是新一代的大学生了，思想应该解放一点，最好不要封建到先男生讲，然后轮到女生讲。大家说，对不对啊？"

"有道理！"大家异口同声。

钱晨说："那这样，先请年纪最小的女生梅姗芳讲！"

一阵鼓掌。

梅姗芳："我的故事哪有钱晨兄精彩，都是鸡毛蒜皮，平淡而乏味。当然，有的回想起来很痛苦。"她欲言又止。

朱彬摇头晃脑到地背诵一首莫名其妙的诗来解围："一朵春花，芬芳了一段相遇，一枚秋叶，明媚了一段人生。遇见的，就是最好的，手心里的，就是当下的珍惜。"

梅姗芳听了，苦笑了一下，她是个应届生，一米五六的个儿，大饼脸，梳着两个长辫，长相一般，既不漂亮，也不谈不上难看。但颇有心机，情商很高，总是把个人的利益看得十分清楚。她喝了一口水说："只因为是四年的同窗，一般情况下，除了闺蜜，哪个女性会向其他人，尤其是异性，袒露自己的恋爱史、自己的隐私?否则，会被别人看作是'十三点'！"

其他五个同学边喝酒，边起哄："以后还不知道哪年才能重逢，就当一次'十三点'吧！"

钱晨一本正经地说："同学之间，就要讲究一个'诚'字，否则，我也不会向大家吐露那么多的隐私。"

"也有道理，那我就像钱晨兄那样谈谈自己吧……"梅姗芳若有所思地说。

## 4

梅姗芳承认，因为以前书看得多，少女时候就经常怀春，想着自己的白马王子的模样。在中学里就谈过一个小男生。这个小男生叫刘某某，个子不高，却长得很精致。他的父亲是花威市革委会的副主任，用现在的评估标准，就是副市长。当时，刘某某还不懂什么叫"谈恋爱"?曾经趁他父母不在家，带着梅姗芳去过他家玩。刘某某的家安在市中心，解放前是国民党大佬潘阳善在花威市包养一名小妾住的别墅。解放后，这里成了历届副市长的官邸。里面的布置，高雅豪华至极。

两个小青年先是在客厅里聊天，聊到没有话题了，刘某某突然向梅姗芳提出强烈要求，——让他能够欣赏梅姗芳的身体。

在座的五个人瞪大眼睛盯住梅姗芳。

梅姗芳淡然一笑："当然，我没有这么傻。从小，我妈妈一直悄悄叮嘱我说，女孩子这方面的第一次，一定得留给自己未来的新郎倌的。"

朱彬评价道："你妈妈既传统，又很英明！你把这个意思告诉他了吗?"

梅姗芳回应："告诉他了。我跟他说，在这个喧嚣混杂的世界，不随波逐流，努力成为灵魂干净的人是一件很难得的事情。有的人虽看上去平平无奇，但内心似彩虹般绚烂无比；有的人虽珠光宝气，一身金光璀璨，但内心却如同草莽般令人生厌。干净，不仅仅指自己的衣着打扮，言谈举止。更重要的是内外兼修，知行合一，在复杂的世界中活出豁然开朗的自我。"

朱彬问："他明白这些话的意思了吗?"

"他一脸的困惑！甚至觉得自尊心受到了侮辱，他赶我走。走就走，我才不稀罕他呢！"梅姗芳一脸的嗤之以鼻，"虽然我跟他这样说，但其实我对自己的人生还是稀里糊涂，我甚至不知道自己将来到底要做什么。曾经有个算命先生，说我梅姗芳是一个剋夫的命，我也不懂，这句话的意思。但是'文革'后期的一件事，我至今都挥之不去……"

徐飞催促："啥事啊?快说啊！"

梅姗芳说："别催呀，容我慢慢回忆。"


梅姗芳的父亲梅斯福，母亲郭杜玫都是街道煤饼加工厂的工人。梅斯福初中文化，算是厂里的大知识分子，担任厂里的会计。母亲就是一般的卖煤饼的营业员。"文革"初期，梅姗芳已经是17岁的少女，觉得自己"苦大仇深"，就报名参加了自己学校的红卫兵团，虽然不是最激进的那批人，但是，也是穿着一身绿色的军装，经常参加学校的批斗校长啊，党支部书记啊，老师啊……这一类的造反活动。此时的她，革命热情十分高涨，阶级立场非常鲜明。

有一天，梅姗芳在纺织厂参加的学工劳动回来晚了，在路过一条名叫"长缨路"的小马路时，突然有一个个子高高，推着一辆凤凰牌自行车的白面书生走到了梅姗芳的身旁，他就说："小姑娘回去啊?我送你回去好不好啊?"

梅姗芳心里很紧张，但是借着路灯，看清了这个男的形象，白色"的确良"衬衫，蓝卡其裤子，白面书生一个，长得特别的帅！梅姗芳的心顿时"咯噔"了一下。

但是，她觉得这人来得特别的突然，对素未谋面的自己又特别地关心和亲切，所以"阶级斗争"这根弦立即绷紧，梅姗芳想："他会不会是一个坏人?我得想办法对付他。"

　　于是，梅姗芳一句话都没有应答，想不到他还在说："你坐我车上吧，我送你回去。"梅姗芳摇摇手拒绝了。

　　那个男子说："也好，我们边走边聊吧。"

　　一路上，都是他在介绍自己，他是名牌的无线电收音机的厂里的技术员，现在呢，由于原来的女朋友"家庭出生不好"，他父母坚决反对，他失恋了，觉得有些无聊。

　　"所以，出家门走走，想找一个漂亮的姑娘聊聊天。"那个男子说，"也是为了你的安全，请你坐在我的车子后面的书包架上，我送你回去。"

　　梅姗芳心里在嘲笑他："骗三岁小孩呢！"并认定他一定是一个坏人。于是想好，先用语言来敷衍他，稳住他，一旦到了人多的地方，再对他反戈一击。

　　而那个男子毫无觉察，还在滔滔不绝地介绍自己。

　　这时，正好有五六个带着藤帽，手里拿着梭标的联防队员朝他们走来。

　　梅姗芳立即大声呼喊："救命啊！快来抓流氓啊！——"

　　那个男子立刻想骑车溜走，无奈自行车书包架被梅姗芳死死地拉住，他只得扔下自行车落荒而逃。

　　那批联防队员快步冲过来，去追那个白面书生，可还是被他逃走了。

　　事发突然，由于"罪证"——那辆自行车在手，上面挂着车牌，所以他们也没有认真去追。要知道，那个年代，买自行车都是需要申报车牌的，他们很快就找到了这个"作案人"——吉文虎，派出所很快就抓到了他。

　　吉文虎本来就很自卑，经不住严刑审讯，交代了他"由于失恋，准备强奸梅姗芳的罪行"。

　　而当事人梅姗芳也签字画押确认了这一事实。

　　当时的公检法立即到吉文虎家里抄家。这一抄可不得了，竟然在他的那床边柜的抽屉里，发现了他前女友的几张裸照！这在思想保守的当年，可是一个惊天动地的特大案件。然后派出所和公安局的革委会立即把这个事件作为一件"特大的反革命事件"报送市革委会。案卷中的意见是，"正当轰轰烈烈的无产阶级文化大革命接近胜利的时候，居然有一个反革命分子躲在阴暗的角落里拍裸照！还准备强奸红卫兵小将！是可忍，孰不可忍！"

当时分管花威市公检法的革委会副主任，恰恰是个女的，她叫曾绣旺，以前是花威市工人造反司令部的副司令，她看了裸照后，仿佛被许多男人看到了自己的胴体，大光其火，觉得这个吉文虎罪大恶极，死有余辜！敢拍女人裸照，这还了得，严重侮辱了我们女性，所以，立即批示："枪毙！！！"

很快，公检法的公告贴满了花威市的大街小巷，人们都神色紧张地在悄悄传送。

梅姗芳的父亲听说了女儿的事，便神不守舍，嘴里老是念叨着："报应！报应！……"然后，突发脑梗，抢救无效，溘然离世。坊间都在传，老人家是被女儿活活气死的。

梅姗芳也是经常做噩梦，几次在梦里把她吓醒，以至于自己的母亲郭杜玫，多次跑到她睡的阁楼上问她怎么啦，出什么事儿了？

梅姗芳哗哗的眼泪直流，问母亲："爸爸怎么老是说'报应，报应'？为什么要诅咒我呢？"

"不是诅咒你，而是诅咒自己！"于是母亲向她坦白：梅姗芳的爸爸跟自己是表兄妹，还是小青年时，一时性起，占有了她。梅斯福向郭杜玫的父亲保证娶她，这事就了结了。梅姗芳的父亲也就答应了。

从此以后，梅姗芳，失眠、噩梦一直伴随着她，梅姗芳都要靠安眠药才能度过漫漫长夜。

她在自己的日记中写道："人生百年弹指间，潮起潮落是一天，花开花谢是一季，月圆月缺是一年，生命在前行中顿悟，岁月在积累中生香。淡看流年烟火，细品岁月静好，心中的风景，才是人生最美的。但我想过清淡平静的生活，为什么这么难呢？"

几个月后，公检法对吉文虎的判决书在整座城市的各个街口张贴了出来。吉文虎这个小伙子，已经瘦得皮包骨头，还被吓出了癌症。执行枪决那天，在渊深体育场特地举办了一个批判大会，然后就当着几千革命群众的面，让五花大绑的吉文虎跪在沙堆前，用手枪对着吉文虎的脑袋开了一枪，还用铁丝钻进枪眼捣鼓了一下……

那天，有几个人被通知到了，但没有到场。一是吉文虎的父母；二是揭发吉文虎"反革命罪行"的立功者梅姗芳。

首先，吉文虎的父母当然是拒绝参加的，他们在得知了这样的结果以后，差不多崩溃了。他们老夫妻俩对于之前极力阻止儿子的婚姻懊悔不已。吉文虎的母亲两个月后，就抑郁而亡。其父，本来刚刚退休，担任了里弄的治保组副组长，工作十分积极，批斗"阶级敌人"也非常卖力，结果儿子吉文虎被枪毙后，立即被撤职，半年后也病死了，可谓家破人亡，惨不忍睹。

其次，便是梅姗芳了，她哪里会料到，自己对于吉文虎的所作所为，竟会导致这个人的枪毙。她本来就怕见到鲜血和杀戮，现在通知她去观摩，她哪里敢去呢？

当天晚上，当地电台播送了吉文虎被枪毙的消息，梅姗芳听到后心惊肉跳，一直在担心此事会不会给自己带来不利。

秋天来了，一阵秋雨一阵寒，母亲郭杜玫的哮喘病又犯了，梅姗芳为其熬药，已经是下午两点，她们还没有吃过午饭，梅姗芳一上午都在胡思乱想，惶惶不可终日。她硬着头皮出去买点菜来做饭。路上，她碰到一个老邻居，是个五十多岁的女教师。

她问梅姗芳："你知不知道那个叫吉文虎的男孩，今天被枪毙了。"

梅姗芳点点头，内心一阵惊挛。

她说："这个吉文虎，以前我曾经教过，当过大队长，可是一个好孩子。"

见梅姗芳没有吭声，她问："他强奸你了吗？"

梅姗芳："那倒没有。"

"那你为什么要喊救命呢？"

"我只是想吓跑他。"

"可你害了一条人命啊！还毁了一个家庭！"

"可他干嘛要去拍裸照呢？"

"拍裸照是不好。但跟你毫无关系，这是人家自己私人的事情，何至于就因为拍张裸照就要被枪毙啊？"

梅姗芳哑口无言。

"人家是独子，一对老父母还健在。那你想过没有?今后，你让那两位老人怎么过日子?这种事情不作兴做的！要有报应的！"女教师斩钉截铁地说。

梅姗芳扭头溜走。

买好菜，在回家的路上，梅姗芳还碰到了一个以前小学里的女同学郝聪明，郝聪明神秘兮兮地问她："听说这个人的枪毙与你有关暧?你被人家强奸了?"

"没有。"梅姗芳回答。

"那就是你的不对了！人家跟你谈朋友，你不理人家就行了。为什么要把人家往火坑里推呢?"

梅姗芳反驳："你不了解情况。"

郝聪明不买账："你叫救命，抓住人家的自行车不放，还不是把人家弄死啊?"

"我这是自我保护。"

"你哪里是自我保护，你毁了一个家庭！你啊，想想看，将来你也会有子女的。儿子向女孩求爱，做法有点过头，就被枪毙了，造成一个家庭的毁灭，你受得了吗?"

梅姗芳语塞。

"记住，善有善报，恶有恶报！伤害无辜的人，会有报应的！"郝聪明说完，拂袖而去。

虽然很反感，梅姗芳还是听明白了。

那天晚上，梅姗芳做了更多的噩梦，吉文虎率领一些面目狰狞的妖魔、怪兽不断地朝她怪叫、向她扑来，不断地威胁她："你不得好死！——"

她被吓醒，内心几近崩溃，但还是不断在警告自己要挺住，——这世上没有奇迹，只有你努力的轨迹，没有运气，只有你坚持的勇气。每一份坚持都是成功的累积，只要相信自己，总会遇到惊喜。厄运总会过去。就像现在，黑夜过去，就会迎来光明。

"这事就成了你的心病。"钱晨一针见血地说，"人和人相遇，靠的是一点缘分；人和人相处，靠的是一点诚意。这个世界上没有谁对不起谁，只有谁不懂得珍惜谁。男人的魅力不在于有多少钱，长得有多帅，而是遇事有多大担当；女人的魅力不在于长得多漂亮，而是有温柔善良的性格和一颗宽容的心！"

中文系毕业的人，说起话来，就喜欢唠唠叨叨。男生女生都一样。

朱彬跟着说："人和人相处，就两个字：真心！真心是什么？真心是信任，也是在乎，真心是理解，也是呵护。相处，需要真心，交往，贵在真诚。无论什么时候，你对别人真心，别人也会还你真心。无论对谁，都要多一点真诚，少一些套路，多一些真心，少一些算计。待人真诚，一定会有好福！"

梅姗芳点点头，无奈地说："已经晚了，只能走一步看一步了。"

朱彬若有所思："女性，有时候防卫过度，或者不适当，虽然解气，很可能会伤及自身的！"

所有人都陷入沉思。

杜考瀑追问，"你还准备出国吗？"

"现在，我只剩下多病的妈妈，走不开啊。"梅姗芳回应，"再说了，出国就一定好？我看不见的。"

纪闲林问："那你以后的人生目标在哪里呢？"

梅姗芳打算毕业以后，先在盲人学校干一段时间，然后根据母亲的身体状况再确定以后的人生规划。一旦找到了，她就准备辞职，如果实在不能出国的话，那就在旅游景点的开一家小店，做些小买卖。梅姗芳就是这样规划自己的前途的。

梅姗芳叹了口气，说："梦想总比想象距离要远，只要付出过努力和汗水，挥发自我的青春，就算付出和收获不成比例，我也无怨无悔，因为梦想是人生的导航，没有梦想，世界将没有星光。"

朱彬问："还准备谈朋友、结婚吗？"

"再议吧，心里的阴影总是摆脱不了！"梅姗芳垂下眼帘回应，"这样，我身体有点不适，先告辞了。"然后，就静静地离开了。

看到梅姗芳情绪低落，默默离去，大家也没有劝阻。杜考瀑立即转移话题，他说，还是我来"交代"吧。

# 5

杜考瀑虽个头不高，一米七十不到，却相貌堂堂。

杜考瀑的父亲杜维骏是花威理工大学的教授，母亲王玉霞是市图书馆的管理员。他有一个姐姐。父母对姐弟俩的家教就很严。

杜考瀑自幼天资聪明，钟爱绘画和音乐。故而中学期间，正好遇上"文革"，人家都在外面冲冲杀杀闹革命，而杜考瀑白天被他父亲带进校办工厂的各个车间、技术科室，学习各种手艺和技术。没多久，他发现自己的手变得更加灵巧了，也懂得了一些工业的加工制造技术。

就在这个时候，上山下乡运动开始了。三天两头，学校和街道的工宣队，会敲锣打鼓到他家里，动员他去上山下乡。他们背诵领袖语录，呼喊各种革命的口号，其中最难听的是那两句——"吃闲饭可耻！上山下乡光荣！""打倒臭老九！争做革命派！"

杜维骏吓得躲进书房，气得几次吐血。妈妈也是抱着儿子瑟瑟发抖。

经不起这样的轮番进攻，杜考瀑动摇了，在他们递上来的上山下乡报名表上签了字。

杜考瀑被安排去的地方是云南。

除了父亲杜维骏，母亲王玉霞，姐姐杜宇枚请了假，特地赶来，也到车站送别弟弟。

东风车站，原来不是客车站，只是一个货车站，之所以安排在此处，是因为运送下乡知青的绿皮火车从这里出发。据说就是因为这里远离市中心，可以避开这座城市众多市民的关注。这时，站台上高音喇叭反复播放着一首人民歌颂伟大领袖的歌曲，压过了车上车下一片呼天抢地的哭声。

杜考瀑眼圈红了："以后每每听到这首歌，我的心中定会油然生悲，进而泪目，百感交集！"

母亲王玉霞只知道哭泣，她显得很无助。几个月前，她刚刚送走女儿杜宇枚到安徽农场。今天，又在这里送别自己最小的儿子。毕竟这时候的杜考瀑，还未成年。十分瘦弱，当时的体重还不到90斤。

终于，那烧煤的机车头拉响了汽笛，一声巨大的鸣叫，"扑哧扑哧"列车启动了。站台下送别的人群慌慌张张地跟着火车跑了起来，车上的人们从车窗探出身子，向亲人招手。很快，站台不见了，亲友们也看不到了。

火车走走停停，经过三天两夜，到达昆明车站，知青400多人，由此下车，他们插队的地方叫做勐腊县的芭蕉乡。原本他们应该在县城下车的，可是因为县城里两个造反派打得不可开交，只好绕道乘大卡车走了。余下的300来人将到更远的山区紫广县插队。于是，杜考瀑只好在车上又熬了一夜，第二天一早到芭蕉镇下车。其时，镇上还在武斗，我们入住的离火车站最近的南华旅馆，夜晚就有机枪子弹打碎了房间的玻璃窗。把知青们吓得魂不附体。

杜考瀑就这样黯然地离开花威这座城市，离开朝思暮想的父母亲人，独自一个人在芭蕉县新民公社下院生产队插队，做一个每天干最重的农活，收入仅仅6分钱的农民。一年做下来，获得的工分值，扣除生产队分配的粮食款，还倒欠生产队钱。

"在云南插队落户的生活非常艰苦，我呢也不想详细地叙述。"杜考瀑哭笑道，"因为介绍这方面的小说很多。但我看过的这些小说里面有一个情节没有讲，或者是不方便讲，那就是有些云南知青觉得与其这么苦地修地球，还不如跨境去参加外国的革命武装运动，或许能够达到某种比较好的结果。但其实最后，好多人都白白地送了命。可悲可惜啊！"

在云南农村，一到晚上其他的知青都睡了，只有杜考瀑一个人点亮油灯，恶补各种各样的课堂知识。插队八年后，杜考瀑在花威高人的指点下，搞定了生产队长和县公安局的领导。又经这些领导的"点拨"，杜考瀑"接到了"父亲、母亲都病危的加急电报，说需要他立即赶回老家照顾父母。几经周折，终于办好了被允许彻底离开生产队和云南的各种手续。

直到退回花威市一家小化工厂当工人时，杜考瀑还欠着云南那里的生产队里8元6角钱。

在云南，杜考瀑虽然也曾想过，是否谈一个女朋友。但理智不断的告诉自己，如此贫困，根本没有底气作此非分之想。回花威，另谋出路，"能够做一个自食其力的人"是他日思夜想的诉求。

朱彬评价道："这个目标定的太低了。"

杜考瀑说："真的，人在困境当中，有几个人能够把自己的未来想清楚？"

杜考瀑回到花威以后，全身心地照顾多病的父母。一年多后，经过他的精心照顾，父母的身体。有所好转。同时，他在父亲朋友的帮助下，重回父亲单位的校办工厂，帮品牌公司贴牌加工市场上热销的冰箱和电扇。杜考瀑很快就掌握了这两个产品的全套技术。

下班回到家里，他一有空，就会摆弄各种各样的工具，创作各式各样的木雕。往往都做得栩栩如生，十分惹人喜爱。尤其做的那些佛像和女神像，他都做得活灵活现，妙趣横生。这与他长期在家晚上学习绘画、书法和文学不无关系。

第二年恢复高考，杜考瀑利用自己自学的深厚积累，一下子考进花威师范学院。但体检差点被淘汰，因为杜考瀑的体重依然不够格，才85斤，离标准差5斤。体检的女医生出于同情心悄悄对他说："你好不容易考上大学，就写90斤吧。"这样，杜考瀑才混进大学。

大学四年里，他做人低调，不去走任何关系，发奋读书，希望通过读书来改变自己的命运，塑造自己。无论在他对落户还是在大学期间。他坚决不谈女朋友，原因是自己还没有经济实力；同时，还没有理想的人选。

杜考瀑坦诚："以后，待事业上成功了，再考虑恋爱婚姻问题。当然，还需经得双方父母的同意。"

钱晨总结道："唉，守身如玉，小处男一个！"

"我可没有你那么多的艳遇！当然，在这儿的几个同学当中，我还算是分配得好的，在区的电视大学里面教《大学语文》。但是，我肯定会出国！”杜考瀑坚定地说，“否则就成井底之蛙，白白来到这个世界上了！”

“相信你现在还是一个光棍。”朱彬说：“什么时候结婚，别忘了邀请我们参加婚礼，一定给我们发糖哦！”

其他人附和。

“现在真的没有女朋友。”杜考瀑信誓旦旦，“一旦有了，就立即公布，这是理所当然的！”

朱彬瞅着徐飞，冷冷地插了一句：“轮到你了。”

徐飞说：“我么，比较简单，但必须从祖上说起。”

朱彬揶揄道：“不要卖弄哦，否则，我们这些平民子弟真不知道何处安身哦。”

“你哪里是平民子弟，一定要让我们夸你是将军之后吗?”徐飞反唇相讥，“我是实事求是，如果谁觉得不自在，完全可以到外面去游览片刻。”

钱晨打起圆场：“不要说公鸡好斗，其实母鸡更善于攻击别人，是不?”

大家捧腹大笑。

# 6

其实，徐飞的身世并不简单，甚至有点传奇。

大家一定记得，在西湖断桥、雷峰塔下游湖借伞，许仙与白娘子之间那缠缠绵绵的爱情故事，曾经感动了无数的国人。而雷峰塔作为《白蛇传》中，法海封印白娘子的圣塔，人们自然会好奇，在那塔下面真的有白娘子吗?

当地古代有个名人叫徐俶，是浙江的大富豪，徐飞则是他的75代的孙女，这是徐飞从小就被告知的家世。

徐俶一生造佛塔无数，雷峰塔便是其中之一。雷峰塔建于977年，相传吴越国的开国皇帝钱镠，因受过佛的接济，而十分的重视佛法，他把礼佛之事，上升到了国家层面。受其影响，吴越国的历代皇帝及世家，都是虔诚的佛教徒。

到了徐俶这一代，更是大肆的修建佛寺佛塔，为了祈求国泰民安，徐俶还决定在莲州东湖边，建造一座塔，而这座塔就是我们今天所熟知的雷峰塔。

随着雷峰塔的地宫被挖掘，有关白娘子的真相也被揭开了，事实是在雷峰塔下面并没有镇压白蛇，白娘子的故事，只不过是民间所创造出来的神话传说罢了。

走进花威市的月季公园，顺着林间小道，走过一座小石桥，古朴的徐氏宗祠便在眼前了。砖木结构，黛色屋檐，白色粉墙，镂空窗户，青砖门楼上"徐氏宗祠"四个石刻大字，引人注目。

徐氏宗祠起初是徐氏家族用来祭祀和议事的地方。1937年花威沦陷，徐氏宗祠被入侵的日本人占用，抗战胜利后，这里长期被难民占用，原先看守祠堂的人也在抗战期间死亡。解放初期，经徐氏家族代表商议，将宗祠及所有资产交给国家，成为花威市的文物保护单位。

徐飞的父亲徐鼎盛，解放前是国民党花威市工务局的总工程师。解放的时候，解放军就要打进城里之前，局长李京耀逃到台湾去了，他提拔了总工程师徐鼎盛担任代局长，让他处理局里的所有事务。临走时，李京耀命令徐鼎盛把所有档案焚毁，自己跟着国民党军队仓皇逃窜。

徐鼎盛是个理工男，治学严谨，出于对这个城市未来的发展负责，他"阳奉阴违"，把这些个城市的所有资料都保存了下来，因为这些资料里面有关于这个城市的交通、地下管线的设计、走向……电力、自来水的布局等等所有的图纸和数据。这些资料当然极其重要。一旦丢失，后患无穷，要花费很多很多的劳动，才能够勉强搞清，还不一定科学，不一定齐全。解放军攻进花威，纵队司令还肯定、表扬了徐鼎盛的突出贡献。

但是，令徐鼎盛始料未及的是，在共和国建国初期的一次政治运动中，徐鼎盛被打成"历史反革命"，不久就被镇压了。不久。其妻孟沥英（也就是徐飞的母亲）改嫁。从此，徐飞被好心人送进尼姑庵收养，过着与青灯相伴，被香烛环绕的极其贫寒的生活。

徐飞表面上比较柔弱、冷傲、内敛，但其性格完全像其父亲一样，极其善良和高傲，又非常的倔强。受父母经历的影响，徐飞的内心是非常苦恼的。后来，徐飞被叔叔徐鼎信家收养。徐鼎信国外留学回来，在一家船厂里面谋到工程师职位，正好膝下无子。婶婶蒋伟缤在一家大型的百货公司里面做营业员，她非常善良，视徐飞如同己出。

徐飞管叔叔、婶婶叫"爸爸、妈妈"。

徐飞由于生父不在了，母亲又改嫁了，所以，"文革"期间，躲过一劫。在养父家里，她帮助做家务，空下来就读点书，基础知识积累不错。她的这种状况，在花威，历来被称之为"躲房小姐"。带来的实惠是，高考一恢复，她居然毫不费力地考入大学，这成就令许多人羡慕不已，也有人大跌眼镜。

考上大学以后，徐飞总是喜欢独往独来，较少跟同学过多的来往，哪怕同室友的私下交往也比较少，她不需要别人的廉价的安慰和同情。一有空，她就回家去看望照顾孤独的养父养母。她有永远抹不去的心病，相信大家能够理解。

"原来是这样啊。"同学们对徐飞的身世都感到惊讶。

徐飞说，自己如果出国，很可能去日本。因为她喜欢干干净净。她觉得日本这个国家尽管侵略过中国，但是这个国家在科技、教育、卫生这些方面，均有卓越的表现，有许多值得我们学习的地方。不像我们国内，虽然现在没有"文革"了，但是不知道哪一年才能够消灭脏、乱、差。

养父母还是非常支持她去日本发展的，尽管走的时候也是非常的依依不舍。

徐飞最后总结道："说实话，我比各位的命运更惨！所以，在人生路上，我学会了简单地生活，这样就能快乐而行。人这一世，已经是碌碌一生，我不怕自己个性太强，只怕自己太没个性，这辈子，也许就这脾气：择德者而处，择诚者而交；与善同行，一切随缘而处！"

大家为她精彩的发言鼓了掌。

徐飞："我讲完了，接下来应该是混入我们班级队伍的纪闲林小弟弟讲述。"

"什么'混入'？其实我跟你徐飞大姐早就认识。"纪闲林回应。

朱彬问："不会是姐弟恋吧？"

"八卦!"徐飞微愠,"我呢,自小非常喜欢音乐,所以常常独自到校园里的琴房外边去散步,去聆听艺术系同学的弹奏。这样,就认识纪闲林同学了。只是大家多次照面,从来没有交谈过而已。"

"所言极是。"纪闲林坦率地说,"在诸位面前,我是小赤佬,从学校到学校,完全一张白纸。留待以后有了点积累,再向大家汇报,好吗?"

这也是那个时代才会有的事,同为七八级的一个大学生,其实他的年龄要比钱晨等同学小十来岁。

杜考瀑说:"希望纪闲林同学的未来比我们精彩!"

朱彬说:"纪闲林啊,我们下一次碰头,你一定要把他叫来,李钟景,这算什么呢?老同学碰头自己不来,找一个替身,不像话!"

"当然,当然。这次被李钟景当棋子了。"纪闲林承认。

"接下来,该轮到朱彬美女讲了。"钱晨提议。

"对,对。"大家都表示同意。

# 7

朱彬,丹凤眼,长得非常清丽明媚,一米六四的身材婀娜多姿。看到过她的男人,心里往往会"咯噔"一下。朱彬是高干子弟,其父是解放军的将军。她的血管里,平时流淌着高傲的血。她对大学里所有的男生,包括钱晨都不屑一顾。

"文革"中朱彬家比较惨。父亲朱原稻这样经历过长征和解放战争的老革命,开国少将,居然被造反派打成"走资派",被整得死去活来。朱彬从此也落了难,母亲樊氏改嫁,朱彬被赶出军区大院,有几年寄养在叔叔家里。有段时间还得过抑郁症,幸亏叔叔带着她去精神医疗中心及时治疗,才把她拖回现实世界。

1971年"九一三"事件之后,"文革"尚未结束,当社会形态有了某些松动和改观,朱彬在其父好友的帮助下,进了解放军文工团,当上了舞蹈演员。但始终不能担任主演,只能跑跑龙套,做做伴舞。于是,她一面在家照料病父,一面看书学习，等待转机。

朱彬生母樊氏几次上门请求丈夫朱原稻将军原谅，都被朱彬的父亲拒见。

文革结束，恢复高考。朱彬一连参加了两次全国统考。第一次相差几分落榜。第二次顺利考上了花威师范学院，度过了四年漫长的大学生涯。期间，父亲朱原稻病逝，樊氏前来吊唁，均被朱家人挡于门外，其景悲哀。

朱彬信誓旦旦地声明："在大学四年里，我像苦行僧一样学习、悟道，从未谈过恋爱。当然，求爱者也是有的（她瞥了钱晨一眼）……但是，我一概拒绝。我有一个强烈的念头，就是一定要离开这块伤心之地，会尽快出国，闯荡一下世界，呼吸一下新鲜空气！"

"你可是红二代啊！"纪闲林有点怜香惜玉，"你就不怕到资本主义世界，灵魂会被污染吗？"

"这是不可能的，基因决定了我。"朱彬说，"但是，我的人生的坐标在哪里呢？我心里并不清楚。出去看了以后再说。这一生，我们都在路上，红尘中品味着喧嚣，心灵深处找寻着安静，不奢望自己能活的多么精彩，只希望这坎坎坷坷的路能走得心安。我想，生活无需轰轰烈烈，只愿平安健康的活着，就是幸福。"

大家默默地听着，感同身受。

徐飞感叹道："到底是红二代，境界就是不一样。"

钱晨故意在啃鸡翅，不为所动，其实他这个多情公子，曾经也多次钟情于她，但都无功而返。


大家讲完了，已是晚上九点。已经将桌上的各种菜肴和水果横扫一空。还喝去了两箱东海牌啤酒，一箱正广和桔子水，这在当时，算是高档饮品。

大家约定，十年后再聚。

钱晨是个有心人，临走时，他向每个人赠送了一袋刚从外婆家院子里采摘下来的枇杷。大家连声致谢。唯独朱彬说"拿不动"，并未领情，她不想让人觉得自己跟钱晨有外面传说的某种关系。

# 8

陆镇会面之后，同学们各奔东西。1982年到新世纪开启的那几年，是前面提到的这几个大学生最年富力强、人生最跌宕起伏、最肯定是看客们最关心的事情，容笔者细细道来。

人到老年，几乎所有的人在回顾自己的人生时都会发现，大致从30岁到50岁，是自己人生最重要的发展期、奠基期。这段机遇期走好了，目标定好了，与人为善，踏踏实实，自己的事业差不多就做成了，格局也就做大了，生活的质量就有了保障，前途光明灿烂，甚至光芒四射。

反之，投机取巧，损人利己，自己后半生的人生就是平淡的、灰暗的，甚至是倒霉的、危机四伏的。生活质量也因此会比较很差，甚至寿命都会大幅度压缩……

靠谁?只有靠自己。怪谁呢?要怪，就怪自己!

钱晨自打出生那刻起，他便一直生活在这个江南的城市里面，每日都踏着清晨的雾气，漫游在碎石小路上，每时都沐浴在甜美清新的空气里面，看着小桥流水，听着桨声咿呀。

花威多的是水，一条潞河静静的流淌，在阳光下，似一条银链。钱晨踩着光滑的青石板溜达。河水很清，河床边上的大卵石清晰可见，小小的黑色鱼儿来回穿梭……许多孩子都在水中嬉戏打闹，弄得水花四溅，在空中成了一条珍珠项链，清新剔透。溅起水珠落下，泛起小小的涟漪，晶莹而多彩。

石板是各色的，粗粝的，摩擦不到的地方，会粘着一些深浅不一的青苔。一块块高高低低的石板把路一次又一次引向了一个新的拐角。

走在青石板上，钱晨听到轻轻的敲击声，仿佛看到了岁月的年轮，撩起了钱晨对家乡深切的眷恋——

路的尽头，是很久很久没人管的古戏台，木头边是一片杂草丛生，里面空荡得很，而且昏暗，点起蜡烛，火苗在从墙上的洞穿进来的风里摇曳、摇曳……这个戏台，几百年来，不断地将符合中国人传统文化及价值观、饱含儒学精神的地方戏曲，一出接一出地上演，曾经有过的辉煌，已化做覆盖在各处木板、墙壁上的厚薄不一的灰尘，永远留在当地庶民的记忆里。

花威的特产也是闻名中外，像豆腐花、臭豆腐、八珍糕、芡实糕等等，让人百食不厌。特别是那个臭豆腐和芡实糕，刚刚做好，香气四溢。一块一块金黄色的臭豆腐，涂上一层红红的辣椒酱，咬上一口，油酥酥的，臭里带香，美味可口。游客们端着纸碗，边走边吃，整个古镇尽是弥漫着那诱人的香味；再说芡实糕，糕肉饱满松软，清爽可口，真让人馋涎欲滴。

还可以看到坐在乌篷船里的游客，他们相互间不断地讲讲笑话。不时能听到乌篷船工放达的山歌，伴奏的是他"啪哒，啪哒"的摇橹声……


钱晨在妻子舅舅（原先为花威气象局的副局长）的帮助下，分进了气象局，这个是以天气预报、气候预测、人工影响天气、干旱监测与预报、雷电防御、农业气象等服务项目为主要工作的政府部门。

钱晨进了气象局，一年一次升迁。这种待遇在局里是十分罕见的。

你别看是所谓政府衙门——"局"，其实，里面的干部当时的学历，大多就是初中、高中生，还不一定毕业。只有少数的人才是大学生。他们一般都有各种强有力的背景。大多情商较高。当然，几个高级工程师都是教授。在局里，钱晨可是个刚刚跨出校门的大知识分子。所以，像钱晨这样有真才实学的大学毕业生绝对是局里的香饽饽。中文系毕业，能说会道，写点东西轻而易举。自然，也会受到少数人的嫉妒。

少数的几个大学生，毕业于气象类专业，即大气科学类专业。上世纪末，普通高等学校本科专业目录气象领域包括一个一级学科——大气科学，在此之下，涵盖气象学、天气动力学、气候学、农业气象学、大气探测学、大气物理学等6个专业。其他的工作人员，都只有初高中学历。

当时，邓小平已经复出，国家特别强调知识的重要性。钱晨很快就升为科长、处长、副局长。还分到了一套地处市中心的120平米的住房，跟市里其他局级干部住在同一个大院内。

钱晨在局里干了一系列漂亮的事，一个，是让几块原先堆放抢救物资的空地上，贷款建造了12幢职工住宅，分给有8年工龄的职工。另外，还打造了一处花威市的气象博物馆，提供给了局里职工子女300多个事业编制的工作岗位。此举深得人心。钱晨一下子让气象局在市里很风光。

此时，钱晨的弟妹落实政策都已回到花威。经钱晨给有关局的领导打了招呼，弟弟分进了电力公司，妹妹进入自来水厂，不久都成家了，单位都给他们分了房子。并未住进父母给他们预留的二层阁，而且生活质量都不错。

这一切，对于钱晨来说都来得太快了！他有点飘飘然。钱晨身体好，为了保持良好的身材和附庸高雅，钱晨每天都要去打打高尔夫球，或是网球。这些玩意儿，当时在国内刚刚引进，非常时髦，是有钱人的象征。钱晨穿着白色的T恤和运动裤，戴上红色的遮阳帽，拿着球杆或网拍，穿梭在碧绿的草地上，或是躲在红色的遮阳伞下，坐在白色的藤椅上，喝着几百块一瓶的法国红酒或意大利威士忌等饮料，甚是潇洒和优雅。

不过，钱晨带着白驹全国各地走，还是留下了不少绯闻。每次出差，各地气象部门都会派专人来接待，安排在五星级宾馆的总统包房。每顿都有好酒、好菜、好茶招待，甚至还有美女作陪，弄得白驹常常产生醋意。

问题是，钱晨常常产生疑惑：我的一生就这么度过？这是自己的人生目标吗？如若不是，正确的坐标又在哪里？……


钱晨很少回家，跟徐根娣的夫妻生活几乎为零。

春风沉醉的晚上，最难消遣。虽然打开了空调，但一阵阵燥热，还是让少妇徐根娣难以入睡，其实，这是埋在内心深处的一种强烈的生理需要，以致于她脱得只剩下一条红色蕾丝的三角底裤。但钱晨几乎每天都回来得很晚，这天也一样，已过了子夜。进门时，身上散发着浓烈的酒气。徐根娣见他回来以后，用各种方式来"撩拨"他，可钱晨一边洗漱，一边抵御着徐根娣的各种拉扯，硬是"岿然不动"，他嘟囔道："人家困死了，明天还有许多会议，别来烦我，我要睡了。"然后，穿好睡衣，纳头便睡，一两分钟后，便发出了清脆的鼾声。

徐根娣光火了，把他推醒："你干嘛娶我？娶了我，又不想尽老公的职责，那，一定是在外面有野女人了！"

"胡说八道！"钱晨气愤地回应，然后强压怒火，平静地对徐根娣说，"听到过人家怎么评价'老婆'的吗？"

徐根娣平息下怒火："我洗耳恭听！"

"如果你遇上了一位三流的老婆，她像个巫婆，经常给你说神讲鬼，也让你满身挂上所谓的护身符，最终让你变成一个神神叨叨的人；如果你遇上一位二流的老婆，她像个心理咨询师，经常安慰和疏导你的情绪，同时助长你的依赖，最终让你变成一个被动附庸的人；如果你遇上一位一流的老婆，她像一面镜子，经常指出你的过失，同时也启发你的智慧，最终让你变成一个独立自由的智慧勇士。你属于哪种老婆呢？"

徐根娣说："在你眼里，我一定是最差的！"说完也不睡了，干脆起床，穿好睡袍，一个人哭着跑到客厅里看电视剧去了。其实泪眼混沌，什么东西都没有看进去，复仇的烈焰已经在胸中升腾。眼泪擦也擦不干，徐根娣最后决定，一定要闹到钱晨的单位里去。这样决定之后，她很快就昏睡过去。

而钱晨其实并未睡着，他紧闭着双眼，实在懒得跟徐根娣说话。


此后个把月里，徐根娣在家里也不闹了，她像便衣一样，雇了一辆摩托，开始跟踪老公的行踪。没几天，就有了重大发现，她看到钱晨几次下班后，就乘上小车，开了几条马路，便接了等候在街心花园穿着花哨的白驹，立即离开。由于钱晨的轿车速度过快，摩托没有追上。

看到这一幕，徐根娣气得咬牙切齿，又使出一个绝招。从此，她每天搬来一张小马扎坐在局的门口，逢人就讲述钱晨的"现代陈世美罪行"。

有一次，徐根娣买了几个"好吃极"肉馒头，蹲守在气象局的大门口。也真叫是"冤家路窄"，她居然看到身着连衣花裙白驹正朝着她走来。徐根娣的热血立即沸腾，雌性的荷尔蒙暴涨，使得她异常勇敢，等白驹靠近，她猛地蹿起身来，左手一把扯住白驹波浪型的长发，随即用右手给了白驹两记响亮的耳光。还没等白驹反应过来，徐根娣已经扒开白驹的衬衣，白驹的胸罩一下子露了出来。

"我打死你这个狐狸精！臭不要脸的女人！"徐根娣开始狮吼。

白驹一面躲闪，一面大叫："救命啊！救命！"她已经明白，打她的一定是徐根娣。

要不是多个同事出来劝阻，白驹受袭和受伤的后果还要严重。

几天来，钱晨的老婆怒揍"白小三"的流言在气象局传得沸沸扬扬，一时间成了同事们空闲时津津乐道的话题。

白驹用口罩蒙住肿脸，还要忍受"俗人们"（白驹心中的骂语）投来的鄙夷的眼神。

钱晨远远见到了"坐镇"在单位门口的徐根娣，就扭头迅速离开。然后立即打电话给办公室，说是下基层，就不进来了。


一周后，李宏威局长正好出访回来，徐根娣早在告示栏里将看到过李宏威局长的照片，并悄悄扯了下来，揣在口袋里。这天上午，在气象局的门口，对照着照片，她见到了李宏威，就缠住不放了。

李宏威被她搅得没办法，就将她请进接待室，徐根娣也不顾体面，竟哭着跪在了李宏威的面前，直呼："李局长救救我！救救我们这个家！"

李宏威赶紧将徐根娣扶起来："有话好好说！走，到我办公室去。"

然后，徐根娣将钱晨的"丑行"，　　向李宏威倾诉。并且提出，要对"小三"——白驹追责和处分。李宏威显然被说服了，对钱晨的看法完全转变，还把钱晨的问题向市委作了汇报。他可不想为别人的事情担责。

而局里面，另一个副局长墨海林等着"上位"。于是各种局里的工作会议上都会议及此事，背后炒作此事。于是，出现了这样一幕：几天后，在气象局局党组的组织生活会上，本来明明应该讨论市委下达的"党员干部反腐倡廉大讨论"，却因为墨海林的一句话，改变了会议的走向。墨海林沉着脸，忧心忡忡地说："相信大家也听说了，最近局门口发生的一些事情，已经在市政府各个部门中传开了，现在，我们气象局的干部到哪里，人家都会向我们打听这件事，我真不知道该如何回答才好？"

其他的高官也跟着附和。钱晨的脸一阵红，一阵白，非常狼狈。

终于，在一次局领导的聚餐后，李宏威拉住钱晨："你那个事情，有点麻烦……下个月，市府将要派工作组来我们局检查工作，而你的太太每天都要到局门口闹，你看……"

而钱晨是极要面子的人，在家里，他用了一切办法试图让危机偃旗息鼓。然而，徐根娣还是不依不饶。甚至以割脉相要挟。他俩只要一碰到，要么是冷战，要么是热战。

白驹也被迫辞了职，离开了气象局。

最后，钱晨下定决心与徐根娣离婚。

徐根娣要求"青春赔偿"和"经济赔偿"费。不仅要分割两处房产，还要求平分钱晨的所有财产。

钱晨的父母当然不愿意徐根娣重新住进自己家的二层阁的。钱晨当然也不愿意将自己各种收入、私房钱让徐根娣了解和分享。

最后的结局，钱晨把局里分给自己的120平米房产交给了徐根娣，净身出户；还给了她20万元的"青春赔偿"。这样，徐根娣才停止了种种"骚扰"、施压。

徐根娣开始变为富婆，在市中心盘下了一家服装店，雇了五个年轻男女当营业员，各种开销扣除后，开始时每个月一万，到后来水涨船高，竟有三、四万的净收入。因此，小日子过得相当滋润，当然这是后话了。

徐根娣叫店里一个书生帮忙给钱晨写了一封信，信中这样写道："我从与你的相合相离的整个过程中体悟到，不管结果如何，都要好好相处，就算终有一散，也要感谢相遇。用优雅的姿势相遇，用友善的心态相处，用感恩的态度告别，成就一段美好的回忆。释放无限光明的是人心，制造无边黑暗的也是人心，光明和黑暗交织着，厮杀着，这就是我们为之眷恋而又万般无奈的人世间。愿你一路走好！"

从文字上看，还算文雅和得体，最后一句，常见于悼词。读罢，钱晨生气地把它撕了。

钱晨也写了一段文字回复她："你这是胜利者的叹息！当你幸福时，若将幸福建立在他人痛苦之上，这不叫幸福，而是造孽。当你快乐时，若那快乐会导致别人的痛苦，这不叫快乐，而是报应前片刻的宁静。当你富有时，若那财富源于对别人的巧取豪夺，这不叫富裕，而是吸血。得理时，让一让，给人留条路。无理时，让一让，给自己留退路。会让，你会是赢家。让了，你才是智者。"

因为学的是中文专业，所以废话特别多。但钱晨写完后，似乎有了某种解脱和宽慰。但，他不能预料徐根娣读后的反应。

其实，徐根娣根本就没有阅读，她看是钱晨寄来的，还是像以前一样，立即将它揉成纸团扔进了抽水马桶。

在气象局里，因"群众"反映不好，所以钱晨只好写了"辞职报告"，离开了气象局。

尽管钱晨曾任高职，但一旦离去，绝大多数部下不再对他笑脸相迎、唯唯诺诺，——人走茶凉就是现实。

钱晨离开气象局时，内心是恋恋不舍的。他边走，边在思考：人这一生，无论经历了什么，都是一种阅历，都是成长，最终无论结果如何，过程怎样，总会过去。要永远相信，只要我们不对生活失去希望，总会有与美好相遇的那一天……但他还是流了眼泪，只是没有人看到。

于是，钱晨联系了以前的几个铁杆兄弟去创办各类公司，甚至搞传销，最后都以失败而告终，有几个朋友还与他反目为仇。

尤其是搞传销，要不是一位公安局的朋友来打招呼，钱晨可能就"进去了"。他赶紧洗手不干。

最让钱晨心痛的是，白驹弃他而去，只是留给他一句话："到了日本再相会吧。"

如此一来，钱晨便变得孑然一身，一无所有。他才真正清醒地认识到，古人说的："色字头上有把刀"，的确如此！

另外，钱晨还感受到，自从离开了气象局领导的岗位，自己便变得一文不值。他这才明白，原来平台和官帽如此有价值。

这不，钱晨有一天到以前去过的一基层单位看望朋友，很明显，人家的眼里除了鄙视和爱理不理，再也看不到以前的那份巴结、恭维的目光。

在气象物资生产厂，一个清洁工大妈拉住钱晨悄悄问："人家都在背后议论你，说你是当代陈世美，有这事吗？"

钱晨死要面子，回怼道："陈世美算什么，我像以前大流氓西门庆，见了女人玩一个扔一个！"

"恶心！"大妈嘀咕道，还朝他啐了一口。

"不是恶心，是潇洒。哈哈！"钱晨说毕，扬长而去。


钱晨为找回"饭碗"，折腾了将近一年，经常遭到冷遇，白白烧掉了好多冤枉钱，结果还是一事无成。他的名声自然是一落千丈。幸亏还剩下八、九万的私房钱，这都是在当副局长短短一年多的时间中积攒起来的。

钱晨最先住回父母那里的二层阁。由于感觉自己像是普希金写的童话故事《渔夫和金鱼》里的那个渔夫，——救了金鱼，好不容易过上了几天好日子，结果又回到了原先住过的草棚。

在儿子离婚的问题上，钱晨父母是有意见的，钱瑜并不认同儿子所有的做法。但是，儿子已经到了而立之年，他们也没有过度的干预。每次看到儿子来了，老两口只是简单询问一下："你们现在关系进展得怎么样了？"很少对儿子的做法提出过严厉的批评。

钱晨的失落时时绕心。他感叹，真是往事不堪回首，问君能有几多愁？恰似一江春水向东流。钱晨精神上受不了，于是就用积蓄在近郊借了一处两居室的精装修的房子住下。


太阳早已下山了。在伏天的闷热的炙烤下，钱晨不得不打开窗户。知了在疲惫地长鸣，鸟儿已躲到阴凉的地方休憩，累得已经没有力气发声。唯独青蛙同情哀叫的知了，不断用"咯咯"的叫唤去呼应，意思似乎是："渴了?渴了?"

的确渴了。漫漫长夜，闷热的室温让钱晨辗转反侧，不断喝水，还是无法入眠。他多次打BB机给白驹，始终不见回音。钱晨觉得自己成了孤家寡人。这是继"文革"的糟糕处境后，自己陷入的又一个苦难的无底深渊!

无尽的懊恼和失落，促使他考虑去异国图发展，他已经没有勇气再去跟别人斗法、周旋。他只能选择撤退!

但是，自己让了，出国了，到底有没有出路?钱晨毫无把握。

当时，国家已实行了开放政策，国内的一些知识青年开始流行闯东瀛、赴欧美留学的风潮。好多青壮年都在蠢蠢欲动、想法设法，通过各种途径去日本或美国，以达到早日致富的愿景。因为，他们都穷怕了。钱晨从周边的朋友、同事、亲戚那边听到的消息，都是花威出去留学的那些青年，都挣了不少钱，活得比较潇洒，还不断地从国外寄回来钱和先进的家用电器、电子产品。他当然一直很羡慕。

反复思考了两个月，钱晨终于下了决心，花了两万块钱，买通了一条地下办理出国事宜(黑色产业链)的捎客令大振，办好了所有去日本留学的手续，两个月后，并拿到了日本领事馆的赴日签证。

钱晨的父母在得知了儿子要去日本的消息以后，心情一下子十分沮丧。

林凡紫对钱晨说："得知你要去日本，我一连哭了好几天。我想劝说你，无论如何不要去日本。我们都已在奔七十了，身体都有病，需要照顾。你的弟妹呢，自从有了家庭，就只顾自己小家，都有点靠不住。你是家里老大，我们万一有个三长两短，你不在我们的身边，那我们怎么办?所以，你无论如何不要去日本。否则，我们可能会折寿的!"

但是他的父亲钱瑜还是非常的理智，他说："你还是去吧，有什么问题呢，我们自己想办法克服。爸爸知道，你现在处于非常时期……我们已经被抄过家，我知道被整的味道。所以，我赞成你到日本去发展，谋条生路。唯独希望你挣了钱，有了好的发展以后呢，还是能够及时地回来。这样的话呢，我们也有依靠了。你妈妈刚才说的那些感情用事的话，你也不必在意，学成回来是最重要

的。至于像徐根娣那样的女人，你这样断了就断了，没有什么可留恋的。希望
能找一个更好的女孩，像像样样地再组建个家庭，给我们生一个大胖孙子！"

钱晨听了很感动，他对父亲说："父母的话，我都记住了！"

飞机是在上午9:10起飞的。才一个多小时，通过飞机的舷窗，钱晨看到日
本建有许多人工岛，这些人工岛除了用来建机场，还建了许多码头和工厂。钱
晨为什么认定这是人工建造的呢？因为，一方面从舷窗看下去，岛屿的边线都
是笔直的，这显然不是大自然的造化。其次，日本国土小，它有拓展疆土的强
烈夙愿。

当看到富士山山头时，许多乘客，都涌向了舷窗口眺望。飞机有一半时间
是在日本列岛上开过的，到了11:45，便抵达东京的成田机场。在机场的出口
处，便有令大振派来的小轿车迎接。

东京的成田机场虽说很大，不过也就两三个虹桥机场那么大。机场也不太
漂亮，当然，它的管理是一流的，干干净净，机场里到处是井井有条，忙而不
乱。

出得机场，到处可见，绿树成林，鲜花遍地。哪怕有巴掌大的空地裸露，
都会有绿草覆盖。地上和地下的交通四通八达。

由于向留学中间商交过安顿费，当天下午4点左右，钱晨被接机的人(也是
中国留学生)安排去东京迪士尼乐园游览。该乐园大概比花威动物园大不了多
少，但管理堪称一流。地上到处是塑胶地坪，走起来有弹性，噪音降得很低。
到处是小剧场，在演绎米老鼠和唐老鸭及其衍生的故事。入夜，还有相关主题
的卡通人物的集体亮相、结合杂技在游行。所有的表演可谓美轮美奂。毫不夸
张地说，该乐园里的活动项目比国内任何一家乐园要多得多，也好看得多。钱
晨深受震撼，顿时有一种到了天堂的感觉，他在内心感叹："花威在国内算得
上也是比较好的地方，但比起这儿来，实在是差得太远！"

晚上9点半，钱晨被安排下榻于东京二星级的浦岛宾馆。接机的那个人送
过来两张打电话的磁卡，教会钱晨如何使用。钱晨立即给父母打了一个越洋电
话，报了平安。

　　东京位于日本本州岛东部，是日本国的首都，东京仅次于纽约、伦敦，和巴黎并列，并称"世界四大城市"。扩张相连的城区，是当时全球规模最大的巨型都会区。东京有许多名胜古迹和著名国际活动场所。市中心的丸之内是东京银行最集中的地方，乐町区的剧场和游乐场所最多，银座区的商业因世界百货总汇而闻名，这三个区是繁华东京的缩影。东京不仅是当代亚洲流行文化的传播中心，亦为世界流行时尚与设计产业重镇。而古时的东京是一个荒凉的渔村，最早的名称叫千代田。东京护城河对岸矗立着一幢标志性建筑，飞檐重阁，白墙黑瓦，精巧的建筑连同浓郁的日本民族风格，一起半掩半映在绿树丛中，加上氤氲萦绕的氛围，使皇宫更显得几分神秘。

　　钱晨久久地凝视着东京。这座喧嚣的城市就像一台不停转动的印钞机，正在用一种可怕的方式印制着充满铜钱味的现代文明。而那种古老的文明，无论它享受何等殊荣，也只能蜷缩在金钱之都的旮旯里了。

　　每天约有数百万人从首都圈外围地区通勤至东京上班，使得东京的中心区域白天经常人声鼎沸。东京还是日本的文化教育中心。

　　各种文化机构密集，其中有全国百分之八十的出版社和规模大、设备先进的国立博物馆、西洋美术馆、国立图书馆等。坐落在东京的大学，占日本全国大学总数的三分之一。

　　第二天上午6点，钱晨一早就起来，在东京浦岛宾馆门口的小路上散步。这个宾馆建在山丘之上，空气及绿化甚佳。向远处眺望，附近的高楼都建得不高不低，有点壮观。钱晨散步路上遇到一位来自上海的留学生介绍，日本造房子，都考虑到抗震、防震的因素，所以建房采用的材质，一般都采用了韧性好、抗撞耐压的铝合金龙骨，这就导致了房价很高。

　　到了东京，原来的接待人员伺候了几天之后，就突然消失了，怎么联系都联系不上了。钱晨不知道自己将住哪里？将去哪里吃饭？更不知道，将通过什么方式生活下来？

　　原来，接机的人仅仅为他付了两天的房钱。钱晨没有住的地方，这让钱晨狼狈不堪。钱晨语言不通，举目无亲。有一次，竟饿了三天。为了保存经济实力，钱晨根本顾不上面子了，有时竟然到菜场的熟食店后的垃圾箱里，寻找倒掉的过期食品拿来充饥。虽然有点馊，吃起来很酸，但总比饥饿要好受些。钱晨很惊讶，吃这种真正意义上的垃圾食物，自己居然毫发无损，可见人的自我救赎能力有多强！

钱晨一路仔细观察。日本的干净绝对是全面的干净，全国的干净，不像当时我们国内的城市，仅仅是中心区的干净。在日本大城市最大的感受就是，空气中没有灰尘，连他们的墙面和玻璃都是特别干净，汽车也很多，但是没有尾气，更见不到冒黑烟的车。

日本也是世界公认安全指数最高的国家之一。那里的人民善良友好，含蓄礼貌。可以说，不论你来自哪里，在日本你都能感受到足够的尊重。

当然，钱晨也从在那里打工的中国留学生那里得知，生活重压下的日本青年，虽说他们每月的收入十分可观，但由于日本社会的飞速发展以及狭小的国土面积，使得这儿寸土寸金，再加上令人瞠目结舌的超高失业率，和严重的社会老龄化等复杂情况，让日本的房价和人们的生活开支严重的不成正比。

至于外国来的留学生，能在日本找到一份临时工还是幸运的。但你随时可能因为今天工作上的疏忽，就得收拾箱子立马走人，睡在每天标价150块人民币，且面积不超过10平方米的单人间里，重新过上浑浑噩噩找工作的蜗居生活。这种现象决不是少数。因此在日本的社会里，除了普通百姓，还有一类人群被统称为"网吧难民"。而曾经是副局长的钱晨，为了节约，连"网吧难民"都住不成。他只能蜷缩在远郊一处公共停车场的楼梯下的狭小的空间里。他用几个纸板箱给自己搭了一个"房间"。这个住处的狭小，完全可以与当年他与徐根娣结婚时居住过的那个只有一米多高的二层阁"媲美"。

"命苦啊！"钱晨睡在"纸箱房间"里哀叹道，"我堂堂一个大学生，还当过副局长，竟落难到如此地步！"他抹着源源不断的流泪，不行，我得修改自己的人生道路，我得翻身求解放！

首先要解决吃饭问题。钱晨开始在茫茫人海中寻找认识的中国人。虽然出过几次洋相，但最后还是给他找到了，还是个女的。她就是大学里的同班同学——徐飞。

钱晨是个多情的主，在四年大学生涯中，曾经一度也对徐飞有过一段单相思。但是还好，徐飞是个冷美人，不仅外表高雅，思路也极其清晰，自控能力特别强大。她在知道钱晨早已结婚后，立即就终止了与钱晨的种种私人联系，不再让这种莫名其妙的感情持续下去。但是，真是无巧不成书，在东京地铁的一个车站上，有一次他们还是相遇了。

那天，徐飞正好日程安排得不紧，她悠哉悠哉地提着白色小坤包在候车时，正好与打扮得邋里邋遢、惶惶不可终日的钱晨不期而遇！徐飞大惊，把他带到了附近一家美式咖啡店里。

徐飞惊讶地问："老同学，你怎么落魄成这样?"

钱晨苦笑着将自己的近况向她作了简介。然后说自己来了半年，还是没有找到工作，带来的钱差不多要花完了，每天经常只吃一顿饭，有时候连一顿饭都省下了。

徐飞默默地听完："原来这样。我可以给你一点钱，也不用归还。我呢，现在日本的一个保密单位工作。但是，我也是闯出来的。如果光靠别人来救济，这个人一定是成不了才的，也是不能长久的。所以呢，我给你10万日元，作为我们同学之间的情谊，不必归还。但是以后呢，我希望你自己去努力，也不要再来找我，这样呢，一定对你有好处！"

说完，她就从自己的小坤包里，掏出了10万块日币给了钱晨。钱晨信誓旦旦地说："我会还你的！"

"不用！"徐飞说完就迅速离开，两人挥挥手，也没有留下各自的联系方式，就各奔东西了，以后在日本就再也没有过来往。

这种人际关系的处理方式，也是一般西方社会常见的，不必大惊小怪。在西方社会，人情薄如纸，一味靠别人施舍，那注定是行不通的。自己的命运，自己解决，别人最终是帮不上忙的。自己的前程，一定得自己去闯。最要好的朋友也是只救人一时，不救人一世。想当初，徐飞幼年时，不也是一下子落到了人间最底层，后来经过自己的努力，照样可以翻身。

钱晨当然也明白这个道理，后来在日本打拼期间再也没有去麻烦徐飞。

为了节约身上带出来的钱和徐飞的馈赠，钱晨在上了一个月的日语速成课后，稍微会讲几句简单的常用日语。此后，他就不再去上学了，全身心地去打工，在工作环境中学习日语。

毫不夸张地说，在日本能找到一份稳定的工作的人是幸运的。但你随时可能因为今天工作上的疏忽，或是老板破产就得收拾行李立马走人。而在国内这种情况是没有的，——只要在大大小小的国企有了一份工作，就有保障，有了一个铁饭碗，永远不会饿肚子。钱晨甚至在心底说："娘的，还是社会主义制度好！"

一年之后，钱晨的签证过期，成了黑户口，见了来检查的警察吓得魂不附体，赶紧开溜。

但如果现在就回国内，肯定是要给人家笑话的。钱晨觉得自己应该混出一个人样来，才能考虑回国的问题。

其间，钱晨到东京的各处去寻找工作岗位。同时，也顺便考察了日本社会。

钱晨在东京各处的小饭店里做过一些小工，比如洗碗、端盘子、配菜……有时店里人手不够了，他也会去做一些有点技术含量的展示厨艺的活，比方说，去做日本小青年喜欢吃的煎鱼、烤肉之类。

有一家名叫"雅俗"的日式点心店，女老板叫雅子，见钱晨抽空在制作自己的早饭，就远远注视。只见钱晨舀了一小碗面粉，打了一个鸡蛋，在其中放了一小把葱花、一小勺盐、味之素和胡椒粉，再加入几勺水，拌成面糊，放入沸水煮熟。然后，将这些白色的、形状像小陨石的面团放入搁了佐料的一碗汤内，大快朵颐。

雅子见钱晨吃得津津有味，就要求他给自己也做一晚尝尝。钱晨只能服从，如法炮制了一碗。雅子吃了，大加赞赏："ああ、美味しいです。（哦，太好吃了！）"然后，她问钱晨，这种美食的名称？钱晨答不上来，只能说，它的中文名称叫"面疙瘩"。于是，雅子每周都要求钱晨为她做一碗"面疙瘩"。

　　钱晨辛辛苦苦做这些工作，一个月下来只能拿到10万到15万左右日元的收入，这样，他可以租一间小房子住，维持自己的日常生活。为了要积攒更多的钱，他开始一天内打两到三份工。每天都做得筋疲力尽。这样，每个月可以拿到30万左右日元。钱晨也关注自己身边那些扛着生活重压的日本青年。虽说他们每月的收入十分可观，但由于日本社会的飞速发展，以及日本狭小的国土面积，使得日本寸土寸金，再加上令人瞠目结舌的超高失业率和严重的社会老龄化等复杂情况，让日本的房价和人们的生活开支严重的不成正比。其实他们的生存状态也不容乐观。

　　钱晨也留意到日本的文化十分多元，其中有一支就是色情文化。长年累月，非常流行。最让人瞠目结舌的节庆纪念活动，当数每年四月上旬，日本好多城市都要举行"男根节"大游行了！人们（尤其多的是女青年）会簇拥在一个男性生殖器形状的神社旁。甚至举着好多巨型的男性生殖器塑料模型游行，嘴里还叽里呱啦地狂叫着，歌唱着，毫无羞涩之感。场面之火爆、之开放，世间少有。据说日本男人似乎很愿意让自己的妻子也去参加这样的活动。这把在路边看热闹的钱晨惊讶得差点晕倒。

　　"日本的女人怎么这么变态！？"钱晨在心底谴责、嘲笑道，"这难道就是所谓的最文明的社会吗？"

　　谴责归谴责，嘲笑归嘲笑。但是，钱晨对于性生活的兴趣并未减弱。毕竟自己结过婚，念过大学，空闲时，他还对日本人的色情行业专门做过调查研究。钱晨在新认识的中国留学生李葵的引领下，也曾多次蜻蜓点水似的前去光顾过。

　　就本土的色情产业规模而言，没有国家能与日本匹敌。日本的人口不到美国的一半，但其制作的成人电影（AV片）数量是美国的两倍。过去几十年，因日本的经济总量已达到美国的60%左右，引起了美国的忌惮。美国立即用种种办法对其进行严厉的制裁和打压。对于日本而言，或许可以用噩梦来描述。不过即使日本经济再低迷，色情业却从来没有倒下。

　　年轻力壮、心中空虚的钱晨，挣了点钱，空下来就去看色情表演，这叫"温饱而思淫逸"。看了之后，自然心中又泛起了思春的涟漪。

　　那天，在一家咖啡店正好遇到了一个来日本打工的女孩子任丽。她在看店里张贴着的商品价目表，一只红色的皮手套掉在地上而毫无察觉。钱晨走上前提醒了她。

任丽捡起手套，用蹩脚的日语表示感谢："ありがとうございます！（意思：非常感谢！）"

看得出，绝对是中国姑娘，钱晨笑笑问："你大概是新来的吧？"

"是的，才来了两个月。"任丽回答。

钱晨又买来两份奶油蛋糕，邀请她坐到一张桌子上喝咖啡，任丽答应了，主要还是因为囊中羞涩。

随着交谈的深入，钱晨了解到她的姓名和原籍。

原来任丽是苏州人，相貌长得很一般，但很诚实。她承认自己结过婚，生了一个女儿。为了尽早结束自己家的清贫状态，经老公同意，到日本来边留学边打工。

钱晨和任丽觉得他们俩都是30多岁的年轻人，荷尔蒙都还处于活跃期。所以，两个人一见钟情，花了四万日元月租金(约合人民币三千元)，租了一间16平米日本普通老百姓的小木屋，开始了同居。这样的好处就在于，两个人都可以减轻经济压力，在一起生活也有个照应，同时，又满足了各自心理和生理上的需求。对于任丽来说，为避免出洋相，她主张使用安全工具。而钱晨不太喜欢这样，他已经离婚了，可以不受约束。但是，两人谈不上有什么共同语言，任丽只有初中文化水平。他们生活在一起，纯粹是为了节约开支，满足精神上的需要。所以，这种结合从某种意义上来讲呢，也只能是暂时的，苟且的。

他们有时候一起出去吃饭，大多数情况下呢，都是钱晨付的钱。任丽有时候也会买些廉价的衣服送给钱晨作为回报。时间一长，两个人有时候也会有争吵，甚至偶尔也打过架，但是同枕共眠一夜之后，往往就度过了分手危机。

这样的生活大概持续了一年半左右，任丽实在"太抠门"，加上两个人太缺少共同语言，最后，钱晨只好与她分手。

不久，钱晨在东京街头遇到了自己儿童时期的邻居——何日为。

何日为是钱晨的发小，想不到居然在异国他乡相遇。相遇的情形很特别，那天，何日为在采购完一批百货后，皮卡货车将它们拉回自己开的一家小超市。

谁知其中有一个纸板箱没有绑牢，行进中，滑落在马路上。钱晨捡到后，立即抱着纸箱追了上去。幸好何日为的车遇到了红灯，钱晨敲开了何日为的车窗，气喘吁吁地对他说："东、东西掉了！"

何日为愣了一下，立即认出了来者："你是钱晨！"

钱晨也认出了他："何日为?你怎么会在这里?"

"还不是想在这里'扒扒分'?(江南俗语：挣钱之意。)"何日为对钱晨喊道，"快上来，到我店里去坐坐！"然后将钱晨带到自己的住处。

在那里，钱晨认识了何日为的妻子莫菊莉。她是个热情勤快的人，只用了一刻钟的时间，就为两个大男人做好了一大盘馄饨，端上了两壶清酒和两盘凉菜——芹菜拌花生和生目鱼片。另外，她没有忘记放了一碟鲜酱油和芥末。

何日为开了一壶清酒，跟钱晨一边喝着酒，一边讲述自己闯日本的历程。他开始到日本时，也曾在饭店洗过盘子，干过苦力。他现在的生意马马虎虎。

何日为了解了钱晨的近况，邀请他住在自己店里的阁楼上，不用付房租。因那里放了很多商品，何日为还给他每月十万日元的值班费。相当于人民币八千块左右，这真是雪中送炭啊！正好与任丽分手，钱晨一个人租房，经济压力偏大，现在好事从天而降，钱晨感激涕零。

于是，便将自己这几年的遭遇和盘托出。

听完，何日为这样教育钱晨："我可不管你是否之前当过什么局长副局长，有几句话呢还是要送给你的，千学万学，先学做人。人这辈子，什么最值钱?有人认为是数不尽的财富，有人认为是出众的相貌，有人认为是至高无上的权力与地位……而我认为，财富会散、相貌会变、权力会失。唯有良好的人品，才永远不会衰败。因为人品，是人生的桂冠和荣耀。守住人品，你就守住了自己最大的财富、守住了自己人生的最大高度。你应该承认，自己做了很多错事。"

"是的，是的。"钱晨听了连连点头，羞愧得脸红，并非敷衍他，而是发自内心。

何日为继续说："记住这五句话：一、善忘的人，记住的是幸福；计较的人，记住的是痛苦。做一个善忘的人，烦恼才不会打扰。二、今天再大的事，到了明天都是小事；今年再大的事，到了明年都是故事。三、没有挤不出的时间，只有不想给的空闲。四、泪水滑过嘴角，你才知道它有多咸；负担砸在肩膀，你才知道它有多重。不要随意评价别人，也别轻易辜负自己。五、树结疤的地方，是树干最坚硬的地方，人也是一样。"

钱晨感叹："听君一席话，胜读十年书！"

钱晨庆幸，总算有了落脚的巢。另外，何日为还帮助钱晨找到一项收入颇丰的工作——搬运水箱板。原来，日本人公寓房房顶上的水箱，与我们中国当时的公寓房大多在屋顶用砖块砌成的不同，他们是用六块水泥预制板密固而成的。由于房屋大多还刚刚开始建造，还没有电梯，这些做水箱的水泥板往往需要劳工经楼梯直接搬到屋顶。然后由屋顶上的技工用粗大的不锈钢螺栓旋紧固定，再注入硅胶防漏。一块水泥板大概有一百几十斤重，当时，钱晨三十多岁的人，体质尚好，所以还背得动。他沿着阴暗、粗燥的楼梯，背到在建的十层左右高的楼顶上，去搭建成水箱。每个工作日，要上上下下十几个来回。一天干下来，精疲力竭，腰酸背痛。有时，不小心还会受点伤，擦破皮肤、流点血。每天完工，都会汗流浃背、气喘吁吁、搞得灰头土脸。当然收入不错，钱晨不得不为了五斗米而折腰，当时，他一边背，一边像哼劳动号子一样，唱一些抗日的歌曲，诸如《大刀向鬼子们的头上砍去》《毕业歌》等。幸好，日本人监理和同行一句中国话也听不懂。有时，他唱的时候往往会泪流满面，想想自己曾经做过高高在上的副局长，现在竟沦落到"臭苦力"这等地步，觉得既丢人，又不服气、不甘心。完全是靠着以前打高尔夫球锻炼出的良好体力，否则哪里能应付这么强的体力劳动？他冀盼着有一天能摆脱如此的困境。

钱晨突然想起本来讲好也要来日本的白驹。问了好多认识的同胞，结果也如断了线的风筝，再也没有了音讯。

钱晨感到无限的寂寞。后悔自己当时闯东瀛的做法太过草率。现在落到"臭苦力"的地步！真是往事不堪回首，又想起李后主的诗句，背着背着泪流满面。


夜晚的东京霓虹闪耀，光怪陆离。车水马龙，如同纺梭。穿着时尚的行人熙熙攘攘、摩肩接踵。钱晨来到了银座，让他大开眼界。它是位于东京都中央区的日本一个有代表性的繁华街区。17世纪初叶这里开设了铸造银币的"银座"铸造厂，因而有了这个地名。这里各种店铺鳞次栉比，既有历史悠久的日本百年老店，又有出售世界各国名牌商品的专卖店。

为了摆脱无尽的寂寞，钱晨穿着从国内带来的、皱皱巴巴、款式显然落伍的黑色西装，在熙熙攘攘的街头盲目地行走。他也去玩"柏青哥"。"柏青哥"于1930年始创于日本名古屋，发源自欧洲的撞球机。当代在日本经营柏青哥的韩国侨民较多。在日本可以说是家喻户晓的游戏(赌博)机。钱晨急于挣钱，去玩过几次，几乎把带去的钱都输了个精光，就吓得再也不敢去玩了。后来，他从知道内情的人那里获悉，这里面处处有暗机关，否则"柏青哥"的老板怎么生存?怎么能个个发大财?

钱晨还去了东京著名的繁华地之一的新宿有个叫"歌舞伎町"的红灯区，那里一家名叫"枫林会馆"的地方。为了能看到许多在国内看不到的色情表演。钱晨咬咬牙，花了两万日元，买了票价较贵的夜总会门票。岂料，他在观看裸体表演时，见一个身材婀娜、肌肤雪白的中国女孩正与几个黑人在做各种形式的交媾。这个中国女孩看上去很眼熟，再仔细一打量，这个中国女孩不是别人，正是自己以前的女友——白驹!

钱晨大惊，感到要呕吐，顿时起身直奔卫生间。他冲着洗脸面盆吐了好几口，然后立即离开夜总会。

他跟跟跄跄地在繁华的马路上，走着，走着。一路之上，他像遭到雷击一般，感到胸闷、口苦，目光呆滞。在漫无目的地在东京的街头走，同时在思考许多人生问题。当年，与白驹一起观看日本那部电影《追捕》的许多经历又映入脑海，而主题歌"拉呀拉"始终在耳边回响……

回到居所，何日为已经等在那里。

钱晨哭丧着脸向何日为讲述之前看到的恶心事。

"走，喝咖啡去!"何日为平静地说。

在"山道咖啡"坐定后，何日为问:"你以后还会去找白驹吗?"

"她可以作践自己，"钱晨苦笑着说，"我是不会再去找她了。哪怕饿死，都不会去找这样的贱人！"

"她没有做人的底线，你可能也有推卸不了的责任。"

"那是。"

"到了日本，你什么事情都要想得开。"何日为劝慰道，"一到日本也有两三年了。光首相就换了三四个，你想想在国内，这种事情会有吗?知道什么原因吗?"

钱晨摇摇头。

何日为："告诉你吧，那是因为在日本有几个美国的军事基地，所以，日本的首相的选择，其实都是由美国主子决定的，明白了吧?"

钱晨恍然大悟："原来如此！"

"亏你还做过大官呢，连这一点国际常识都不懂！?"何日为突然又问钱晨，"背水泥板，还吃得消吗?"

钱晨如实回答："快要崩溃了！"

何日为又问："那我给你另找一个工作——背死人。"见钱晨惊得脸色刷白，继续开导，"这可以赚很多钱！不知道你想不想去?"

钱晨惊魂未定地说："可以去试试。但我有点担心，会不会被死者的病菌所感染?"

何日为说："都用裹尸袋包得严严实实，一般不会被感染。真的，想要挣钱就别怕！"

钱晨听了有点动心。其实，钱晨到了日本以后，也一直在探索人生。他渐渐发现日本是一个奇特的国度，因为其特殊的社会环境和产业环境产生了许多稀奇古怪的职业。比如，"捡鲔鱼"。这个"鲔鱼"并不是指真正的鱼类，"鲔鱼"指的是：自杀者的尸体，因为日本的社会压力巨大，不良的死亡文化、恶劣的工作环境、低迷的经济状况、尽管半个多世纪以来，日本总体上一直被美国驻军控制着，却还信奉着根深蒂固的"武士道"精神。其结果就是：每天平均85人自杀，连续14年超3万人。自杀者往往会选择新干线跳月台、银座跳大楼、家中温水割脉等一系列产生极端恐怖场景的方式。所谓"捡鲔鱼"，就是收拾这些人的尸体。

钱晨仔细盘算，还是有点害怕。

何日为说："别小看这事儿，恰恰有着巨大的商机！"

何日为说，我们可以不完美，但一定要真实，我们可以不富有，但一定要快乐，一个真实而快乐的人，能够直面现实，才会慢慢变得富有而强大，好好想想吧。

何日为说完就离开了。

深夜，钱晨辗转难眠，起身披衣，他在内心感叹："何日为这家伙虽然没有读过大学，悟性却远在我之上！何日为或许就是老天赐给我的引领者！我到日本来干什么？除了避开被人指摘，还不是分分秒秒在考虑的是：如何脱贫致富？至于什么是自己的人生目标，现在不是考虑的时候，先要解决自己的温饱问题。"

思来想去，钱晨觉得还是背死人比较靠谱，来钱也快。但，大学毕业生竟然要去背死人，真是斯文扫地，多么丢脸的事啊！他痛苦地思索——

现在的处境，想要守住面子，其实拒绝了成长。很多人以为爱面子是性格问题，很难改变，其实不然，爱面子的背后是一种思维方式。太爱面子的人，往往是僵固型思维。他们潜意识里认为人是很难改变的，自己在内心里虚构了一个完美的自我，不允许任何事情打破，这个"完美自我"最明显的外化就是"面子"。因此，他们非常在意别人怎么看自己，一旦不能如愿，脆弱的高自尊就会受伤，很多爱面子的人到最后才发现，面子都是不值一提而虚无缥缈的东西，于其重表轻里，还不如内敛自我。

想明白了，钱晨决定，还是去背死人。

原来，日本人的楼宇里，是不让死人乘坐电梯的。一定要从楼梯上背下去。日本人比较迷信，发现死尸的时候是不会让尸体乘坐电梯的，就得有人从楼梯间背下来，而且日本是个比较注重个人隐私的国家，这样一些人就是死在家中也没人知道，直达尸体腐烂发臭的时候邻居才会发现报警。

家住东京秋叶原的一幢公寓里，95岁高龄的山本惠子老太去世，子女门本来准备使用楼里的货梯运送遗体，然而就在出殡前一天，楼道里贴出了所有邻居的一封措辞强硬的"告示"，宣称绝不允许本幢楼过世者乘坐电梯……为了避免伤邻里的和气，山本惠子的子女到处去找背尸人，而日本人现在都比较富裕，出再高的报酬，当地都找不到愿意干这种晦气活的打工仔。经好心人指点，他们赶到附近华人开的超市，找到了该店老板何日为，表示愿意付8万日元的背尸费。经过讨价还价，最后以10万成交。

谈好价钱后，何日为就委派钱晨去接这个单。钱晨硬是背着山本惠子的尸体从11楼上运了下来。说实话，背尸体尽管有点恶心，但比起背水泥板，毕竟要轻松许多。日本是很尊敬老人的国度。而且可以每到一个楼层停一下，这层的住户会给你额外的钱，让你将尸体赶紧背走。

钱晨对何日为说："按照传统理念，死者要以尊贵礼仪打发好了，才能不闹鬼，并且保佑子孙平安。竟然让逝者崎岖坎坷地走完最后一程，这才是最不吉利的事情。胆敢挡死人路的蠢人，哪天停电走一回昏暗的楼梯，难道就不怕冤魂报应？没有任何法律或物业公约规定遗体不能乘电梯，部分业主干涉他人正常使用公共设施，也没有任何法律依据。"

何日为揶揄道："书呆子理论！要什么法律依据？挣钱才是硬道理！上世纪三四十年代，他们日本侵略中国，屠杀我们几千万同胞，有法律依据吗？"

"有道理！"这下钱晨算是明白了，答应接这个单。

钱晨背着尸体，途经一层层的楼梯间很少停一下，歇一歇。直到背至一楼，让殡仪馆的运尸车拉走。

干背尸这样的活，虽然不登大雅之堂，但对比以前背水泥板，劳动强度下来许多，然实惠得让人难以想象，报酬一次可得十万日元左右（五六千块人民币），等于一次背尸，就抵得上别的打工仔忙活半个月所得的收入。一个月下来，就可以赚200万日元左右，约合人民币12万多！对于穷苦的中国"留学生"而言，这是一个天文数字。根据事先与何日为的约定，钱晨将其中的一半交给了何日为。何日为也欣然接受，这就是西方市场经济普遍的操作方式，大家赚得都很开心。作为钱晨发小的何日为的精明和大度就在于，他从来不去过问钱晨在背尸过程中是否收取了小费？

其实，背尸过程中，钱晨挣得最多的，倒是将死人放在邻居门口的时候所得的外快。这个窍门开始并不知道。有一次，一个老人死在32楼，钱晨一口气将老人背到25层时，已经汗流浃背。就将死者倚在一户日本人的门口。不料这家人正好从外面回来，见有死人倚门大光其火，骂骂咧咧。钱晨也听不懂他们在骂些什么，但也不服气，只是将死人移开几米。不料这个日本人拿出十万日币，塞给背私人的钱晨，大声吼叫，钱晨还是听不懂，但可以根据手势判断出他的意思就是："赶紧走开！赶紧走开！晦气！"

接下来，由于体力不济，钱晨将尸体搬下几层都要歇一会，惊喜的情况出现了，只要撞见邻居，他们都会掏出两三千日币来，交给钱晨，让他赶紧走人。

死者邻居给的这笔钱远远大于背死人的钱。但这是不用上缴的。原来如此！钱晨一阵惊喜。

于是，钱晨背着一百几十多斤的死人从楼道里一路走下来，本来下两三个楼面停一下，现在，他背着尸体，几乎每一层都要停一停，歇一歇。遇到有住户正好要外出，一般都会塞钱给他："お願いします。すぐに運んでください。（拜托了，请立即搬走！）"

这样下来，钱晨往往可以拿到十倍，甚至几十倍的报酬。他吃定了日本人特别迷信，不喜欢尸体出现在自己家门口的风俗习惯。

一个月下来，钱晨点了一下藏在天花板上的积蓄，居然有300万日元之巨。钱晨惊呆了。一年下来，钱晨居然赚了两千多万日币，转换成人民币，居然有一百几十万之多。这可把钱晨乐坏了。

在背尸的过程中，钱晨也逐步听到了许多日本孤独老人去世的故事，——日本人很注重保护隐私，很多老人因种种原因处于独居状态，他们一般都会在年迈的时候和家庭遗物整理公司签好协议。当他们在家中过世以后，公司就会派人过来把老人的遗物整理好，按合同上的条款进行火化或者原物埋入老人的墓地中。

晚上，钱晨睡在何日为开的小超市的楼上，乐在其中。但静下来细思时，也觉得自己怪可怜的。一个当过副局长的人，竟然跑到日本来背死人，让国内熟悉的亲友知道了，岂不笑掉大牙?幸好，这事发生在日本！

尽管如此，钱晨还是对何日为感激涕零。有一天，钱晨请何日为在一家有点小名气的酒店——"大井田烤河鳗酒店"小酌，想不到一个认识何日为的宁波留学生姚林图也坐上桌来，似乎跟何日为还很热络。

席间，钱晨再次向何日为表示感谢，他说："万万没想到在日本背死人能这么挣钱！"

说着无意，听者有心。姚林图动起了歪脑经。他沉吟片刻，趁何日为去洗手间，鬼鬼祟祟地对钱晨说："背尸体的活好是好，但这地方总不可能每天会有死人。"

钱晨都点点头。

"在没有死人可背的日子里，就挣不到钱。能不能换个思路，想出一个好办法，借以敲日本居民的竹杠?"

钱晨警惕地问："什么办法?"

然而姚林图不以为然："这里说不方便。这样，明天中午十二点，我在新宿麦当劳请你吃饭时详细介绍。"

钱晨一脸的狐疑。

第二天中午，钱晨乘了地铁出了新宿站，阳光很好，可以看到蔚蓝的天宇和淡淡的白云。街道两旁矗立着一幢幢颜色各异的楼宇，有灰色的、蓝色的、白色的、黑色的米黄色的……而且形状多变。当中也夹杂着一些欧式的建筑。这些建筑一般都只有四五层高，外墙的立面，同样颜色丰富多彩。街道上绿化，而电线杆，及其架设的电线显得老旧而杂乱。然而，地面是出奇的干净。令人感到有点别扭的是，马路上的汽车是靠左行使的，这与我们中国的交通规则正好相反。路边供人歇脚的座位很多，一般都有靠背，显得很人性化。到了中午时分，公司里的男白领，身着西装领带，一个个往前赶路。而女白领一般都是三五成群、穿着裙装，背着小挎包或提着小手袋嘻嘻哈哈说笑着前行。还有穿着校服的中小学生，他们往往排着队伍在街上行走。街两边，各种料理店比比皆是，可以吃到世界各国的菜肴。中华料理店里也是人头攒动……

钱晨终于找到了位于路口的那家麦当劳。姚林图已经买好了咖啡和汉堡包，早早等候在那里了。

钱晨刚刚坐定，对面的姚林图说了简短的几句客套话之后，就立即神秘地命令道："凑过耳来！"

钱晨不知就里，只好探过身去。

姚林图几乎用气声抛出了一个小计谋："是否做一个假死人，背着去骗骗那些傻乎乎的日本人？"

钱晨听了大吃一惊，也用气声回答："亏你想得出来！"

"这叫以其人之道，还治其人！"姚林图振振有词，"反正日本鬼子欠我们中国人的债难道还少吗？现在要回多少是多少！谁叫他们的奇葩风俗让别人能钻空子呢？"

钱晨犹豫了。

姚林图眼睛发亮："这样，我们合伙干，所得一人一半。"

想迅速发财的钱晨还是被姚林图说服了，于是跟着姚林图来到附近一家大型商城地下室的垃圾房里，拣来一个塑料做的仿真模特儿。这个塑料模特做得很结实，至少也有几十斤重。姚林图将模特儿拆成两截，装进事先准备好的编织袋里，两人提着袋子从边门悄悄溜走。

钱晨跟着姚林图回到他所居住的小区。姚林图带着他从自己小区的一个旧衣服捐赠箱内，挑了好几件老人的外套和内衣带走。回到家里，姚林图给塑料模特儿穿好了衣服。

第二天上午，钱晨赶到姚林图的住处。姚林图麻利地把模特儿分成上下两截放入一个33吋的拉杆箱内，他说，这样可以避免引起别人的注意。随即还塞进了一个黑色的殓尸袋。

然后，姚林图拉着箱包，带着钱晨来到了市郊的一幢公寓楼内。进了电梯，两人直奔最高的楼层。出了电梯，迅速躲到消防楼道内，钱晨在楼道门口望风，虽然那儿一般不会有人来。姚林图立即将拉杆箱打开，只花了几秒钟就将模特儿迅速装配好。接着将模特儿装入殓尸袋交给钱晨，自己则立即提着拉杆箱乘上电梯下到底楼迅速离开。

钱晨背着殓尸袋，假装非常吃力，慢吞吞地一层一层地往下背。然后三番五次地来到某个楼层走道上休息，偶尔遇到了上下电楼的居民，他们往往会拿出几千甚至上万的日元来打发钱晨立即走人。

等到钱晨"气喘吁吁"走出大楼门口，姚林图开来的运尸车早已经停在不远处。两人将殓尸袋装上那辆事先用油漆涂装好的"运尸车"，然后扬长而去。

这样一天下来，两人居然可以各自挣到20万日元左右。一个月下来，两人可以赚到250万左右。加上平时，钱晨从何日为介绍来的背尸业务，每月的收入竟然在十万人民币以上！这是钱晨以前想都不敢想的愿景。

这种"美景"一直持续了一年多。但是正如古话所言："若要人不知，除非己莫为。"

钱晨正在"背尸"时，模特儿的一个折断的臂膀从开裂了的"裹尸袋"里掉了下来，被刚付了小费的日本人识破，立即报了警。

接着，日本的媒体大肆炒作，意思非常明确，中国留学生样样坏事都敢做；样样坏的点子、烂招都想得出来。一时间消息被炒得沸沸扬扬。中国留学生、华侨的许多组织也纷纷出面进行谴责。一时间，弄得钱晨和姚林图吓得躲在家里，不敢见到熟人。

很快，姚林图和钱晨被拘捕了，但显然，证据不够充分，且危害性甚微，加上何日为又在第一时间花大钱买通了当地警视厅的某副厅长，这样，姚林图和钱晨被释放回各自的住地，一周之后被遣返回国。

钱晨既无奈，又感到如释重负，正好也想回国去会会自己日夜思念的父母，以及弟妹、亲友。这时，他又想起了前女友白驹，以及自己对于她的"底线"

的拷问。钱晨苦笑地摇了摇头，在心里对自己说："倘若白驹知道钱晨今天堕落到这等地步，她会怎么想？所以……"

　　离开横滨前的那天，钱晨起得很早，他披着薄薄的霞光到东京的海边散步。

　　晨曦下的大海静谧旖旎，偶有几艘几百吨银白色的游艇默默驶过，瓦蓝瓦蓝的海水显得神秘和灵动。今天海面上干干净净，波光粼粼，时而也飘过一些淡淡的雾霭，如同美女系在颈部的轻纱，翩然舞动。空气无限的新鲜，宛如置身深海。海岸边错落有致的现代楼宇，像两道起伏不定的山峦，淡定地欣赏着海水的翩翩起舞。临别之际，钱晨对于日本还是有些眷恋，他突发奇想，这波动起伏的海水就像一束美妙的五线谱，而岸边的楼宇和桥墩，如同神奇新颖的"音符"，紧密、和谐、有机地排列开来，从而谱写了日本国最现代、最具魅力、最浪漫的交响乐章，也是她能与全球少数几个最著名的国际大都市比肩的强劲乐曲。

　　这些赞美之词发自钱晨的内心，但是他通过国内亲人的信件和电话。也听说了，这几年国内的发展飞快，尤其是花威附近的上海，也造了许许多多的跨江大桥、摩天大楼、高速公路等等，其优美的程度和科技含量，不一定比日本差到哪里。另外，随着教育的普及、大学毕业生的增多、工农业大发展、股市证交所的建立……老百姓的生活都有了极大的提高。与他当年跨出国门、刚去日本的时候的情况完全不同，国内的改革开放使国家发生了天翻地覆的变化……得赶紧回去看看，或许也存在着各种机会。

　　再见了东京！再见了日本！

　　钱晨在回国的羽田机场的登机口，万万没有想到，会在这里遇到老同学朱彬！朱彬是从洛杉矶出发到东京转机回国的。两人都既感到意外，又觉得分外亲切。由于都去过了西方，两人激动地拥抱了一下，都觉得，唯其如此才能慰藉一点孤寂、疲惫的灵魂。而握手、鞠躬等中国传统礼仪在此时都难以表达此时真实的心意。

　　在飞机不太拥挤的经济舱里，他们向空姐提出，要求坐在一起，后者同意了。

　　还是钱晨先打破了沉默："我相信，这几年的经历，或许使我们产生一个共识，那就是——得到了许多，失去了更多。"

　　"完全同意！"朱彬说，"我已经无数次地听到亲友在说，现在国内，方方面面都有了长足的进步，我在想，我们在国外玩得像乘坐过山车一样，吃了这么多苦，是否值得？"

　　"深有同感！幸好没有丢了性命。"钱晨回答，然后又问，"一晃，哎呀，将近20年，有没有听说李仲景同学的消息？"

　　"听说他还是留在国内，好像在当邮差什么的。"朱彬说。

　　钱晨："希望他日子过得好。这些年我们在外面都听说了，国内现在的发展速度实在是太快了。"

　　朱彬点点头："这一点是感觉到了，现在外国人看我们的目光也不像以前那样鄙视了。"

　　他们紧挨在一起，手握着手，好长时间没有松开。前面提到过，在大学读书的时候，钱晨曾经有意过朱彬，但是朱彬知道他有家室，从未予以理睬。现在可不一样，尤其是经历了这么多大风大浪，大家都看重四年同窗的深厚情谊，加上相逢在国外，两颗枯寂的心紧贴在一起，变得有点像情侣，但又不是。

　　一路之上，朱彬真诚而又动情地向钱晨吐露了这些年自己的轨迹。

# 9

　　朱彬是同学中第一个去美国的。那是在1985年。为什么是她第一个跨出国门呢？说来话长。

　　原先，她被分配在橡木中学当语文老师。这所中学"文革"中改为"红卫中学"。"文革"结束，校名又改了回来。当地老百姓将此事戏"称为"回锅肉"。

　　其实，这类事发生在个人身上也是有的，有一个橡木中学的学生，他的名字叫钟宝宝。他是一个老实巴交的孩子。迎来了"文革"以后，有同学讽刺他，说他的名字太土,有点封建的含义。他居然听进去了,到派出所,硬是把自己的名字改成"钟东彪"。什么含义?相信大家都能够猜到。但钟东彪万万没有料到,1971年的9月13日,林彪仓皇出逃,坠亡在蒙古的温都尔汗。这个钟东彪又去派出所,把自己的名字改成钟卫东。到了1976年10月6日,四人帮被粉碎,这个钟卫东又几个晚上没睡着,觉得自己的名字不合适了,还是改为:"钟宝宝"。

朱彬是在1982年8月1日赴去学校正式报到的。她被任命为语文老师,她却要求担任音乐老师。因为学校里也正好缺少音乐老师,于是校方答应了。

朱彬就开始备课。那么,她为什么放下收入好得多的语文老师不当,情愿去做收入比较少的音乐老师呢?那是因为语文老师是主课老师,往往还要担任班主任。这对她将来辞职出国极为不利。到时候会因与班上同学的情谊难以割舍而无法脱身。

由于朱彬长得美丽,所以,她的课倍受学生们的青睐。尤其是男生,听她的课,那是目不转睛,觉得非常养眼。而女生则从朱彬老师的穿着打扮和言行举止中,学会了什么叫"时尚";什么叫"高雅";什么叫"淑女";或者叫"名媛"。

正因为没有"扎根意识",朱彬才能脱身。

但是真的要离开自己执教的学校时,朱彬还是遇到了许多麻烦,以至于也思考过,这样做是否值得?首先是有个教过的班级,她在上课时透露了将去美国留学的意图,几个女学生竟然号啕大哭起来,嚷着不让老师走。

下了课,这个班上的同学还在班长的撺掇下,集体到校长办公室请愿,表示不让朱彬老师离开他们。学生们是真心舍不得她走,因为朱彬老师上的音乐课、舞蹈课特别专业,给这些学生留下了非常深刻、美好的印象。特别是女生都以老师的穿着打扮作为自己效仿的目标;男生呢,都觉得这个朱彬老师像女神一样站立在他们面前,成了他们心中的偶像和标杆。而且,朱彬是红二代,她的讲课三观很正,非常潇洒风趣。

学生是纯真的,他们表达的情绪,深深地打动了朱彬的心,使得容易动情的她一度彷徨犹豫。

朱彬要去美国，在她的同事中也引起了震动，有揶揄的、嫉妒的，也有羡慕的、试图仿效的。有一个教体育的男老师叫李开南，原来一直暗恋着朱彬，听说朱彬要去美国，立即向她表白爱意，表示：如她接受，那就跟着她一起去美国，但遭到了朱彬的坚决拒绝。朱彬拒绝他的原因有两个，一个是怕拖泥带水，影响自己去美国的进度和愿望；另外一个原因，是觉得李开南俗气，格局很小。有了这个小插曲，反而更加坚定了她快点赴美的初衷。

朱彬主动去找校长表达自己的辞职意愿，没想到遭到他的一顿呵斥："朱彬啊朱彬，我对你算得好了，可你怎么这么没有良心呢？我本来期望你能够对我们学校的文艺发展作出较大的贡献，在音乐舞蹈方面，培养出几个尖子，搞出几个有质量的节目，到市里、省里拿几个大奖回来！可你说走就走！你这样太使人失望了，告诉你，我坚决不同意！"说完气呼呼地拂袖而去。

这时财务科长正好路过，也语重心长地从工龄、收入等方方面面给她算了一笔账，指出朱彬如果离校将给自己带来的巨大经济损失！认为非常不值得。

这些，朱彬都明白，算的都是小账，她不为所动。但她对于军区的后勤部门领导威胁要收回她家房产的决定，朱彬感到不可接受。之前，他们已经撤回了原先给她父亲配备的勤务员、司机。所以，朱彬特地赶到部队的房屋管理部门，向他们声明："这个房产，是我父亲，作为一个开国将军应该享受的！你们难道要让我睡到马路上去吗？这样欺负你们的老上级，欺负我一个弱女子，于心何忍？好像很不应该啊！"

部队方面后来按照有关规定，给朱彬保留了一个含有卫生间的二十多平米的房间。暑假前后，朱彬几乎天天跑教育局、跑学校，最后她破釜沉舟地向校长吼道："你们要怎么处理我就怎么处理！反正我一定要出国！"

各个部门领导看到她如此坚决，又是将军之后，当着她的面，没人敢竭力阻扰。实际上，他们采取的是"踢皮球"策略，——让朱彬一次次的跑，辞职报告就是不予批准。

就这样，事情拖了半年多，第二年的寒假结束，正在这个节骨眼上，区教育局领导突然接到了市政府秘书处的电话，叫他们赶紧放人。区教育局领导有点迂腐，反问道，你们不是要我们保持教师队伍的稳定吗？这也是国家的一贯政策。市府秘书处的领导批评道，唉，你还有没有组织观念啊？

区教育局领导只好服从，他顺便多嘴问一句："到底是谁施加了影响？"

市府秘书处的领导停顿片刻，就说了句实话："嗯，是省军区领导转过来的意见"。

朱彬终于赶在春节之后，很快办理好一切出国手续。所在学校和区教育局都偃旗息鼓。


朱彬就要离开了这所学校和祖国。真的要出国，还是依依不舍的。她在内心坦陈：自己是有从众心理的。因为当时不少年轻人，只要有资金，有发财的"野心"，都希望能够出国去看一眼新鲜的世界，如果能够到欧美发达国家定居下来最好。凭心而论，这或许是对以前锁国政策的一种反弹。就朱彬而言，恐怕父亲的遭遇，也是她想躲避痛苦回忆的一个理由。当天深夜，朱彬在日记里写道——

"春天来了，便告示我们，接下来就是夏天。其实，人间最美的是春天。向来对春天情有独钟。世间百媚千红，我独爱一片春叶的静美。春，是一个时间的终点，又是一个时间的起点。

"春，把心跳藏在一枚萌发的花蕾里，把美丽藏在每棵树嫩黄色的树叶里，把一份如诗的思念藏在一枚为爱而飞翔的花絮中。

"每一片叶子的纹络间，都收藏着光阴洗礼过的印痕，那如蝶般纷飞的花絮是春天最美的诗行。人生如叶片，一生一落间编织着岁月。走在人生的春天，心也变得淡然，曾经的挫败失意，都成了人生中一笔最宝贵的财富。"

你不得不承认，朱彬不仅人长得美丽，她的文字也是优雅漂亮。

朱彬到了美国纽约，来接她的是他父亲朱原稻原手下一位上校旅长鲁北定的儿子，这个人叫鲁庆林，给自己取的英文名叫"杰姆斯"。四十来岁，相貌堂堂。他在美国几个州开了好几家典当行。应该说混得不错，很富有。在机场他一见到朱彬就说，他是抱着感恩的心情来接待朱彬的。

为什么这么说呢？鲁庆林解释道，在解放大上海时，朱原稻将军曾经救过鲁庆林的父亲鲁北定一命。那天，在外围海山的鏖战中，鲁北定身负重伤，被当作尸体装在卡车上正要运走，这时候朱原稻乘着吉普正好经过，见了卡车，他命令四周的士兵和警卫员："给我一个个认真检查一下，里面还有没有活着的！"

就是因为这道命令，鲁北定的命被捡了回来。

鲁北定痊愈后，留在了省军区，担任参谋长，后又被派去担任一家大型国企的党委书记，儿子鲁庆林则被送到苏联留学。"文革"中，鲁北定被打倒，鲁庆林先是到了香港亲戚家寄居，后来辗转来到了纽约。由于在香港见过世面，他的事业一点点做大做强，开了好几家典当行，生意相当可以。

"文革"结束，鲁北定官复原职。他经常告诫前来探望的儿子："滴水之恩当涌泉相报！"

朱彬的父亲朱原稻将军的命运远不如他的部下鲁北定，被整得奄奄一息。如前所述，父亲病逝前，将朱彬托付给鲁北定照顾。朱彬正是在鲁北定的帮助下，去美国留学的。

朱彬一到纽约，便受到鲁庆林热情接机。风和日丽，和平鸽在身边飞翔，使得初来乍到的朱彬悬着的心一下子放了下来，有一种宾至如归的感觉。

纽约，人口超过八百万，是美国人口最多的城市，面积约309平方英里，也是全世界最大的都会区之一——纽约都会区的核心。来自180多个国家的大量移民生活在这里，因而这个城市常常被亲切地称呼为"大苹果"（the Big Apple）。逾一个世纪以来，纽约在商业和金融的方面发挥巨大的全球影响力。纽约是一座世界级城市，是国际经济、金融、艺术、传媒之都，直接影响着全球。联合国总部也位于该市，因此纽约也被公认为世界之都。

鲁庆林带着朱彬去的是长岛，是美国东部哈得逊河河口和东河以东的岛屿。那里是纽约市郊外高档的住宅区，著名的海滨疗养地。

车子在长岛的一幢乳白色的独栋别墅门口停了下来，鲁庆林平静地告诉朱彬，这儿就是他的家。

"好豪华啊！"朱彬内心在赞叹。

只见别墅的房前屋后都有几百平米的花园，芳草萋萋展现在漂亮的车库前，还停放着好几辆各种颜色的豪车。朱彬看得羡慕不已。

鲁庆林告诉朱彬："我家里面积比较宽松，你可以先在我家里住上一段时间。我会安排你到附近一所语言学校补习英语。我已经替你把学费付掉了。另外，如果你愿意，也可以在我的一家典当行里打一份工。这样，你就可以有些收入，赚回来美国花掉的一大笔开支。"

鲁庆林还给了朱彬两万美金的零用钱，这些，都让朱彬十分感动。

朱彬红着脸说："这怎么可以呢？"

鲁庆林："算是我借给你的，总可以了吧？"

"那可以！"朱彬内心充满了感激，"我一定会还给你的！"

接着，鲁庆林带着朱彬去看了一下自己为她准备好的居室。

那间居室在别墅的二楼的东南角，有三十多平米大。所有的摆设都是白色的欧式家具。梳妆台上铺着彩色的格子桌布，放着插有康乃馨和紫罗兰相搭的花瓶。边上还放着一盘各式水果。房间里面还设有一个独立的卫生间，和一间十平米的书房。

朱彬看了非常满意，说了一句以前很少说的英语："Very good！Thank you very much！（非常好！十分感谢你！）"

安顿好了，朱彬关上房门，开开心心地在卫生间里洗了一把澡。然后仿照大明星英格丽褒曼，用白毛巾在自己的头上打了一个大大的蝴蝶结，披上白色的浴衣照一下落地的镜子。

看到了自己婀娜多姿的胴体和浪漫的装束，朱彬笑着自己嘲讽自己："自作多情！哪个白马王子会看上你呢？"还俏皮地对自己吐了吐舌头。

稍事休息之后，一个菲律宾女佣来敲门。朱彬披上睡袍开了门，只见女佣微笑着说："小姐，主人邀请您下去用餐。"

"好的，我换好衣服马上就下来。"朱彬回应。

关上门后，她从橡木大橱里挑了一件黑白相间的连衣裙穿上，迅速地打了一个发髻，化了一下淡妆，然后从容地走出房门，下得楼梯。

女佣早已在底楼的楼梯口迎候，见朱彬来了，就热情地带着她去餐厅，推开门，只见里面金碧辉煌，各种摆设豪华得像宫殿。巨大的水晶吊灯光芒四射，所有的玻璃橱都有金色的镶边，橱窗里面摆放着各种各样精美的古董或是宫廷餐具。餐厅中间是长方形的餐桌，四周围着十把镶着金边的靠椅。餐桌上，铺着蓝色的格子桌布，每个人的面前都有一套象牙瓷，描有金边的精美瓷器，既有象牙筷子，也有银质的刀叉。

见朱彬进来，鲁庆林一家起身鼓掌欢迎。鲁庆林一身白色西装，红色领带，他的微微发福的太太李素银，身上穿着宝石蓝的晚礼服。一对儿女也身穿黑色的西装，显得很有教养。

坐下后，开始上菜，中西混搭，都配有盆花，十分精致。既有川菜的夫妻肺片、鱼香肉丝，也有北京烤鸭和上海的白斩鸡；有法国的鹅肝、生的三文鱼片，还有蔬菜水果沙拉……汤呢，是罗宋汤，主食有扬州炒饭，也有法国面包和巧克力蛋糕。桌上还放着茅台酒和威士忌、澳洲葡萄酒，相当丰盛。大家一边聊天，讲述故乡故事，一边品尝由台湾大厨师烹饪的美味佳肴。席间，大家还不断地举杯，为朱彬的到来表示欢迎和祝福。

朱彬感到非常的满意，她难得喝酒，今天也放开了，喝了点红酒，一再表示由衷的感激，说着说着，竟潸然泪下。鲁庆林的太太来到朱彬身边抚着她的肩表示安慰，还递上了纸巾。

而鲁庆林则在一边教导自己的儿女说："你们爷爷的命，就是朱彬阿姨的父亲救的。要永远铭记！"

回到自己的房间，已是晚上十点。而朱彬毫无倦意，她披上主人给她准备好的金色丝绸睡袍，拿出日记本，在上面写道："今晚鲁庆林在美国纽约自己家里，为我这个初来美国者举行接风宴会，令我终身难忘！所以，今后一定要跟真心对你好的朋友深交，即使天涯海角也要常常联系。当下拥有的感情要抓牢，即便是风飘飘雪摇摇，那是一生的美好。常怀感恩之心，友情才能越走越近。

"有一种情，沐浴着春风，穿过岁月流年，温暖了你，也温暖了我。铺一纸爱的素笺，在文字中穿越；蘸一笔情的浅墨，在墨韵里穿行。抬笔，抒写一片爱的花瓣；低眉，收藏一份情的暗香。祝福鲁庆林全家：快乐开心，幸福永远！"

写完这些文字，已经过了子夜，朱彬还是睁着一对水灵灵的大眼，难以入眠。

第二天早上，鲁庆林的儿女们都上学去了。鲁庆林就开车带着朱彬去了她将在里面就业的一所位于百老汇街上的"BNBPawnshop"典当行，那是鲁庆林管的企业之一。

鲁庆林安排朱彬在里面担任出纳。这项工作相对简单，只要有初中文化水平就足以应付。故所以具有正规大学文凭的朱彬自然一学就会了。

鲁庆林边走，边开导朱彬："交友一定要谨慎，圈子决定人生，接近什么样的人，就会走什么样的路。牌友只会催你打牌，酒友只会催你干杯。负能量的人只会拉低你生命的质量，而积极向上的人却会感染你取得进步。和阳光的人在一起，心里就不会晦暗。和勤奋的人在一起，人就不会懒惰。和大方的人在一起，处事就不小气。和睿智的人在一起，遇事就不迷茫。学最好的别人，做最好的自己！"

"都是金玉良言，"朱彬回应，"记住了！"

"另外，永远要记住，我们现在是在人家的地盘上。"鲁庆林最后轻声告诫："尽管，中美关系表面上还没有走出蜜月期。但他们在价值观上，始终认为中国是他们的敌人！所以，讲话处事一定要特别小心！"

朱彬点点头。

"最后，还有一个重要的提醒，美国并非天堂，是一个枪支泛滥的国家，特别看不起华人和其他有色人种。所以，不要去凑热闹，一不小心，谁都会拔出枪来射击。"

朱彬回答："这个赴美前就听说过了，但还是要记牢。"

"每年，美国都有成百上千的人死于非命。"

"啊?这么多啊！不是说美国老百姓人人都享有人权吗?"朱彬不解。

鲁庆林笑笑："这是自我吹嘘，永远不要相信！"

每天，朱彬乘着地铁去上班，方便、快捷。毕竟，这是一个世界的超级大国，鳞次栉比的各类商店和超市里，来自世界各国的商品应有尽有，不仅质量一流，价格还特别便宜。尤其是女青年喜欢的世界各国的小吃、零食琳琅满目，让人目不暇接。许多有生以来第一次品尝到的食物，吃在嘴里，令人欲罢不能，非常惬意。各种女性喜爱的化妆品比比皆是，而价格只有国内同款的几分之一，令人爱不释手。朱彬一下子买了许多。

"到底是超级大国，真是天堂啊！"朱彬由衷感叹。纽约的春天就值得细细品味，或许能给人留下深刻的印象。春天刚来的时候，它与花威的春天不同，总是十分寒冷；忽地就进入了夏天。那里的白人和黑人会将秋衣、秋裤、绒帽，一天都尽摘了去。穿着短袖牛仔服，到中央公园的草地上野餐。也有的青年男女在半米高的土坡上相拥、热吻，小憩半天。个别的则带上一两本小书，坐在草地上消磨一天，看着游人来往络绎不绝，若有所思。

那里的春天总伴着间或持续一两天的小雨。淅淅沥沥的，并不很大，且总会有横斜妖风从四面八方刮来，使得朱彬在这儿养成了出门带把伞的习惯。

朱彬很幸运，托父亲朱原稻将军的荫庇，这么快便在美国是站住了脚，她开始思考以后如何发展？尤其自己已经30岁了，年纪不小了，应该要考虑成家立业的事了。

记得父亲临终之前，流着泪对她说："为父离开这个世界之前，最揪心的事是，没有看到女儿的婚礼，死不瞑目啊！"

这句话，几乎每天都会在朱彬的脑海里响起，每次她都会为此流泪。

那天上午，朱彬干完了财务科的事，就去帮助站柜台。这时候，来了一个西装革履、金发碧眼、风流倜傥的英俊男子，朱彬见了怦然心动。但是，朱彬表面上似乎不为所动。经店里的值班经理黄宏力介绍，这位先生叫沙利文·耐克，他是"BNBPawnshop"典当行的常客，经常会来买一些瑞士手表啊，名人的油画啊，有时也会带来一些中国的佛像、瓷器等等，拿来调调头寸。

今天是朱彬接的活儿，她烫着长波浪，穿着一身黑色的西装裙服，别着一枚水钻镶嵌的梅花型胸针。这时，风度翩翩的沙利文·耐克笑嘻嘻地走了过来。

朱彬微笑着用不太流利的英语问他："What can I do for you, Sir?（英语：先生，我有什么可以帮到您?)"

想不到沙利文·耐克竟用流利的中文反问："你是刚来的吧?因为，以前我没有见到过你。"

"是新来的。"朱彬回应，"没想到您是中国通啊，今天，您有什么业务?"

"不急。你很漂亮!"沙利文·耐克紧盯着朱彬的双眼。

"谢谢!"她认真打量了一下对方。这一看不要紧，竟让朱彬的心又咯噔了一下，"天呐!这家伙竟长得太像美国最英俊的男演员格里高利·派克!"少女时代，《罗马假日》的男主角派克一直是她的崇拜偶像和梦中情人。

常言道："爱美之心人皆有之。"其实，女人也一样。朱彬觉得自己第一次被一个美男所吸引，身子骨一阵微微的震颤，甚至有了某种不会为人觉察的生理反应，这让朱彬的脸颊微微泛红。

当然，沙利文·耐克似乎并不知道对方的心理变化，他从手提包里翻出一只丝绸小包，里面是一只清朝的鼻烟壶，他将此交给了朱彬，手还故意碰到了她的小指："这是1860年，来自贵国的圆明园，可以当多少钱?"

朱彬神经质地缩回手，垂着视线对沙利文·耐克说："哦，是这样。您在沙发上坐会儿稍等，我把鉴定师叫来。"朱彬的声音是颤抖的，赶紧转身疾步走入店堂内鉴定师的房间。

少顷，鉴定师曾克占随朱彬匆忙赶来。沙利文·耐克是老顾客，所以曾克占跟他打了个招呼，然后拿起放大镜仔细查看了一会儿，沉吟片刻说："耐克先生，是清末的官窑。不过，没有证据表明，它来自圆明园。"

耐克笑笑："也罢，曾先生，请给个好价钱。"

曾克占："最多一千美金。"

"好吧。"耐克答应。于是，朱彬带着他到律师办公室去办相关手续。

路上，耐克问朱彬有没有住处的电话，朱彬沉默以对。

此后，耐克三天两头打电话到朱彬工作的地方——"BNBPawnshop"典当行，邀请朱彬出来坐坐，朱彬总以各种理由谢绝耐克的邀请。

曼哈顿的南街海港(South Street Seaport)是来纽约的旅行客必游之地,到南街海港欣赏夜景的绝佳去处。最好到了那里以后,爬到购物中心三楼的户外平台上,该处有温馨的木躺椅,供游客半躺着远眺,自由女神岛、艾利斯岛、总都岛,都尽收眼底。而且,不时有游艇急驶而过,艇上游客的欢呼声不绝于耳。

朱彬是在多次接到耐克不依不饶的邀请,终于放下了矜持,来到了这个平台的。那天,她将长发挽成发髻,脖上挂着一根大颗的黑珍珠项链,穿着白底镶蓝边的连衫裙。而早已等候在那里的耐克则身着蓝色的牛仔服,见朱彬来了,他拿了一束白色的月季花热情地献给了朱彬,并大大方方拥抱了一下她。当要吻她时,被朱彬推开了。

他俩来到了露天咖啡座,那里正在播放拉丁舞曲,平台上不少游客随着乐曲不由自主地起身扭动跳舞。耐克为朱彬点了一杯卡布基诺,自己要了一听德国黑啤,然后在一张圆桌旁坐了下来。

"朱彬小姐,你知道我为什么要请你来约会吗?"耐克揭开德国黑啤的盖子,呷了一口。

朱彬喝了一口咖啡:"我怎么能够猜到你们男人的心思?"

耐克真诚地表白:"我想告诉你,你太美丽了,在我心目中,你是真正的天使!"

"是吗?"一般情况下,朱彬不会因为几句谄媚的话而飘飘然,毕竟,她已经不是豆蔻少女。这一次可不一样,她面对的是一个自己心仪的英俊男子,她感到有点晕晕乎乎不能自已了。

耐克央求道:"朱彬小姐,我们可以常来常往吗?"

"不急,我们互相还很不了解。"朱彬假装冷静地回答,其实内心像一头小鹿跳跃的厉害。

不少年轻的女子就是这样一种怪物,她们的脑子往往被理智和情感两样东西操纵。如果说,理智是刹车,那么情感就是油门。情窦初开时,理智大多占上风。此时的朱彬内心明明在说:"好啊!"但说出口的却是:"不急,我们互相还很不了解。"这种悖论在年轻的知识女子那里基本上是常态。

而耐克显然是情场老手,他不慌不忙地带着朱彬走街串巷,也没有什么特别越轨的举动。用他的话说，"我懂得你们中国人的规矩，男人必须儒雅才行！"

然后，耐克跟朱彬讲了两个故事。第一个，他是这样说的："有一个美国劫匪到了一家中餐馆。接待他的，是一个上海的实习生，这个人才来美国三天。劫匪每次抢劫呢，都会将事先写好的一张纸条交给了实习生。纸条上面写的就是，把贵店所有的钱，都放在我这张纸条边上的一个口袋里，我身上有枪！劫匪以前抢的店家，一般都成功。可唯独这个上海人呢，他看不懂英文。所以呢，他就给劫匪沏了一壶茶，之后就到店的其他地方服务去了。他对店里其他的顾客都非常友好，顾客也都爱跟他嘻嘻哈哈地打招呼。其间，顾客以为劫匪是实习生的朋友，所以他们匀了一些食物给了劫匪。劫匪也不好意思抢他们的钱财。等到劫匪吃饱喝足，走出店门的时候，正好给一辆警车撞见，警察立即停车，把劫匪铐了起来。一搜身，竟发现劫匪身无分文。警察大惊，说你这家伙老是抢劫，今天怎么身上一分钱都没有？劫匪回答，我哪里知道那个实习生才来美国几天，英文一点都不懂！"

朱彬听了捂嘴大笑，眼泪都出来了："第二个故事呢？"

耐克说："还讲一个，中国的一个农村富婆，来美国后买了一栋房子。房子的前院和后院原先都是绿地。富婆觉得这个太可惜了。于是呢，她就刨掉绿草，种了一些蔬菜。结果呢，邻居就去告发了她，说这个不能种。于是富婆从国内买来韭菜种子种了下去。美国邻居还以为是另外品种的绿草。等韭菜飞长之后，富婆三天两头去割了一点，就做成那个饺子馅和那个韭菜盒子，然后拿去与邻居分享。那些邻居呢都觉得挺好吃，然后把一张张嘴呢都吃得绿油油的。"

朱彬听了哈哈大笑，觉得耐克很幽默。

有一个哲人说过，征服女人之心最好的武器是幽默。就这样，他们谈了两个多月的恋爱，以至于朱彬一空下来，脑子里尽是耐克的形象，以至于很少有时间思考其他问题。

在自己洗手间里，朱彬洗完澡，在硕大的镜子面前，看着自己的婀娜的胴体，抵着镜子里自己的鼻子，笑着讽刺道："你这家伙，看上去患上了相思病了！"

女人就是这样，一旦真的爱上了谁，她就会像一头犟牛，勇往直前。一旦脱缰，几十个人都拖不住它。

纽约的初夏是美丽的，微热的风吹拂着华尔街和百老汇路边的树木和上面的绿叶。像无数个小孩向你招手表示欢迎。两条街也差不多，都是人群涌动，涌动着一股如打仗般紧张的工作气氛。而百老汇，更是车水马龙、行人如织。

在朱彬看来，华尔街和百老汇都很长，可以算是两条喧闹的长河。纽约，这座现代国际大都市，文化与历史已经汇聚成了一道世界艺术的长河，从古代文明流至现代艺术，所至之处，都是精品、杰作，让人赏心悦目耐克带着朱彬从这个景点游览到那个景点，从这家店吃到那家店，两人从手搀着手，一有机会，也不顾及别人的感受，热烈相拥、相抱、相吻。朱彬觉得从未有过的爽快，她的潜意识也告诉她：这儿的人基本上都不认识自己，所以，情爱的流露也不必拘泥，就像在人迹罕至的湖泊里，即便裸泳，也无伤大雅。谁还会在那里遮遮掩掩?放松自己才是人的天性。再说，他们俩长得又是如此漂亮，简直是金童玉女！

朱彬从小就喜欢看外国的电影，特别青睐于那部经典爱情故事片——《罗马假日》。里面那个男主演格里高利·派克风流倜傥，太可爱了！在朱彬从小的心底，就铭刻下了这样一个偶像，甚至于是自己的择偶标杆。她希望将来自己一定也要找到像格里高利·派克这样的白马王子，然后将自己的一生托付给他！其实，这也是她的情史上为什么一直空白的主要原因。

这一次，让她意外的是，居然在商场上碰到了这个叫耐克的男子，非常的英俊漂亮，完全符合朱彬的择偶标准，她的心旌便开始摇晃，经常自问："难不成他就是上帝派给我的白马王子?我的终身伴侣?"

她甚至于有时候在梦中也会遇到他，醒来时还会引起某种生理反应。她觉得害臊，又觉得自己很幸福。所以后来，只要耐克约请，她基本上都会准时赴约，还从未有过有的女性同胞经常会发生的故意迟到，以显示自己的高贵和矜持。

　　她曾经把这个事情，通过越洋电话，征求过自己在国内的小闺蜜、也是自己的表妹莉莉的意见。莉莉羡慕的要死，对她说："既然让你碰上了，算你运气好！要继续努力哦，绝不能萎缩喔。人家都要嫉妒死你了！"

　　朱彬说："还不知道最后会怎么样呢?走一步看一步吧。"

　　莉莉揶揄道："又要假正经了！说不定已经那个过了，还要装?"

　　朱彬生气了："你把我想成什么了?再说这种下流话，我要不睬你了！"

　　莉莉讨饶："好好，谢罪、谢罪！我们不是无话不讲的好姐妹吗?人家是跟你开开玩笑的！"

　　"这还差不多。"

　　"都是干柴烈火，难道没有亲密动作?"

　　"你就喜欢八卦！"

　　"你不愿意老实交代，那我就挂了。"莉莉不悦了。

　　"交代就交代。"朱彬坦然地说下去，"他开始有了一些亲密的动作，比如接吻、拥抱⋯⋯""你肯定半推半就，非常享受这样一个过程！对吧?后来呢?"

　　"没有后来，我是一个老派人。不办过婚礼，我是不会放弃底线的！"朱彬信誓旦旦。

　　"你不担心，将来孩子是个混血儿?"莉莉不依不饶。

　　"这确实是个问题⋯⋯"朱彬有点底气不足，"我也想过，我跟美国佬结婚，我父亲的那些老战友、我家的亲戚朋友将来会怎么看?毕竟我父亲⋯⋯"她欲言又止。

　　"唉——"莉莉叹了一口气，"这100多年来，美国人老是在全世界打仗，一个个国家都被它攻占、颠覆，掠夺了无数弱国的资源，还赚了许许多多卖军火的钱，就是靠这些在全世界建立了它的霸权。想不到，连红二代美女也沦陷了⋯⋯"

　　朱彬生气了："怎么老是说这些不正经的话！"

　　人就是这样一个矛盾体：理性和感性往往存在着某种分裂。从理性上讲，觉得应该对于那个男人有所提防；而在感性和生理上，朱彬内心还有觉得非常喜欢、需要这个男人。

以至朱彬常常问自己："我怎么了？"

说是这么说，朱彬更注意打扮也是不争的事实，特别是朱彬开始在身上，经常会散发着比较浓郁的法国香水。身上还会挂一些世界名牌的小部件。这些呢，让"BNBPawnshop"典当行的同事们也有所觉察。

老板鲁庆林有一天突然问朱彬："你是不是在谈朋友？"

朱彬脸红了起来，言不由衷地回应："这个，还没有想好……"

"理解。"鲁庆林笑笑，"同事们都在议论你日益光鲜的打扮。"

朱彬俏皮地回应："在您的帮助下，我到了这个世界上最伟大、最富裕的国家，假使不打扮的话，既会丢您的脸，也会丢我父母的脸！我现在终于明白了，出国在外，不能太土了，一定跟上国际的时尚，得维护我们华人的尊严，您说对不对？"

鲁庆林点点头，沉吟片刻后说："不过，这个耐克，虽然是本行常客，但我们对他的背景还是不太清楚，你要仔细观察哦。"

"记住了。谢谢提醒！"朱彬诚恳应答。


一周后，耐克邀请朱彬星期天跟他去华盛顿参观林肯纪念堂，朱彬欣然答应。纽约和华盛顿相距大约365.8公里。顺着高速公路，三个多小时就可以抵达。

华盛顿是美国的政治中心，白宫和美国国会，都在那里，因此经济色彩不浓，是大多数美国联邦政府机关与各国驻美国大使馆的所在地，也是世界银行、国际货币基金组织、美洲国家组织等国际组织总部的所在地，还拥有为数众多的博物馆与文化史迹。

朱彬乘上耐克开的丰田跑车，经高速公路开到了离林肯纪念堂不太远的停车场。然后两个人手拉着手来到了这座古希腊巴特农神庙式的古典建筑前。耐克充当了临时导游，对该名胜作了详尽的讲解，说它是为了纪念第16任美国总统林肯而兴建的。36根圆形廊柱，象征林肯担任总统时，所拥有的36个州。进得纪念堂，正中有一座林肯的坐像，背后石墙刻有林肯的事迹。目的是让林肯永垂不朽地活在美国人民的心里。

耐克说："你们中国人有句俗话，——生死由命，富贵在天。一个人的生死似乎并不取决于自己，生命该到尽头时，怎么都避免不了，哪怕是名人，是皇帝或者总统也不例外。"

朱彬听得津津有味，她用发亮的眼神注视着耐克。

"林肯绝对是一位世界级的传奇人物。1809年2月12日，林肯出生在美国肯塔基州哈丁县一个贫苦的家庭。25岁以前，林肯没有固定的职业，只能四处谋生。他当过船员、土地测绘员等。和大多后来有成就的历史名人一样，他不管干多累的工作，始终热爱读书。林肯在青少年时期便通读了莎士比亚的全部著作，读了《美国历史》，还读了许多历史学书籍。他通过自学使自己成为一个博学而充满智慧的人。

"林肯从25岁开始步入美国政坛。这简直是一种奇迹。也只有在一个自由的国度，他才有这样的机遇。1834年，在一场政治集会上林肯第一次发表了政治演说，由于抨击黑奴制，他在公众中有了影响，这使他被选为州议员。两年之后，林肯又通过自学成为一名律师，后在斯普林菲尔德合伙开办律师事务所。不久又成为州议会辉格党领袖。1846年，37岁的林肯当选为美国众议员。"

"好厉害啊！年纪轻轻就已经从政了。"朱彬赞叹。

"是啊，"耐克说，"伟人一般都是年纪轻轻就胸怀大志。贵国的孙中山、毛泽东、周恩来先生也是如此。林肯于1863年1月1日正式颁布《解放黑人奴隶宣言》，宣布即日起废除叛乱各州的奴隶制，解放的黑奴可以应召参加联邦军队。宣布黑奴获得自由，从根本上瓦解了南军的战斗力，也使北方军队得到壮大。内战期间，直接参战的黑人达到18.6万人，他们作战非常勇敢，平均每三个黑人中就有一人为解放事业献出了生命。1865年4月3日攻占了叛军首都里士满。4月9日，叛军总司令罗伯特·李率残部投降。历时四年的南北战争以北方的胜利而告终。"

耐克兴奋地说："我猜想，贵国的领袖毛主席就是学习了林肯的《解放黑人奴隶宣言》和《宅地法》的做法，才搞了'土地改革'，最终打败了蒋介石和国民党！"

"瞎说！"朱彬从耐克那里抽出了自己的右臂，"我们毛主席学习的马克思主义和苏联的经验，结合中国的实际，设计了自己的政治路线。与你们美国的林肯一点关系都没有！"

耐克讨饶："对对，确实我是瞎猜的。"然后又挽住了朱彬的右臂。

朱彬也接受了耐克的这一亲密行动，她边走边问一个其实是知道答案的问题："林肯总统后来是怎么死的？"

耐克见朱彬顺从了，便饶有兴趣地继续介绍下去："1864年11月8日他再次当选为美国总统。第二年4月14日，也就是在南方军队投降后第5天，这天早上，林肯在白宫接待完蜂拥而来的访客后，下午依旧同内阁热烈地讨论战后国家重建的种种问题。内阁会议之后，曾任联邦军总司令的格兰特将军和林肯总统讨论晚上的社交活动，林肯夫人玛丽建议去剧院看戏，她迫切希望能和自己的丈夫一起放松心情。林肯便同意了，并且格兰特将军和夫人也答应一同去。于是各大报纸和剧院海报都宣布，林肯夫妇和格兰特夫妇要前往福特剧院看戏。那晚上演的是歌剧《我们美国的表兄弟》，剧院内座无虚席，台下的观众不时因为演员的精湛表演鼓掌喝彩。总统包厢内的亚伯拉罕·林肯也因为诙谐夸张的剧情而兴奋，心情大好。很快，歌剧迎来了高潮，剧院内掌声欢呼声不断。这时，突然一声枪响，包厢内顿时一团混乱，亚伯拉罕·林肯后脑中枪，应声倒地。"

"原来是这样……"朱彬为林肯的不幸而难过、沮丧。耐克顺势将朱彬拥抱得更紧了。

回纽约的路上，两人很少说话，都沉浸在对林肯的追思之中……

几天之后，耐克又邀请朱彬去百老汇观看意大利歌剧《悲惨世界》。总的来说，过程中耐克还是比较规矩的，亲昵动作的尺寸还不至于触犯到朱彬的心理底线。而从未认真谈过恋爱的朱彬已经是心旌荡漾。

然后，朱彬反过来也邀请耐克到一家非常有名的中餐馆——"梅陇镇大酒店"用餐。这样做的含义是很明显的，说明朱彬已经喜欢上耐克了。

耐克当然明白这一点，他乘胜追击地说："我很喜欢喝中国的白酒。"

"好啊。"朱彬问，"中国的白酒，英文是否可以翻译成Chinese white wine?"

"No, No。"耐克笑了，"你那是中国式的英文，应该是Chinese Liquor。"

"哦，是这样。"朱彬说，"那好，我就请你喝中国最好的Chinese liquor。"

由于"梅陇镇大酒店"高档中国白酒卖完了，朱彬就到隔壁的超市，仅花了13美金就买来一瓶中国名酒——五粮液。

"好便宜啊！"朱彬自言自语。

这就是朱彬，将军的女儿，自己也有军人经历，十分豪爽。不像一般中国的女子，都喜欢别人请客，从来不乐意掏自己腰包的。不完全因为小气，也源于女子在与男友交往时，应该"矜持保守"的古训。

服务生拿着菜单请耐克点菜，耐克将菜单转交给朱彬："中国菜，你比我熟悉。"

朱彬点了水晶虾仁、菜心扣肉、素火腿、烟熏鲳鱼和虎皮鳝背。耐克加了一个荠菜馄饨和四个叉烧酥。

朱彬虽不大喜欢喝酒，但酒量可以。为活跃气氛，她跟耐克干了几杯。几杯五粮液下肚，耐克的脸和脖子开始泛红。过了一会儿，耐克不慎暴露了自己真实的面目。

事情的经过是这样的，耐克说："朱彬小姐，有人告诉我，说你是中国军队的总参谋派到纽约的特工，我不大相信。"

朱彬的心"咯噔"了一下，为什么耐克对这种话题感兴趣?她开始思索，并沉下了脸："是谁造的谣?我，一个弱女子，怎么可能是特工呢?"

"No, No。"耐克目光炯炯有神，"你不是弱女子！你是中国朱原稻将军的女儿，绝非等闲之辈！"

"啊?"朱彬惊讶得瞪大了眼睛。她头脑里立即发问，"他怎么会知道我的家庭背景?"

　　见朱彬一脸惊慌，耐克从面对面坐，改为坐到了朱彬的身旁，并捏住了她的一只玉手。

　　朱彬也没有将手抽回，她想看清耐克到底是什么人?这样一想，朱彬也释然了，她军人的红色基因立即被唤醒了，她说："来来，我再敬你一杯!"与耐克碰过杯子后一饮而尽。

　　耐克也是豪放地饮酒，他的脸和脖子已经涨得通红，讲话开始有点大舌头。

　　朱彬故意贴着耐克的脸颊，轻声地、嗲声嗲气地问道："亲爱的，你连我的家庭情况都知道，那我如果没有猜错的话，你是中情局的。"

　　耐克居然点点头，又呷了一口五粮液："心肝，你帮我们办事吧，我保你一年之内就成为百万富翁!"说完，舀了一勺水晶虾仁放入口中，"嗯，好吃!"

　　朱彬为了了解详情，又跟他干了一杯，然后，吻了一下他的脸颊，追根刨底："帮你干事?干些什么事呢?"

　　"以后我会告诉你的。"耐克晃着脑袋继续说，"你在典当行做做呢，其实也没有什么很高的收入，还不如跟着我另辟蹊径。"

　　朱彬问他："什么叫另辟蹊径?"

　　耐克又不说下去，接下来坐她边上，搂搂抱抱。甚至，派克试图把手伸进她的内衣里面，被朱彬强力拒绝。

　　"其实很简单，"耐克吻着朱彬的脸颊轻声在她耳边说道，"在美国，你只要摸清中国政府在美国编织的间谍网，以及我们这儿为中国政府服务的科学家的名单就可以了。"

　　"就这些?"朱彬为了详细掌握对方的底牌，居然也不再将他推开。

　　耐克继续耳语，毕竟可以闻到女人的香味："回国的时候，通过令尊的各种关系，了解有关中国的核武器、航天工业发展的各类情况。"

　　"为什么呀?"

　　"因为这几年你们中国各方面都在大踏步的发展，尤其是军事科技!这令我们美国非常担忧。"

　　"还有吗?"

"还有就是有关中国部队的编制、部署变化、高层指挥人员的各种安排、调动的情报。"

"就这些?"

"就这些。"耐克说，"对你来说，做到这些，轻而易举，你可以在一年内，轻轻松松做个百万富翁。难道不好吗?"

"不好。作为一个女子，我不想介入政治。我也不想成为汉奸!"朱彬非常严肃地将耐克推开，坐到了他的对面。

耐克多少有点醉了，他起身松开了自己的领带，摇摇晃晃地警告朱彬："别忘了，你的父亲曾经帮共产党打下了江山，最后是怎么死的?"

"我们国家的事不用你管!"朱彬怒斥。

"唉，可惜啊可惜，"耐克叹息道，"作为将军的女儿，居然不愿意帮父亲申冤?"

朱彬反问："贵国的麦克阿瑟将军是二战英雄吧?"。

"是啊，怎么了?"耐克不解。

"他的下场惨不惨?"

"嗨……惨的。"耐克承认。

朱彬追问："那么他的子女，他的亲友是否还在为麦克阿瑟将军打抱不平?"

"好像没有。"耐克的身体开始有点摇晃，"亲爱的，你很厉害!"

朱彬冷冷地回应："红尘中行走，人有各色，我并不想做谁眼中的与众不同，也不想成为谁心中的唯一风景，我只以自己喜欢的方式，独自行走，随心所欲活成自己喜欢的样子，绝不会向谁妥协!"

"佩服，佩服!但是不要忘了，你的国家没有自由，经常搞政治运动，不值得效忠!"耐克严肃地恳求道，"还是跟我们做事吧!"

朱彬教训道："每个国家都有生病的时候。现在病好了，正在康复。否则我也来不了美国。不是吗?我再向你重复一遍，我不会介入政治的!我不可能帮助你们去做对不起自己国家的事情!拜拜!"

说毕，朱彬拿起小坤包就走，被摇晃得更厉害的耐克拦住，此时的他凶相毕露，威胁道："你敢走?"

朱彬怒视耐克："当然!"

耐克指着朱彬的鼻子："我会……我会杀了你!"

朱彬"哼哼"冷笑了两声，头也不回地要走，被耐克拉住了胳膊。

朱彬毕竟是军人和舞蹈演员出身，身上有点功夫，一甩手，就挣脱了。

这时，旁边餐桌有一个黑人壮汉歪着脑袋突然走上来，一把抓住了耐克的领带，恶狠狠地教训道："Let her go, or I'll get to you!（放了她，否则对你不客气!）"

"Get out of here, nigger!（滚开，黑鬼!）"耐克凭着酒兴和自己训练有素的特工技能，竟跟这个黑人打了起来。

朱彬赶紧逃脱。


朱彬打的回到自己寝室时，夜幕已经降临，她立即拨打电话给还在典当行办公的鲁庆林。

鲁庆林觉得事态严重，立马回应道："我马上回来，你不要急，如果他来骚扰，就赶紧报警! 记住，躲在家里，不要开门接待任何客人!"

朱彬说："好的!"

朱彬关上房门，换上了旅行的衣服，将远行的必需品装进了一个拉杆箱。刚要啃一只法式面包，鲁庆林赶到。

朱彬将鲁庆林放进房间，就把事情的经过一五一十的告诉了他。

鲁庆林沉着脸说："果然，这个耐克原来是中情局的。糟了! 你惹上麻烦了!"他沉吟片刻，继续说："这样吧，我们在洛杉矶也有店铺，你立即悄悄地到哪那里去发展。去的事情，除了我知道，不要告诉任何人! 你尽快收拾一下少量的行李。"

朱彬没有紧张，她镇静地说："已经准备好了。"

鲁庆林："那好，你既不要坐飞机，也不要乘坐火车，我派自己的司机把你悄悄地送到那里。我这儿有个假护照，你一路上要隐瞒自己的名字和行踪，因为像中情局这样的人，我们基本上都不是他们的对手!"他从皮包里拿出厚厚的一叠美金，"这十万块你拿着，路上用得着。好了，我们立即行动！"

朱彬感动地收下钱，飞快地戴上了黑色的遮阳帽和墨镜，拉着行李，跟着鲁庆林来到了别墅门口，一辆黑色的SUV越野车，早已等候在那里。

鲁庆林说："我送你出纽约。"

两人一上车，车子就发动开走了。

车上，朱彬当然很伤感也很害怕。

鲁庆林耐心开导她："事情来了，既要认真对待，也不要太当一回事。同样的状况，从不同角度去看，就会产生不同的心态。站在别人的立场想一想，你可以有更大的包容，也可以有更多的爱心。"

朱彬认真听完，点点头，第一次拥抱了鲁庆林，她哭了。鲁庆林则像大哥哥一样不停地安慰她。

鲁庆林说，初到美国，遇到点挫折很正常。像你这样的身世，会坦然面对一切的。因为你身上具有其他女子所含有的东西，那就是勇气！而勇气是前进的无穷动力，是存于骨子里坚强，不管出现如何的结局，都有良好的心态去接受失败和困难。没有翻不过的山，没有蹚不过的河！

对于朱彬来说，这些金句都像是天籁之音，她都暗暗记下。

出了纽约地界，来到了高速公路的服务区。来接朱彬的是另一辆本田SUV越野车。朱彬跟鲁庆林告别后，鲁庆林叫她赶紧上车快走。


朱彬一乘坐上车，就命令司机："Let's go！（我们走！）"

司机似乎是个年轻人，穿着一身黑色的皮夹克，戴了一副墨镜，说："好嘞！"

声音听上去好像很熟，惊魂未定的朱彬警惕地问："你也是中国人?鲁庆林的朋友?"

那人回答："不，我是中情局的特工！"

顿时，朱彬心脏狂跳。

那人突然"噗嗤"一下，大笑了起来。

朱彬立即想起到底是谁了："纪闲林！"然后狠狠地往他背上擂了一拳，

"好，你这个家伙，怎么混到我的车上来了?！"

"哎哎，不能碰我，我在开车呢。"纪闲林摆正方向盘。

朱彬这才明白，原来纪闲林也是鲁庆林的好朋友。显然，鲁庆林早就知道朱彬和纪闲林是大学里的同学，非常要好的朋友。为了保证朱彬的绝对的安全，所以，特地安排他来开这趟车。当然纪闲林也是欣然接受。

朱彬刚刚离开两小时后，当地的警方接到通报，就赶到了鲁庆林的家。他们搜查了朱彬的房间，拿走了朱彬的书籍、笔记本和照相机等一些文化用品。然后又搜查了鲁庆林的整幢别墅。面对警察的盘问，鲁庆林和家人表示一概不知情。警察告知鲁庆林：若朱彬回来，就叫她到警察局报到。鲁庆林答应了他们。

从纽约到洛杉矶大约3560公里路程，朱彬跟纪闲林装扮成一对自驾游的情侣，花了一周时间，终于到达了位于美国西岸加州南部的城市——洛杉矶。

按照人口排名，洛杉矶是加州的第一大城，也是美国的第二大城，仅次于纽约。洛杉矶是全世界的文化、科学、技术、国际贸易和高等教育中心之一，还拥有世界知名的各种专业与文化领域的机构。该市及紧邻的区域，在大众娱乐—诸如电影、电视、音乐方面构成了洛杉矶的国际声誉和全球地位的基础，闻名世界的好莱坞就位于该市。

朱彬到达了洛杉矶之后，纪闲林还有事情要办，两人相拥告别。

朱彬突然想起什么问纪闲林："我们的同班同学现在有消息吗?"

纪闲林回答："听说在当邮递员。"

"大学生去做这个，有点大材小用。"朱彬叹了口气。

临别时，纪闲林恳求："朱彬同学，能否允许我吻你一下你的额头?"

"OK!"朱彬大大方方地答应了。真的，在异国他乡，能够跟自己这么赤胆忠心的大学同学，以这样的方式告别，她的内心其实也是实在的不舍。

朱彬在鲁庆林买下的郊外的一幢别墅里住下。那里的设施还不错，只是气候要比纽约炎热和干燥了许多，让喜欢穿裙子的朱彬有了更多展示自己裙装的机会。

到了洛杉矶，朱彬继续她的喜欢写日记的习惯，因为那是对自己最要好的朋友的倾述："时间就像一本书，一开一合，生命就飞快的走过。我们应当珍惜的，便是这一秋一夕了。生命之于你我，毕竟只有珍贵的一次……

"我的命运多舛，但我的命运又是那样的幸福！我居然遇到了像鲁庆林、纪闲林这样的好男人，他们像神灵一样全力保护着我！

"人生这盏清香，是用无数的苦难、挫折、磨砺冲泡开来的，唯有如此，才可品酌到那一缕漫上心头的淡香。再见了纽约，差一点跌进你的深坑！"

写完日记，朱彬立即打电话给鲁庆林报了平安。鲁庆林笑笑说："你确实没有特工的工作经验！"朱彬不解其意："庆林大哥，我哪儿没有做好？"

鲁庆林又笑了："你想，那个耐克是中情局的。如果他活得好好的，就一定不会放过你，至少会监听我的电话！所以，你要找我，就不应该直接打电话给我，对不对？"

朱彬毕竟是将军之女，这点道理她是懂的："大哥，您说得对！那接下来我该怎么办？要不要我换个方式联系你？"

鲁庆林兴奋地告诉她："不用了，你的运道真好！"

"怎么了？"朱彬不解。

鲁庆林就把知道的情况告诉朱彬。原来，朱彬离开后的第二天，纽约的报纸上登载了这样一条消息，就是说在梅龙镇酒家里面，昨晚发生了严重的斗殴事件，为了争夺一个漂亮的华人女子，一个叫罗伯特金的黑人跟中情局的特工耐克互殴，最后耐克不敌罗伯特金，被打成了严重的脑震荡、颅内出血和失忆，现正在医院里接受脑外科手术。黑人罗伯特金已被警方控制，听候处置。

鲁庆林平静地说："耐克此生休矣！开颅过的人，基本就没戏了。谁让他来招蜂惹蝶呢？"

朱彬听了五味杂陈，无奈地吐露道："我也差点中了他的美男计！……以后我该怎么办？"

"为了防止意外，以后，你就以假护照里的名字——何黎自居，去换新的手机。一定要吸取教训哦！"

"大哥，我记住了！"朱彬保证。她暗自庆幸：毕竟都是战将的后代，关键时候的表现就是高人一筹。

然后，鲁庆林任命她担任洛杉矶的这家典当行的总经理。

鲁庆林跟她说："这家店的资产大约是两千万美金。你的年薪是100万。一年半以后，你付给我100万美金，我呢，就把这家店划入你的名下。"

"那怎么行?!"朱彬激动得不知怎么回答才好："大哥，我已经占了太多您的便宜！"

"小妹，话不能这么说，"鲁庆林真诚地说，"家父再三关照，人，一定要有感恩之心，这样的安排，也算是家父对你父亲的救命之恩的回报之一，应该的！"


朱彬被感动得热泪盈眶，再三道谢。

"不过，有了与耐克的这段经历，你以后与人交往一定要小心！"

朱彬流着泪，接连说了三遍："我记住了！"

鲁庆林说，其实这个耐克也太笨了，作为美国中情局特工，他的素养也太差了，一喝五粮液就暴露了身份。当然，中情局的人，我们确实要敬而远之，唯恐避之不及。但说实在的，他们根本不懂，作为红二代、红三代的中国人，骨子里面的红色基因肯定是不可能轻易改变的。祖国对自己、对自己家人再怎么样，都是人民内部矛盾。到了国外以后，我们都会注意维护祖国的荣誉，会希望祖国好，会越来越爱国。我们是不可能做出对不起祖国的事情。当然，这也是绝大多数中国人内心无法改变的基因和传统！

朱彬表示完全赞同。此刻，外面正在下雨，朱彬趴在沙发垫上开始抽泣……


就这样，朱彬在洛杉矶算是站住了脚。她觉得这里很易居，非常不错。

洛杉矶位于地中海型气候带，气候温和。终年大体上干燥少雨，只是在冬季降雨稍多。全年阳光明媚，基本上极少时间会在冰点以下，因此降雪的几率也不是很高。年降水量仅357毫米，以冬雨为主。洛杉矶日夜温差较大，日间比较炎热，就算是冬季，日间气温经也有摄氏20度，夏季日间温度则常超越35度，非常易居。

"洛杉矶"有三个地理概念：一是大洛杉矶地区，包括洛杉矶县、奥兰治县、河滨县等5个郡131个城市，人口952万，是全美最大的城市群；其次是洛杉矶县，由88个城市组成；最后是洛杉矶市，为美国第二大城市，人口近四百万。光机场居然有近10个之多。

洛杉矶也是一个华人特别多的城市，多到什么程度呢？你甚至于用不着说英语，就说你的地方话，或者说普通话，都会有大量用同样的话与你搭讪者。中国人传统的点心：大饼、油条、粢饭糕、生煎、小笼、煎饼果子、馄饨、水饺、豆浆……在这里应有尽有。

朱彬毕竟是将门之后，又受过高等教育，所以很快就把洛杉矶典当行的各种业务搞得清清楚楚。加上经历了耐克事件，朱彬变得更加沉稳、更加老练。不到三个月，朱彬就把20多个店员管理得服服帖帖。

她每周的周末的上下午，都要在自己的典当行里各举办一次拍卖会。拍卖掉那些委托人放弃的高档艺术品和装饰品。

有一天的下午，他们店有两幅明代文徵明的字画，居然拍到了400多万美金，这就比原米支付的典押款足足高了220万美金。扣除了营业税和典当行的各项成本支出，光这两幅画，典当行净赚了200万！朱彬当然非常开心。另外，由于朱彬的到来，典当行的名气越来越大。一些华人，包括一些留学生为了解决生活急需，经常会把手里的，或是收集来的一些中国的字画、古董放到店里面兑换现金。渐渐地朱彬这个典当行的市面越做越大。不到半年，朱彬便把150万美金打给了鲁庆林，这样，朱彬成了这家典当行的真正老板。

鲁庆林则还了30万给朱彬，并附言道："你如此诚信，宛若令尊！相信以后必将有更大成功！用得到大哥处，不必谦虚！记住——眼，只有装瞎才不流泪，嘴，只有装哑才不惹祸，人，只有装傻才会轻松。有时候知道的多了，未必是件好事。发现了真相，疼的是心；戳穿了谎言，冷的是情；以为可以相信的人，看到的却是无情和欺骗；以为牢不可破的关系，其实不堪一击。装糊涂，是一种难得的智慧，也许会更豁达，也许会更快乐！"

朱彬回言："谢谢您的这些金句！古人云：滴水之恩当涌泉相报，更何况大哥您给我的是如天大恩！小妹将铭记终生！"

这就是真正的君子之交！朱彬认识到：做人，就要实实在在；交往，就要干干净净，处事，就要本本分分。一份真诚，才能换来一颗诚心；一份尊重，才能得到他人看重；一份珍惜，才能成就一段感情！人这一辈子最贵，不是金钱，也不是地位，而是一个人的素质和人品。只有自己丰富，才会感知世界丰富；只有自己善良，才能感知社会美好；只有自己坦荡，才会感受生活喜悦；只有自己成功，才能感悟生命壮观！一切都要靠自己身临其境去经历，风吹雨打知生活，酸甜苦辣品人生。是考虑以后的人生道路的时候了……

1990年冬季的某一个漆黑的晚上，洛杉矶难得下起了大雪。

下了班以后，典当行的员工们都回家了，店堂间里开着暖气，还很温暖。穿着一身紫色丝绒旗袍，脖上挂着一串白色珍珠项链的朱彬，也不急于回家，正在办公室里用"大哥大"与杜考瀑、徐飞等几个老同学通话。这时候，她接到了鲁庆林一次又一次转来的，纽约电报局递送的朱彬母亲病危的通知书。尽管，她的母亲，曾经背叛了自己的父亲，但是，人之将死，其言也善，她恳请女儿的原谅，要求她回来看望自己。朱彬多少动了恻隐之心，毕竟是自己的生母……

就在这时候，朱彬听到有人在按门铃。朱彬立即起身来到门口，隔着门口的铁栅栏，朱彬看到了一个衣衫褴褛的老头，年逾七十，白发稀疏，满脸皱纹，胡子拉碴，神情萎靡，看上去非常的潦倒。

朱彬严肃地问："你有什么事啊？"

老头急切地说："要向你借100万美金，我有急用！"

"现在已经打烊了，明天你趁早来吧！"

"求求您了！何黎女士，急等用钱！"

"哦，知道我名字？那你叫什么名字？"

"刘权得。刘邦的刘，权力的权，得到的得。"

"100万?可是个超大数字啊！"朱彬盯着对方的眼睛，"再说，临时借款，我们这儿是需要有几倍或几十倍的抵押品的！"

"这个规矩我知道。我有一批好东西抵押给你！"刘权得拍了拍自己的胸脯。

"是什么东西啊?"

"暂时不能说。见到了，您就清楚了。"刘权得显得神秘今今。

朱彬平静地问："东西带来了吗?让我看看。"

"东西放在附近的一辆车上。再说，我又不知道你到底在不在?如果在，是否愿意接这个单?"

"可我的鉴定师都已下班了。"

刘权得奉承道："我知道你行的！"

"你以前来过我们店?"朱彬问。

"我来过好几次了。这次是碰到急事了。"

"那你把车开到我们大院里，我通知安保去开门。你要注意四周有没有人跟踪！"

"嗨！您这个女老板厉害！"说罢，刘权得迅速离开。

朱彬立即打电话给守大门的安保吉姆斯，叫他打开所有的监控探头，并且叫他穿上防弹衣，戴上钢盔，佩戴好手枪，立即处于警戒状态。

不到十分钟，一辆脏今今的福特面包车开来了。

吉姆斯打开铁门让其进来，然后立即锁上大门。

车上只有刘权得一人。在吉姆斯的帮助下，刘权得将沉甸甸、黑乎乎的十个大木箱装上了电动铲车，由吉姆斯驾驶，通过电梯，送到了位于二楼的典当行仓库。

这一切，被坐在办公室里的朱彬借助监视器尽收眼底。然后，她沉着、自信地大步迈向仓库。立即叫吉姆斯返回门房。

在聚光灯的照耀下，十个一米长，四十公分见方，粘满尘土的墨绿色的大木箱端放在地。每一个箱盖上隔开二十多公分赫然贴着三张盖有"中国国民党中央委员会"公章的白纸封条，上面用毛笔端端正正地写着："中华民国三十八年二月十日"一行大字。这些箱子很有可能是大陆解放前夕，被匆忙从上海或浙江运往台湾的贵重物品。显然，所有箱子上的封条都被刀片割开过。

刘权得用谄媚的口吻征求朱彬的意见："何老板，打开几个看看吧。"

朱彬点头表示同意。

惊人的一幕出现了：打开木箱一看，哇，天呐！里面竟然是上百串历朝历代大臣们上朝时用的朝珠，有的用象牙，有的用玛瑙，有的翡翠……串成的。还有几百件缅甸翡翠制成的手镯和项链，还有几十尊形态唯妙唯肖的玉佛，及十几根雕琢得精美无比的象牙……为了防止这些宝贝在运输过程中损坏，原先装箱时曾在箱子里灌满了滚烫的石蜡。其他的箱子里，要么是战国时期的青铜器，要么是唐宋以来的玉玺、皇冠，要么就是玉雕、漆器，还有几箱民国以前各朝的名人字画和瓷器……

朱彬的心在狂跳，她是见过大世面的人，内心在喊："价值连城啊！"但外表上却冷若冰霜。她细声细气地问："哪里弄来的?"

"一些在傅作义反水之前运出皇宫的，还有的是各地高官进贡给蒋介石的。"

"不会是赝品?"

"怎么可能?如果进贡给老头子是假货，不怕杀头?"刘权得肯定地反诘。

朱彬盯住刘权得的眼睛："怎么会到了你的手里?"

"本人曾经担任过国民党中央党部的机要秘书。"

"你的胆子也够大的！"朱彬嘲讽道，"怪不得你们国民党最后丢了江山。"

"树倒猢狲散，咱也是为了活命，混口饭吃吃嘛。"刘权得装成很可怜的样子。

"实话实说，你为什么要急于脱手?"

"欠了巨额的赌资……咱还离不开那个……白面……还要养两个相好……所以……"刘权得变得吞吞吐吐。

"你把这些东西一样一样地在典当行卖，可能所得不至100万呢。"

　　"这要等到猴年马月?无论是美国人还是在美的华人,谁拿得出大笔的钱来买我的宝贝?所以,我来找您。"

　　朱彬还是冷若冰霜:"我虽然拿得出这笔钱,但这么多东西放在我这儿,我也卖不出去,我也会被拖死!"

　　刘权得朝朱彬跪了下来:"救救我,何老板!观音菩萨!……不瞒您说,人家庄家给了我期限,到时候还不了钱,我就没命了!"

　　朱彬也不去扶起他:"我拿你这些东西,万一触犯了美国的法律怎么吧?我会去坐牢的!"

　　"我向你保证,这些宝贝只跟大陆、台湾有关,与美国没有一毛关系!"

　　"再说,万一走漏风声,国民党派人来我这里追讨,我怎么办?"

　　"你们典当行是注册在美国的企业,台湾人不敢动美国人一根毫毛!救救我!好人儿!"刘权得磕了一阵响头。

　　朱彬心软了,也想做成这笔天赐的好生意。但她脸上还是冷冷的,她轻声说道:"算了算了,别闹了!"示意让他起身,"谁让我是女人呢?先把东西放在这儿吧。"

　　刘权得停止了磕头,站起来惊喜地问:"您现在就给我100万?"

　　"现在快半夜了,我到哪里去取钱?得到银行里去拿!"

　　刘权得急了,又要跪下:"我等着急用!"

　　朱彬制止:"别别!这样吧,明天中午十一点,你一个人,到我这里的法律顾问室来拿。"


　　刘权得这才起身,放心地驾车走了。

　　朱彬让吉姆斯重新锁上了厚厚的铁门。


　　现在轮到朱彬思绪万千了。她不打算回自己的别墅,锁好仓库的大门,就在自己的办公室里过夜,生怕夜长梦多,各种意外发生,毕竟她是将军的女儿,懂得什么叫韬略。

　　朱彬想得很多,也想得很远。

典当行的账上的备用金远远不止100万美金，拿出这笔钱没有任何问题。关键是绝对不能入账？否则，以后难免会有后遗症……必须有一个万全之策！

太阳快要出来了，故意让附近的卡司特大酒店和所有的民居成为灰黑色的剪影。剪影和天空的交接处是暗红色的。太阳越往上升，红色会变亮、变浅。阳光照到了朱彬办公室东窗的窗楣，渐渐化为青蓝色。然后，突然天边喷出一道灿烂无比的霞光，将轻雾一扫而空。此时的朝阳是红色的，显得非常温柔和慵懒。她是一点点钻出灰色云被的。随后，她"摆脱"了卡司特大酒店的纠缠，把整个变得越来越红的脸盘露了出来，就像是一朵硕大的红牡丹在天边怒放，尽情地喷芳吐艳。天空也都被染成了红色，就像是一泓波澜壮阔的红色海洋，十分壮观。那些饱吸了霞光的云朵，也跟着太阳翩翩起舞，在晨风轻轻吹送下，云彩渐渐飘散了。之后，云彩上的红色渐渐消退，整个东方变得耀眼和无法直视。再看看屋内，旭日将金色的光辉慷慨地撒满办公室的地板，房间里顿时蓬荜生辉，变得富丽而堂皇。

欣赏着太阳的"表演"，正在踱步的朱彬自言自语："有了，必须破釜沉舟！"

她是这样考虑的，像刘权得这样的赌徒必须尽快与他永远地脱钩！这个人拿了国民党巨额资产，还藏到了美国，吃喝嫖赌、吸毒样样干。万一东山再起，要求把那些箱子赎回怎么办？这种人心狠手辣，什么伤天害理的事都有可能做得出来，所以，必须尽快与他断绝任何联系；这十箱宝贝，价值大概至少值50亿美金，都是一些稀世珍品，留在美国，绝对不可以！我必须将它们悄悄地运回国内。这些东西，以后怎么处置再说，我只要用其中几样东西，就足以养活自己的一生，而且过上舒舒服服的好日子。如果把这些宝贝放在枪支泛滥，天天爆发多起枪击案的美国，夜长梦多，绝对不安全。

其实，朱彬前几天翻阅《纽约时报》时看到，耐克经过专家手术，正在康复之中。她想，万一这家伙完全康复，自己就危险了！我朱彬是绝不能落到中情局特工的手里，得提前有所防备，走为上策……

鲁庆林大哥的恩情是一定要报答的！趁着母亲病危，说是回国照料，立即将自己账号上的110万美金打进自己的典当行。这样，不仅结清备用金账目，还有多余，作为归还和感谢鲁庆林当年馈赠的意思。办完后，立刻把典当行还给鲁庆林。然后，立即回国。

　　想明白了，朱彬突然作出了一系列重大的决定，立即打电话给出纳，将银行里属于自己的资金转到国内，并迅速处理完在这里必须清理完的所有业务，然后将这个典当行完璧归赵还给了鲁庆林。几天之内立即打包回国！

　　太阳已经爬上了两层楼顶。朱彬迅速洗了把脸，花好淡妆。然后从冰箱里拿出面包和牛奶，放进微波炉加热。用完了简餐，买好了机票，她迅速将自己的必需品装进一个行李箱。然后，叫来了一辆中型面包车，装上自己二十多箱行李，直赴机场。

　　后面事情的发展，基本上都在朱彬的意料之中，——耐克果然大致痊愈，曾来到朱彬原来所在的典当行探询，可惜朱彬已消失得无影无踪。唯一没有想到的是，刘权得在两个月后，还是被黑道杀了，并抛尸于旧金山附近的海滩上……黑道不知从哪里获悉，刘权得的十箱宝贝在洛杉矶典当行女老板何黎手里，就不断前来侦察和踩点，甚至将典当行的安保吉姆斯收买，但最终还是无功而返。

　　此时的朱彬早已经上了回国的飞机，正盘旋在上海的上空。

　　钱晨听到这里，觉得很精彩，就拍了拍朱彬的手说："太精彩、太感人了！以后完全可以写成小说！另外，让纪闲林这小子先下手为强。"

　　朱彬笑笑："你们男人都有喜欢吃醋的毛病！"

# 10

　　在浦东机场，老同学杜考瀑派了自己的司机，开了一辆房车，花了三个多小时，将她和二十多个箱子一起送到了花威的朱彬的新家。这是几个月前，她托闺蜜莉莉在那里替自己买下了一处三房两厅的豪宅，一梯一户，要拉指定的磁卡才能够进入。而且，底楼大厅里，有24小时的安保三班看守。安保会对所有的来访者都会进行仔细的盘问。

回家，是世间最美的旅行。总有一天，你会发现，世间万千风景，都不及老家的山沟沟、泥泞路；五星级酒店的山珍海味，比不过父母的小米粥；外面的高楼大厦，远不如家里的一间茅屋、陋室。家，是每个游子心底最柔软的地方。回到家，我们才能卸下防备，卸下疲惫，舒舒服服地做自己。当飞机缓缓抵达故乡，当亲人的双手隔着漫长的人群向你挥舞，那一刻，你定然是这世上最幸福的人……

朱彬整理了十几天的行李，一一登记注册，并且买了一些必备的家具，把家里尽量布置的素雅而又不失身份。然后，才定定心心地打电话联系亲友和老同学，告诉他们自己回国的消息。

由于老同学们都在忙，一时半会还聚不到一起，第一个上门来拜访的，是同样回国不久的杜考瀑。当着小区邻居的面，他俩拥抱了一下，还亲热地贴了一下对方的脸。毕竟，四年同窗已经有四年未见了，又都去过欧美，已接受了欧美的常见风俗。

小区里面的邻居见了也没有什么大惊小怪。

朱彬就请杜考瀑到设在附近的"花威体育场"里的"豪富大酒店"的咖啡厅，聊了一下午。后来，意犹未尽，朱彬又邀请杜考瀑去设在里面的"江南饭店"用餐。杜考瀑欣然接受。

杜考瀑要了一个小包厢。在包厢里，女服务生拿来了菜谱，朱彬毫不犹豫地点了：素菜包、扬州干丝、虎皮鳝鱼、水晶虾仁、红楼火腿等几道该店的特色菜。

杜考瀑说："看得出，你是女中老克勒！其实点得有点多。但老同学所为，我不便阻止。"

"你帮我解决运输问题，我点这些菜品是要的。"朱彬很自信，"听完了我的介绍，那你讲述一下自己的经历，不得删节哦。我洗耳恭听。"

"那是一定的。"杜考瀑说，"对于我来说，我的经历，要是乘坐了过山车一样的变化。当初到了中国最贫困的云南农村插队，现在又到了世界上最发达的国家之一的英国，来体验生活，简直像做梦一样……"

原来，几乎与朱彬去美国的同时，也就是1984年，也就是杜考瀑在区电视大学当了两年教员，就打算辞职离开。当时，许多中国的知识分子，纷纷地到国外去游学发财。杜考瀑也看样学样，他英国读研。父母及姐姐杜宇枚当然都很支持，希望他开创出灿烂前景。

与花威不同，杜考瀑觉得伦敦是没有夏天的。所以，英国人家里很少安装空调，顶多就是备几个风扇。杜考瀑刚到伦敦，就与另一个飞机上认识的中国留学生余利合租了一间16平米的房间，算是安了家。新的家里，连个风扇也没有，杜考瀑只能靠着从国内带来的一把折扇度日。眼看这股热浪已经持续了一个周了，余利问杜考瀑要不要也买个风扇，杜考瀑摇了摇头说："再忍两天，天气预报说还有两天这股热浪就过去了！"

英格兰一年中最美的季节，大概是平均气温只有25°C的夏天。晴天的时候阳光耀眼却不灼热，即便遇到一场猝不及防的阵雨，却也总能看到雨过天晴后的彩虹。伦敦的美是体现在细节里的。

伦敦多雨雾，但杜考瀑放弃了带雨伞的习惯，学着洋人穿大衣挡雨。夏雨贵如油，夏雨给杜考瀑带来的大多是湿漉漉的鞋子和阴冷而阴郁的天空。一日，杜考瀑疲惫地背着书包，向读研的大学走去。一阵凉风袭来，杜考瀑用力吸上一口，空气顺着气管在身体里转一圈又呼出来，沁人心脾。伦敦是世界四大一线城市之一，也是和纽约齐名的世界金融中心，经常被人拿来和纽约相提并论。伦敦是英国首都，它没有纽约这么多高楼，况且英国人又不喜欢住高楼，你看到的伦敦是一个古典建筑林立的城市，可以说它是古老又带有一点现代。市中心的泰晤士河边上，过个二三十米就有一尊镀金的雕塑，让人感到奢侈至极。最有意思的是街上每家每户的门，往往所漆的颜色是不一样的。不知道是为了防止走错门，还是每个人都对颜色有自己的偏好。

杜考瀑像《红楼梦》里的刘姥姥踏进大观园一样，在体验着伦敦的文化。

他想通过这种考察，来修正自己的轨迹。

大家都知道伦敦是一座拥有众多著名博物馆和画廊的城市。如，大英博物馆，维多利亚阿尔伯特，自然历史博物馆和英国国家美术馆都是艺术殿堂。这些博物馆大多都是免费的，它们都是伦敦文化不可缺少的一部分。杜考瀑可以在这里遇到很多人，他们有些是特地赶来的游客，有些是家人孩子一起来参观，有些则是为了某个艺术家和收藏品慕名而来。

到伦敦当然一定要去海德公园，它是伦敦最知名的公园，位于伦敦市中心，占地2400亩，在寸土寸金的伦敦城里这是一片奢侈的绿地。早在十八世纪的时候，这里是英王的狩鹿场，后改建为皇家公园。

海德公园有一个演说角，这是一个可以公开发表言论的地方，经常有人在此发表演讲，他们可在此演说任何有关国计民生的话题，这个传统一直延续到现在。演说角起源于1855年，当时英国人还没有集会自由，就经常来这里发牢骚，久而久之就出名了。

周六的海德，人们早早就簇拥在卖艺人和表演者的周围。杜考瀑穿着一身牛仔服，好奇地来到那里。杜考瀑听说，这儿可以讨论英国制度的优越性；探讨资本主义和社会主义制度孰优孰劣。演说者可以持正反两方面的观点，不必担心自己会因为言论不当而获罪。

然而，杜考瀑在那里并没听到这些东西，听到的恰恰是关于同性恋的讨论。首先映入他眼帘的是一个四十多岁穿着花哨的胖女人，她大声疾呼："同性恋是先天决定的，不是病！就像有的人生来就着六根手指！"

四周一片哄笑。有一位白发苍苍的老头严肃地反驳道："女士，要我说啊，同性恋毕竟是极少数者。但除了同性恋者以外的其他另类性嗜好的追求者，就都是精神类疾病！"……

正当杜考瀑觉得有点闹哄哄，很低档，没有多少学术价值，准备离开时，一个穿着红色西装的中年人站上了凳子，大声疾呼："哎呀，你们这些人啊，太无聊了！老是讨论这些与国计民生毫无意义的话题，我倒是觉得，我们现在英国正在沉沦，我们一定要把它拯救过来！看到吗?现在美国人在世界上到处霸凌，而我们大英帝国像跟在美国后面的小跟班、哈巴狗，年年在做蠢事、坏事。让我们在这个世界上丢尽了脸！我们正在从一个'日不落'帝国，沦落为一个让人看不起、不屑一顾的小国！这应该引起我们各位的高度关注，应成为今天辩论的话题！……"

"放屁！放屁！"许多人起哄，把他轰了下来。

杜考瀑无心听了，回到了自己所在的公司。由于过去家境比较好，不想加重父母的负担，杜考瀑是在勤工俭学，即一边进行研究生学习，专业是《西方雕塑美学》；一边他在伦敦的一家高档住宅小区——"玫瑰皇家花园"物业公司里面当一名电梯维修工。

杜考瀑这个人绝顶聪明，因为从小他就是喜欢读书、画画，喜欢钻研各种技术和手工劳动。电工、木工、泥工，甚至车工都样样在行。别人掌握一门技术要花很长时间，而他三下两下就学会了，而且，都玩得很转。所以，到哪里都很快让别人刮目相看。

他记住父亲对他的教诲："精华含于一般事物之中，人才藏于普通群众之中。要想发现他们，必须经过一番识别寻觅，并不是轻而易举，唾手可得的。换一个角度来看，想让更多人赏识你，最好主动走出深巷，而不是隐藏在深巷里，被动地等着别人上门挖掘。"父亲的话说得含蓄而有水平，鞭策杜考瀑去建功立业，创造自己辉煌的人生。

杜考瀑跟着一位叫霍克的电梯维修师傅学习不到一个月，就搞清楚了电梯的机械部件、电路板和工作原理。他还利用下班和休息日时间，到伦敦图书馆去寻找相关资料，查询有关知识。他在自己的小笔记本上记录："在电梯的机械方面要掌握如下三大关键：1，电梯的曳引机需要油的润滑；2，电梯轿厢导靴的清洗和润滑；3，电梯厅门和轿门的保养。电器部件方面，要掌握两大关键：1、要经常对电梯变频器进行维修保养；2、要全面了解几块线路板的不同作用，稍有些许表现不太正常，立即更换。"

他还写道："关于电梯钢丝绳选型、安装维护保养方面的几点思考和心得……"

他从资料里获悉，英国如今有超过100万台的电梯服务于写字间、公寓、商场等场所。各大电梯企业都认为，电梯的维修保养是一个巨大的市场。然而，恶性竞争已让电梯的日常维护质量大打折扣。

英国在电梯市场不断增长的同时，也有一部分电梯在逐渐地老化，甚至报废。英国电梯使用频率偏高，一部电梯一天的运行频率往往达到了上千次。如果维修、保养跟不上，电梯出现故障在所难免。电梯从业人员缺口至少二十万。寻找这个脏活、累活，非常方便。白人不愿干，其他有色人种学不会。杜考瀑由于勤奋好学，很快站稳了在"玫瑰皇家花园"物业公司的位置。

按照严格的操作规范，必须两个电梯维修工一起负责维修一台电梯，平均一人一个月维修保养不应超过30台。但如今已发展到一个电梯维修工维护过百台的地步。而杜考瀑竟然管理了300台电梯，而且干得极其出色。

为什么呢?杜考瀑掌握了一手的资料，——在各类电梯事故中有90%，是由于维修保养不善、管理不到位造成的。当时，英国有电梯制造厂家和配件厂近一千多家，从事电梯安装、改造、维修保养的单位也有近千家，从业人员约百万。为了在有限的市场中分得一杯羹，各维修保养单位尽显其能、抢夺资源，造成了维保市场混乱、维保质量低劣，直接影响了电梯的安全运行。规范电梯维保市场、确保有序竞争已经是必须解决的一个难题。

杜考瀑在电梯的维修中发现，电梯的使用单位，都不大重视电梯维护保养工作。为什么?因为电梯使用，都归物业公司管理。而物业公司一般都不太重视电梯的日常使用管理工作，对电梯的维护保养缺乏正确的认识，舍不得投资，不按要求签定与生产商的电梯维修保养合同，认为只要电梯能够运行就可以了。物业公司仅在发生故障后，才花尽可能少的钱，去找人马马虎虎地修理一下，只要恢复继续运行就可以了。电梯的安全性能和运行质量基本上得不到保证。

杜考瀑发现的第二个问题是，行业的无序管理，"挂靠"现象严重。在英国，取得电梯维护保养单位的资质，必须得到质监部门特种设备管理处审批。但行业内一些小工程队挂靠在拥有资质的公司的情况相当普遍。一些小工程队在"取得"了维修资质后，便四处揽活，牟取暴利。而那些"出卖"资格证的公司，只知道收取挂靠费，根本就不监督或插手小工程队的维修工作。这种小工程队往往只有2、3个人，挂靠在"资质公司"，无论从维修保养的质量还是收费等方面，都难以管理。由于当时英国在电梯维修如何收费这件事上没有规定的指导价格，这些不规范的小工程队为迎合使用者，往往报出低廉的维修价格。目前大型维保企业对于每台电梯的收费大约在每个月1000英镑。有些小公司报价却低至每个月500英镑，甚至更低。如此低廉的维保费用，必然难以保证电梯长时间、高质量的运行。

杜考瀑还发现，电梯不同于其他一些质量和性能依靠设计制造者就可以保证的产品，其运行质量和安全性能要由生产制造、现场安装、使用中的维护保养等三个环节共同来支撑，三者缺一不可。一部合格的电梯产品，如果安装、维护保养存在缺陷，其运行质量和安全性能是不可能得到有效保证的，维修保养作为三个环节之一，其重要性显而易见。但是，受到高昂的房租、劳动力价格等因素的制约，很多维保企业的布点分散，这种小工程队无法做到快速反应到达现场。导致使用电梯的业主意见很大。另外，专业维保人员缺口大，原因在于电梯安装维保的工作相对艰苦、劳累，收入也不算高，因此人员的大量流失势在必然。所以，大多数的物业公司为了降低运营成本，所雇佣人员大多是无证上岗的这种小工程队，或是虽然有证，但是缺乏实际操作经验的人员，也就不足为怪了。

杜考瀑搞清楚并总结了电梯管理中的这些问题，心里有底了。他很快就掌握了电梯的维修窍门，并且在电梯还没有发生故障之前，一般选择在每个月第一天的凌晨，趁业主在熟睡之际，就提前一两个月把即将损坏的部件更换掉。所以，让业主感到，自从杜考瀑分管以来，那十几幢楼的五十多部电梯都用不着修理，一直保持着良好的运作状态。而在杜考瀑接手之前，这些楼宇的电梯经常坏，尤其那些上了年纪的业主们都叫苦连天，甚至告到市政府、法院去。但自从杜考瀑去了以后两三年，电梯内奇迹发生了，这些楼宇的电梯从来都没有坏过。这引起了"玫瑰皇家花园"物业公司的老板的关注。

尽管如此，杜考瀑还是很低调，他对听得津津有味的朱彬说，学识的渊博不是为了征服别人，而是为了看清自己的渺小；财富的丰厚不是为了炫耀奢华，而是增加扬善的担当；地位的显赫不是为了孤芳自赏，而是为了率众前行；力量的强悍不是为了欺压弱小，而是为了自由的呼吸。一个人有了能量，不是为了满足私欲，而是为了承担更多的使命！

朱彬表示同意。她说："想当初，我们去考大学，就是觉得自己还有点本事，但是真正踏上了社会，闯荡世界，就会发现，我们有时候还是很渺小的。看来，要把路走稳，看来还得遵循两个字——认真。"

"是的。"杜考瀑表示认同。

有一天，"玫瑰皇家花园"物业公司的老总小皮埃尔就把杜考瀑找去，要他解答心中的疑问。杜考瀑简单地一一作答。后来，小皮埃尔就把这家"玫瑰皇家花园"物业公司老板的位置放心地交给杜考瀑去做。自己去管集团的其他业务。

这一下子可了得，"玫瑰皇家花园"物业公司的上级公司——皮埃尔房产物业管理公司董事会立即召见杜考瀑，在听取了他的物业公司所辖电梯的管理思路后，经过认真讨论，一致决定，让杜考瀑担任"玫瑰皇家花园"物业公司的总经理。

一年之后，原来负债累累、被业主投诉得名声狼藉的"玫瑰皇家花园"物业公司，开始扭亏为盈，各项贴心、仔细的物业管理获得"玫瑰皇家花园"几乎全体业主的一致好评。甚至该小区周边的三个小区的物业公司也来投奔、挂靠。皮埃尔房产物业管理公司的版图和资产一下子有了大幅度的提升。杜考瀑的年收入也有了大幅度的提高，从原先每年不到10万英镑的薪酬，提高到每年50万英镑的收入。两三年下来，杜考瀑成了以前想都不敢想的百万富翁！

有人说："好事不会成双。"非也！好事不但成双，而且源源不断……

那天夜晚，楼下一位老华侨的电视机里正在播放江南丝竹，使得离家出国已经四年的杜考瀑，开始经常思念自己留在国内江南的父母亲。于是他推开阳台的落地玻璃门，搬来一张藤椅，一边听着悠扬的国乐，一边仰望东方的天际。

深邃的天空中那些星星仿佛是父母亲友的一双双眼睛，一眨一眨地注视着他。立即，他有了写诗的冲动，于是，一首发自自己肺腑的诗句涌上笔端，他回房拿来了笔记本记了下来——

《江南思》

风透朱帘秋拂面，

湖上晚舟摇荷莲。

江南丝竹敲心扉，

游子念亲思翩跹。

写好诗后，杜考瀑内心久久不能平静。他决定，利用一个月的休假，回国一次。临走之前，杜考瀑召开了"玫瑰皇家花园"物业公司所有40个员工的一次工作会议，把对维修工作、财务安排等所有的工作都安排了一下，并提出了十分严厉的考核要求。还制定了非常巨大和严苛的奖惩计划。这些措施安排好之后，他把"玫瑰皇家花园"物业公司的副总经理——一个在英生活了30年的犹太籍副总经理卡若斯找来，把临时指挥权和图章等运作必须品交给了他，并提出了考评要求，对方表示一定照办。

这些准备工作完成后，杜考瀑才放心大胆地离开。他先到附近一家大超市买了一些礼品。首先来到日本松下的专卖店，他花了20个英镑给父亲杜维骏买了一把电动剃须刀。20英镑，约合人民币300多块。当时国内的工资，也就一两百块，所以父亲是舍不得买的。他一直用老式的刮胡刀在给自己刮胡子。父亲毕竟年纪大了，用这个东西，万一有什么闪失，那怎么办?再说这个刮胡刀使用久了，就会钝，以后换起刀片来，容易划破手。另外，他还给父亲买了一个腰腿的按摩器。因为，他离开花威的时候，他发现父亲老是腰酸背痛，这个按摩器是英国生产的，质量不错，又携带方便。他还给父亲买了一条挪威生产的皮裤，是用水獭皮做的，质量特别的好。他给母亲王玉霞买了200美金的药品，因为母亲有脂肪肝的毛病。他给她买了美国的特效药。据说可以舒缓这个毛病。另外，他还给母亲买了一个爱尔兰带格子的羊绒披肩。还有一件羊绒毛衣，手感超好。他给已经嫁出去的姐姐杜宇枚买了一些英国生产的糖果啊、巧克力、还有一些糕点。总而言之，他大包小包的买了一大堆东西，唯其如此，他才觉得对得起自己的良心。

杜考瀑是乘着"全日航"的空客航班，花了11个小时，直接飞抵祖国第一国际大都市上海。因为行李比较多，杜考瀑要了个出租，直接开到花威。一路上，他发现国际化的高速公路一条条地在建造起来。无论是乡村还是城市，绿化搞得相当漂亮，城市环境的美丽和卫生，都是在他离开故国之前从未见过的。

杜考瀑终于回到自己日思夜想花威的老家。

父亲杜维骏、母亲王玉霞走出家门迎接。杜考瀑与他们长时间的拥抱，姐姐姐夫在边上潸然泪下。

杜考瀑向父母赠送了带来的礼品。母亲嘴上埋怨，脸上则露出了欣慰的笑容。她将儿子带到了为他布置好，焕然一新的卧室。

丰盛的午餐后，便是长时间的聊天。

这个过程中，父亲对着杜考瀑语重心长地说："我跟你妈马上就要到达所谓的'人生七十古来稀'的人群中，你再不结婚，将来你有了孩子，我们恐怕也带不动了。所以，你要尽早解决个人问题！"

母亲王玉霞问："瀑儿，实话告诉我，有女朋友了吗？"

杜考瀑摇了摇头："如果有女朋友，我怎么会瞒着自己的父母？"

"哦，那好，"母亲放下心来，接着说："我有一个很要好的同事，她在旭裳中学当校长，我们托她为你介绍女朋友可好？"

杜考瀑很感动，自己的父母年纪这么大了，还在为自己操心，反观自己，有多少时间把父母放在心上？长期浪迹海外，——强烈的内责和愧疚使他连连点头。

于是，几天后，杜考瀑母亲的朋友，旭裳中学校长劳蓝就把他们学校里的一个乖乖女，介绍给了杜考瀑。

那天是在一家叫做"赛天堂"大酒店的包厢里见的面。姑娘叫于秀丽，人呢既老实长得也漂亮，可以说是婀娜多姿，扎着两个小辫，大大的眼睛下，长着一对酒窝，一米七的身材，穿了一身浅蓝色的长裙，脖子上挂着一根象牙珠子的项链，温文尔雅，显得十分高雅。这个模样非常符合杜考谱内心的审美标准。

很快，于秀丽的反馈也来了，对杜考瀑印象不错，表示同意继续谈下去。

杜考瀑是个有追求、有韬略的人，他在谈朋友的过程当中，故意把自己说成在伦敦中餐馆里端盘子的服务生。显然，于秀丽对此十分不屑。

他们一起乘车游览了苏州和无锡。杜考瀑故意表现得非常注重节约，目的当然在于考察于秀丽的真实人品。结果发现，这个于秀丽非常的势利。一路上经常地跟他讲述自己几个闺蜜的男友如何如何的有钱；家里何等的富有；家里拥有别墅等多处房产；还拥有房车、字画、古董等等。谁、谁、谁经常带着女朋友去购物，购买各种世界名表，还把自己的银行卡之类东西全部交给女朋友保管……这些，杜考瀑居然都容忍了，因为他从自己的多个小兄弟那里获悉，现在许多年轻姑娘差不多都这样，都比较注重物质。加上她确实长得比较漂亮，杜考瀑也就容忍了。

那天下午，泛舟在太湖之上，他俩去浏览了鼋头渚上的一处别墅，杜考瀑告诉于秀丽："听说彭德怀元帅曾经在这里生活了相当长的一段时间。"

于秀丽问："彭德怀是谁？"

杜考瀑非常地失望和无奈地摇摇头，苦笑了笑。

起风了，突然乌云密布，明明是白天，却变得伸手不见五指。在赶回湖岸的游船上，于秀丽一直发声："我感到很冷！"

杜考瀑立即把自己的外套脱下来给于秀丽披上，自己穿着汗背心冻得牙齿直打战。

船靠岸了。太湖边上，到处都是商业街，设有不少服装店和旅游纪念品的商店。因为天气不好，商店里的顾客比较少。所以，店主们只要看到有人路过，都会前来搭讪，甚至拉客。

"简直如同解放前的妓女！"杜考瀑骂道。

"解放前的妓女？你见过吗？"于秀丽反唇相讥。

"我这把年纪，怎么可能见过？"

"那你就不要妄加评论！"

"有道理。"杜考瀑央求，"天气不好，我们回宾馆吧！"

于秀丽似乎没有听到杜考瀑在说什么，还是穿着杜考瀑的外套，带着杜考瀑直接跨进了服装店，并在几个高档服装展示区停下来挑选。很明显，她在等待杜考瀑与店老板谈好价格后，买下来送给她。

但是，杜考瀑就是不接这个茬。

于秀丽冷冷地说了一句："你是一个吝啬鬼！"然后将杜考瀑的外套脱下来，往他的怀里一扔，"我先回去了！"只见她拦了一辆出租车一个人离开了。

杜考瀑已经在打喷嚏，立马穿上外套。还没完全反应过来，就眼睁睁地看着于秀丽拂袖而去。杜考瀑轻蔑地一笑，他对自己的心在说——

俗话说"覆水难收"，就是说讲过的话就像泼出去的水无法收回，所以一句话在出口前要想清楚。语言给人带来的伤害是无形的，并不能因为你看不见，就可以选择忽视它。

杜考瀑记得父亲告诉过他这样一个寓言：一个小男孩总是无缘无故的对他人发脾气，他的父亲给了他一包钉子，告诉他每发一次脾气都在栅栏上钉一颗钉子。后来小男孩渐渐学会了好好说话，他的父亲又让他拔下栅栏上的钉子，当小男孩拔完栅栏上的钉子时却发现栅栏上留下了无数无法修复的小孔。言语伤害一旦形成，不论你事后如何弥补，都会有痕迹存在。所以，话说出口前想一想，你的这句话是否会给别人带来伤害，千万不要把口无遮拦当成真性情。

杜考瀑开始认真回忆跟于秀丽交往的点点滴滴。

不久，天开始放晴，暖风吹来，又恢复到江南的常态。

"谢天谢地！让我大彻大悟！"杜考瀑仰望天空，合十微笑着说道。

杜考瀑第一次谈朋友就以失败而告终，杜维骏看到儿子淡定地回到家里，似乎已经看出了其中的端倪。

"你大概觉得于秀丽这个姑娘非常的势利吧？"杜维骏问。

杜考瀑一愣，然后笑笑说："爸爸到底是教授，目光就是犀利！尽管，她人长得还算不错，个子也有一米七十左右，应该说，还是长得比较漂亮的，但是呢……"

母亲淡然一笑："她每一次出去玩，都会提出一些物质方面的需求？"

"您都猜到了。开始我以为这是谈朋友的常态。因为我也听说过，现在的不少女性都比较注重物质。我也就容忍了。"杜考瀑解释道。

杜维骏坦然听着，母亲的脸紧绷。

杜维骏："在外面休闲聊天，买些什么卡布奇诺饮料啊，甜点啊，也是正常的。姑娘一般都不掏钱，是吧？"

母亲附和："你爸爸料事如神！"

杜维骏继续："然后，吃饭也是如此。不过，她们往往喜欢点特别贵的，口感比较独特的，做得比较精细的那种。"

"这些都是可以容忍的，现在谈女朋友基本上都是这个路数。"母亲接着说，"然后，硬拉着男友到那些大商场、大超市、品牌店去逛，女方都会以各种理由，要求你给她买化妆品、包包，甚至于买名表……这就不靠谱了。"

"爸妈分析、预判得很对，一般小的那个支出呢，我都能够接受。至于大的支出呢，我会说，我们还没有最后敲定呢。但现在的问题不完全是这样……"杜考瀑就把这次的太湖之行和盘托出。

"这个于秀丽怎么可以这样折磨我儿子？！自私得也太没有底线了！还乖乖女呢？"这下母亲生气了，铁青着脸问儿子，"你感冒了没有？"

杜考瀑醒了一下鼻子："差一点。我立即吃了随身带的头孢和姜片。我已经下决心了，嗯，跟她拜拜，没啥意思！因为我预感到自己的事业以后会做得很大、很大。我告诉她，我在国外是个端盘子的，她居然相信了，哈哈……"

杜维骏表示赞许："这样也好，如果以这样的人作为终身伴侣，将来肯定是要倒霉的。我们不急。但有时也要学会换位思考。"于是他老人家讲了一个故事——

甲妇人问道："你儿子还好吧？"乙妇人叹息回答："别提了，真是不幸喔！他实在够可怜，娶个媳妇懒得要命，不烧饭、不扫地、不洗衣服、不带孩子，整天就是睡觉，我儿子还要端早餐到她的床头呢！"

甲妇人又问道："那你女儿呢？"乙妇人高兴回答："她可就好命了，她嫁了一个体贴的丈夫，不做家事，全都由先生一手包办，煮饭、洗衣、扫地、带孩子，而且每天早上还端早点到床上给她吃呢！"

听到这里，母亲埋怨道："老头子，这种时候，你还有空讲故事?你不急，我是急的！"母亲倒了一杯姜茶递给儿子，"总之，说明缘分没到，儿子，你还得抓抓紧啊！"

父亲继续说："我们控制不好情绪，一是我们修行不够，二是我们接触了让我们产生负面情绪的人与事。当我们的情绪受到影响时，适当的远离负面的环境让自己平息下来，冥想一些快乐的人与事，或者一次远行心胸开阔起来，再回头看之前的是是非非，一切也就释然了。很多矛盾的起因都是一些小事，不懂得退就会越搅越大。"

杜考瀑感激地说："爸妈，我记住了。我呢，一定会抓紧把这事办好！"

说完，杜考瀑分别给两位老人倒了杯龙井茶："你们年纪也大了，我在英国再混个两三年，就回来陪你们。"

母亲点点头，眼圈红了："你尽量早点回来，我们老了，需要儿子在身边。"

在花威父母身边住了将近一个月，杜考瀑又回到位于伦敦的家里。

在听取了"玫瑰皇家花园"物业公司副总经理的汇报后，杜考瀑还与该公司的几位密友核实了一下。然后第二天立即赶到公司去布置工作，并将中国带去的土特产分发给中上层干部。

正在公司开会的时候，一个住在"玫瑰皇家花园"的一位华人女性许俐榕夺门而入。她情绪激动地反映了所住居室马桶堵塞两天的问题，并与副总经理吵了起来。杜考瀑立即狠狠批评了思迪芬先生。然后马上责令水平较高的水电工威尔士将抽水马桶去修好。杜考瀑还陪同副总思迪芬先生一起上门向许俐榕表示歉意。获得了许俐榕女士的谅解。这还没完，杜考瀑亲自到卫生间去验收了一下抽水马桶的维修质量，结果发现，马桶水箱的三角阀没有修理，一直在渗水。他赶紧找来一个新的三角阀，并亲自帮助安装好。这让许俐榕十分感动。通过交谈沟通，杜考瀑才了解到许俐榕是英国剑桥大学的在读博士。相貌和个头中上，属于甜甜、可爱的那种。但气质颇佳，且个性极强。

此后，杜考瀑与许俐榕经常有来往。比较多的是许俐榕要求杜考瀑解决物业上的诸多问题。杜考瀑有求必应，慢慢地，他们好上了。杜考瀑经常打拷机，约许俐榕到附近星巴克喝咖啡、或是吃西餐，许俐榕几乎都答应。于是，两颗心越走越近。

这一年的秋天，杜考瀑要求许俐榕一起去印度度假，后者居然也答应了。

许俐榕对于能谈思想，能够研究"道"的人特别敬重，而杜考瀑似乎就是这样的男子。她想跟着杜考瀑旅游，对于他的为人和言行作进一步深入的了解。

一到印度，杜考瀑租了一辆极其昂贵的劳斯莱斯轿车，并雇了一个司机。

"不像过去听闻的那么脏。"许俐榕说，"跟我们中国小城市的环境状况差不多。"

这时正好路过一个火车的道闸，只见印度的火车的顶部和厢体外面的门窗上，到处"黏"着逃票的中青年男子。杜考瀑不以为然："至少，我们中国的老百姓比他们规矩，都不会，也不敢做这么危险的杂技动作！"

"有道理！"许俐榕点点头，"确实是一个擅长杂技的民族！你还没有看到他们的国庆阅兵仪式呢，一辆摩托上竟吊满20多人！"

在一些行人稠密的集市口，经常可以看到吹笛舞蛇、通天绳等印度特有的杂耍表演。许俐榕看得又惊又怕，杜考瀑的手都被她紧张地掐痛了。

他们俩尽管在一起，每天都有书信交到对方手里。

一天，杜考瀑在信里跟许俐榕讲了自己的为人之道：竹子用了四年的时间，仅仅长了三厘米。在第五年开始，以每天三十公分的速度疯狂的生长，仅仅用了六周的时间就长到了十五米。其实，在前面的四年，竹子并非没有生长，而是将根在土壤里延伸了数百平米。

这就给了我们一个感悟：做人做事也是如此，不要担心你此时此刻的付出得不到回报，因为这些付出都是为了扎根。人生需要储备！多少人天天在羡慕别人的成功，却不反思一下，为什么自己没有熬过那三厘米！

许俐榕在给杜考瀑的回信中写道："我用风的姿态轻轻拂过零花水岸，只为迎上那潮涨潮汐的美丽。我用雨的叹息，隐去岁月一次又一次的光泽，只为化作一缕尘埃，在你的世界里长久的安暖。我凝神伫立，看桃花的春色一层层的浮现。随手探寻，捡拾一片风中旋转的花瓣，放于唇边，吟成隔山隔水的呼唤。邂逅、是一种喜悦，如同在湿润的春雨里，打湿三两闲情的花瓣，如同在春夜的闲窗下，挑烛烹煮一壶纯净的绿意。没有一见惊心的触动，却有一种隔世相识的温情蔓延，是地久天长的暖。"

应该承认，文人男女之间的这种思想交流是极其需要的，也很难得。

天气尽管比较炎热，没有下雨，两人还是手牵着手，依偎着去名胜古迹游览。杜考瀑冷不防还会去吻她的额头和秀发。两人都通过被汗水渗湿而粘乎乎的手，可以感觉到对方的心跳和热情。

他们首先去光顾了位于首都新德里的印度门广场。这是印度中央政府的所在地，巨大的花园型广场，总统府、国会大厦和印度的象征独立纪念碑——印度门，都坐落于此。这里大片的草地和花园，以及特色喷泉是人们休闲的好地方。杜考瀑买下了最好的尼康相机，请别人帮助，拍下了自己和许俐榕在名胜前贴脸半拥的合影。这是杜考瀑第一张与女友的合照，对他来说意义非凡。他特地多冲印了几张。

然后，他俩又去瞻仰了甘地陵墓。甘地是当年印度独立运动的缔造者。此处是国父圣雄甘地当年遭刺杀后，在这里火化遗体的地方。每天有成千上万的印度人和来自世界各地的游客前往这里纪念参观。

那天上午，许俐榕戴着一顶蒙着轻纱的白色草帽，穿着一身白色的长裙，脖子上还系着一根红色的纱丽，活脱一个法国公主。她挽着杜考瀑的胳膊笑问："你知道，圣雄甘地的最核心理念是什么吗？"

杜考瀑回应："我们的博士开始考考我这个文学士了？可以说，大部分男女同胞是回答不出这个问题的。他们甚至都不知道甘地是谁。当然，我们俩是个例外。"他笑了笑，"我想知道的是，如果我回答不出，将会受到怎样的处罚？"

"嗯……当然要背着我走500米。"许俐榕笑着说。

"如果我答对了呢？"

"你开个条件吧。"

杜考瀑认真地说："我要当众吻你！"

"皮厚！"许俐榕的脸开始微微泛红，然后含情脉脉地看着杜考瀑说，"就依你吧。"

"其实你的回答就是答案！甘地的信条就是——不抵抗主义！"

许俐榕："回答正确！但似乎带了点俗气！""俗就俗吧！"杜考瀑立即抱起许俐榕一阵狂吻。

许俐榕开始有点顾忌，后来，感情被点燃，跟着杜考瀑的节奏热吻起来。

这把边上的白人游客惊呆了，有个中年白人妇女问旁边的朋友："Oh, China is also open?（中国人也如此开放?）"

他俩毫不理会。

许俐榕脸涨得通红，似乎很感动，又很享受，她又突然问："而甘地的后代，似乎淡忘了他们国父的遗训?"

"你指的是他们老是在南亚挑事?"见许俐榕点点头，杜考瀑抹掉了嘴上粘满的唇膏，"他们与我国打仗不算，还肢解了巴基斯坦，并吞了锡金，还觊觎尼泊尔，到现在为止，还在扩张……"

许俐榕依偎在杜考瀑的胸前。


既然到了新德里，哈瑞奎师那神庙是一定要去的。于是，两人驾车又去了那里。

位于新德里市中心哈瑞奎师那山的哈瑞奎师那神庙，这里每天有成千上万的信徒和游客前来朝拜和游览。其中，全印度最美丽的神像之一的茹阿妲.奎师那神像是必看的。参观这里的博迦梵歌博物馆，也是必须的。它让人们仿佛回到了几千年前。参观这里，可以让人们深入了解印度神秘悠久的历史和宗教。

许俐榕轻轻地说："这个民族很有意思，他们的佛教影响了我国将近2000年，但自己的老百姓信佛的似乎很少，连自己的文字的传承也中断了，非常可惜，他们撰写自己国家的历史，往往要到我们国家的图书馆来寻找。印度的国家现在算是独立了，可在精神上，似乎还没有摆脱西方的殖民主义的影响。"

"到底是博士，各种思考就是多！"杜考瀑感叹。

"还有四大种姓制度，至今根深蒂固……"

至于去瞻仰泰姬陵(Tajmahal)是印度游的规定动作。泰姬陵位于离印度首都新德里200多公里的阿格拉(Agra)城内，是莫卧儿王朝帝王沙贾汉为爱妃泰吉·玛哈尔所造的陵墓。玛哈尔三十八岁死去，帝王悲痛欲绝，动用了几万工人，耗费巨资，花了十六年时间，才在1648年建成乳白色的泰姬陵。难怪连印度诗翁泰戈尔都赞叹道泰姬陵像"一滴爱的泪珠"，庄严而独特。

杜考瀑和许俐榕携手参观，评说连连，且情意绵绵，这让周边的小年轻们都投来羡慕的眼光。

本来以为这次旅游的高潮基本结束，哪里知道，真正的好事还在后面。

杜考瀑提出，借辆车，驱车到喜马拉雅山南麓的农村去玩，并不纯粹是为了好玩和追求刺激，但是，被许俐榕一口拒绝。许俐榕的理由是，要赶回学校做论文答辩。其实也源于她例假来了，出行多有不便。而杜考瀑不便细问，也没有去阻扰，因为那里人生地不熟，恐怕有意想不到的危险，所以只好放她赶回英国。

执傲的杜考瀑一个人去了，结果，居然有了重大发现。

印度半岛北部的高大山脉，就是与我国接壤的喜马拉雅山脉。因这座山脉的阻隔，使其在地理上形成一个相对独立的单元，但面积小于洲，故称为南亚次大陆。低矮平缓的地形在全国占有绝对优势，不仅交通方便，而且在热带季风气候及适宜农业生产的冲积土和热带黑土等肥沃土壤条件的配合下，大部分土地可供农业利用，农作物一年四季均可生长，有着得天独厚的自然条件。

杜考瀑为什么要去那里呢?就是因为他在伦敦的"玫瑰皇家花园"物业公司里有两个印度籍员工，有一次在与他俩喝酒聊天中，听说在那里的劢索尔邦和安得拉邦交界的古德伯一带，古代曾盛产小叶紫檀。但对于这种超强硬木，当地人不会加工，他们或是将此物做成围栏，或是把这类木材当作柴禾随意烧掉。大约到了十三世纪以后，也就是印度内乱时，佛教泯灭，印度教开始盛行时，只有中国的商人才对这种硬木感兴趣，购买回中国，将它们制作成精美的家具，供官僚和富人们使用，经久不蛀不坏。但近百年来，中国人屡受外侮，忙于战乱，再没有中国人去过那里。

言者无心，听者有意。杜考瀑祖上买的全是红木家具，他深知紫檀木的价值。当时就想过，将来自己有了钱，一定要去那里瞅瞅还有没有此类宝贝？他在新德里租了一辆旧吉普驱车前往。一路上的所见所闻令杜考瀑印象深刻。

印度是四大文明古国之一，后被英国殖民，它是一个财富分配极度不均的国家，也是种族歧视非常严重的国家。直到现在还像是封建国家，到了印度的农村，感觉像是回到了几百年前的中国。这些乡村里没有那些国外的背包客，没有猎奇者，那里不是天堂，离地狱只有一线之隔。绝大多数农村都缺电，甚至没有电，缺乏干净的自来水，甚至连一条像样的硬化路面都没有。在这些乡村里，杜考瀑很少看到工业化的缩影，那些农民们仍然过着几千年来的低碳生活。村里的耕地大部分都为高种姓的地主所有，低种姓的农民们租地主的耕地进行耕作，也有少量的富农。印度的农业仍然靠天吃饭，很少看到机械化的影子，常常看到这样的一幅画面：两头瘦骨嶙峋的神牛拖着犁在地里慢慢地晃悠。印度人一共有四个种姓。第一等级"婆罗门"，主要是僧侣贵族，拥有解释宗教经典和祭神的特权。第二等级叫"刹帝利"，主要是军事贵族和行政贵族，他们拥有征收各种赋税的特权。第三等级叫"吠舍"，主要是雅利安人自由平民阶层，他们从事农、牧、渔、猎等行当，政治上没有特权，必须以布施和纳税的形式来供养前两个等级。第四等级"首陀罗"，绝大多数是被征服的土著居民，属于非雅利安人，他们从事农、牧、渔、猎等业，以及当时被认为低贱的职业。因此，不论一个贱民如何努力，这个贱民和他的子孙万世都是贱民的地位甚至不如地主家里的狗。村子里几乎所有的一切都是地主说了算。

那边农民衣衫褴褛，都住在茅草房里，没有电灯，没有自来水，没有一切现代的卫生设备。大便完了，没有手纸，也不知道什么叫手纸，都是用树枝、树叶一刮了之。这些都让喜欢干净的杜考瀑大为惊骇。

那里农民养猪，外面的围栏都是用一些硬木围起来的，非常简陋。杜考瀑挑了其中的一根小树枝，用尽全力，折断了，看了看木材的颜色，闻了一下，大吃一惊，居然就是"小叶紫檀"！

但是杜考瀑不露声色。正好看见农民的院子里排放着一缸水，杜考瀑试验了一下，因为他知道，紫檀的比重大于水，小叶紫檀放入水中会沉于缸底。然后，他用一木片在白纸上划了一下，见到了小叶紫檀特有的桔黄色的划痕。随后，他将紫檀木块放入装有酒精的碗中，发现有红色紫檀素呈烟雾状从紫檀木中渗出。另外，小叶紫檀具有特有的曲线美的牛毛纹，生长周期极其长，动辄五六百年，才长成那么一小根，所以就细密，导管就小。导管的横切面即棕眼就小。如果导管大了，就不对了。没有，也不对。棕眼小，是特征。另外，小叶紫檀的价格要从料好不好，油性足不足等很多方面考虑。一般类型的小叶紫檀一斤的价格在七百元左右。

杜考瀑到附近农民居住的茅屋内外都去看了一下，发现，紫檀木的树杈、树干还真不少，更令人匪夷所思的是，当地人要么都把这种硬木做成家院四周的围栏，更多是把它当柴禾烧掉，因为他们认为，这种木材特别耐烧。一两根柴禾就能够燃烧半天。这让杜考瀑看着特别心疼，但他不敢把情绪表露出来。

杜考瀑通过那个汽车司机联系上了当地最显赫的大地主——约翰逊·蓬迪先生。他属于"刹帝利"这个种姓。

杜考瀑向约翰逊·蓬迪先生开价一万美金，买下附近十个村庄的那些零零碎碎的"柴禾"。约翰逊·蓬迪先生听说后非常开心，他是个生意场上的老手，他狡黠地表示，如果价格翻五倍，也就是五万美金，他愿意促成这笔买卖。杜考瀑假装极不愿意，最后犹豫再三，还是哭丧着脸，不得不表示同意。

五万美金，这在印度农村可是个天文数字。约翰逊·蓬迪先生尽管富有，也从来没见过这么多钱，所以派了手下身强力壮的20多个打手、仆人，仅仅花了几天，就把附近十来个村庄农民们堆放在房前屋后的"柴禾"全部收集过来，将杜考瀑买来的十个集装箱装得满满的。

然后，杜考瀑又用两万美金，搞定了当地的印度军队首领。在他们的帮助下，军队出动了十辆坦克，用粗粗的钢丝绳将这些集装箱顺利地拖到了中印交界的墨脱关口。

进入中国镜内，杜考瀑如释重负。回到故乡真是太好了！一切按国内的规矩办事。杜考瀑仅仅花了十几万元的运输费，就把这些紫檀木装上十辆集卡，顺利地运到了几千公里外的花威市郊区，一家快要倒闭的家具厂。之前，人家开价10万元，杜考瀑给了他们20万元，连同厂区的20亩地皮和十几个职工一并买断。为防意外，他还在围墙上加了电网和进口的摄像头，并在厂里的各个关键部位都安装了监视器和防火水淋装置。

这些基础工作做完之后，杜考瀑叫来了许俐榕参观他的红木厂。在堆满小叶紫檀的仓库里，杜考瀑长长地舒了一口气："谢天谢地！总算买到了一批宝贝！"

许俐榕并不懂红木，她讽刺道："看你乐得！不就一堆柴禾吗？"

"啊？柴禾？我不得不对你博士头衔的真伪表示质疑！"杜考瀑生气了，"我不远万里捡回来的这些宝贝，你居然认为它们是一堆一文不值的柴禾？你不懂装懂，哪里知道它们的真正价值？"

许俐榕冷静地回应："你居然对于我的博士身份表示怀疑，讲得又那么刻薄。那这样，我们中间那种信任的基础就不复存在了，我们之间的关系就到此为止了！再见。"说毕，她疾步跑到厂门口的马路上，拦了一辆出租车，气呼呼地回家去了。

同样个性极强的杜考瀑也没有去追，没有去送。而厂里的一些刚上任的干部，由于不明就里，也不敢去劝。杜考瀑认为，"强扭的瓜不甜"，为这点小事就轻易翻脸，那么，这种感情本来就不值得留恋。

许俐榕回到家里，妈妈看到女儿脸色铁青，就关切地问她："榕榕，看你一脸的火气，到底发生了什么事情？"

许俐榕就把他们从去印度一直到今天发生的一切和盘托出。

她妈妈听了也生气了，意气用事地说："他杜考瀑不把我博士的女儿放在眼里，我们也不必把他放在眼里！"

　　坐在一边看报纸的许俐榕父亲许慎菊是花威市第二建筑集团的高级工程师，他终于发声音了，他批评老伴说："紫英啊，有你这样劝女儿的吗？我认为，这件事是女儿的不对。"

　　"爸，你怎么胳膊往外拐呢？"许俐榕嗔怪道。

　　"你们这对母女确实才疏学浅，居然不知道这个小叶紫檀可是个东西啊，人称'贵如黄金'。你不懂，还要脾气，这是你的不对！"

　　母女俩面面相觑。许慎菊给她俩讲述了关于小叶紫檀的知识，看来，这次杜考瀑搞来的是紫檀老料，它们野生自然生长的，通常长在热带的山地或者湿地，成材时间相对比较长的紫檀野生林。老料取自生长时间达到数百至上千年的紫檀天然野生林，由于生长缓慢，成材周期长，料质极其细密、油性足。且因砍伐年代早，又经过了多年放性，木料含水率低、不易开裂变形，极其珍贵。

　　许慎菊最后说："所以，杜考瀑对你博士资质的质疑，虽是气话，也是有一定道理的。"

　　妈妈说："女婿还没上门呢，就这么护着他！"

　　许俐榕一声不吭，她对爸爸是非常崇拜和敬重的，她开始意识到自己的冒失。

　　许慎菊语重心长地说："这个杜考瀑是一个十分要上进的孩子，他懂得事要比女儿多得多。他既有学识和手艺，又懂市场，这样好的男孩，以后你往哪儿去找？"

　　许俐榕的母亲觉得丈夫讲得是有道理的，于是转过风向，她说："哎呀，你都快三十了，还要什么脾气呀？你以为你的男朋友也和你父母一样，可以随随便便地说话？既然说错了话，惹人家生气，那就快去向人家赔个不是。"

　　许俐榕："妈，你不觉得自己变成墙头草了？"

　　妈妈不依不饶："榕榕，你就会斗嘴！快去认个错吧，否则，真的嫁不出去了！杜考瀑这么有学识，有本事的男孩你放弃了，以后，看你怎么办？你真的你没听过吗？在中国最嫁不出去的，就是女博士！"

　　"妈！想不到你也这么来损我？"许俐榕急了。

　　许慎菊开导："女儿，确实你也不要把自己看得太高，社会上人家不一定是博士的人，有许多水平不一定在你之下。你只不过是会动动笔啊，会写点东西而已，其实生活经验也好，各方面知识也好，你差得远了。所以我觉得，杜考瀑那边呢，你应该主动向他认个错，你们完全有挽回的可能。"

"你爸说得对！"妈妈又来附和，"再说了，女儿，妈跟你说一句掏心窝子的话，你呢，相貌平平，不可以再像二十来岁的黄毛丫头那样任性了。那个杜考瀑除了学历不如你，其他样样比你强！这样的好男人往哪儿找去?记住，过了这个村，没了这个店啦！"

许俐榕父母的话看似普通，其实句句在理，许俐榕内心被父母说服了。于是，几天之后，她终于拉下脸来，真的打了个的，赶到郊区的红木厂，把见了她一头雾水的杜考瀑硬拉到办公室里，还锁上门，贴着杜考瀑的耳朵，嗲兮兮地向他认了错。

正如同俗语所说："男要女，隔座山；女要男，隔层纸。"杜考瀑立即接受了她这番情意绵绵的道歉，并动情地亲吻了她。于是，便有了半个多小时热烈的接吻和拥抱。许俐榕甚至忘情到发出轻轻的呻吟，以至于被前来报账、签字的厂里的女会计听到，吓得赶紧溜走。

杜考瀑和许俐榕的恋爱关系就继续走下去了。

不久，杜考瀑请来懂行的专家对这批小叶紫檀进行评估。他们认为，这十个集装箱的小叶紫檀，即便不加工，至少值十多个亿！因为，这么高档的木料，目前在世界上几近绝迹。

杜考瀑开始仔细考虑如何用好这些木料。他约请了几个红木艺术雕刻专家，和艺术品策划高手一起来出主意。专家中有王文达，他是华夏红木雕塑艺术交流协会副会长，马俊虹，炎黄文化艺术展览集团总裁。许俐榕博士当然也参与了这些活动。

参观后杜考瀑和许俐榕在附近新开张的佛罗伦萨五星级宾馆的富贵厅设宴款待了这批专家。大厨是花威市在国内拿过金奖的，菜式是杜考瀑精心挑选的，喝的酒是茅台和绍兴的古越龙山。

几杯酒下肚，王文达微笑着问杜考瀑："杜总，你到底拿了这些红木想发财呢?还是发迹?"

杜考瀑放下酒杯问:"此话怎么讲?发财怎么样?发迹又如何呢?"

王文达:"你将这些小叶紫檀做成各种高档的红木家具,扣取成本、加工费、税收等各种支出,至少可以赚十多个亿,你可以轻而易举地当个亿万富翁,这是毫无疑问的!"

许俐榕微笑着听着,表面上不动声色,心里却"咯噔"了一下。她为之前自己的"委曲求全",向男友认错之事暗暗叫好,也感谢父母的远见卓识。

杜考瀑不解地追问:"这些小叶紫檀材料用完了以后呢?"

"嗯,这个不会就到此为止的,因为你完全可以从东南亚和非洲进口一些花梨木、黑檀、酸枝之类的木材,继续做你的红木家具。将来在国内做成一个中等规模私企的大老板,就差不多到此为止了。来来,我敬你一杯!"王文达站起身举杯。

杜考瀑立即起身回敬,一饮而尽后继续追问:"那么,王老师,什么叫'发迹'呢?"

"'发迹'嘛,就是创造性地运用这些小叶紫檀,将它们的各种商业和艺术价值发挥到极致。因为你擅长绘画,也擅长雕塑,人又是绝顶聪明,那以后的'发迹'就是必然的。"

许俐榕笑着央求道:"请王老师明示。"

王文达只是笑笑,没有再发声音。

马俊虹说:"天机不可泄也!我觉得王老师其实已经讲得很明白了。"

杜考瀑胸有成竹地说:"是的,够明白了。"


杜考瀑派司机送走两位专家时,给了他们丰厚的红包和花威的一些土特产。

驱车返回红木厂过程中,杜考瀑问许俐榕:"榕榕,你觉得我应该'发财'呢,还是'发迹'?"

许俐榕回应:"你的前程就只有这两道选择题?"

"当然不会。"杜考瀑握了握许俐榕冰冷的小手,"但这两条路确实最现实。"

"那你准备选哪个?"

"我当然选后者。男人嘛,应该有鸿鹄之志也!"杜考瀑自信地说。

"我坚定地支持你!"许俐榕的眼睛在发光发亮。

从此,杜考瀑的目标就非常明确,沿着既定的目标大步前进。为此,杜考瀑去了一次伦敦,辞去了"玫瑰皇家花园"物业公司总经理的职务,一心一意地将心思放在国内的这个红木艺术品生产和研究上面。

而许俐榕也决定,博士学业还有半年。一旦论文获得专家审定组的通过,拿到博士资格证书以后,立即回国,与杜考瀑组建家庭。

从此,杜考瀑将红木加工厂改名为"杜氏红木艺术品研究展示宫"。他除了让工人们将小叶紫檀的一些边角料加工成精美的梳妆盒、小板凳、手串、木梳等商品外,其余大料计划好了逐步使用。

杜考瀑通过电话,请教了专家王文达和马俊虹先生。在他们俩的指导下,杜考瀑现将热处理过的三块大料做成了三个塑像——如来佛、孔子和济公。如前介绍,杜考瀑之所以能取得相当高的艺术成就。得益于他小时候学过美术,也喜欢雕塑,心灵手巧。加之杜考瀑具有贵人的特质,情商也颇高。他知道你笑容背后的悲伤,明白你怒火里隐藏的善意,了解你沉默之后的原因。他在心中拥有三把金钥匙:接受、改变、离开。遇到要事,不能接受就改变,不能改变就离开。只要你愿意坚持,世界就会给你惊喜。

杜考瀑的做人,当然会得到识人者的认可。果然,不久之后,经王文达和马俊虹两位先生的介绍和撮合,由杜考瀑创作的第一件红木雕像,是高达两米的如来佛像,慈眉善目、栩栩如生,被泰国国王花1200万美元请去(当时的市值近一亿人民币),作为佑神,供放在皇宫最显耀的地方供让皇族顶礼膜拜。并吸引来各国游客。从此,游客倍增,前来瞻仰的教徒更是络绎不绝,为皇宫带来了意想不到的巨额收益。泰王高兴之余,任命杜考瀑为泰国国际商会的会长和"曼谷荣誉市民"的称号。

经两位高人指点,杜考瀑设计制作的第二件高档红木艺术品,是一米半高的赠送给国际孔子学院总部的孔子坐像。同样是精神矍铄、栩栩如生。为此，国际孔子学院总部授予杜考瀑"中国杰出雕塑大师"和"终身名誉教授"称号。并将孔子的雕像作了一次全球巡展。从此，杜考瀑名声鹊起。也从此，杜考瀑的身价倍增，约单不断，这一点，是杜考瀑和许俐榕始料未及的。

许俐榕将这些情况汇报给自己的父母，老两口听了当然很高兴，催着女儿赶紧出阁。

杜考瀑的第三件杰作，是跟真人一样大小的济公像。当时，电视连续剧《济公》全国各地热播，引起了相当强烈的社会反响，一时间"鞋儿破，帽儿破，身上的袈裟破……"成了流行歌曲，响遍大江南北、街头巷尾。由于杜考瀑创作的这个雕塑的形象，消瘦中带着诙谐，虽玩世不恭又不乏仁慈和正直，蒲扇残破，衣衫飘逸，活龙活现，又是经两位高人的牵线搭桥，杜考瀑的作品被中国艺术博物馆以4000万人民币的价格收购，作为当代雕塑艺术大师的精品在馆内陈列展览。这样，就等于杜考瀑的艺术成就已经被国内权威的学术界认可。

杜考瀑讲到这里，被朱彬打断："打住，打住。你什么时候结婚呢?我把同学们都叫来。到时候，我们再听你继续讲下去。"

"也好。那召集同学参加我的婚礼的这件事情，就委托你去办了。"杜考瀑说。

朱彬答应了，并且发自肺腑地总结了一句："你的路，走的还是蛮稳健的，关键是你目标明确，又不断得到高人指点。"

与杜考瀑在事业上的高歌猛进同步，他的恋爱和婚姻也近乎成功。

杜考瀑把自己与许俐榕感情的推进向父母作了详细的汇报。知书达理的父母表示完全同意和赞成。

杜维骏微笑着说："这就对了，儿子终于找到了真爱。为父深感欣慰!"

王玉霞附和："还是你爸爸有功，想当年，他在你没有出生的时候，就给你起了一个很好的名字。杜考瀑，谐音就是'多靠谱'。是不是这个道理啊?"

"以前也有同学和朋友，跟我开过类似的玩笑，我还以为是巧合呢。"杜考瀑坦承。

杜维骏极其冷静地坦言："考瀑，你今天取得的成就，靠自己聪明、勤奋取得的。但是。你的姐姐，平平静静地生活，老房子一个动拆迁，分到了两套房子，居然也有了上千万的身价。这就引起我的思索，你有没有必要出国去冒那么大的风险？"

王玉霞打断："好事都来临了，快别讲这么丧气的话！"

许俐榕家里，当然也非常赞同。

许俐榕的父亲笑道："这是我们许家前世修的福！女儿啊，你一定要爱杜考瀑！爸爸妈妈不在你身边。你要好好伺候好你的丈夫，不可以任性哦！"

妈妈说："我得赶紧把女儿的嫁妆备好，不能出错，那可是我们家的面子问题！"

杜考瀑和许俐榕他们俩这个婚礼，经过半年的筹备，他们准备办得尽量完美和气派。


杜考瀑的婚礼选择在五月头上举行。在婚礼的前两天，杜考瀑请了一家婚庆公司为他俩拍了十分温馨的婚纱照。


那天，杜考瀑穿着一身白色的西装，左面胸口，别着一朵红色的玫瑰花。乘着一辆劳斯莱斯豪华轿车，开到许俐榕家的门口。他几个铁杆的弟兄都穿着黑色的礼服，带着红色的领带，煞是威风。

杜考瀑先是向许俐榕的父母毕恭毕敬地鞠了一躬，然后献上一张装有100万元的银行卡的红包，以及传统的礼品——两箱飞天茅台，两盒羊绒毛衣，两条中华牌香烟，还有两条火腿。

杜考瀑又把一束玫瑰献给了许俐榕。

其实，许俐榕起得很早，约来的化妆师很快就帮助她化好了妆。然后穿好了一身粉色的婚纱迎候。

见杜考瀑的车到，许俐榕乘上了他的车，来到了郊外的龙泉公园。

龙泉公园里面，有许多仿古式的建筑，比如假山幽径，亭台楼阁，青砖花窗，水榭古木……应有尽有。杜考瀑请来了电影厂最顶尖的摄影师、灯光师和化妆师。杜考瀑和许俐榕徜徉其间，留下了穿西服和婚纱、穿中装的无数美妙瞬间。在摄影师的启发下，他俩还仿照电影和电视剧里的动作，以体现"含情脉脉"、"白头到老"的主题。

中午，短暂的休息时间，杜考瀑把整队人马请到了花威最豪华的五星级饭店，在里面的豪华包间，摆了一桌，招待了他们。

下午，继续拍照。这些照片都是用来做纪念册的，拍得非常漂亮。

又过了一周，杜考瀑和许俐榕的婚礼选择在花威市五星级宾馆——豪炜大酒店的辉煌大厅举办。摆了40桌，应该说，还是有一定规模的。一个呢，是因为杜考瀑经济上具有这个实力；另一个原因，也是他在事业上取得了相当大的成功，需要借此机会向亲友和帮助过自己的各界朋友表示感谢。

按照当地风俗，婚宴的费用当然由杜考瀑支付。在此问题上，杜考瀑毫不犹豫，为了让来宾满意，定了最高标准的菜肴，买来中外各种美酒和饮料。是他把其中的10桌，留给了女方安排给亲友。其他30桌，主要是请了杜考瀑熟悉的花威市的几个领导；全国的一些红木雕塑艺术方面的一些权威（其中当然包括王文达等两个引路人）；还有与红木销售有关的市场管理、税务、卫检等部门的一些官员；还有，就是他的从小学一直到大学的一些要好的男女同学，包括钱晨他们几个同班同学都请来了。纪闲林也特地从美国赶来。其余，便是自己的亲戚。

为了让婚礼气派、豪华，杜考瀑花费了100万。出乎他预料的是，亲友们送来的礼金居然接近300万。原来这些亲朋好友，这些年来在国内，也一个个都发了，有的是买了股票认购证，有的是从事房地产，有的是承包了一些工程项目，有的是开厂开店，还有的，竟然是通过动拆迁发财……总之，八仙过海，各显神通。

这让杜考瀑大吃一惊：原来国内也发展得这么快！中产阶级已经培养出这

么多了。顿时，自豪感降下来许多。回想自己当年离开故国的时候，极其富裕的人被敬称为"万元户"。现在，回到国内，环顾四周，亲朋好友中百万富翁还真的不少。

婚礼当然搞得很正规。那天，杜考瀑穿了一身白色的学生装。有亲戚嫌此不够喜气，杜考瀑是这样解释的：因为自己还在不断地学习，所以，就不能像其他的新郎倌那样，一定要穿上黑色的西装和佩戴红色的领带。他在自己白色学生装的上衣口袋上，别了一支深红色玫瑰花。他说，这既是为了表达对许俐榕的深厚、纯洁的爱情，同时也能体现喜气。

许俐榕那天的穿着也很得体，银白色的婚纱，脖子上围着杜考瀑给她买的南非钻石项链。

头发高高膨起，喷了一些珠光摩丝。发髻上裹着一串银色的珍珠。左面的胸口上，插着一支白色的玫瑰，似乎与杜考瀑的衣服的颜色有某种契合和照应。应该说，高雅和艳丽都可圈可点。

由于有婚庆公司筹划，那天的婚礼的举行得很正规，各种礼仪（包括两家亲家上台的互动、握手、拥抱；且蛋糕、开香槟酒……）、开奖……整个过程都很规范。

证婚人是花威市文联的一个副主席，他是喜爱收藏古董和字画的行家。杜考瀑曾经跟他有过红木雕塑作品的交往。

还请来了几个花威的名演员在婚宴过程中表演歌唱、舞蹈、魔术等节目。喜庆的气氛，不断地有高潮出现。

嘉宾中，有少量政界的，主要来自艺术界。礼仪公司还请了两个花威电视台的男女主持人来主持，场面非常热闹。

杜考瀑的父亲呢杜维骏穿着一身蓝色的西装，打着红色的领带，容光满面。杜考瀑的妈妈烫了头发，身穿定做的紫绛红丝绒旗袍，胸口还别着绢花，温文尔雅。舞台后面的大屏幕上，反复播放着礼仪公司请电视台纪录片编辑室精心制作的专题片《花好月圆》。在这个片子里，把杜考瀑和许俐榕从小时候的照片，一直到现在的人生经历，非常艺术地、概括地一一展现。有点搞笑的是，杜考瀑那段插队落户的内容，竟然从电视剧里面去剪来的。男女主人公的脸居然PS成杜考瀑和许俐榕的，还保留着对话，让人捧腹不已。再加上他们现在事业成功的点点滴滴，应该说这个片子非常的成功和感人。

以上这种场面，因为各位看官看得多了，所以，这儿也就不一一陈述。

经打电话召集，杜考瀑的几个大学同学——钱晨、朱彬、纪闲林、徐飞、梅姗芳都来了。纪闲林带来了一台手风琴来，婚礼进行到一半的时候，司仪宣布："下面有请新郎的大学同学纪闲林先生，给大家表演他自拉自唱的歌曲——《真是乐死人》，掌声响起！"

纪闲林穿着一身黑色的西装，戴着一根红色的领带，拿了一张座椅上了台，然后拿起早已放在那儿的手风琴，开始了他的表演，歌词都是他现编的。

"热闹的婚礼上，

拉起了手风琴，

新娘子拉他手，

拨动新郎的心。

想起床上事，

真是乐死人，

你要问那什么事?

你要问哪什么事，什么事?

哎，真是乐死人，

真是乐死人！"

纪闲林一边唱一边还做着鬼脸，让参加婚礼的人笑得前俯后仰。

朱彬笑得眼泪都出来了。等他坐回圆桌，她捶了纪闲林的肩膀，笑骂道："狗嘴里吐不出象牙来，俗不可耐！"

总之，由于这些大学同学的到来，使得整个婚礼更加热闹。正因为他们是老同学，所以，大家都比较放得开。

直到婚礼结束，他们意犹未尽。

钱晨问纪闲林："今天李钟景怎么又没有来?"

纪闲林回答："听说他在忙于筹建一家连锁的快递公司，分身不出。"

钱晨说："李钟景搞大了，还以为他在当邮差呢？"

"这真是，天上方一日，地下已千年。"然后豪放地说，"别去管他了！同学们，让新郎新娘他们爱爱去，我请客，请大家一起去吃夜宵如何？"

"纪闲林万岁！"同学们一齐欢呼。

杜考瀑说："洞房花烛夜，来日方长。这样吧，我跟大家一起去如何啊？"

朱彬俏皮地说："唉，只是委屈了新娘子！"

于是，大家一起转移到附近的一个叫"忆江南"的酒吧去吃夜宵。

大家坐定后，杜考瀑点了一些冷盘和水果，以及各种中外酒水和饮料。

作为东道主，杜考瀑先是请大家为十多年的同学友谊干杯，然后提议："我们请没有出国，但据说是最让人揪心的爱情的梅姗芳同学讲她的故事如何？"

大家一阵欢呼。

朱彬笑着提出要求："梅姗芳啊，在老同学面前，可不能瞒瞒藏藏哦！"

"好八卦啊！"梅姗芳嗔怪道，"但有一个条件，我介绍完之后，一定要让娶了世界冠军的纪闲林介绍一下自己的四次婚姻经历！大家说，好不好啊？"

"好——"众同学应声回应。

朱彬揶揄道："不要是当代的《金瓶梅》开讲哦？"

"哈哈哈哈……"众人一片哄笑。

纪闲林也只好点头答应。

"你们还要不要听我讲呢？"梅姗芳板着脸问大家。"嘘——"钱晨做了嗫声的动作，大家立即表示响应。纪闲林大度地说："那就让女士优先吧！"

于是梅姗芳开始如数家珍似的说出了自己的故事。

11

梅姗芳说："大家也知道，我是一个苦命人，我一直想摆脱这种糟糕的命运，去打造属于自己的新天地……每个人的人生都是在负重前行，我们不能指望别人为你的失误和生活遭遇买单。笑，全世界与你同声笑；哭，你便独自哭。成年人的委屈，都是不能分享给别人的。"

梅姗芳的继父郑腊桦是中学教师，教地理课的。在家里平时很少说话，这天拿出了一封事先写好的信交给梅姗芳，对她说："拿去认真看吧。"

梅姗芳回去打开信，立即看了起来。信是这样写的："其实，我们每个人都有过曾经的挫败失意，它成了人生中一笔最宝贵的财富。经过时光的晕染，渐渐褪去骨子里的锋芒。能够微笑着和自己和解，懂得了原谅别人，其实是在救赎自己；用一双友善的眼看周遭的一切，忽然发现，这世间处处皆美好。

"诚信者，真诚守信之谓也。诚信，是人生的无形资产，是一种美德，是一种可贵的善良。反之，就是世间的无数不幸和灾祸的根源。你是读书人，应该明白我提供的视角。"

梅姗芳不愿意细细去体悟老人家的每句话，看完后说了句这样的话："迂腐！多管闲事，我不需要你来教训我！怪不得你只能做个教书匠，而且连'高级教师'都评不上！"

梅姗芳在离家不远的小街上踱步，也没有去思考着继父的话，她在考虑的是，如何让自己尽快富起来?如何找到一个好男人?作为第一步，一定不能再在盲人学校里呆下去了！

梅姗芳从盲人中学里辞职，跳出来以后，在几个商业圈朋友的带领下，开始了学做字画和古董的生意。梅姗芳个头长得比较矮小，大概一米五五的样子，圆圆的大饼脸，看上去还算是比较朴实。人家看到她很谦虚，又温文尔雅，所以还是比较愿意跟她打交道。

花威的那些文人墨客，尤其是书法家、画师，技艺不俗，品味各有千秋。但是大多不谙市场，不善于生意场上的那一套，所以作品或深藏家中，或被奸商以白菜价收购，然后拿去高价转卖，使原创者损失惨重。尽管他们之中有的已经名气很大了，对自己的才华还是充满自信的。但毕竟都六十岁上下，有的甚至到了耄耋之年，报价时往往不好意思开口，这就给梅姗芳很大的商业运作和赢利空间。

因为梅姗芳知道，一些成功的企业家，往往房子越住越大，装潢越来越豪华，一般都喜欢在家里挂放一些名人字画，在亲友面前树立"儒商"的美誉，以显示自己的身价。而从政坛上退下来的一些老领导，也是喜欢玩玩字画古董的，一方面是因为经济实力比较殷实，另一方面一直对于文人墨客比较崇敬，收藏的目的，既可把玩，提高自身的品味，又可保值升值，留给子孙，故而乐此不疲。

梅姗芳通过向业内行家学习，对于字画、古董开始渐渐懂了起来。比如如何辨别艺术品、宝石、首饰的真假，了解了历代字画、古董的市场价格，当代字画等艺术作品的价格评估，如何造成差价，以便自己获利。仗着自己年纪轻，表面"温文尔雅"的女性身份，亲和力强，精力又充沛，梅姗芳每天游走于花威各位字画家、古董收藏家和著名企业家、各级官员的住家之间。表面上是拜访和串门问寒问暖，其实是了解上下家的需求。通过每次收购、推介、转卖，往往少则可以赚几百块、上千块，多则可以日进上万块，甚至十几万的收入。而且每周都能完成几笔成功的交易。梅姗芳为人低调、乖巧、礼貌，深得上下家两方面的青睐和推崇。试想，如果梅姗芳长得太漂亮和风姿绰约，可能几个回合下来，就被当事人的伴侣和社会上一些"长舌妇"的唾沫淹死。

梅姗芳还经常协助这些书画家和艺术品匠人举办画展或艺术品展。这些艺术活动往往不需要政府审批、监管、收税，自由度极大，令艺术家、收藏家们窃喜。艺术家既可扬名又可赚钱，而收藏家也可以低价购买、大多数避税，故而大家都趋之如鹜。梅姗芳采用"羊毛出在羊身上"的做法，千方百计地帮他们请来一些主流的媒体，如报刊、电视台，对书画展及作品进行各种各样的宣传。最后，那些大大小小的绘画及艺术品，卖给了那些企业家或者是一些退位、赋闲的领导。一个画展下来，梅姗芳往往可以赚到几万块，甚至几十万元。如此成就，她还有必要去中学教书，或去国有体制内工作吗？

梅姗芳具有强大的公关能力，因为她的服务对象，都是在社会上一些名望很大的艺术家、收藏家，和官员、企业家，这些人高高在上，脸皮又太薄，不屑去干一些讨价还价的地下交易和恳求媒体报道为画展造势之事。而梅姗芳自称是"小业主"，做这类"空麻袋背米"之事，如鱼得水，游刃有余。她很快就摸清了这些"上家、下家"的脾性，使得自己的获利轻而易举，并且让利益最大化。

著名画家冯鉴湖评价她说："你这一生，得之坦然，失之淡然，不争不抢，不卑不怯，便足够快活。凡是过往，皆为序章。岁月从来最公平，你走过的每一段路，都会成为人生的领悟。感谢时间，让我们成为了更好的自己。愿你历经世事沧桑，不染岁月风尘，活成最美好的模样。"

其实这也很正常，现在社会上一些著名的艺术家，往往都是有偿服务。所以，对于他们的评价，不必当真。他们很少有见地的评价。

梅姗芳让他用魏碑体将此文抄成一轴，悬挂在自己的店堂里。重要的客人到来，她都要将此朗读一遍，然后自我标榜一番。

梅姗芳还很快与各类媒体的实权人物建立了良好、扎实的关系，然后，有些字画的吹捧文章，也经常见诸于各大报端和荧屏。这些安排都深得上下家的欢心和好感，而中间产生的宣传费用，梅姗芳都让上家支付。这也使得下家对于自己购入的藏品信心倍增，觉得物有所值。

梅姗芳有了近百万的资金积累后，一方面继续做这方面地下交易的中介。另一方面，在花威市中心、游人如织的名胜"弘法寺"附近的商业街上，开了一家古玩商店，专门向喜爱中国传统艺术的中外游客兜售所谓的名家字画、艺术品。其实，都是一些三四流书画家流水线生产的商品。碰到极有钱的主，梅姗芳会神神叨叨、神神秘秘地带他们到里面的密室，向他们推荐唐宋到清朝的所谓的名家画作，其实都是仿真度极高，可以以假乱真的赝品。其利润空间都可以达到数十、甚至上几百倍！居然也有10%的购买者。

梅姗芳的母亲郭杜玫有时会打电话过来，希望她能够常回家看看自己。但是，梅姗芳实在太忙，基本上没有时间回去看老娘。她要挣钱，她要活出个人样来。只有到了春节，才寄点小钱过去安抚一下。

梅姗芳在那里，认识了住在附近的一个小青年——华子逾，这个华子逾呢，还比她小了一两岁，身高一米七十五，面相端正，品格非常善良、敦厚。梅姗芳暗暗喜欢上了他，他也一有空就到梅姗芳的店里串门。

有一天，梅姗芳突然问华子逾："小华，冒昧地问一下，你每天上班，你们厂里面每个月付你多少钱啊？"

华子逾老老实实地回答："200块。"

"原来这样啊！那我翻个倍给你400块。你把厂里的工作辞了，以后，跟着我做，怎么样？"

"当然好罗！"华子逾回答。这个小青年，极其单纯，想想自己没有什么本事，居然被一个年轻女子邀请到她店里站柜台，钱又可以赚得多，他就不假思索地同意了。

梅姗芳真诚地对他说："我会待你好的！"

从此，华子逾跟着梅姗芳做买卖，把这个店搞得还算是红红火火，不少试图附庸风雅的中外游客在见华子逾厚道、热情，纷纷在梅姗芳的店里买了不少所谓的艺术品。

经过梅姗芳多次调教，华子逾不仅成了古董店里比较合格的掌柜，还在梅姗芳的诱惑和撺掇下，跟她上了床。后来，还成了她的男人，跟她还生了一个女儿，两人都大喜过望。当然，这家古董店也仅仅是个幌子，梅姗芳帮助朋友洗钱的地方。她的中介生意的获益是这个店铺几十，甚至几百倍。梅姗芳做人低调，明明可以买豪车，却买了一辆二手的有点陈旧的桑塔纳，交给自己的丈夫开。

几年前的有一天，梅姗芳听说安徽一个很偏僻的农村里面，出过一些状元、探花，那边的县领导准备将这块地打造成一个欧美风格的文化公园。所以，正在对一些旧住宅进行拆迁。敏感的梅姗芳觉得其中商机无限。像砖雕的门楼啊、金丝楠木的立柱啊、各种牌匾啊、古玩字画啊……这些东西看上去烟熏火燎的、脏兮兮的，其实都很值钱，于是，梅姗芳就吩咐丈夫和自己的堂弟——梅顶礼，一起去收购这些旧货。反正价格极低，因为那些地方的动拆迁的人，基本上都是没有文化的劳苦大众。她留在花威，既要照看店铺，又要进行字画和古董的各种交易。

　　临别时，梅姗芳让华子逾他们带了进口的红外线丈量工具和钢皮卷尺，要求他们把老建筑拍下照片，量好各幢房子总体和局部、各个部位、各个部件的尺寸。在各种部件上做好各种复原的数字记号和记录。华子逾一切遵照太太的意思办理，不敢有半点马虎。事情办完，就向当地拆迁队的老板付清订金，然后委托运输公司，把这些文物，拆解开打包装箱，运到花威来进行正式的交割。通常这样花掉的费用，跟卖出去挣的钱，大概可以翻上去20倍。这个利润很高，很有诱惑力，但是这种做法是有风险的！

　　当地的村里的干部和农民可不是这么看，他们觉得拆迁可以一夜暴富。村子的那些钻营者，动拆迁的张罗者，或者说，管理者，一下子成了穷人暴富的榜样。他们都是一些胆大心黑，不择手段，不计后果，敢于挑战道义和法律底线之人。许多村民把这些人当作孩子们学习的榜样。僻远的乡村，现在世道变了，大多数村民都认为，有钱，就是成功。钱包鼓起来，就是人上人。以前讲究的"德高望重"，现在反而成了笑柄。家长制、族长制和许多传统美德被击溃得体无完肤。

　　于是乎，拆迁就是一场折腾。折腾好了，新农村、新天地、新气象。当然，折腾错了，老百姓受苦，管事的那些人却逃之夭夭。许多村搬完了，安置楼迟迟未建，村民们只好住在帐篷里或者其他地方的亲戚家苦苦等待。许多原先向村民承诺的项目落实不了，表面上，村民成了城里人，却没有固定的工作岗位。村民一下子成了没有土地的游民，看着土地闲置荒芜，劲都使不上。多年以后，土地板结，还有土壤中毒，庄稼减产甚至发生病害，村民们只能望土地而兴叹。老人哀叹而力不从心，年轻人无心于此，绝大多数都外出打工。村庄的衰落，是不可避免的趋势……

　　梅姗芳才不管这些破事，她推崇的只是赚钱！

　　回来的路上，为了安全，身在花威的梅姗芳打去电话，让丈夫华子逾和她的堂弟梅顶礼轮流开那辆桑塔纳。结果呢，不幸的事情还是发生了。

　　华子逾是一个心肠柔软的男人，他看到开车的梅顶礼比较疲倦，就让他坐到后排上去，他自己接着开。两个小时下来，他终于也憋不住了，昏昏欲睡。

由于车速过快，桑塔纳一头撞在了高速公路的隔离栏上，车子翻了几个身，华子逾被摔出车门，重重地跌落到公路旁的深沟里，淹死了。而堂弟梅顶礼也撞飞在挡风玻璃上当场丧命。

梅姗芳因为贪财，一下子让自己变成了一个寡妇！这，或许就是迷信相术所说的"克夫"，这，或许就是梅姗芳的宿命！

梅姗芳太有心计，即便遇到了如此的大灾大难，即便内心忐忑，她也在表面上处之泰然。为了不让华子逾的父母和整个家族来追责、来责怪自己、追究自己的责任，她强忍悲痛，设计了一个"善良的谎言"——说华子逾和自己堂弟梅顶礼两个小伙子交友不慎，参与了贩毒。罪行败露后，只得花钱办了假护照，逃到东南亚，隐名埋姓躲了起来。现在怎么也联系不上，只好等将来过了法定的追索期，再想办法溜回国内。

华子逾一家，还有梅姗芳的堂弟一家都将信将疑，也没有去报案。

每次，梅姗芳胆战心惊地带了一点水果去探望婆婆，都能看到老人家常常在以泪洗面。可怜的婆婆还压低嗓门，悄悄地向她打听："子逾那边有消息吗?……"

梅姗芳尽管悲痛，却若无其事地轻声安慰道："妈，他托人转告，他们活得好好的，叫我们不用担心！要您多多保重！"

婆婆点点头，似信非信，然后，又开始抹泪。几乎每次，梅姗芳都会找个借口，赶紧撤离。

就这样，梅姗芳不仅欺骗了婆婆，还欺骗了女儿。是出于善良?还是害怕被追责?

等到回到卧室，梅姗芳也会躲在被子里哀号、恸哭。其实，她也后悔过："我又不缺钱，我为什么要去赚那些钱呢?以至于闯下如此大祸！求老天爷饶恕我，我不是有意的……"

但，这一切都是不能让世人知道的。

梅姗芳的华发开始早生，只能染黑，必须装得无事一般！

时间一长，梅姗芳的心情渐渐平复下来。

她在日记中写道："或许，一切都是命！各种结局，你都得视为生活。生活是一面镜子，你对它笑，它就对你笑；你对它哭，它也对你哭。要学会一个人静静面对……"

花威的秋天的景色十分美丽，叶落知秋，秋天，是收获的季节。迈着清风细碎，拥着天高云淡，处处散发着秋菊的芬芳，沐浴甘霖雨露，摇曳秋实在望，追逐着五彩缤纷的梦。酷暑难耐已然散尽，清凉怡爽沁入心扉，金秋丰收在望，硕果累累。

满目是金秋美景，梅姗芳的心情稍稍好了一些，她祈愿，好运迟早会来陪伴她，幸福将会注满自己的心田，陪带着自己的微笑！她希望，用微笑面对未来日子，拿淡泊洗涤自己的心房。愿自己能拥有美丽、纯净、溢香的心情，安享即将会到来的快乐幸福时光！

无论从哪方面考量，一个结过婚的女人，怎么可以没有男人？在后来的年月里，一个名叫罗临石的富商老男人进入了梅姗芳的视野，他们很快就好上了。好到什么程度呢？罗临石把自己整幢别墅里里外外的钥匙都交梅姗芳掌握，说明已经对她毫无戒心！

而男女之间的毫无间隙，这样的故事的意涵耐人寻味。与其要问，罗临石是怎么跟梅姗芳好上的呢？还不如揣摩模样一般的梅姗芳到底使了什么小计谋，才使得罗临石拜倒在她的石榴裙下。

罗临石之前曾有过一个老婆，叫崔达芳，还生了一个女儿，名叫罗清意。"文革"当中，罗临石作为一个地主的孝子贤孙，家里受到了冲击。当时罗临石在国棉51纺织厂里，当一个小技术员，属于"臭知识分子"行列，社会地位极低。所以，经人介绍，与工人阶级一员的纺织女工崔达芳结了婚。这个崔达芳浓眉大眼，长相不俗。但脾气很火，平时一讲话，必定声震四海，吓得罗临石说话的声音变小变细了。崔达芳常常在这一点上嘲笑罗临石不像个男人。

那么，崔达芳为什么说话声音大呢？有两大原因，一是家庭教育的缺失；更主要的是，纺织女工的特殊过着环境造就了她们的大嗓门。几万平米的大厂房，机器隆隆，震耳欲聋。说话轻了，人家是听不到的。久而久之，纺织女工都养成了大嗓门的习惯。罗临石与崔达芳刚谈恋爱时，正值"文革"末期，由于自己地位卑微，也就不去在乎崔达芳的大嗓门，但是，随着女儿罗伊出生，崔达芳当起了妈妈，其嗓门之高昂完全可以击败任何最棒的京剧老旦。崔达芳一发脾气，便声震住房，以致四周邻居经常以影响休息和小孩学习为由，前来敲门交涉。罗临石只好开门向他们不断道歉。但罗临石还是被他们数落了一通，他内心的怨恨和懊悔便油然而生。

历史就像大浪中前行的渔船，时而沉沦，以为在劫难逃；时而顺风顺水，昂首扬帆。罗临石的命运也渐渐脱离苦海，抬头蹿升。

罗临石家里落实了政策，原来被造反队抄去的文物、家产大多归还。为了这些意外收获，罗临石夫妻俩之间，又爆发了几天的"战争"，导致罗临石的耳膜几乎被震得穿孔。而楼上、楼下的邻居，也纷纷敲击楼板表示抗议。最后，夫妻两人情断义绝，决意分手。两人到民政局办了离婚手续。罗临石分了一部分家产给了崔达芳。

罗临石顿时有了如释重负的感觉。幸亏他是个文化人，多少有点韬略。其实，在得到父母单位退还抄家物资的通知后，他已有思想准备。罗临石代表父母家接收退回的抄家物资时，真货、上档次的字画古董都是婚前父母的收藏，都被罗临石迅速、秘密地转移了。留给崔达芳"分田地"的，大多是罗临石廉价买来的赝品。而大嗓门、满心欢喜的崔达芳只会挑大的，好看的"古董"。至于艺术品的年代啊、窑名啊等等重要标识，她一概不懂，也忽略不计。崔达芳拿了这么多的意外收获，以为可以伴她舒舒服服地度过一生，所以对离婚本身一点不后悔。她甚至连女儿罗伊都放弃了，这样做的目的是方便自己以后可以再次嫁人。

解脱后的罗临石过起了这些年来一直梦寐以求的单身生活，凭着丰厚的家底，他经常去名胜古迹旅游一番。在此过程中，他只要看到有品相的文物，不管是真的还是赝品，只要品相好的，他都会买些回家，日积月累，居然有几万件之多。

以前的家当加上现在淘来的这些东西，当然大多很值钱。罗临石只要稍稍卖掉几件，就可以舒舒服服地过上几年的好日子。正是因为这一点，"依佳科技"上市公司的老板杨佳江，就把罗临石说服，请到"依佳科技"公司里来工作，让他担任副总裁，每年给他200万的工资。投桃报李，罗临石经常会把自己以前买的品相好的"古董"赠送给杨佳江，几乎都搭配讲述一段关于"古董"来历的非常有意思的故事。所以，"依佳科技"老板对罗临石非常崇拜，也很器重、感谢他。致使罗临石在"依佳科技"公司里面的地位非常稳固。杨佳江甚至特意的送给罗临石一部价值600多万的奥斯汀高档豪车，还配了一个专职司机给罗临石。

他的前妻崔达芳知道罗临石是个极要面子的人，所以经常特地赶到罗临石的单位哭穷吵闹，罗临石只好用给钱的方式来打发她离开。公司里，当然会引起某些私下议论，这是罗临石最为揪心的。毕竟，自己是这里的副老总，被人家在背后指指点点总是很丢脸的。

就在这个节骨眼上，梅姗芳出现了。他们是在画家朋友魏善方设宴的餐桌上认识的。

那天，魏善方叫了几个画家和罗临石、梅姗芳一齐策划举办他的画展之事。并希望，在画展期间，能让一些企业家朋友或其他收藏家多买几幅他的画作。

宴席期间，梅姗芳经常跑到包厢外面去接电话，或者跟宴席上的某个画家到外间去谈交易。这时候，一道道美味佳肴被服务生端了上来，而梅姗芳均不在场。

罗临石是一个比较善良的人，他正好坐在梅姗芳的身旁，看见这个情况，就用公筷，把每一样的菜夹一份放在梅艳芳的盘子里面。这样一来，不多时，梅姗芳的盘子里已经是满满的一盘。什么海参啊，鸽子蛋啊，白斩鸡啊，青蟹肉啊，应有尽有，摆放得也很整齐、好看。

梅姗芳回到座位，看了以后笑着问："这是哪位老师帮忙放的?谢谢啦！"

在座的人努了努嘴，指是罗临石干的。

梅姗芳对罗临石欠欠身，道了声："谢谢了！老师贵姓?"

罗临石当然很开心："免贵，鄙人姓罗。"

"哦，罗老师！"

两人把自己的名片递给了对方。然后，小声地谈论起来。

梅姗芳乐于帮人，喜欢做艺术品中介，而罗临石有好多的古董，急于出货、变现，于是两人一见如故，一拍即合。

梅艳芳温柔而自信地说："什么时候我来看看您的那些宝贝。如果您想出手的话呢，我可以做您的中介。"

"可以啊，我的收藏都在自己家里。我们约个时间，你来看看。"罗临石热情相邀。

"星期天上午如何？"

"好呀。不会影响您的家人吧？"这就是梅姗芳的老练之处，好礼貌的招呼，包含着狡黠的"火力侦探"。

罗临石是极其盼望梅姗芳能够来拜访他的，所以当即实言相告："不会，我单身。女儿星期天全天补课。你，可以带着你的先生一起来。"这句话，其实也是火力侦探，也很"江湖"。

这话就让梅姗芳彻底放下心来，她似乎不经意地轻声回复："我也单身。"然后马上想好了如何拉罗临石"下海"的方略。


几天以后，梅姗芳打扮得花枝招展，穿得很暴露，身上喷足了法国名牌"猎豹"香水。据说，这种香水非常性感，对中老年男士极具诱惑力，一旦闻到，容易使一些男人想入非非，甚至使得荷尔蒙倍增。所以，也有人将之称为"煽情水"。

梅姗芳背着一只鳄鱼皮的小坤包，提着一大袋水果，来到了罗临石的别墅。

寒暄之后，罗临石请她进屋，先是领着她参观了别墅的四个楼面。

"乖乖！足足有400多平米！"梅姗芳心里暗暗赞叹，来之前罗临石就给她看了在各个楼面上自己的许许多多的收藏的照片，最后带着她去看了地下室里自己的展馆。那里至少有一万多件字画、古瓷、宝石、首饰等各种艺术品。

梅姗芳内心被震撼了："好家伙！十个亿都不至止！"但表面上显得异常

的平静，甚至有点不屑。她打了个哈欠，轻声说："有点累了。"

罗临石殷勤地说："哦，那我们先到会所里吃顿午饭，然后再休息会儿好吗？"

梅姗芳说："也好。"

罗临石就拉着梅姗芳的手，来到了地下车库，而梅姗芳也相当配合，并没有挣脱他强有力的手，二是乘上了罗临石的奥斯汀豪车的副驾驶座。

罗临石打开车库的卷帘门，带她来到几百米之外的小区会所。罗临石的用意其实很简单，一是显摆，而是不想在小区里让好多人看到他的"女朋友"。

他们在会所的最小的包厢里，边喝着法国葡萄酒、品尝着海参、鲍鱼、法国鹅肝等美味佳肴，梅姗芳边含情脉脉地与罗临石交流着字画古董品鉴、交易方面的心得体会和诀窍，两人越谈越投机，都有相见恨晚的感觉。

小酌匆匆结束，罗临石违规驱车将梅姗芳带回自己的车库。幸好此事发生在自己的花园小区之内，也幸好此时小区里的路上几乎无人无车，否则万一发生车祸，就麻烦了。

梅姗芳下得车来，已经满脸通红，她故意装得身体有些摇晃。罗临石立即上前挽住她的胳膊，将她扶上二楼自己的房间，将她放倒在自己的床上。梅姗芳干脆装睡，罗临石帮助她脱掉外衣和鞋子。

当罗临石咽着口水，给娇弱的梅姗芳盖上被子时，梅姗芳醒了，几秒的对视之后，她借着酒兴，抱住罗临石一阵狂吻。罗临石哪里控制得住自己，顺势而为。

此时的两个人在感情上都是一片空白，都已经有好几年没有与异性单独紧密接触，其荷尔蒙冲动都如火山爆发，也在情理之中，有诗为证：

对垒木床起战火，

两身合一暗推磨。

千言万语都凝噎，

唯有锦衾在颠簸。

他们俩万万没有料到，由于房门没有锁上，罗伊会在这时候推门进来，见了后扭头就走。

梅姗芳拉被子捂胸故意惊问："不是说你女儿在补课吗?看见了，要不要紧啊?"

罗临石沉下脸说："管她呢?她的父亲有恋爱的权力!"

"可……我们这是恋爱吗?"梅姗芳明知故问。

"嗯……"罗临石无言以对。

梅姗芳光着身子锁上门，回到床上，转而妩媚一笑说："不去管她了。我呀，倒要看你还能坚持多久?"

　

两性关系就是这么奇特，一旦建立，往往是男方征服了女方，紧接着女性就可以牵着男性的鼻子走。

从此以后，梅姗芳三天两头就到罗临石家里来。而罗临石为了方便她上门，竟然把自己家里的所有钥匙，都复制了一份交给了梅姗芳。他哪里会料到，梅姗芳会趁罗临石不在家的时候，会把一些令她中意，又不大会引起注意的东西装在拉杆箱里带出别墅。然后叫辆出租车，把这些东西运到自己商铺的仓库。注意，是仓库，不是商铺。久而久之，这些东西，居然也有几千件之多。当然，在私下销售的过程中，也偶有买主事后要求退货的事情发生，理由都是一样的——所买的是赝品。但这种事都被梅姗芳以退款了却，然后再卖给另外的收藏家。毕竟，大多数买家是"半瓶子醋"。

后来，梅姗芳的勾当终于被罗临石发现了，他要追讨，但是基本没门。更要命的就是，经过梅姗芳对罗临石的女儿罗伊不断的调教，罗伊居然站到了父亲的对立面，认为自己的父亲拥有的所有古董全部都是假货!

这是什么来由?原来，罗伊自看到父亲和梅姗芳在床上的那一幕后，就觉得父亲对自己的母亲不忠。前面提到过罗伊智商有问题，所以，她哪里能够搞清楚事情的真相、经纬。加上，有一次她就此事质问过梅姗芳阿姨，梅姗芳听了居然哭泣起来，她断断续续回答："你爸爸……力气大，我一个弱女子，我哪里……抗得住?"罗伊竟然相信了这种低级的解释!从此，她开始从内心鄙视自己的父亲。

罗伊除了经常来问他要点钱，然后拿去乱花以外，还成了梅姗芳的跟班和帮凶。

许多事情让罗临石感到很窝囊。比如女儿罗伊，智商很低，从小学到高中，一路上靠罗临石用金钱摆平，才不至于留级。连罗伊的财务专业大专文凭，都是买来的。

女儿大了，总得就业吧，罗临石在这个问题上，脑子时而清楚，时而糊涂。这恐怕也是许多单亲家长的通病。脑子清楚的是，罗临石有过想将女儿放在自己公司里的念头，但考虑到女儿的实际状况，最终他放弃了这个愿望。脑子糊涂的是，罗临石曾经为女儿做过两次择业的尝试。

一次，罗临石通过朋友的帮忙，将罗伊安排进一家做洗衣机公司。人家看罗伊年纪还小，拥有财务的大专文凭，觉得可以培养，就安排给她当了一个出纳，但是可怕的事情的发生了，在一两天里，来报销发票的公司员工发现，只要发票一多，罗伊不仅不会快速地使用计算机，甚至连加减乘除都经常要搞错。至于出纳应会做的报表，她一概搞不清楚。所以，第三天这家公司就把罗伊劝退。这件事很快在那家公司里面沦为笑谈。

第二次，罗临石又把她那个送到一家建筑装潢公司当前台，这是一个含金量极低的职位。这家公司人事经理对罗伊进行了面试。

那个穿着宝蓝色裙服的人事经理金女士就问罗毅："你知道中国的土地面积吗？"

罗伊居然答不上来，她说："大概是两百万公里吧？"

"我问的是面积，而不是距离。"金女士忍住笑，又问："那么你知道中国的人口是多少呢？"

罗伊又没有答对："嗯，好像是八个亿吧？"

"啊？哈哈，你哪里来的数据？"金女士终于笑了，"啊，最后一个问题，你知道中国除长江以外，还有哪几条大江大河呢？"

罗伊直翻眼睛："除了长江，我不知道还有什么江。河么，恐怕就是咱们这儿的潞河吧？"

引得在场的几个人事干部眼泪都要笑出来了，而罗伊却不知道他们为何而笑。

金女士摇摇头说："你这个大专文凭是怎么买来的?你自己清楚，我也不会再问你第四个问题了。"

即便如此，罗临石还是被父女之情迷住了眼，缺乏起码的自知之明，他在梅姗芳的撺掇之下，居然在市中心盘下了一家小店铺，为自己的女儿开了一爿名叫"拾宝楼"的古董店。这是罗临石犯下的又一个严重错误，此昏招一出，罗伊和梅姗芳经常以古董店需要为由，拿走罗临石家里的许多值钱的好东西。罗临石有时撞见了，竟很难阻止，因为她们都说成是罗伊开的"拾宝楼"古董店的需要。

罗临石与梅姗芳的积怨也越来越深，直到后来，罗临石发现自己最喜欢的那段沉香木摆设不见了，而女儿一问三不知，找遍了"拾宝楼"古董店又未见。罗临石怀疑是被梅姗芳偷走，追问过好几次，梅姗芳拒不承认。因此两个人感情开始不和，每次见面都会争吵几次，不久便彻底分手。

罗临石把家里所有的钥匙都更换了，显然为时已晚。梅姗芳对罗临石的收藏如数家珍，在她的唆使下，罗临石的女儿罗伊还是以店里需要为名，经常大大咧咧到家里取走好多宝贝。对此，罗临石虽然心疼，却又非常无奈。

罗临石与梅姗芳关系破裂后，罗临石曾经多次打电话给她，要求她把背着自己拿去的那些好东西归还。梅姗芳要么矢口否认，要么坚决不同意。她实在理缺词穷了，甚至会在电话里冲着罗临石吼道："你以为，老娘是可以随随便便给你睡的?你难道不该为此付出代价?你就自认倒霉吧！如果你想要回那些东东，完全可以通过法律程序来追讨啊！"

要面子的罗临石彻底无语。

梅姗芳却一身名牌，以拥有上亿的身价，出没于花威达官贵人的各种场合。

父母那边，梅姗芳觉得他们小日子过得不错，所以，基本上很少去关心。

因为在座的人都是学文科的，又是过来之人，知识面都非常的广泛，加之对梅姗芳品性的了如指掌，所以等她故事讲完，这些故事背后的故事，上面提到的一些情节，有些是靠大家的逻辑推理才出来的，这些猜测，往往八九不离十。

时近半夜，钱晨提出："如果大家都觉得意犹未尽，那改天我请大家到我另一个会所吃饭，我们继续请纪闲林聊他的艳史。怎么样？"

几个老同学一致叫好。

朱彬说："钱晨的话不靠谱。"

其他的同学不解。

朱彬继续解释："老朋友偶尔碰到，也会说上一句'改天请你吃饭'，但，基本上都是一句敷衍别人的话，不必当真。"

钱晨一笑置之，然后友善地说："朱彬的话没错，讲得是有道理的。那这样吧，下周星期天中午十一点半，我在这里恭候大家，这样总可以了吧？"

# 12

钱晨说话算数。到了星期天中午十一点半，小酌如期举行。

酒过三巡，纪闲林开讲。大家边吃边听。

确实，纪闲林长得英俊。他说自己是1960年生的，应届生。父母都是市京剧团的。父亲纪天籁，是拉京胡的琴师。母亲毛贝凤是助演。他从小受到良好的艺术熏陶，喜欢玩各种乐器。

纪闲林于1978年考入花威师范学院艺术系。得益于少年时他在花威市中学生手风琴比赛中获得了第一名，属于特长生。就因为这个经历，加上风流倜傥的长相，一米八四的身高，所以深受校、系领导和几乎所有女教师、女同学的青睐。进了艺术系以后，他在校表现积极，很快就入了党，马上留校，不久当上了辅导员、甚至还担任过系的党总支的副书记，后来成立二级院校性质的音乐学院，他还一度担任过音乐学院的副院长。应该说，他的前程锦绣。后来到了1990年初，他因为讲话锋芒毕露，以学生利益代表者自居，自由化倾向过于明显，因而冒犯了校领导。一气之下，纪闲林去了美国。他的目的之一，想凭着自己年轻、身体好，去开开洋荤，在那里挣点大钱。如有可能，再拍部电影，自己也出出镜，不要浪费了自己英俊的外貌。

由于在音乐上的天赋颇高，会玩手风琴、小提琴、萨克斯等多种乐器，被百老汇老板威尔逊看中，让他在音乐剧《阿依达》中，演奏多种乐器。纪闲林不孚众望，将靠在身边的四把乐器演绎得中规中矩，有时还会常有上佳发挥，底下懂行的观众还会鼓掌叫好。这让威尔逊先生佩服得五体投地，奖给他四份佣金，而他仅要了其中的两份。纪闲林马上成为乐队的首席演奏师。威尔逊也警告了团内的搅屎棍和造反者，对纪闲林颇为器重。当然，纪闲林为此也付出了一定的代价，成了那几个搞事者的眼中钉。

那段时间美国正好在闹通货膨胀，钞票印得过多，物价飞涨。乐团里的几个老资格的演奏员要求老板跟上市场的节奏，涨工资，增加各种福利。但是威尔逊没有响应，他的理由是票价没有涨，所以工资也不能涨。于是，有一次举办了团内一个著名的女高音歌唱家演唱会。临近开幕，有几档节目的几个演奏员故意说感冒、遇到车祸，没有出现在后台，这可把老板急坏了。就是这个纪闲林跳将出来说，这几个演出员的活，我全包了，总之，要对得起观众。果然，他的演奏的水平，而且与歌唱家配合得相当默契，赢得了场子里面观众的阵阵掌声。

但是，这就惹恼了那几个演奏员。几天后，他们中有三人在地铁的一条很少有人路过的通道里截住了纪闲林，居然骂他是老板的走狗、团里的叛徒等等。其中有一个说得激动的时候，上来打了他一记耳光。纪闲林当时没有什么思想准备，但等到他意识到问题的严重性以后，反击开始了。凭着以前向一个少林和尚学过中国功夫，纪闲林三下两下地就把那三个家伙中的一个打倒在地，还有两个人挨了重重的几拳后，吓得逃走了。

第二天，乐团里的演奏员都知道了这个事，纷纷地站在纪闲林这一边。他们认为这些造反者呢，做得有点过分了。

纪闲林在美国演奏界名声大噪，演出都是排得满满的。在短短一年里，纪闲林净挣了100多万美金。这种运气，不是每个演奏家都会遇到的。就在这个时候呢，他认识了自己乐团里面拉小提琴的那个女的，叫路易斯，这个姑娘金发碧眼，长得有点像好莱坞女明星英格丽·褒曼，非常的漂亮。这个美国姑娘经常主动向纪闲林请教指法和柔弦的运用等技术，而纪闲林有问必答。久而久之，两个人眉来目去，对上了眼。有时候，他们边走边聊，团里的人都投来羡慕的目光，背后把他俩称为"金童玉女"。

路易斯很快就对纪闲林动了真感情，而且美国女孩把上床的事，看成不是一件什么了不起的事情。果然，他们很快就上了床，并有了孩子。路易斯将此事告诉了自己的父母，但是，路易斯的父母对此事表示坚决的反对。尽管他们都是普通工人，但就是看不起中国人，特别是看不起来美国闯荡的穷大学生。他们认为，来美国打工的都是身无分文，居无定所的超级穷人。所以，坚决不同意自己如花似玉的女儿嫁给一个来自中国的穷小子。路易斯如果不采纳父母的意见，那后果自负，小两口就要自己去借房子住，老俩口是一个子儿都不会资助的。

于是，纪闲林和路易斯只能够租借一间15平米小小的公寓房。纪闲林跟他岳父母的关系很不好。后来在女方的父母的不断地干涉底下，这段婚姻仅仅持续了两三年就结束了。团里的一帮嫉妒纪闲林音乐才华，认为纪闲林严重挤压他们生存空间的家伙，趁机起哄、搅局，这样就加速了纪闲林第一段婚姻的失败。

因为这个路易斯，很快又被其他的男人看中了。她的父母得知后对路易斯说："你现在做法是完全正确的！而纪闲林那个穷小子，你别看到他现在成了暴发户，挣了点钱，但是总体上还是个穷人，黄种人，他的祖国是一个极其穷困的国家。可以想象，将来你到了婆家，会很不习惯那里的生活环境，那个地方穷得不得了！"

路易斯觉得父母的劝告是为自己好，也就接受了。

第一段婚姻虽然失败，但纪闲林对洋妞的评价还比较中肯：性格活泼，大方热情，除了来大姨妈，其他时间的性需求始终高涨，可以连续战斗，永不言退；但体味过重，是牛羊肉食用过多?还是基因使然?只有老天知道。脾气过大，不知收敛。热情充沛而缺乏温柔。在中国男人中，恐怕只有脾气暴躁、大嗓门的东北大汉，才有能力与之抗衡。

纪闲林住在西雅图一个朋友的家里，从南窗远眺，晴朗时可以看到的高一万四千余英尺瑞尼尔山峰清清楚楚地浮现在天空中，山巅终年积雪，那样子很像日本的富士山。

落叶乔木，到了季节，叶子总要变色脱落的。西雅图植物园里枫树很多，入秋红叶缤纷，有人认为景色甚美，纪闲林驱车往观，但那里有一股萧瑟肃杀之气，使人不快。

不久，纪闲林遇到了他的第二个妻子露玛。她是一个开咖啡店的女老板。因为纪闲林有时候会去那里演奏挣点钱。而露玛年纪也轻轻。其父母也是百万富翁。他们认为，女儿去改造纪闲林这样一个会演奏乐器的中国穷小子是完全没有必要的。你呢，还要去做博士，还要做大老板。跟一个穷小子搅合在一起是没啥意思的。所以。纪闲林跟露玛生了一个儿子后，小男孩就被他的老外公外婆带走了。纪闲林想见都不让他见。纪闲林一气之下，也就跟这个家庭拜拜。

逆境之中，纪闲林对自己的告诫是这样的："如果生活抛给你一个柠檬，你可以把它榨成汁，然后再加点糖。人生低谷时，与其怨天尤人，不如努力改变。若只顾着抱怨，那心里、眼里，皆是糟糕的事；若试着改变，那些苦里、难里，便能看到转机。"

纪闲林的第三任妻子梦娜莎，法国人，长得非常的漂亮，金色的长波浪头发下，一对明亮的大眼始终放射着善良、迷人的光芒。

整齐皓白的牙齿，一笑就是一轮弯弯的月亮。身材大概有一米七二的样子，宛若天仙般的婀娜。体重大概一百斤出头，完全是舞蹈家的身材。穿着一身白色加墨绿圆点的连衣长裙，在一些适当的部位，都绣一些玫瑰、康乃馨等小花。

将这条长裙点缀得非常的高雅。纪闲林是在佛州大学读研究生的时候认识的，他读的这个研究生是音乐作曲专业。那天，纪闲林与梦娜莎都在学校的操场上晨跑。

　　晨曦中的操场并不像花园那样漂亮，但是也够学生们轻松了。那新生的绿草，笑眯眯的瘫软在地上，享受着金色的阳光。如果说学校的教学大楼像一条环形的项链，那么操场犹如一颗珍珠，镶嵌在这条项链的中间。操场是红绿相间的，红色的是长长的塑胶跑道，绿的呢，是绿草如茵的足球场。红绿互相衬托，好像一朵碧叶红瓣的花。进入操场，踏在柔软的草地上，你会有一种说不出的放松。红色的跑道上勾勒出的一道道白线，好像是操场的舞裙，曼妙多姿。这是校园操场的第一道亮丽的风景线。

　　跑着跑着，法国女郎梦娜莎的一块手绢掉了，在她身后跑步的纪闲林立即将手帕拣了起来，闻了闻喷香的手绢，他像打过了鸡血，飞快地追上去，交还给了她。

　　两人只交谈了几句，居然一见钟情。

　　纪闲林说："同学，您的手帕掉了，我给你拣来了。"

　　"谢谢，嗯……其实我是扔掉的，因为已经擦满了汗水。"梦娜莎坦白。

　　"啊?原来是这样啊。"

　　他们边说边走。

　　梦娜莎看着纪闲林热情地说："不过，看得出，您是个好心人！"

　　"谢谢您的赞扬！"纪闲林受宠若惊。

　　"既然，你把这个手绢还给我了，那我就拿回去洗一下再用。谢谢您！"梦娜莎伸出手。

　　"是的，手帕很新，而且上面很香。"纪闲林握住她的纤手，老老实实告白。

　　"啊?您闻过了。"

　　纪闲林点点头，有点难为情。

　　"也没关系。哈哈，哎，您看上去是中国人。"梦娜莎微笑着说。

纪闲林说："是的，我是中国人。"

"啊，不错，中国人都是很勤奋、很老实啊！"

"嗯，是的。但是你们法国人也不错啊。你们在历史上还出过拿破仑、戴高乐呢。"

"哦，一个是失败的领导人，一个运气好，哪能跟你们毛泽东比呀。"

"那是。"纪闲林说，"你如果觉得可以的话，我想请你到学校的咖啡厅里面去喝杯咖啡。"

法国姑娘说："行啊，我愿意去喝，谢谢您！"


在咖啡厅里面，他们俩在靠近玻璃墙的小桌旁面对面地坐了下来。

纪闲林要来了两杯拿铁、一个果盘、两份蛋糕。他们一边喝着咖啡，一边聊起天来。

纪闲林问："能不能告诉一下你的名字呢？"

法国姑娘说："我叫梦娜莎。您呢？"

"我叫纪闲林。你在这儿读的是什么专业？"

"我读的是音乐理论，你呢？"

"我读的是作曲。"

两个人开始以"你"相称，在美国青年男女的这种相称表示关系的亲密。

纪闲林又问："嗯，那你还要读几年？"

梦娜莎："我的研究生学业马上就要结束了，还有一个学期就要回法国去了。你呢？"

纪闲林回答："我还要读一年。"

然后，他们开始谈论起两国的历史文化。

说实话，纪闲林完全被梦娜莎迷住了，他的内心甚至于说，我从来没有见到过比她更漂亮的女神。

纪闲林接着问："你对于中国古代和近代的历史人物有所了解吗？"

"稍微有点了解，中国以前有孔子、庄子、老子等人，现代呢，我们敬仰毛泽东，周恩来、邓小平等政治家。你了解法国哪些名人呢？"梦娜莎回答。

"我看过巴尔扎克、雨果、大仲马等许多法国大作家的作品。在法国政治家中，我最崇拜的是戴高乐将军。"

"为什么?我们法国人差点把他忘了。"

纪闲林认真地说："因为他有民族独立自主的主张和长远的国际战略眼光。"

"哦，是这样。"梦娜莎吃了一块蛋糕，"味道远不如我们法国的。"

"记得小时候还看过一部中法合拍的电影。"

"我也看过，叫《风筝》。"

纪闲林有意无意地握了一下梦娜莎放在桌上的纤手，而梦娜莎并没有将手抽回，而是含情脉脉地瞅着纪闲林。受到鼓励的他干脆把梦娜莎的两个手都握住了。

梦娜莎说："对的，这部电影拍得很好，所以，我们两个国家一直都比较友好，就像我们现在这样。"

"后来就建交了。"纪闲林放下她的玉手，将自己的靠椅挪到了梦娜莎的身旁。

梦娜莎很自然地依靠在纪闲林的胸口，纪闲林趁势抱紧了她，并吻了一下她的脸。

让纪闲林始料未及的是，梦娜莎干脆坐在他的大腿之上，并且热吻他的嘴唇!

纪闲林内心喊道："都说法国姑娘是全世界最浪漫的，果然名不虚传!"

旁边的几个美国男女大学生对此不屑一顾。

"这一下，要是在国内，咖啡厅的服务员一定会前来制止。"纪闲林的内心独白，他也是个多情的种，再说梦娜莎身上香喷喷的，没有前妻那种难闻的味道，"不妨趁势而为!"

两个人在那里热吻的时候，学校出操的预备音乐开始播放，他们的拥抱非常不情愿地松开了……

从此，两个人开始谈起了恋爱，进展的速度如同点火后的火箭……

佛州的夏天是美丽的，天空是湛蓝湛蓝的。太阳像火炉般的炙烤着大地，阳光是那样的炽烈，将世间的一切都照耀得十分耀眼，让人不得不戴上墨镜。阳光铺撒在荡漾的湖面上，泛起万点金光，像一颗颗晶莹的星星，调皮地向人们眨巴着自己的眼睛。不一会儿，天气开始阴晴不定，大好的晴天突然下起雨来，瞬间，还会有雨后的彩虹。

纪闲林和梦娜莎的恋爱也是差不多，一会儿浓烈得像一团火，一会儿小吵推搡起来，好像立马要分手。但两人似乎都特别喜欢这种火光四溅的相处方式。他们两个人在学校的各个角落约会。经常到校外一起吃饭，一起去观看各种演出，包括美国各地都有的那种色情演出。两人打得火热，每天搂搂抱抱，在校门口进进出出，非常夺人眼球。他们很快就到校外租了民宿，开始了同居，当然也引起了好多人的羡慕。

也没有经得双方父母的同意，他们在佛州的一家中餐厅举办了婚礼，邀请来部分同学和朋友来参加。

席间，他们两个人手拉着手，拿着酒杯，到处跟人家献酒。

他俩还请了一支由20来人组成的乐队，演奏中法两国的名曲，显得非常的气派。整个婚礼过程，还用了一些声光电的技术安排，把两个人甜甜蜜蜜的照片，反复的在大屏幕上不断地展示，让来宾们都羡慕不已。都以为是罗密欧和朱丽叶的爱情故事的演绎。

一年以后，纪闲林突然接到已经回国几个月的梦娜莎的电话，说她怀着的孩子马上就要在巴黎生下来了，你纪闲林马上就要当爸爸了！这下，把纪闲林给乐坏了，他赶紧把这个好消息告诉父母和亲友。纪闲林立即买了大量的实用品和各种礼物，直奔巴黎。

纪闲林还没有见过自己的丈人丈母，以及梦娜莎的亲戚。这次，一定要拜访他们，用中国人的风俗习惯去答谢他们，取得他们对自己的认可。他心急火燎地乘最早的航班直飞巴黎。

坐在公务舱里，纪闲林百感交集。他第一次婚姻生下的女儿，判给了女方，纪闲林又成了光棍一条，这次去巴黎，一定要好好尝尝做父亲的喜悦，如果方便的话，还要在巴黎住上一段时间，体会一下浪漫之都的风情。

　　纪闲林现在更多的是自责，自己平时忙于生意和读研，除了偶尔想起汇点钱给她，对梦娜莎体贴、关爱太少。他发誓，今后要善待自己的妻子梦娜莎，因为女人妊娠是件既麻烦又很痛苦的事情，梦娜莎一个人无怨无悔地应付承受怀孕后给她带来的一切，这太不公平！……

　　想到这里，纪闲林狠狠地往自己脸上连抽了两个耳光，以致于吓坏了法航上的空姐，她一路小跑过来问："Qu'est‐ce qui ne va pas chez vous, Monsieur?（法语：先生，您哪儿不舒服?）"纪闲林摇了摇头。

　　下了飞机，纪闲林发现原来巴黎的冬天特别的冷，他从拉杆箱里拿出一件毛衣给自己穿上。冬天来了，塞纳河里结着厚厚的冰。走路就很费劲的冬天来了，树上的叶子掉光了，如果没有清洁工人们打扫，地上会堆着大量的枯叶和垃圾。路上的人们尽管穿着各种漂亮的冬装，围着围巾，戴着皮手套，还穿上了皮靴，但也难以抵御寒冷的侵袭，一个个脸都冻得红扑扑的，像个红苹果，人就显得很木讷。

　　巴黎这个城市似乎并不大，因为到处都可以眺见埃菲尔铁塔。纪闲林打了出租车，拿出梦娜莎给他的妇产科医院的地址。司机就心领神会地朝那个医院疾驰。

　　到了那个妇产科医院，纪闲林在医院对面的超市里，买了鲜花、尿布、奶瓶、奶粉等日用品和营养品，以中国人当父亲的思维，买了人参、虫草、三七粉……之类的东西，然后三步并作两步，奔到产科病房门口，他的心狂跳不已。他找了个座位坐下。门口，还坐着其他一些法国的男男女女。纪闲林也不知道谁是梦娜莎的家属。

　　激动人心的时刻，终于到了，一个女护士抱着一个襁褓推开门问："Qui est le mari de Mlle monessa? Voilà ton bébé!（法语：谁是梦娜莎小姐的丈夫?你的孩子来了！）"纪闲林和在门口一对五十多岁的男女赶紧凑了过去。

　　纪闲林万万没有料到，这个护士手里抱的，竟然是一个黑人婴儿！

　　纪闲林揉了揉眼睛，仔细再看了一遍，果然是一个黑人婴儿！他的脑袋里"嗡"地一声巨响，——这太不可思议了！

他感到自己嗓子里一下子干渴异常，他激动地问道："C'est le fils dela Prof Dream Natasha du Conservatoire de paris?（法语：这是巴黎音乐学院梦娜莎老师的儿子?）"

女护士迷惑不解地说"C'est exact.Monsieur,qu'est-ce qui vous prend?（法语：没错。先生，您怎么了?）"

纪闲林大喝一声："C'est impossible! Menteur! Super menteur!（法语：这绝对不可能！骗子！超级大骗子！）"喊叫完，他当场就晕倒在地。

从医院抢救室里出来，纪闲林浑身乏力，嘴里喃喃自语："奇耻大辱！奇耻大辱啊！"

纪闲林觉得发生在自己身上的故事，传出去必然成了一个国际大笑话！堂堂的一个中国大男人，居然被一个法国的女骚货给骗了，岂不惨哉！这个梦娜莎才跟他分开不到一年，竟然耐不住寂寞，就贸贸然跟哪个黑人好上了，结出了这样一个让世人啼笑皆非的果子，让我纪闲林蒙羞，戴上了绿帽……

现在，纪闲林觉得自己已经没有退路，——必须与梦娜莎离婚，否则无法跟列祖列宗交代！他把带来的所有礼品扔进了垃圾箱。并通过朋友的推荐，他立即聘请好律师跟梦娜莎打离婚官司。

作好了这些安排，纪闲林买好了第二天一早离开巴黎的机票。

在离开这块伤心之地之前，想明白的纪闲林还是登上了埃菲尔铁塔的顶上，不是为了跳塔，来稀里糊涂地结束自己的生命。与其说是俯瞰巴黎的全景，给自己留下这座城市的深刻印象，不如说是试图重新看清自己未来的人生，

纪闲林仔细一盘算，除了感情上输得一败涂地，但经济上只花去了五六万美金，算是买个教训。他自信自己能够很快地东山再起。于是，他奇怪地笑了，并在露台的大平台上，对着这座城市用中文大声呼喊："去你妈的浪漫吧！我不需要——"

也有个别中国游客在场，听后嘀咕道："这人会不会在发酒疯啊?"

摔了这么大的跟斗以后，纪闲林大彻大悟，反而在事业上有了大踏步的发展。回到美国之后，纪闲林参加当地华侨的一个春晚，碰到了一个在美国的中国农科院的访问学者博建东，这个教授是专门研究土壤改造的。这一会面，让纪闲林彻底改变了人生的轨迹。

众所周知，工业革命(The Industrial Revolution)开始于18世纪60年代，18世纪末19世纪初，英国人瓦特改良蒸汽机之后，由一系列技术革命，引起了从手工劳动向动力机器生产转变的重大飞跃。随后向英国乃至整个欧洲大陆传播，19世纪传至北美。一般认为，蒸汽机、煤、铁和钢是促成工业革命技术加速发展的四项主要因素。

但是，随着欧洲工业革命向全世界的推进，加上化肥的逐步推广，给广大农村也带来了巨大的负面的影响，土地含有的有机营养和水分日益衰落，重金属成分不断增加，土壤的板结和沙尘化……越来越严重。而博建东就是试图运用自己发明的改造土壤的专利，来克服和解决工业化带来的严重问题。

但是博建东教授的三观和思想格局明显存在问题，他嫌国内农科院太穷，所以学习期满后就滞留在美国，不想回国了，也就撕毁了与农科院签订的合同。他想在美国发展，但是，美国这个国家似乎更加倾向于高科技武器的研究、高科技的芯片的研发，他们对于改造土壤并不感兴趣。所以博建东教授觉得非常的失落，他花了十几年的时间研究成功的这个专利，尽管向美国的有关部门申报了多次，但是，并没有获得成功和认可。

当然也有美国的中小企业主来买他这个专利的，不是乱压价，就是想无偿占有，博建东当然不会同意。

事情出现转机发生在纽约华人的春节晚会上。晚会的地点，选在唐人街一家宾馆里，有舞台的大宴会厅里。纪闲林和博建东被安排在同一桌。

席间，有一个自我介绍的环节，聪明的纪闲林看出了博建东教授专利后面蕴涵着的巨大商机，当然也想为自己的故乡做点好事。于是，纪闲林把博建东教授拉到走廊的沙发上，详细询问了博建东教授的专利。

原来，博建东教授的改造土壤的专利，就是在厂里把土壤做成一块块像被子一样的东西，名叫"绿洲毯"。在这个被子里面，有一层层、一个个的塑料原件，将各种土壤所需要的水分与营养成分进行合理的储存、分配和传送。并且预留好了计算机运作、管理、调配的各种电气管道，一块块的"绿洲毯"可以根据需要任意排列和连接起来。大，可以覆盖几十万、几百万亩地，或是一座或若干座山；小可以做到几平方厘米的一块绿地。

经过讨价还价，纪闲林跟博建东教授达成协议，纪闲林花了20万美金，买下了博建东教授发明的这个专利——"绿洲毯"。要知道，这个专利，博建东教授原先卖给美国人，一口价仅仅5万美金，但最终还是没有成功。博建东教授对现在的到手价十分满意。可以说，博建东教授从来没有看到过自己口袋里有过这么多钱！20万美金，可是当时美国总统的年薪！所以博建东教授就非常爽快地签了约，并答应让产品上马，批量生产，在荒漠存活两年后，才会离开。在此次合作中，博建东教授还是严格守约的。

在纪闲林看来，"绿洲毯"，这是一个相当不错的科研成果。居然没有在美国获得专利，也没有得到推广的认可。纪闲林觉得这个可以理解，——美国专注于担任国际警察，到处发动推翻他国政权的战争，哪有心思来大面积地改善自己的生态环境？

纪闲林是一个很聪明的人，他到美国以后，善于学习，很快地就能看到了这里面的商机。他不但精通音乐，还学会了怎么做生意的技巧。他算了一笔账，"绿洲毯"这个2平方米的东西，如果放在美国生产，需要200美金一块，成本太高。因为雇用美国工人，每个月都要支付一大笔工资。而且，他们往往出工不出力，比较懒，没有中国工人这么勤奋、听话、聪明。于是，纪闲林就到国内来寻找合作伙伴，因为国内劳动力的价格非常的便宜。纪闲林把"绿洲毯"在国内生产的成本控制在20美金一块，居然得到了我国大西北大多数地方领导的一致响应和配合。这令纪闲林相当满意，所以各地的合同，往往一拍即合。尤其是一些边远省份的地县级的领导，非常希望能把自己的家乡，从光秃秃的荒地、沙漠、戈壁，变成绿洲！变成金山银山。然后便创造了相当好的政绩，以后还可以获得更多晋升的机会，何乐而不为？

纪闲林在大西北以非常便宜的价格，收购了各地好多家即将倒闭的各种工厂，让他们转而生产"绿洲毯"。为此，纪闲林邀请博建东教授来华，高薪委托他进行技术培训和指导。

这样，很快让当地的"绿洲毯"进入了大批量的生产。大西北原先一大片、一大片荒凉的戈壁、沙漠，很快就变成了一片片绿洲。纪闲林也赚了十几亿人民币。并接到了祖国各地改造戈壁、荒漠、荒山和城市绿化的大批订单。这就意味着，纪闲林在以后的几年里会成为百亿级富翁是板上钉钉的事。同时，这项大规模改造荒地的工程，将为相关地县提供了至少几十万个工作岗位，营造出大片、大片的绿洲，大幅度地提高了这些地县的气候、农产品的产量、老百姓的生活满意度和官员们的政绩都有了大幅度的提升。可谓一举多得，誉满天下。还引得联合国粮农组织的重视和高度赞扬。

听到这里，朱彬总结："说了半天，终于听明白了，一个人的成功的关键，就是要顺势而为。当然也要讲究德性。"

纪闲林表示同意："听我讲下去。"

酒泉以"城下有泉"、"其水若酒"而得名。境内山脉连绵，戈壁浩瀚，盆地毗连，构成了雄浑独特的西北风光。既有银妆素裹的冰川雪景，也有碧波溪流的平原绿洲，还有沙漠戈壁的海市蜃楼。别具一格的风光胜景，是一个令人向往的观光乐园。

纪闲林应省政府之邀，来到了酒泉，出席《春天之约》大型招待酒会。就在这个时候，"亚洲鲨鱼"夏绢莉进入了纪闲林的视野。

这个"亚洲鲨鱼"夏绢莉，是几年前奥运会女子1500米游泳的冠军，实现了我国在这个项目上的重大突破。

从此，她也成了我国民众心目中的英雄。

纪闲林是在大西北的一次省政府举办的小型招待会上，正好被安排坐在"亚洲鲨鱼"夏绢莉的旁边。那天，纪闲林穿着一身白色的西装，一根红色的领带十分耀眼。省长华纯提不断地过来给纪闲林和夏绢莉敬酒，而纪闲林的"亿万富翁"身份和风流偶傥也引起了夏绢莉心灵的一阵阵狂跳。

纪闲林也对夏绢莉坐在自己边上深感荣幸，他突发奇想，是否说服夏绢莉担任自己"绿洲毯"的代言人，利用夏绢莉的巨大社会影响力来为自己的"绿洲毯"插上腾飞的翅膀?让中国改良土壤这样的一个伟大的工程的进一步拓展，在中国，甚至在全世界遥遥领先?

而那天夏绢莉穿了一身红色的裙服，应该说也是非常的得体，在脖子上，挂了一根白色的珍珠项链。人长得比较粗，谈不上漂亮，皮肤偏黑，不是属于那种皮肤白皙的女人，这多半是因为她的遗传和职业造成的，但是那小小的坚毅的脸，也比较上镜，显得非常的健康、乐观和自信，最可贵的是，她的嘴唇上总是溢出一丝胜利者的笑容。

吃过上次梦娜莎大亏的纪闲林，现在一看到美女，心里老是本能地冒出一个疑问:"会不会又是一个骗子?"所以，此次遇到并不漂亮的夏绢莉，他反而有安全感。于是两人一见如故，谈得很开心。

夏绢莉呢，看到纪闲林是亿万富翁，长得又这么阳光帅气，个头又高，她也特别的心动。

她记得这几年父母也一直在催促她，可以谈对象了，所以，当纪闲林轻轻地跟她说:"这儿闹哄哄的，我们干脆出去聊聊吧。"

夏绢莉含笑着点点头，欣然地站起身，跟着他往外走。

他们来到了宴会厅外，这儿有个建造得特别精致、特别漂亮的花园。两人一起在两张白色的藤椅上坐下，接待大厅里的服务员非常热情地送上了两杯咖啡和一盘水果。因为在她们的心目当中，这个夏绢莉可是个巾帼英雄。至于纪闲林，她们才刚刚知道他居然是帮助他们这个穷山僻壤披上绿色盛装的亿万富豪。她们远远地站着，一有什么需要，就飞快上来问长问短。

此时，花园各处隐蔽的喇叭里，正在播放背景音乐，是施特劳斯写的一首优美的协奏曲。

有美妙的音乐衬托，纪闲林向夏绢莉作了一下简单的介绍。

等到夏绢莉要介绍自己的时候，纪闲林说:"你是如雷贯耳，不用介绍了，从报纸上、电视电台里早就了解你了。怎么样，还准备创业吗?"

夏绢莉笑笑:"您别取笑我，我已经老了，都快二十五六岁了。我只懂体育，对于创业我一窍不通!再去瞎折腾，父母恐怕要有意见了，我的青春也就耽误了。"夏绢莉叹了一口气。

"别吓我！你这个年纪，三十岁都没到，就说老了，让我们这些人情何以堪？"纪闲林笑着反驳道。

"是吗?反正接下来呢，我可能去做教练什么的，把主要精力用来培养学生。另外呢，也要花点时间解决一些个人的问题。"

纪闲林开玩笑说："这是外交辞令，所谓'解决个人问题'，说穿了啊，那就是结婚呗。"

"哈哈，刚认识，你就与一个素不相识的女子谈这种极其私密、敏感的话题，真开放啊！"

夏绢莉见了这么英俊的美男子，也放弃了年轻女性的矜持，开起了玩笑，"说明你这人，在美国住了几年，思想就彻底被美国化了！"

"是吗?那我要对你说，如果你不嫌弃的话，就嫁给我吧！"纪闲林继续挑逗。

夏绢莉对这种突如其来的提议感到非常的吃惊，脸上立刻起了红晕，当然也觉得很幸福："可以考虑！"然后，突然探过身子，抓住纪闲林的胳膊，睁大眼睛直视纪闲林的双眼，"你刚才说的话，真的还是假的?"

"哇，你好大的力气！"纪闲林不笑了，也不回避她的目光，认真地说，"当然是真的！"

此时的夏绢莉像坐上了过山车，头脑里乱哄哄的，她突然想起一句老话，"过了这个村就没有那个店了"，于是，她大胆地对纪闲林说："那我们马上回到宴会厅，你就当着大伙儿面，宣布此事！你敢不敢?"

这绝对是见过世面的女人的气度和高级计谋，也是女侠拿出了对付真伪君子的一块试金石。

纪闲林也正色地回应："当然敢咯！"

"一言为定！"夏绢莉认真地说。

于是，纪闲林拉着夏绢莉的手，来到了宴会厅的演讲台的位置。服务生很见貌辨色，快步递上无线话筒，并打开了扩音设备。

纪闲林郑重其事地"喂、喂"试了试话筒，然后微笑着说："各位领导，各位朋友，我纪闲林今天要向大家郑重地宣布一件事儿啊。大家知道，夏绢莉小姐是奥运的游泳冠军，人称'亚洲鲨鱼'，在全国乃至全世界都有很高的知名度。感谢省地县的领导，今天把我和夏绢莉安排坐在一起。致使我们俩相认相识，或者直说吧，是'一见如故'，马上发展到'一见钟情'！刚才我跟夏绢莉在旁边的花园里经过认真商讨，我呢，要告诉大家，我们两个人正式确立了恋爱关系！"

大厅里响起一片热烈的掌声。有人大声问道："什么时候让大家吃喜糖呢？"

"这个，我还要跟夏绢莉好好的商量。"纪闲林回答，"为了慎重起见，我也请我们这位世界游泳冠军呢，对我刚才的这番爱情宣言呢，予以确认。"然后把话筒递给了夏绢莉。

夏绢莉接过话筒，大大方方地说："谢谢各位父母官的精心安排！啊，嗯，刚才纪闲林先生的讲话呢，不是假新闻，完全是真实的消息！我呢，郑重地予以确认！"

底下，又是一阵掌声和欢笑。

当地的王县长快步走上去夺过话筒，乐不可支地说："纪闲林这个兄弟不得了，所做的都是大手笔，完全超乎我们的想象！嗯，他在把我们这儿荒漠改变成绿洲的同时，居然也把我们的国宝——'亚洲鲨鱼'也放养上去了！真正了不起！希望也能够结出丰硕的成果！"

这番话，把整个宴会厅炸爆了。不光是纪闲林和夏绢莉在不停地傻笑，所有人都笑得前俯后仰。

纪闲林举杯说："谢谢各位！谢谢你们的见证！"

希副省长来到了纪闲林的身边，向他敬酒："要我说啊，纪闲林这家伙太厉害了，我本来邀请你来征服荒漠的，你竟然夹带私货，来征服了我们这儿的一个闻名四海的女中豪杰！你真是了不起！我呢，代表我个人向你表示诚挚的祝贺！"

纪闲林回应道："谢谢，谢谢！这是一次意外的收获，之前我也没有这个考虑。突发灵感，才有这样的一个举动。嗯，有点浪漫，嗯，居然也得到了夏绢莉小姐的响应，这个我非常感恩！是我在这儿的双丰收！"

夏绢莉也笑得涨红了脸，她倒了一杯红酒，凑上来说："嗯嗯，我平时不喝酒的，尤其在这种公共的场合，我更不会喝酒。但是今天不一样，我要举杯，谢谢当地的父母官的精心安排！谢谢在场的各位朋友！也感谢纪闲林先生给我带来的爱情！"

这番超凡脱俗的致词也引得了震耳欲聋的掌声和欢呼。

"这儿应该有一个喝交杯酒的情节，大家说是不是！"王县长的起哄又引来一片喝彩声。

纪闲林和夏绢莉当着这么多来宾的面，真的喝了一杯交杯酒。两人的脸都涨得通红。这迎来了无数的欢呼声和呐喊声。

马上有人提议两人一起给大家表演一个节目，同唱《草原之夜》。纪闲林和夏绢莉竟然就大大方方地唱了起来。服务员立即播放伴奏带，场子里的气氛一下子达到了高潮。

"美丽的夜色多沉静/草原上只留下我的琴声/想给远方的姑娘写封信/耶……/可惜没有邮递员来传情/哎……/等到千里雪消融/等到草原上送来春风/可克达拉改变了模样/耶……/姑娘就会来伴我的琴声/来……/姑娘就会来伴我的琴声……"

纪闲林是专业音乐家，声音淳厚，把握自如，水平高超，当然引来阵阵掌声。而夏绢莉是世界冠军，业余歌手，唱得差点没有多大关系，只要能唱就好。所以也引来了观众鼓励的掌声。

后来，这个佳话迅速地传遍了全省，无数的朋友纷纷来电来信表示祝贺，也送来了美好的祝福。当然纪闲林的这一番神操作，省里面又给了他50万亩地铺上"绿洲毯"的订单。

几亿资金到手，纪闲林带着夏绢莉来到了上海。

上海，尤其在陆家嘴那段黄浦江的夜景特别漂亮。从东昌路的市轮渡往北走，一定是东外滩最吸引人的地方，可以视为浦江游览的高潮部分。江对面，是"老外滩"，约两公里的万国建筑群，宛若庞大的水晶宫殿，整个彩色的灯光景观，估计由一台电脑控制，忽而各自独立争奇斗妍，忽而会成为一幅长约两公里完整的遮幅式画面，由南到北，呈现一波又一波、次第轮回的灯光变化，场面令人震撼。加上江堤上的LED波浪化的艺术处理，给人以"长江后浪推前浪，一波更比一波强"的感受。这种景象似乎是上海这座国际大都市发出的将会不断进取、升华的宣言。而在浦东沿江的这一边，全部是高耸入云、世界一流的高层楼宇，上海中心，金茂大厦、东方明珠……陆家嘴最现代的建筑这不仅是上海的现代化象征，更是当今中国现代化的象征、世界关注的焦点，它们在各色LED各色灯光的勾勒下，显得五彩缤纷，魅力无穷，美轮美奂。

为了迎娶夏绢莉，纪闲林花了三千万在世界500强聚集地——上海的陆家嘴，买下了240平方米的豪宅座位，作为洞房。这种装修房的豪华和舒适是难以想象的，几乎集中了当时全球最高端的各种装修器具、用品。

两人依偎在面对外滩的露台的简易沙发上。旁边的茶几上，放着红酒、红茶和红瓤西瓜，可能包含着对美好生活的祈冀。

"一切都来得太突然，人们是否会认为我这个女人骨头太轻，不像个正经人？"夏绢莉仰望着纪闲林感叹道。

"曾经有个伟人这样教导我们，走自己的路，让别人说去！"纪闲林吻了她一下，宽慰道。

"有道理。"夏绢莉回吻了一下他的嘴唇。

"我有一个提议，不知道你是否愿意？"

"不知道我猜得对不对？你肯定想让我加盟你的股份公司。是的，国家各级政府，甚至一些企业，给了我很多的奖励，但都是一次性的……"夏绢莉也不笨，立马猜到对方的意图。

纪闲林接过她的话，模仿她的口气继续："作为运动员呢，我没有其他本事，这些小钱，我想用它来养老，不想用来投资的。"

夏绢莉笑着捶了一下他的大腿："你这家伙太坏了！怎么像我肚子里的蛔虫？"

"这个想法绝对正确！"纪闲林说。

"那你希望我做什么呢？"

"我想让你做一项不用出资，但可以挣大钱的事情！"

"怎么会有这样的好事?"

"当然有咯！"

纪闲林和盘托出了自己想让夏绢莉出任"绿洲毯"形象代言人的计划，可一次性拿到税后1000万的酬金："让你加盟我的这个改造荒漠的这样的一个计划中来，你也不要做什么具体的事，也不会让你到沙漠里面去做又苦又累的农活。我知道你身体好，干得动，但是这个是一个长期的工程。"

"有这样的好事?！"夏绢莉问，"形象代言人是干什么的?这个事情我还没有任何经验啊。"

"我会教你的，简单地说，就是动动嘴，没有其他需要动手的事。"纪闲林说。

夏绢莉本来想矜持一下，但马上想明白了，这是一个千载难逢的绝佳机会！奥运会冠军哪有不想去的?一次性的给你1000万，这样的好事哪里去找?现在得赶紧把此事定下来。但她还是装出有点疑虑："一次性啊?那以后呢?"

"以后呢，每个月，我公司再给你5万块的工资！那样，你就立即成为一个千万富翁。你觉得意下如何?"

夏绢莉一听，大喜："嗯，很好！一言为定，不得反悔哦！"

"一言为定！"纪闲林说，"我马上将我们公司的法律顾问、财会叫来，把这个事情办好。"说毕趁势拥抱了她一下。

这下把夏绢莉的小心机和情欲统统调动了起来："你千万不要食言哦！"她红着脸，激动地拉着纪闲林的手："我们进去，不要让人家看见……"

纪闲林被她拉进了卧室。夏绢莉彻底放开了，把自己献给这样优秀的男人，还有什么犹豫和彷徨?……

夏绢莉食用了禁果，从此两个人的不断地来往，三天两头约会、吃饭，然后很快地进入了疯狂的恋爱漩涡。对于夏绢莉来说，不费吹灰之力，就有上千万的意外受益，何乐而不为?两人如干柴烈火，时时都会产生强烈的占有欲。如若对方不在身边，就会有"一日不见如三秋"之感。于是，快些结婚，就是双方共同的迫切诉求。

纪闲林和夏绢莉的婚宴被G省的几位领导盛情邀请，安排在西北G省的政府"月亮湾"宴会大厅里举行。

"月亮湾"宴会厅装潢得相当的大气、豪华，可以放得下100张圆桌，即便举办国宴也绝对不会显得寒碜。

纪闲林和夏绢莉，一个穿着白色礼服，一个人穿着红色的婚纱。两个人穿梭在100多桌的领导、亲戚和朋友中间。

纪闲林和夏绢莉的朋友从国内和全世界各地赶来，纪闲林甚至于还请来了前联合国副秘书长罗伯特米朗先生。而夏绢莉则把奥运副主席马克西尔先生也请到场。G省副省长、人大副主任，政协副主席，及各部委办的一些负责人纷纷以私人身份出席宴会。夏绢莉邀请来奥运会冠军有20多个。当然这些人的家属也跟着一起来了，以至于100多桌还坐不下，又在外面的走廊上放了20多桌。

来到现场的还有许多文艺大明星，包括国内一些主要媒体的著名电视主持人。

纪闲林还请来一家影视公司，除了把场面拍摄成视频，这个公司还收集了纪闲林和夏绢莉两个人从小到大的所有的照片和视频，——主要是夏绢莉的夺冠片段，也有少量纪闲林带领科研人员用"绿洲毯"征服、改造荒漠的资料片，合在一起，做成了一个纪录片在大屏幕上反复播映，非常夺人眼球。这部片子引来了人们的由衷赞叹——

"他俩是强强联手！"

"金童玉女啊！无人可比！"……

也有了解内情的，主要是纪闲林方面的来宾，在小声嘀咕："纪闲林交了桃花运，玩了三个洋货，现在注重国产的了！"

立即有人呵斥："闭嘴！嘴巴积点德吧，都是好朋友！"

也有人马上附和："想当搅屎棍，那就别来啊！真是！"

幸亏是在小范围里，宴会厅有一个足球场那么大，新人们当然听不到这些小杂音。

婚宴的菜式之好、之美、之丰富，就不细说了，反正宛如国宴，应有尽有。

其间，一些文艺明星们表演了至少一个半小时的节目，有歌曲、戏曲、相声、杂技、魔术等等等等，这些表演不断地将婚宴的气氛推向高潮。他们觉得，这场婚宴绝对是自己在省领导和公众面前露一手的大好时机。这些朋友平时去唱堂会，都要讲好出场费才肯出演。今天他们的表演都是真诚的奉献，不讲报酬。

而夏绢莉的朋友，要么是体育明星，要么是体协的老领导、老教练。他们以致贺辞和脱口秀作为节目，倒也相当的热闹。

这个婚宴，居然进行了4个多小时，大家还意犹未尽。证婚人是李副省长，他说："我们这个小地方，今天呢，非常荣幸地邀请到了奥运会冠军夏绢莉和改造沙漠的专家——纪闲林先生举行婚礼，真是蓬荜生辉！本人担任他俩的证婚人也是三生有幸！……"

李省长说了一大通之后，最后提议："我听说啊，纪闲林先生的手风琴拉得非常好。大家要不要新郎表演一段？"

底下一片叫好声。

于是，纪闲林演奏了手风琴名曲——《真是乐死人》，引来了震耳欲聋的掌声和欢呼。在这空前绝后的婚宴上，纪闲林和夏绢莉也没有忘记给自己的事业做一番广告，他说：

"真是乐死人，我万万没有料到，在将G省打造成塞外江南的同时，会幸福地找到自己的另一半。看来，这块'绿洲毯'非常积德，用了她，好事自会来。大家说对不对啊？"

听到"对——"的回应后，纪闲林继续："希望大家多来买这块绿色的地毯！不买也没关系，帮助宣传介绍一下也好。因为这是一个利国利民、有利于后代的伟大的工程！不光是牵涉到我们公司的利益，还有我们这个边远省份的利益，主要还是为了国家的利益！大家看在我纪闲林和夏绢莉的面上，要把推广'绿洲毯'这项工作做好，我们还要推广到其他的省份去，比如说像新疆啊，还有一些其他的地方。我们甚至于还考虑把它推广到全世界！因为我们具有全球化的眼光，让全世界都用上我们的'绿洲毯'，那也就成了改善全球，造福全世界环境极大的好事。通过这件事，将再次告诉全世界，中国，已经不是过去的中国。这一点希望我们大家能够理解和配合。"

李省长趁机说："希望他俩早生贵子！同时，我们也衷心祝愿，通过本省和纪闲林和夏绢莉两位的合作，让本省的绿化工程取得决定性的胜利！到那时，本省增加了几百万亩的良田，带出的各种衍生效应，使得本省的GDP大幅提升，争取早日进入到中国的最富裕的省份名单中！"

李省长的这些美好的祝愿立即得到了全场雷鸣般的掌声和欢呼声。

由于场子大、层次高，省去了新郎新娘为大家点烟，分糖果的情节。一点不影响整个婚庆晚会的热闹气氛和趣味。

毕竟是边远省份，有人还是提议纪闲林和夏绢莉表演一个本地婚礼的压台节目《猪八戒背媳妇》。

李省长说："什么《猪八戒背媳妇》，分明是《白马王子背媳妇》。至于要不要表演这个比较土气低俗的节目，请新人伉俪自己选择。"

纪闲林和夏绢莉也在兴致头上，居然也同意了。于是纪闲林背起夏绢莉真的在这么大的场子里走了一圈。

送完所有的客人后，这对新人来到了附近一家五星级宾馆的总统套房。由于省领导的精心安排，所以客房里什么东西都应有尽有，

甚至还挂满了他们俩许多在省的各处拍下的非常漂亮的照片。两个人手拉着手游览了这些精心的准备，然后，喝了一点名牌XO洋酒，然后，高高兴兴地共进洞房，共度良宵……

纪闲林和夏绢莉两人这一场浩大的前无古人、后无来者的婚礼，经过各类媒体的宣传造势，其影响力自不待言。

夏绢莉自从担任"绿洲毯"的产品代言人，其奥运冠军的名声，帮助这个产品的销售有了大幅度的提升。因为夏绢莉走到哪里，几乎没有多少各级领导人不认识夏绢莉的。这样，纪闲林和夏绢莉签了不少单。另外，经领导和朋友介绍，纪闲林和夏绢莉在F省和C省又拿到了200万亩地铺设"绿洲毯"的订单，工程标的是4000亿人民币。

结婚以后，时间一长，纪闲林就发现了夏绢莉这个东北姑娘身上既有许多可爱之处，也有好多毛病，有时使纪闲林难以忍受。最要命的便是不刷牙！还特爱嚼大蒜、大葱之类。纪闲林曾经对她苦笑道："由于你口中的异味，我每天至少减少十次想吻你的冲动！"

夏绢莉大惊："啊?！有这么严重?那我得改改。"

说是这样说，但不久，夏绢莉依然故我。

夏绢莉感觉自己仿佛成了女王，至少也是个公主，有点飘飘然。他俩到处好吃好喝，当然也一有空就爱爱，小日子过的如同泡在蜜糖里。

纪闲林和夏绢莉结婚度过了几年的美好时光之后，危机也开始慢慢降临。夏绢莉虽说文化水平不高，但也是聪明人。随着怀孕以后，她考虑的问题也渐渐多了起来，比如孩子的各种花费，孩子的抚养教育，自己的防老，自己父母的年龄越来越大，如何回哺、赡养，让他们也过上体面的日子……这些都需要大笔的资金。你纪闲林上交那么多亿的税收，自个的获利也一定是盆满钵满的，那么我夏绢莉的呢?以前自己拿了一千万代言费就沾沾自喜，现在想想觉得不对呀，法律上不是说吗，结婚后，财产属于双方的，那就不对了，凭什么你纪闲林居然能够拿多少个亿，而我只能拿1,000万的代言费，就打发走了，你当我是乞丐啊?……夏绢莉越想越觉得自己很委屈，越想越气，觉得自己不能再蒙在鼓里。

夏绢莉开始与纪闲林闹起了别扭，先是在结婚以后，在暗地里收取介绍费的前提下，陆陆续续地将一些亲戚朋友安排进了纪闲林的公司的各个部门里。起初，纪闲林也睁只眼闭只眼，对夏绢莉的做法也不管不问。直到她想让自己的舅舅来担任公司的财务总监，才被纪闲林制止。并指示自己的办公室主任，夏绢莉的任何进人诉求，必须经过他的批准！

夏绢莉听了，当然不悦，但也没有收手，她向纪闲林提出了涨工资的诉求，根据自己在国内外的知名度给公司带来的巨额收益，每个月拿30万的薪水应该毫不过分。

她问纪闲林："影视明星的知名度远比我低，但是他们的出场费是多少?

这个你比我清楚。"

纪闲林被问得哑口无言，觉得也有些道理。天下没有免费的午餐，即便是自己的老婆，也是如此。于是就答应了她的涨薪要求。但他们之间的矛盾、间隙、芥蒂就满满产生了。

当然，这只是夫妻关系的一个方面，而在另外一个方面，即夫妻生活方面，他俩之间的龃龉渐渐也越来越多。因为夏绢莉体力超好，刚开始爱爱时，她还有点羞羞答答，浅尝辄止。到了后来，尤其是生好女儿后，往往是夏绢莉十分好战和主动。而纪闲林呢，体力、耐力，根本不是奥运会冠军对手，总觉得自己有点力不从心，两三个回合，纪闲林便败下阵来。后来，干脆经常以外面有饭局为由，采取躲躲闪闪的游击战术。

夏绢莉哪里能接受这种冷遇，便常常以"银枪蜡烛"相讽。并且，还隔三岔五旁敲侧击地拷问纪闲林有无外遇？当然，这些火力侦探对于久经沙场、腰缠万贯的纪闲林不起什么作用，反而毫无必要地引发了纪闲林对"亚洲鲨鱼"的反感。

纪闲林开始关注起他们夫妻之间的种种差异。令他受不了的是，夏绢莉的卫生习惯在他眼里，那真是一塌糊涂。一个呢，是绅士风格，一个呢是村妇做派。

仅举几例就可以知道，这些细节一旦放大，两个人之间的矛盾就越来越扩大、加深。首先，夏绢莉没有淑女，或者大富豪太太应有的风范，她的参照系是自己在东北乡下的母亲和其他女性长辈。所以，在各种场合，尤其是那些高端人士交谈、聊天、务虚、摸底的时候，她会莫名其妙地插嘴，开一些不合时宜的玩笑，讲一些低俗不堪的段子……总之，让纪闲林非常难堪，只好转移话题……

更让纪闲林难堪的是那些来造访的夏绢莉的乡下亲戚，他们一来一大串，三大姑八大姨、表叔、小姑加外甥……一般都有十个人左右的规模，只要一踏进纪闲林的家，从此就笑话不断……

尽管纪闲林的家有两百四十平方米，4房2厅也不算小了，但还是难以招架。这些亲戚为了节约就住在你家里，而且决定还是夏绢莉自己下的。

亲戚到来的第一天晚上，纪闲林在恒隆大酒店要了个包房为他们接风，好酒加本帮名菜应有尽有，花费也有近一万块。出于好奇，夏绢莉陪着老公去拉卡，得知数目后，倒吸了一口冷气。

回到宴会厅，夏绢莉笑眯眯地问："各位至爱亲朋，今天晚上，你们的房间订好了吗？"

小姑夏菜花面有难色说："还没呢，我算了一下，我们十个人，至少要订五个房间，可能要花费六千块左右。我们一共带了一万多块钱，这么一来，我们明天就得打道回府……"

夏绢莉回应："这个使不得！好不容易长途跋涉几千公里，来一次上海也不容易。"

"说的是啊！要不，去火车站或者其他公共场合，找个空地方睡下来？"

夏绢莉说："那哪儿成啊？我将来还怎么回老家，不被你们骂死！"

夏菜花："要不到你们家打打地铺，反正我们这些人没啥讲究。你不会嫌弃吧？"

"怎么会呢？那就住我们家。"

"夏绢莉就是爽气，有良心！我们就希望听到你这样的表态！"

于是，酒足饭饱之后，一大帮亲戚住进了纪闲林的家。

噩梦还刚刚开始，原本以为，他们最多在上海呆个两三天就会离开了，谁知，他们一住就是半个多月，不光住你的，吃你的，还要叫你派人带他们到各个景点去玩。

为了既体面，又能节约开支，纪闲林不得不把公司食堂里的两个师傅调来为他们烧菜烧饭。纪闲林搞了两个圆桌请这些人吃。他们吃东西的量，往往是正常人的至倍，经常饭桌上的突然光盘，把两个大厨搞得非常狼狈。夏绢莉的这些亲戚有点像非洲的难民，往往菜一端上来，就被他们一扫而空。十几道菜两大锅米饭远远经不起他们的狼吞虎咽，两个师傅来不及烧，只能够到附近饭店里面买来一大堆现成的菜肴、点心和米饭来补充供应。

相比之下，吃的问题还不算很大，这帮亲戚对于纪闲林住宅的"冲击"似乎更具杀伤力：这些人每天在纪闲林的客厅、书房、更衣间、洗衣室打地铺睡觉，把环境搞得一塌糊涂。尤其是厕所搞得非常的脏，臭气冲天。甚至于还发生了一些诸如小便洒在马桶外面、厕纸随便扔在地上，卫生巾堵塞抽水马桶的事情……

所有来人对洗衣房都很重视，更换下来的衣服特别多。由于洗衣机容量有限，所以洗衣机几乎要转动一天，才能洗好这么多的东西。偌大的观景平台现在成了晾衣场。碰到天气不好，许多衣服一下子还晾不干，以至于纪闲林只好购买来两台烘干机用来解决难题。而那些人从没见过这种机器，胡乱操作，被搞坏了好几次。至于冰箱里面，什么糕点啊、饮料啊、乳品啊、小吃啊，被这些亲戚如同囊中探物，搜刮一空。他们还不讲卫生、不讲道德，把吃剩的东西，甚至烟蒂都随便往窗外扔，多次招来了楼下业主的抗议和投诉。纪闲林不得不天天派了四个保洁工前来打扫房间和监督提醒。

有些事是不能靠撒钱搞定的，比如晚上睡觉的时候，这些人鼾声如雷，震耳欲聋。有时候深夜，他们会为一些琐事莫名其妙地来敲击主卧的房门，把已经在床的纪闲林夫妻俩狼狈不堪，吓得赶快穿上衣服……

因为是自己的亲戚，夏绢莉尽管内心叫苦不迭，表面上还耐得住，因为他们是自己的坚强后盾，万万不可得罪。纪闲林见太太没有干预的意思，干脆去外面借宾馆住了。

这样一来，亲戚们更加洒脱了，他们像抄家一样，把纪闲林的家搜索了个遍，除了保险箱没有被打开，其他衣柜、箱子、储物柜都被翻了个底朝天，甚至于夫妻之间的好多隐私的东西，诸如安全套、情趣裤、乳罩……也被翻了出来。

在纪闲林的书房里，一些名人字画、古董、珠宝……也给他们浏览了一番。最可惜的是，纪闲林从清宫一位大太监的亲戚那里买来一组描金细瓷酒杯，竟然被他们不小心摔碎了几个，还顺手牵羊拿走了几个。折腾了将近半个月之后，这些亲戚才恋恋不舍地离开了。

纪闲林终于如释重负，回到了自己的家，他对夏绢莉吐露心声："八国联军终于撤退了，我们又可以睡在自己的床上。"

　　"话，说得有点刻薄了！"夏绢莉一边掸着床单，一边回应，"是你自己要住到外面去的，我可没有赶你走哦。"

　　"唉——可我实在是没有办法，"纪闲林一脸的委屈，"你的那些亲戚，怎么就这么没文化、没有教养？"

　　"越说越过分了！"夏绢莉放下床单，开始反击，"你嫌弃我的亲戚来了是吧？那我对你的父母也好，你的亲戚也好，也采取同样的态度！只要你受得了。"

　　纪闲林立即退让："我不再说了，总行了吧？"他心里其实说的是另一种意思，"我们家的亲戚的素质要好多了！"但没有说出口。

　　这天晚上，纪闲林辗转反侧，怎么也睡不着，他发了一条微信给妻子："土地不厚，承不了山川海岳，人心不厚，得不到道义情谊，所以，做人，一定要厚道，希望我们都是厚道的人。"

　　纪闲林万万没有想到，夏绢莉居然破天荒地回了一封信给他，里面放了一段莫名其妙的话——

　　"不会说话人照直说，

　　会说话的人想着说，

　　不会说话人嚷着说，

　　不会说话人霸气说，

　　会说话的人笑着说，

　　不会说话人板脸说，

　　会说话的是种艺术，

　　懂说话的是种涵养，

　　会说话能改变命运，

　　懂说话能色彩斑斓……"

　　明显在讽刺！纪闲林心里觉得冤啊，夏绢莉等于在嘲讽自己不会说话！其实，她的那些亲戚离开时，他还花费了好多的钱，买了好些礼品送给他们。结果，夏绢莉及其亲戚并不领情，还觉得纪闲林小气！

这些认知上的严重失衡，也是造成他们夫妻之间产生间隙的一个因素。

对于纪闲林来说，现在最难以接受的是夏绢莉的生活方式，毕竟她是农村出身，就是不喜欢早晚刷牙，她那付牙齿整天蜡黄蜡黄的，嘴巴里面的异味特别浓烈，这是因为喜欢吃大蒜、大葱所致。纪闲林与她睡在一张被子里，实在是受不了，他经常跑到客厅里去睡在沙发上。为此，夏绢莉常常埋怨他"外面有人"。其实，还不仅仅于此，夏绢莉的一些生活习惯实在有问题，你叫她每天坚持刷刷牙、洗洗澡，注意一下个人卫生。夏绢莉对此往往阳奉阴违，有时候觉得累了、困了，她干脆洗都不洗，就往被子里一钻。这个呢，把喜欢干净的纪闲林搅得几近崩溃。再说说夏绢莉厕所吧，她喜欢蹲在抽水马桶的盖板上，把马桶弄得很脏。然后吃东西，喜欢大快朵颐，从来不节食，就这样，夏绢莉的身体开始发胖。再加上夫妻生活方面，纪闲林已经不像以前那么所向披靡了，称之为"亚洲鲨鱼"的那个女人，身上还有腹肌呢！她现在，腰也粗了，浑身都是赘肉，屁股大得要命。因为是农村出身，这种体型接近于非洲的女佣。生了女儿以后，夏绢莉的讲话也是粗俗得要命，脏话连篇，很喜欢骂人和吆喝。这个情况，对于来自城市富人家出生的纪闲林来说，是难以忍受的。

纪闲林内心不悦的事还远不止这些。喜欢穿着得山青水绿的纪闲林，自然对夏绢莉的穿着打扮是有要求的，至少夫人的衣着要配得上自己亿万富翁的身份。而这恰恰是夏绢莉所欠缺的，她经常啊把一些运动服跟礼服、裙服混搭在一起，搞得不伦不类。而且，还不听纪闲林这方面善意的劝告和指导，加上夏绢莉身上经常溢出浓烈的葱蒜味，这弄得纪闲林的非常的恼火。后来，纪闲林都懒得带她出去参加各种应酬。

有一天，两人在会所的泳池的躺椅上聊天，纪闲林给夏绢莉提了几个改进生活习惯的建议。

夏绢莉嗤之以鼻："你什么时候变成巫婆了?讲话神神叨叨的！"

"唉——"纪闲林不由地叹了一声。

有一天晚上，见纪闲林喝得醉醺醺地回到家，推门进来，坐在沙发上的夏绢莉放下手里的煎饼果子和大葱，狡诈地问："今天的生意谈得怎么样?"

"小笔买卖，谈成了。"纪闲林解下领带，脱下西装，准备去洗澡。

夏绢莉拉住他的袖子："咱们应该守法对不对？"

"这还用问吗？"

"按照法律，夫妻婚后的财产应该是平等的，一人拥有一半，对不对？"

纪闲林警惕地反问："你什么意思？"

"什么意思？干嘛你拿那么多呢？我拿那么少呢？噢，每个月30万块钱，你就把我打发掉了，这公平吗？这算什么婚姻啊？"夏绢莉嚷嚷道。

纪闲林生气地问："那你想怎么分派？"

"怎么分派？自从我进入你纪闲林的家门，一半的财产就应该归老娘了！另外，你应该让我进入董事会，让我担任副董事长，至少也应该是独立董事，让我拥有与你一样多的股权！至少，也要拥有你一半的股份，对吧？"

哇！这个女人野心太大了！不劳而获，天下哪有这样的好事？纪闲林的心脏如同遭到重击！但他表面上装得若无其事："然后呢？"

"我的要求一点不过分的。夫妻应该平等的，财产平分是必须的。"

"你的这些诉求，我必须要让董事会讨论决定，我一个人不能做主。"

"你别唬弄我！凭什么你要骑在我头上作威作福啊？你不是把老婆当妻子，而当你的奴隶，这个是绝对不行的！"夏绢莉一手指着他的鼻子，一手叉腰吼道。

"何必把话说得这么难听？"

"哦，这你就觉得难听了？我还有更难听的，如果你不答应我的要求，那我们就分手吧！"

纪闲林叹了口气："你说出这样的话，像什么样子？我娶来的不是一个老婆，而是慈禧太后，太上皇！母夜叉！"

夏绢莉也不依不饶地回了一句："你才知道啊？还有什么脏话一起喷出来好吗？"

"没空跟你斗嘴。我到下面花园里散散步。"纪闲林冷冷地说。

"又想出去粘（应为'拈'，夏绢莉读了别字）花惹草了？"夏绢莉酸酸地说。

"你爱怎么想就怎么想。俗气！"纪闲林穿着夹克，气呼呼地跨出家门。

纪闲林在小区的花园里踱步。夫妻之间的对话把许多模糊的浪漫的云雾吹散了，露出了真实的面貌，他得认真思考应如何来处理与夏绢莉的关系。

回顾一下，他们之间呢，也吵过，也骂过，也打过，每次都是以自己举起白旗而休战。尽管夏绢莉给纪闲林带来许多商机，但也带来一些麻烦，主要是随着夏绢莉逐渐了解了"绿洲毯"的生产工艺和流程，以及所蕴涵的丰厚利润。他已经觉察到夏绢莉开始暗暗叫来自己的亲戚、密友来公司各个生产环节来偷关子。当然，纪闲林受不了这个女人试图这种过河拆桥的做法。

纪闲林绝望地低下了头，踩着枯叶，思索着自己的人生。尤其是与夏绢莉的婚姻。总而言之，他得出一个结论，这种实用主义的婚姻，是会带来大问题的！这种结合，缺少心灵和心灵的碰撞，缺少文化和文化的沟通，缺少人品和人品的互认……才几年工夫，问题就来了，等于引进了一头母夜叉，这怎么受得了？他觉得，还是分手好，如果长久地待在一起，尽管自己有强大的抗压能力，还是会被逼疯的！现在，自己的生意已经做得很大了，就没有必要在这种问题上犹犹豫豫了。

然后得出一个经验教训就是，如果下一轮再谈情说爱的话，那就必须先立下合同，以免到了一定的时间，女方就推翻自己以前的承诺。

最后，一个重大的抉择已经放在他的面前——必须尽快与夏绢莉拜拜了。他马上要打电话给自己公司的律师，去办与夏绢莉离婚的全部手续。

想明白了这些以后，纪闲林就开始往家里走了。


而此时的夏绢莉也没闲着，她在思索着如何让自己拥有的资金最大化。

挪威剧作家易卜生有句名言："人的第一天职是什么？答案很简单：做自己。"

人只有做自己的时候，才能绽放出自己的光芒与色彩，才会从灵魂中散发独特的魅力。怎么可以听任纪闲林的摆布呢？

任何关系走到最后，不过相识一场。有心者有所累，无心者无所谓。情出自愿，事过无悔。不负遇见，不谈亏欠！

夏绢莉觉得自己顿时明白了许多，也成熟了许多。

纪闲林说是出差，在上海近郊，租了一间豪宅住了下来。与夏绢莉的分居大概花了一年左右的时间。

在这段期间内，纪闲林的父母和兄弟姐妹，包括一些好朋友都是竭力劝阻的。但是，当他们听了纪闲林讲述的离婚理由以后呢，个个都觉得纪闲林迫不得已作出的这个决定是冷静和明智的。他们认定，纪闲林的这档婚姻等于是两种文化背景的人，硬挤在一间房间里，恐怕对任何一方都是一出悲剧、一种伤害。

而夏绢莉那边，她的父母兄弟，以及七大姑、八大姨，听说夏绢莉要跟纪闲林这样一个亿万富翁离婚，就群起而攻之，骂夏绢莉实在是太傻！他们的理由是，人家给你这个待遇已经很不错了，1000万的代言费，你往哪里要得到？每个月还有30万的月薪，那一年下来就要获得将近400万的年薪，那是上市公司老总的待遇，你夏绢莉何德何能？拿这么多薪俸还嫌少，心也忒黑了！你是一个游泳项目的冠军，你除了会动动腿脚，你还会点啥？而且，从事体育运动的人，是吃青春饭的，基本上都老得很快，你干嘛去跟老公较劲呢？你又不是生意场上的高人，你在他面前摆什么谱啊？你的老公又长得这么帅，这么有钱、脾气又这么好，你去惹他干嘛呢？你真是一个傻子！超级笨蛋！过了这个村，你再也遇不到那个店了。跟他离婚，只有蠢母驴才会做出的决定！

夏绢莉听得那个脸是一阵红一阵白，静下来想想，觉得亲友们说得也是。于是，就打电话到纪闲林的办公室，哭着向他认错并苦苦哀求："常言道一夜夫妻百夜恩，你大人不记小人过，就老样子来对待我，行不行啊？我也不要求股份了，我也不要求进董事会了，这样总可以了吧？闲林，从今往后，咱不闹了行不行？我会注意自己的态度，改进自己的服饰打扮，注意自己的卫生，总之，我不再任性了，好不好啊？……"

电话那头，往往是长时间的沉默，正如老话所说："哀莫大于心死！"纪闲林觉得"吾意已决"，已经没有任何回旋的余地，于是沉顿良久，然后冷冷地说："我说过，我已拒绝我们再生活在一起，因为那就意味着无限的痛苦！这样，趁我们现在还没有完全撕破脸，那就好合好离吧。"

见夏绢莉不做声，停顿片刻，纪闲林继续说，"我分给你一个亿。这点钱，说实在的也够你花一辈子了，是吧?你愿意去买房子也好，什么孩子的教育啊，赡养父母什么的，你以后的改嫁啊，都可以从容对付，对不对?具体的，由我的律师杜再美全权处理此事。从月底开始，你必须从我的住所搬出去!"

最后一句话，纪闲林说得斩钉截铁，不容置疑。夏绢莉冷笑着反唇相讥："如果我不想搬呢?"

"你就是蛮不讲理，不知好歹!这样，我们俩就真的情断义绝了，法庭上见吧!"纪闲林猛然挂断了电话。

纪闲林请了一位北方律师事务所的著名律师——杜再美全权处理此事。经过他的反复斡旋、教育，夏绢莉也充分看清了违法的严重后果，——那将失去一个亿!还将失去其他各种本来可以得到的各种待遇。所以最后，夏绢莉还是乖乖地从纪闲林的住所搬出，并用短信通知了对方。

几天之后，纪闲林派去察看的秘书将门锁更换后，传出来一条惊人的信息：纪闲林的豪宅里，已经被夏绢莉搞得到处是垃圾和腐烂的食品，以及打碎的坛坛罐罐，尤其是卫生间，比乡下的茅坑还要脏，还要臭，脚都踩不进去……纪闲林请了五个保洁工，花了一周的时间，才"收复"了这块已经满目疮痍的"领土"。

令人匪夷所思的是，有个边疆的县级电视台，不知道个中的故事，纯粹为了提高收视率，花了点钱，包吃包住，邀请来纪闲林夫妻俩，给他们做了一档访谈节目。他们居然也接受了邀请，应节目制片人、导演的要求，当时两个人都穿着得漂漂亮亮，在电视台演播室里面谈笑风生，还秀了几次恩爱。他们在这个电视的节目当中呢，也绝对没有透露他们分手的信息，一切都是为了确保高收视率。

事后，纪闲林的最要好的几个哥们问他为什么要藕断丝连?答曰："原因有二，其一，感谢他们为自己免费做了一个超级大广告。有助生意。其二，取悦于电视台及广大观众。"

也有夏绢莉的几个闺蜜质问她，明明已经分手，为什么还要欺骗外界?太轻佻了！

夏绢莉回答："将来你们会懂的。真的分手了，是有点留恋的。我还希望他能够回心转意。如无可能，就当作回光返照吧。"

人，就是这样一种经常自相矛盾的动物！这个节目或许成了他们作为夫妻关系的一个绝唱。

由于纪闲林的寓所已经被污染了，很快地，纪闲林就把这个房子重新装修成自己的一个子公司。物业公司有反对的意见，但是提出，只要缴纳双倍的物业费。

纪闲林呢，又到另外一个新开的全装修的楼盘里面，买了一套240平方米的房子。与夏绢莉分手以后，尽管心情上有过一段失落、寂寞的时分，但是从此再也听不到这种吵吵闹闹的声音，再也闻不到那种大蒜、大葱之类叠加的味道，跑进各个房间里面，都是干干净净、香喷喷的，脸上又露出了惨淡的笑容……

哎呀，人生啊，原来就是这么的曲折，这么的难以跨越……现在总算乌云过去了，期待着下一个丰收的爱情的果子的到来……

后来，当整个社会都听说纪闲林夫妻俩真的分手了，都感到非常惋惜和失望，这已经是后话了。

"我此生走了好多弯路，也为家乡做了点好事儿。"纪闲林说，"暂时就讲到这里，下面轮到谁讲呢?"

朱彬笑道："当然是徐飞咯！她的故事，讲出来会把大家吓死！"

钱晨予以证实："我在东京的地铁站，曾经与徐飞见过一面，还资助了10万日元，可是雪中送炭呢！但她后来拒见我这个穷光蛋！而我当时落难到无脸见江东父老。所以，一直也没再去联系她。"

徐飞说："我从有一个女友那里获悉，钱晨已经知道我也到了日本，正在打探我的行踪。但我知道你刚刚离婚，所以暂时拒绝与你来往。道理大家都明白，理智的女性天生就有一种自我保护的意识。这一点，相信大家都能够理解。"

见大家没有异议，徐飞开始讲述自己的故事……

# 13

1982年夏天，大学毕业以后，徐飞被分配在郊县的泰富中学教语文。每天清晨，她都要四五点钟起床，然后乘一个半小时以上的长途汽车，才能赶到学校。这种让人十分疲劳的来回奔波，已经注定了她会很快地、坚决地离开花威的泰富中学，无论这种离开的成本有多大。

既然徐飞决意要走，那是拦不住的。校长和教导主任用处分、停发工资、扣押档案等组合拳进行威胁、制裁，一切都无济于事。最后，只好同意将徐飞放走。

同时，徐飞长得也是美丽、清秀，肤色非常白嫩。脸窄窄的，双眼皮。她永远保持着少女的身材，偏瘦，很精神，脸上永远挂着微笑。辞掉了中学里的工作之后，在父母强有力的支持下，花了两万多人民币，通过留学中介，办妥了付费在东京大学办的日本语言系就读。这样，她就不像其他同胞那样，在没有保险和安全保障的前提下，或去私人小厂里打工，或去餐馆端盘子。到了东京之后，在留学中介的安排下，在市区一单身老妇家里，花了7000日元的月租，租下了一间20平米的房间，安顿在那里。

读书之余，徐飞不像其他的女同胞，一有空，就去商业中心"鉴宝"和扫货。因为在那里，你经常会发现许多中国从未见过的制造精良，价钱也不是很贵的生活用品。徐飞有洁癖，喜欢清净，她经常到一个叫东晋的健身房去锻炼身体，那里的条件比较好，器材的种类相对来说也比较多，当然价格也比较贵。出乎她意料的是，在那里，她居然被一个日本媒体大佬相中。

在健身房里，徐飞拉拉扩胸器，然后在跑步机上不断地奔跑，她还在原地骑车和拉重物和转腰等等器材上玩。

来这个健身房里锻炼的人，也不是很多，来这里健身的大多是怕发福的全职太太，还有少量的年轻男子。当然，还有一些退休的富裕老头。徐飞自然会去关注这些男人，只要能够让自己身体健康就好，省得父母牵挂。另外，东晋这个健身房内是一个比较干净、清静的地方，非常符合徐飞的心意。

徐飞一般在运动一小时的时候就再去换件白色的泳衣，进入游泳池。她哪里会知道，已经引起了某人对自己的兴趣。

尤其是到了游泳池里啊，这个徐飞非常的漂亮，身材婀娜。她穿着比基尼白色的泳服，犹如仙女下凡，模特上场，又像是一朵白云漂浮在泳池的水面之上。她有时潜入水中，又好似白海豚那样活泼可爱。可惜，徐飞不曾料到，自己的倩影已经引起了一个日本人的注意。这个日本人非常地欣赏徐飞。他只要一有空，就到东晋健身房去看徐飞来了没有。只要看到了她，他就觉得自己心满意足了。他想找一个时间，与徐飞聊聊。

那是一个晴朗的下午，徐飞穿着一身宝石蓝的运动衣裤在跑步机上跑步时，不小心将衣物存放箱的钥匙遗落在地上。离开这儿，去瑜伽室继续锻炼时竟没有发现自己丢了钥匙。

这个日本人捡到了这把钥匙，他坐在健身房前台对面的沙发上，便呷着一瓶矿泉水，边等着徐飞的到来。

果然，一个小时之后，徐飞急匆匆地来到了前台，她对服务生说："すみません、更衣室の鍵をなくしてしまいました！（对不起，我更衣箱的钥匙丢了！）"

这个服务生马上告诉她："誰かがこの鍵を拾った。（这把钥匙有人捡到了。）"她朝边上的那个日本人努了努嘴。

那个日本人见了，马上起身，把钥匙交给了徐飞。

徐飞向这个日本人鞠了一躬："ありがとうございました。（先生，谢谢您！）"

她哪里料到，这个日本青年居然用中文回答："不用谢！区区小事，何足挂齿？"

徐飞稍稍一愣，问："您也是中国人？"

"不，鄙人是日本人。您贵姓?"

"我叫徐飞。您呢?"

"我叫佐藤康弘。如果您不介意的话，我想请您喝杯咖啡。"

徐飞点点头："可以，但必须由我埋单!"

于是，两人在太阳伞下坐下，服务生马上端上两杯咖啡和两盘水果。他俩立即聊了起来。

徐飞问："您的中文怎么说得这么流利?"

"我曾经在贵国的北大留过学。"

"怪不得。"

"徐飞君，您在日本哪儿高就?"

"谈不上高就，读书而已。"

"没有打工?"

"没有。"

"其实，问这个问题我有点傻。"佐藤自责。

"为什么呢?"

"打工的人是舍不得花钱去健身房锻炼身体的。"

"有点道理。"徐飞肯定他的推理。

佐藤说："嗯，如果我没有猜错的话，你来自于中国上海。"

"嗯，你怎么看得出来呢?"

"因为呢，你看上去那个气质，那个待人接物，与众不同。"

佐藤说，"这个呢，一定是来自于大城市的，还有非常好的家庭背景的人才会这样。"

徐飞笑笑："嗯，你大部分说对了，我出生在上海，但我是在花威师范学院上的大学。那你呢?"徐飞仔细打量了站在自己面前的这个日本年轻人，他看上去长相一般，小眼睛，窄窄的脸庞，但气质非凡，就是身体瘦弱了一点，

佐藤："我也是，富人家的孩子。我特别喜欢运动，所以经常到这里来。"

"嗯，体育锻炼对于年轻人，甚至于对于任何年龄段的人都是一件好事。"徐飞喝了一口咖啡，"我呢，因为是初来乍到，平时缺少锻炼，担心自己的身

体以后不能应付这儿的繁重的学习。"

佐藤："运动是需要的，但贵在坚持。"

谈得差不多了，徐飞叫来服务生结账。

服务生说，账单已经由佐藤先生付清了。

"本来应该我请你的。谢谢帮我付了钱！"徐飞起身鞠躬，"你我以前也不认识，为什么要帮我付钱呢？"

佐藤微笑着回答："那为什么要您为我埋单呢？总之，小事一桩，不足挂齿。"

"尽管是小事，但还是要告诉我理由。"

"我呢，喜欢为美丽的姑娘付钱！因为你是国外来的，我应该尽到地主之仪。"

"也有道理。"徐飞说，"那我告辞了。"

"请允许我送送你！"

佐藤见徐飞并未拒绝，就开着自己的丰田吉普将徐飞送回了秋叶源的家。

临别，佐藤向徐飞要了一个联系电话，徐飞犹豫了一下，还是把住宅电话给了他。

东京的秋天十分迷人，绿叶都带有金黄的颜色，各处都弥漫着各种花卉的芬芳。天，瓦蓝瓦蓝，河流里的水，清澈见底。

每逢节假日，佐藤都会约请徐飞到东京的各处去晃悠。每一次，徐飞都会换不同的服饰，尤以纯黑、纯白为主，宛若仙女下凡，又如同模特行走于T台之上。

那天，徐飞穿的是旗袍。旗袍，是女人心底最柔软的情愫，她流动的韵律、古典的画意和柔美的诗情，是女人心中最美的梦。一直喜欢旗袍的徐飞，宛若一朵古典的花，是水墨渐淡的画布里的旖旎，是烟雨江南雨巷里的幽香，盛开在时光深处。她的美，不仅融入了月色的淡雅，又赋予了古典的韵味。旗袍离佐藤不远也不近，刚好适合他的品味与迷恋的距离。在佐藤眼里，旗袍是温婉而典雅的，像一幅淡淡的水墨，在记忆的深处摇曳。"绿梦红笺添妩媚。雨洗青荷，沐透罗衣翠。"穿旗袍的徐飞，温婉娴静、婉约妩媚，香风细雨里，袅袅娜娜，暗香浮动，似出水的莲。

佐藤被迷住了，每到一处，大多是佐藤买的单。但也有几次是徐飞抢先买的单。这是中日姑娘一般所不为的事，但恰恰是徐飞最可爱和体现她大气、纯真的地方。正是这些，深深地迷住了佐藤。徐飞的那种美和气质，是从骨子里面洋溢出来。她有文化、有学识，气质又很高雅，于是，佐藤被徐飞深深地迷住了。

佐藤给徐飞写了求爱信，信中写道："这个秋天，如果我能化作一枚秋叶，就会不顾一切地飞向你，请一定在你的双手盈握我的时候，读一读我为你写在心脉上的那首相思的诗。

"陪伴聆听的心，与我同守岁月的绵长，那才是一幅至美的生命的画卷……

"如果你的生活以感恩为中心，你会活得很善良。如果你的生活以知足为中心，你会活得很快乐。如果你的生活以宽容为中心，你会活得很幸福。能耐得住寂寞的人，肯定是有思想的人；

能忍受孤独的人，肯定是有理想的人；

遇事能屈能伸的人，肯定是有胸怀的人；

处事从容不迫的人，肯定是个淡定的人；

经常微笑的人，肯定是个有智慧的人。

四季轮回，转瞬即逝。

生活不要攀比，

适合自己，就是幸福！

我喜欢自带阳光的人。

送给与他一路同行的人。"

徐飞收到信后激动不已，反正也没有旁人看见，她将信件吻了多遍。然后，写了封回信：

"有一种情谊，

不求天长地久，

但求曾经拥有。

生命中有一种陪伴，

不求你知我心，

但求风雨同行。

有一种朋友，

不管你见或不见，

他都在身边，从未远离。

有一种感情，

不管你提或不提，

他都在心底，从未变质。"

收到徐飞的信后，佐藤心中的烈焰完全被她点燃，佐藤又给她写了一封情书："遇见你，便是遇见了季季花开，小桥，流水，烟火，人家。红尘作伴，相依山水，妥贴，将写下的诗句，折叠于浅秋的寂静。让流年里不经意散落的缘分，止于此刻静美。待来年，春风徐来，会不会能遇见同样的花开？"

徐飞立即回信："时间是一趟单程的旅行，有来无回，一去不返，尽管我们有许多不忍的割舍，尽管我们有无数的留恋，却也无法挽留，只能任时光在我们的挥手中微笑着擦肩。

"撕去昨天的日历，换上今日阳光般的笑脸，我们都要好好地生活，开开心心过好今后的每一天。让每一个日子都如火般温暖。"

此后，两人之间似乎没有了间隙，见了面，都是心灵与心灵的碰撞和握手。佐藤带着徐飞到了日本三大城市之一的名古屋去旅游。名古屋与东京和大阪相比，观光景点在数量上是要少许多的，但是作为新干线经常通过的城市，总是会让人想去那儿游玩一圈。

他们先去了东谷山水果公园。它位于名古屋市北端的东谷山山麓，清爽的空气包围了整个农业公园。能够看到由15种水果所组成的"果树园"，还有以亚热带地方稀有水果为主的"世界热带果树温室"。另外，还有介绍各种各样的水果知识的"水果馆"等。两人在那里的餐饮点，大快朵颐了一番。

佐藤说："这是女人们最喜欢玩的地方，我们再到港游乐园去看看吧。"

徐飞回应："好吧。"

于是，他们又打的来到了位于名古屋港水族馆前的游乐园，大摩天轮是这座游乐场的象征，夜晚在灯光的照亮下，美轮美奂。这里是适合一家人一起去的好地方，情侣也推荐来这里。

徐飞是一个完美主义者，甚至有点偏执。在她眼里，佐藤一米七零不到，脸上过白，几无血色。单眼皮，小眼睛，小脑袋，梳着一头类似中国小屁孩的发型。总之，相貌相当一般，乏善可陈，其模样在中国恐怕只能打60分。但他的学识非同寻常，其优雅的贵族气质，对于徐飞极具吸引力。因为，在她认识的男同胞中，即便有的气质也不错，但总会在一些细节上暴露出俗气的地方。这就像有的美男子，粗看令人着迷。但一赤膊，总会在看得到的部位，凸显一块难看的伤疤、丑陋的胎记，或粗俗不堪的刺青图案，让人一下子大倒胃口。让徐飞敬重佐藤的，是他对于中华文化的熟悉和热爱。

坐在藤椅上聊天时，佐藤突然问她："你知道，贵国宋朝诗人李禺写的《两相思》吗？"

"知道有这么个人，但是他写的这首诗的原文我倒真是不记得了。"徐飞有点不好意思了，"请你倒背给我听听。"

佐藤真的熟练地背诵起来——

"枯眼望遥山隔水，

往来曾见几心知？

壶空怕酌一杯酒，

笔下难成和韵诗。

途路阻人离别久，

讯音无雁寄回迟。

孤灯夜守长寥寂，

夫忆妻兮父忆儿。”

　　“背得这样滚瓜烂熟，让人佩服！”徐飞拍手叫绝，“佐藤君，我记得这首诗好像是一首回文诗。”

　　佐藤：“是的，中国古代的文化太神奇了！居然有回文诗歌，还可以倒过来朗读。这也是我为什么如此喜欢中国文化的原因。”

　　徐飞眼睛里噙着泪花：“请佐藤君倒着背诵一遍可以吗?”

　　佐藤说：“当然可以——

　　儿忆父兮妻忆夫，

　　寂寥长守夜灯孤。

　　迟回寄雁无音讯，

　　久别离人阻路途。

　　诗韵和成难下笔，

　　酒杯一酌怕空壶。

　　知心几见曾来往，

　　水隔山遥望眼枯。”

　　徐飞听到这儿，再也按捺不住，起身坐在了他的双腿之上，盯住他的双眼，情不自禁地热吻了他。


　　他们谈了一年恋爱以后，他俩越走越近，两人都有了“一时不见如三天兮，一天不见如三秋兮”的感觉。终于有一天，双方内心都强烈地感觉到，已经到了应该明确他们之间关系的时候了。


　　冬天来临，街道上原本碧绿的树木变黄了，原本苍翠欲滴梧桐树变黄了，树枝上不时有枯叶飘落。那天的傍晚，佐藤邀请徐飞到银座去品尝“中华料理店”，他已下定决心与徐飞谈婚论嫁。而徐飞也预感到佐藤的意图，所以她的打扮也很讲究，云鬓高耸，化了妆，挂了细细的钻石耳坠，身穿一件绣满梅花的黑色绸缎的旗袍，脖子上挂了一根白色的珍珠项链，喷了点法国巅峰（APOGEE）香水，挎着一只鳄鱼皮包，来到了银座。

　　这次佐藤订的中华料理店是在银座一栋摩天大楼的53楼。佐藤提前一小时就等在那里。可见他对今天的约请徐飞的高度重视，而徐飞也足足提前了半个小时到，这一点完全与少数年轻的女同胞的做派不同，她们为了在男友面前保持所谓的矜持和自尊，往往要迟到半个小时左右。

　　两个人在底楼的大堂里见面，眼睛里都在含笑放射出熠熠的光芒。佐藤第一次吻了一下徐飞的手指，徐飞脸红了，但也没有拒绝，水到渠成，有点陶醉。

　　"嗯——香喷喷的。"佐藤由衷赞叹。

　　"喜欢这种香水味吧吗？"徐飞娇嗔地问。

　　"喜欢，喜欢。"

　　接着，佐藤牵着她的手来到了53楼，一家叫做"龙宫"的中华料理店。门口至少有20个身穿旗袍的窈窕女子排成两队夹道欢迎。她们用整齐的日语说道："いらっしゃいませ！（欢迎光临！）"

　　时间还早，佐藤带着徐飞来到了雕龙描凤、富丽堂皇的宴会厅外，基本上270度全透明玻璃的大阳台。东京的美景尽收眼底。映入眼帘的第一个景就是红白相间的东京塔了。真心认为，只有含有东京塔的景色才能叫东京景色。

　　佐藤牵着徐飞的手来到了一间富丽堂皇的包厢。"龙宫"这家中华料理店里每一个服务生似乎都认识佐藤，她们对他都毕恭毕敬。待他们在圆桌旁坐下，穿着金色丝绒旗袍的女领班谄媚地问："お客さん、準備ができました。料理を出してもいいですか。（先生，都准备好了，可以上菜了吗?）"

　　佐藤点点头。

　　十分钟不到，许许多多色彩绚丽的各种菜肴，先后被一些穿着旗袍的美女端了上来。徐飞粗粗计算了一下，哇，居然有五十多道菜！幸好，所有的菜都是装在小酒盅里，其中的量，只需一两筷就可以吃完。两个人的面前，还放着一壶清酒和斟了半杯酒的夜光杯酒杯。

　　但是徐飞还是善意地揶揄道："这么大的菜肴规模，我以前在一本叫做《清宫十三朝》的书里看到过的。嗳，我们都不是相扑运动员，哪有这么大的胃口？"

　　"这是我的一片心意。"佐藤平静地应答。

　　"谢谢！不过，说是中华料理，其实呢，还是带有日本菜的风味。"徐飞评价道。

　　"有道理！可能是入乡随俗了。先尝尝味道如何？"

　　"味道当然不错。日本的调料用得过重。"徐飞一面吃，一面评价，"像这个海参，料酒放少了，味精放多了。"

　　佐藤微笑着聆听，频频点头。

　　菜吃到一半，佐藤放下筷子，一本正经地说："好了，我想跟你商量一件重要的事情。"

　　"可以啊。我洗耳恭听。"徐飞用白色湿毛巾抹了抹嘴，真挚地看着佐藤。

　　佐藤让服务生离开，拉上包厢的门，然后结结巴巴地说："今天呢，我想向你……真实地……提，提出，……我要求您正式确认，我想请君成为我的恋人！"

　　徐飞的脸又红了，她没有吱声，只是静静地睁大眼睛看着佐藤。

　　佐藤来到徐飞的跟前，然后单膝跪地，拉着徐飞的手询问："嗯，如果您同意，请允许我吻您一下！"

　　徐飞闭上已经噙满泪水的眼睛，仰起头，她觉得心中的白马王子来到了自己的面前，这是何等幸福的时光！也许一生的期待就在顷刻之间要实现！

　　佐藤移动座椅紧挨徐飞坐下，轻轻地捧着她的脸，开始热吻她的嘴唇。而徐飞觉得自己已经毫无力气，像疲倦欲睡的小孩，又如摊开的棉花。佐藤慢慢地将其抱在自己的大腿之上。两个人都在微微地颤抖，都舍不得中止这种珍贵的人生享受！


　　透过窗户，可以看到悬在东京上空的圆月，这时，月亮姑娘也看到这对恋人在热吻、拥抱，似乎有点害羞，拉来了边上一块白云，捂住了自己的脸……

　　佐藤松开自己的双臂，徐飞坐回自己的位子，她垂着视线，捂住自己滚烫的脸。

　　"谢谢您！现在在我的体内，全是您身上的芬芳！"佐藤真挚地坦言。

　　"我，我不知道自己做得是否对？"徐飞似乎还沉浸在感动和惶惑之中，

"我觉得事情来得有点突兀。说实话，我的心里面像是有许多小白兔在乱窜，七上八下的。"

"对不起，惊扰您了！"佐藤抱歉地说。

"哦，没关系。"徐飞平静地直视佐藤，"你呢，把我的情况打听得如数家珍，但是我从来没有听你介绍过你的家庭背景。"

佐藤说："您的这个要求是合理的。这样吧，我们边吃边聊吧。今天点的主要是贵国的京菜和川菜。"

"这些我都喜欢。"徐飞微笑着点点头。

徐飞大致能辨别出的京菜有：北京烤鸭、爆双脆、葱爆羊肉、扒翅、炒鸭掌、烩四缘、熘黄菜、三不粘、醋椒鱼、酱爆鸡丁、糟熘鱼片、它似蜜、五柳鱼。还有原为清宫小吃的千层糕，随着清王朝建都北京而出现的美食萨其马，致美斋的名点萝卜丝饼，谭家菜中的名点麻茸包。摆上来的川菜有：开水白菜、麻婆豆腐、回锅肉、宫保鸡丁、盐烧白、川式粉蒸肉、青城山白果炖鸡、夫妻肺片、蚂蚁上树、蒜泥白肉、芙蓉鸡片、锅巴肉片、白油豆腐、鱼香茄子、盐煎肉、干煸鳝片、鳝段粉丝、酸辣鸭雪、东坡肘子、东坡墨鱼、清蒸江团、跷脚牛肉、西坝豆腐、魔芋烧鸭、简阳羊肉汤、干烧岩鲤、干烧鳜鱼等。徐飞的父母都是美食家，小时候他们每周都要带着女儿去吃这些名菜中的几种。

但是，今天这个菜的量非常的少，吃一口两口就没了。徐飞来到了日本以后，虽然也参加过很多朋友的聚餐，吃过好多日本的料理和中国的菜，但是菜的量都少得可怜。但是像"龙宫"这样少的量，徐飞还是第一次碰到。

徐飞一边吃一边与佐藤交谈。被吻过的她，心态起了某种微妙的变化，因为面前的这个男人，从现在开始，已经确立了与自己的恋爱关系，两人的关系一下子拉得非常之近，再迈进一步，就是终身伴侣了。徐飞毕竟受过高等教育，所以，她想有些丑话必须挑明。

于是徐飞问："刚才你说，我们算是确立了关系，事先你也知道了我的大致背景。但是，直到现在，我还不知道你家的背景情况。如果你不想介绍也可以，我们以后还是少接触为妙，因为我不想把时间的浪费在与一个不知道底细的男人来往之上。所以，对不起，我要走了！"

说完，徐飞起身要走，被佐藤赶紧拉住。并且用力拉着她的手不放。

徐飞生气了："你把我的手弄疼了……"

佐藤放下了徐飞的手，沉吟了一下说："请原谅我的唐突，既然我们已经确定了恋爱关系，我必须老老实实地把我家的一些情况做些介绍。"

徐飞这才知道，佐藤居然是日本最大的媒体之一——NNN的总裁！他是当今日本最受年轻人喜爱的体育节目实况转播大鳄，还涉足新闻、妇女、少儿、养生等其他领域，其资产和影响力在全球也是名列前茅！而且，佐藤承认，已故的父亲还与日本皇族沾亲带故。

不啻"如雷贯耳"！

徐飞的心都在颤抖！她立即明白了人家为什么对家庭的底细讳莫如深，她同时也理解了为什么佐藤的涵养和素质如此优异的原因。

不可否认，女性往往都有"灰姑娘"情结。想不到，留留学，居然遇上了一个货真价实的白马王子！这是何等的福气啊?她的脸微微发烫，脑子真的有点晕。她也暗自庆幸，自己前面的"火力侦探"是明智之举，十分必要！

佐藤介绍完了自己，徐飞的眼睛排除了疑云，变得明亮而清澈。含情脉脉而美丽异常。

佐藤真挚地说："我有一枚钻戒要献给我的女神。"说完，他从自己的皮包里拿出一个精美的红皮首饰盒，打开后，一枚精美的钻戒在大放光芒。佐藤拉着徐飞坐在自己身旁，然后将戒指套在她的纤手的无名指上。

徐飞闭上了眼睛，她觉得自己好像荡漾在云里雾里，真的有点醉了。


回到家里，已是凌晨。徐飞没有睡好。一早起来，穿着白色睡衣的她来到阳台上，远眺美丽的大海。雾气绕身，清风抚面。她写下了自己的感受——

"每个人都有自己的大海，

海在我们的心里呼唤着生命的远航。

反反复复地读海，

我总也无法拒绝那种博大的力量，

那种让人整个身心都被蓝色向往淹没的神奇，

以及生命的瑰丽和整个时空都融在一起的浩瀚、神秘。

那连绵涌来的巨浪，

冲开了我的心扉，

让我在起起伏伏的蔚蓝火焰中，

一瞬间化为灰烬……"


毕竟，徐飞受过良好的高等教育，她的聪明就在于，她总是能在各种场合，迅速看清自己的利益，很快选择好自己的立场和定位。这就是她的过人之处。不久，她被美国的一家名叫"斯坦利"的金融公司看中，担任市场拓展部经理，报酬颇丰。她的个别同事透露，公司的总裁可能掌握了她与佐藤正在交往的情报。

或许也是事实，由于徐飞的加盟，"斯坦利"金融公司的腰杆子更硬了，知情人认为，这是毋庸置疑的。徐飞进入金融公司不久，凭着自己的聪明才干，很快被任命为金融公司公关部的经理，被邀请出席金融公司的董事会在内的所有高层的核心会议。徐飞也把在和各种场合听到的一些她认为有价值的消息，提供给在场的各位高管。这些消息，大部分对于他们金融公司的业务拓展，产生了有益的引导。另外，由于徐飞的存在，金融公司在投资日本的一些大的财团、一些大的项目的过程当中，显得更加精准和自信，坏账的事情越来越少。还经常能够拿到一些比较好的投资项目。有的投资项目一时拿不下来，只要徐飞到场，人家往往改变立场，大多数情况下，都给予了配合和种种便利。同时，金融公司一听到日本接下来要搞的一些重大项目的情报，他们要求徐飞去核准一下，徐飞都会通过各种渠道，得到比较靠谱的答案。

有时候金融公司急需一些贷款，只要徐飞给一些银行和一些大的财团打打招呼，人家往往都会伸出援助之手。所以，金融公司的所有高管看到徐飞都很买账，都觉得她的存在，是缺一不可的。于是乎，徐飞的绩效工资飞速地上涨，他们给予她的年薪基本上跟金融公司副总裁的差不多。

这是徐飞始料未及的，她当然对自己的工作极其满意。所以，后来她在与佐藤的交往当中，并不是所有的场合都是由佐藤来买单。

佐藤感叹："天呢！亲爱的，你现在怎么变得这么慷慨了啊？"

徐飞说："嗯，这个呢，我觉得男女交往时，也要讲究对等和平等。以前，我的女同胞，也包括日本的女青年喜欢在与男友交往的过程当中，沾点男友的小便宜，这其实是不对的。毕竟时代到底不同了，我们不能再按旧的方式行事了，您说对吗？"

佐藤连连点头，他对徐飞的表态相当满意："这说明，我没有看错人！我们就一直走下去好吗？"

这样，他们就很快发展到了谈婚论嫁的阶段。因为在佐藤眼里，徐飞的优秀，在他四周的日本姑娘中是没有的。很多人都觉得优秀的人是因为有天赋。其实，天赋异禀的人是很少的，真正让他们出类拔萃的是全心投入和用心付出。拥有得天独厚的优势固然重要，但更多时候，优秀靠的是日复一日的勤奋拼搏与持续努力。成功的花儿都浸透着奋斗者的血汗，来之不易，天道酬勤，强者都是自强不息的人，徐飞恰恰是这样无与伦比的姑娘！

徐飞早就听说了，日本贵族男人大多长得比较瘦弱，一般所生孩子也不多，而且以生女孩为多。佐藤毕业于早稻田大学的机械专业，他从小就喜欢摆弄机械、电器这些东西。但是，与贵族的其他子女一样，看上去身体都比较瘦弱。所以，她内心还是深埋着某种隐忧。

而且，日本贵族的男子要娶老婆有一套严格的遴选制度。大致都是在日本的一些贵族里面寻找杰出体健的女子。一般不到民间去随便寻找。

佐藤坦陈，自从在健身房里遇到了徐飞，他过目不忘，开始寝食难安，心底掀起了从来没有产生过的惊涛骇浪。几个月与徐飞的交往后，他更是把徐飞铭刻在心上。徐飞成了佐藤心目中的女神，他将这个情况跟自己的父母说了。作为皇族远亲的父亲，曾经阻止过他的这种幼稚的想法。但是，佐藤听不进去，坚持自己的理念，父母最后也无可奈何，跟佐藤说了一句："你自己去拿主意吧，我们尊重你自己的选择。"

于是便就有了银座53楼"龙宫"的这样一次安排。当然，这一下子把徐飞搞得心猿意马，她万万没有想到佐藤居然是商界巨子，又是贵族，她的脸上，一阵红一阵白，思绪完全乱了，所吃的菜是什么味道，一个都没有记住。幸亏的身体还比较好，否则她真的觉得自己快要崩溃了。但是从内心的深处而言，有一句话反反复复在她的心里面闪现，那就是，这会不会是老天的安排？佛祖的旨意？我能够违背吗？

但是，作为一个尚未出阁的女性，她还是矜持地对佐藤说了一句："啊，你让我考虑一段时间，再给你一个答复，我们是否应该继续走下去？"

佐藤表示理解。

回家之后，徐飞辗转反侧，怎么也睡不着。她打了一个国际长途给父母，征求意见。父亲徐鼎信说，作为父母，看到女儿被异国的巨富相中，自然很自豪。但由于历史原因，大多数中国人对于与日本人的联姻往往有某种顾虑和不适感。虽然现在中日关系比较友好，但之间的隔阂也是客观存在，你自己拿主意吧。

徐飞又打电话给闺蜜胖胖，胖胖先是大吃一惊，然后真挚地开导："你要想明白了，我觉得作为一个女性碰到这样的机会，那叫千载难逢！如果不抓住的话，那你就太傻了！这样的好事瞬息即逝，将来懊悔都来不及的！要我，绝对就豁出去了！"

徐飞还问了其他几个好友，回答基本与胖胖一样。所以她下定了决心，并把自己的答应的意思，婉转地告诉了佐藤。

佐藤当然很高兴，他约请徐飞明天上午九点到自己的NNN媒体集团总部去看看。

第二天上午，徐飞头发一把抓，化了淡妆，粉色纱巾裹在脖上，穿着一身藏青色的裙服，提前二十分钟，到达位于东京银座的NNN总部大楼。这是一幢30多层的黑色大楼，现代、威严而又气派。

其实，佐藤已经早早在那里等候。他穿着一身银白色的西装，系着一根藏青色的领带，风度翩翩。他身边，也没有安排保镖、秘书保驾护航。

上班和外出的员工们见到佐藤都彬彬有礼地鞠躬致意。佐藤也微笑着频频点头、招手回应。

佐藤见到徐飞来了，一路奔跑迎上前去。他紧握徐飞的手，笑着对她说：

"你很守时！"

"你也是！"徐飞赞美道，"作为总裁，居然屈尊早早在门口等候多时！"然后优雅、自然地抽出了自己的手。

佐藤先将徐飞带进自己总部一楼的大堂。途中，徐飞笑着低声问佐藤："你怎么知道我会穿藏青色的裙装？"

佐藤一边走，一边也笑着回答："我领带的颜色与你的裙服撞车了，纯属巧合。也许可以用大诗人李商隐的诗来解释，叫做'心有灵犀一点通'，说明我们已经彼此接纳了对方。"

"你啊，狡猾、狡猾地！"徐飞用手指点了点佐藤笑道。

佐藤将徐飞带到接待大厅，面积不算大，但金碧辉煌。

迎面走来了几个工作人员，说是出于保洁的需要，要求他们戴上天蓝色的帽子，并且穿上同样颜色的大褂。

作为总裁也只得服从，这让徐飞感到有点惊讶。更让徐飞惊讶的是，在接待大厅的旁边，竟然有几个用玻璃隔开的演播室，可以看到里面正在录制综艺、谈话和少儿等节目。隔音做得非常好，所以听不到里面传出的任何声响。

徐飞明白，日本国土面积小，所以在他们的大多数建筑物里，利用率非常之高。

佐藤介绍道："我们这里录制节目，全部都是公开的。只要市民感兴趣，都可以报名参加。我们也几乎天天接纳国内外旅游团前来参观。"

作为外行，徐飞感到一切都特别的新鲜，她问："这样做当然可以扩大社会影响力咯，你们收费吗？"

"有的收费，有的免费。根据不同对象，区别对待。"佐藤回答，"我们再去看看其他地方。"

乘大楼内豪华的观光电梯，他俩来到了4楼。这里是新闻演播室。只见漂亮的女主播正在报道新闻。女主播似乎并没有看手里的稿子，而是笑嘻嘻地对着前面的摄像机，叽里咕噜地说个没完。

徐飞感叹道："这个女主播记性真好，我看她说了大半天居然没有看手里的稿子。"

佐藤说："这个你就不懂了，就是那个摄像机前面是一块电视屏幕，我们行内称它为'提示器'。把主播要说的话全部写在上面。"

徐飞这才注意到，主播正面的那台摄像机前面支着一块28英寸左右的电视屏幕，上面不断地滚动着字幕，这跟国内见到的摄像机大不一样。

佐藤继续介绍道，NNN目前已在德国、法国、瑞士和欧洲其他几个国家，合计购买超过30亿美元的媒体版权，每年向全世界提供的直播的体育赛事超过9000场，内容覆盖NBA、NFL、网球、赛车、拳击、冰球、飞镖、英式橄榄球等。其中包括欧洲俱乐部足球队的欧洲冠军联赛和欧洲联赛，橄榄球联盟的六国联赛，以及日本的职业棒球联盟赛事。我们的收入，除了向各国收取巨额的转播费，还有，就是在HHH的各平台上，用户可以首月免费体验。从次月起，用户只要每月支付10欧元，且无需受到长期固定合同约束，就可以享受无广告、全方位的卫星直播的服务。加上源源不断的产品广告费、特约播映的赞助等等，NNN每年的各项收入约在300亿美元左右。

"估计各项支出大约占去收入的一半。"徐飞随口嘀咕了一句。

"没有那么铺张，我们日本人特别注重节约。"佐藤回答，"支出大概只占三分之一。"

这时他们已经来到了7楼的剪辑室和负责后期制作的特技室。很多的编导和工程师在幽暗的房间里紧张地工作。他们说话的声音都很轻。

佐藤问："是第一次到电视台来吧？"

徐飞点点头，自嘲道："我一下子觉得自己像是外星人。"

"没有那么夸张吧？"

"这些对于我来说确实很陌生。佐藤君，想问一下，让我看这些东西干嘛呢？"

"嗯……"佐藤有点支支吾吾。

在电梯里，只有他们两人时，徐飞追问："你还没有回答我刚才提的问题，如果不想回答也可以。"

佐藤认真地回答："因为……你将来是这里的女主人，所以从现在起，我必须让你熟悉这里的环境。"然后猛地在徐飞的额头上吻了一下。

这也太突然了，徐飞瞪大了眼睛听着，感动得眼泪都快流出来了。佐藤又带着他去看了各个楼面的体育赛事的直播室、演员的化妆间、休息室、职工食堂，以及各种机器设备的维修车间。

最后，来到了空旷的屋顶。阳光灿烂，至少要承受五六级的大风。那里竖立着七八米高、十来个银白色的半圆型卫星接收天线。徐飞一边拢着飘散的秀发，一边问："这么多的铁家伙，派什么用场？"

"用来接收和传输全球的电视信号，是我们的命根子，绝对不可中断。为此，我们有好多条来自各个电厂的输电线路。"佐藤认真作答。

一圈兜下来，已经到了午餐时间。佐藤看了看手表，说："我母亲想见见你，可以吗？"

徐飞说："当然。"

在接待大厅，他们脱去了外套，然后坐上了等候在大门外佐藤的丰田轿车。

于是，在佐藤的引领下，两人来到银座某幢楼里的一家法式餐厅的包房。豪华的水晶吊灯，房间的基调是白色的。高雅的图案周边都镶着金框。窗户的玻璃是彩色的。

佐藤的母亲佐曾子女士慈眉善目，穿着一身深色的绣花礼服，在女佣的陪同下，早已在包厢里等候。经佐藤介绍后，徐飞矜持地向自己未来的婆婆深深地鞠了一躬。

佐曾子笑嘻嘻地建议："ようこそ、食事をしながらお話ししましょう。（欢迎你的到来，我们边用餐，边聊吧。）"

一家人围坐在一张长方形的餐桌前，一边共进午餐，一边进行交流。每个人面前都放着镶金边的刀叉和水晶酒杯。西餐是法式的，有鹅肝、香肠火腿、烤鸡、蔬菜沙拉、三文鱼、面包。很简单，很清淡，不像我们中国人喜欢用大鱼大肉招待客人。尽管佐藤知道，徐飞能听懂大部分日文，但他还是主动地担任起翻译。

佐曾子说，她小时候学的教科书里有很多汉诗和汉文，还记得一首歌，讲中国的国土是那样的博大，中国人的胸怀是那样宽广，并把歌词全部背诵了一遍。她又讲到在日本名著《万叶集》中描绘最多的是梅花和荻，而描写梅花就是因为受到了中国文化的影响。虽然自公元十世纪日本平安朝以后，日本人开始多描写樱花，现在的日本人说"花"，也多指樱花，但在《万叶集》问世的奈良时代，即公元十世纪之间，日本人说到"花"，则往往是指梅花。显然，佐曾子女士受过良好的高等教育，具有丰厚的文化底蕴。

知道徐飞来自中国江南的花威市，佐曾子回忆说，他们老夫妻俩曾经到过北京、上海和西安，只是花威没有去过，现在感到非常怀念。佐曾子说，访问西安到大雁塔参观的时候，一个老人给她讲过很长一段话，她当时听不懂，但可以感到老人的善良和热情，这是一位非常慈祥的老人。

徐飞的心渐渐平复下来，她用不是太流利的日语说："有史以来、中日両国の文化は実は通じ合っている（有史以来，中日两国的文化其实是相通的）。"然后，她用中文向未来的婆婆讲述了中国留学生留学日本100多年来的历史。中国近代一些重要的历史人物，比如孙中山、鲁迅、郭沫若等，都在日本生活过相当长的时间。

佐曾子听得非常认真，他们母子对中国的历史事件非常熟悉，佐曾子还问起光绪帝被软禁的年代与中国留学生留学日本的时间先后。佐藤则认真地进行翻译。

谈到自己在日本的留学和生活经历时，徐飞说，看到许多日本人很喜欢汉诗，喜欢中国古代的文化，比如日本奈良的正仓院，也就是日本藏国宝的地方，那里面有从中国传来的琵琶等许多国宝，历经战乱和自然灾害，都保存下来，很不容易，有些古书在中国已经看不到了，但在日本还可以看到。

佐曾子说，听说汉语中的"宗教"、"社会"等词汇是从日本传到中国的。徐飞回答说，自1905年中国废除科举制度后，清政府将大批留学生派往日本，他们在日本学习西方的文化，把日本人翻译的西方著作介绍到中国，随着这些译作，像"宗教"、"干部"这样的词汇就传入了中国。

徐飞接着提到了日本人对中国文化的喜爱。19世纪中期，美国的佩里率舰队来到日本时带了一位翻译——中国人罗森，他是日本明治开国之前，跟随西方船只来日本的第一个中国人。罗森记录下了当时的见闻，其中提到当时日本人非常喜欢汉诗，一般平民都会背汉诗。

　　佐曾子说，现在的日本人关于中国的知识不像以前那样丰富了，但仍然有很多人在学中文，仍然有很多日本人对中国非常感兴趣。然而对韩国就不同了，知道韩国文化的日本人并不多。

　　徐飞越来越放松，她问佐曾子女士看没看过日本电视剧《姿三四郎》？

　　佐曾子笑着说，我非常喜欢看这部电视剧，儿子同样也非常喜欢，漏了看的时候，还帮我们把它录下来。徐飞说，据说在中国这部电视剧的收视率是50%。佐曾子问，为什么中国人喜欢看《姿三四郎》呢？徐飞回答说，尽管每个人的感受不一样，但我个人认为，这是因为人们通过这部电视剧可以发现，日常生活的深处到处都渗透着传统文化，而传统文化能够引起人们内心的共鸣。

　　饭后喝茶的时候，送上来的茶点是糯米团子。佐曾子似乎对团子的材料和制作非常熟悉。她说团子里加了红薯，还用了一种新鲜的艾草。团子在蒸的时候，上面盖的树叶是山茶花的叶子，这种技艺也是来源于中国，"其实，我们都是一样的黄种人。"她说。

　　徐飞恭敬地听着，一家人气氛相当的融洽。

　　"其实，佐藤还有两个弟弟。"佐曾子说，"他们都忙于工作，是哥哥的助理，今天来不了了。"然后，佐曾子转移了话题，她问徐飞，你觉得中国文化与日本文化有什么不同呢？

　　这个问题太大，徐飞仅举了一例进行解说。日本讲究清淡的美，花艺中有只插一色花的作法，而在一些中国家庭，插花喜欢追求艳丽，给人一种活力四射的感觉，这种差异说明了中日民众审美意识的不同，也说明了两国价值观的基准不太相同。

　　佐曾子女士又问起现在的中国人如何看待日本文化。徐飞介绍说，现在中国人接触日本文化的机会很多，各个书店都摆着日本的书籍。从最古的《古事记》《万叶集》到大正时代和昭和时代的日本作家，以及现在的村上春树。日本具有代表性的作家的作品大多被翻译成中文了。由于日本至今保存着一些在其他亚洲国家已经消失的文化，所以，有人说日本就像是亚洲文化的仓库。这个说法有一定的道理，比如，以前徐飞不知道七夕的仪式是怎样的，到了日本之后，才知道七夕节有什么摆设，吃哪些东西，举行哪些仪式。

不知不觉，时间已经到了下午两点半了。

徐飞主动起身："对不起，不能影响您休息，我们告辞了！"然后，向佐曾子女士深深地鞠了一躬，挽住佐藤的臂膀准备离开。

佐曾子也起身回礼，并拥抱了一下徐飞，还送了一个礼包给徐飞。

两人来到电梯口，佐藤对徐飞说："请等一下，我的包包忘在包厢里了，去拿一下。"说完跑步回去，两分钟后又跑了回来，然后与徐飞携手进了电梯，最后走出了商务大楼。

顿时，徐飞觉得空气是特别的清冽，悬着的心也放了下来。


东京的街市，美丽、漂亮，楼宇鳞次栉比，干干净净，像用水冲洗过似的；每一块草地，绿油油的，上面没有一个烟蒂，没有一块塑料垃圾；每一棵树，苍翠欲滴，你甚至觉得绿得有点假，像是用绿色塑料做的……现在，在徐飞的眼里，一切都是那么的美好！

佐藤拉着徐飞的手在熙熙攘攘的人群中穿行，很少有人来打量他俩。

徐飞的思绪终于从皇宫回到了两人的世界，她仰起头注视着佐藤咨询："刚才，我的戏有没有演砸？"

"非常得体、优雅，气质非凡！"佐藤用非常肯定的口气评价道。

"谢谢，但这仅仅是你的意见，令尊的评价呢？"

"我去拿包的时候，母亲告诉我说，对你的印象很不错。"

"还有哪些需要改进的呢？最好要问问清楚……"

"不急，慢慢来。那你也最好把今天的情况跟您父母汇报一下。"

"我会的。"徐飞说。

他们又去了市中心一家公园，在里面的咖啡馆喝下午茶。


佐藤一边喝着咖啡，一边应徐飞的要求，向她介绍了自己集团的一些收支情况和未来的发展规划。

徐飞表面上纹丝不动，但内心却听得一愣一愣，非常惊叹。

徐飞每次与佐藤会面后，回到家里，都要写日记，以便记住这些来自商界巨子的珍贵信息。

羽田机场。风和日丽，天高云淡。

身穿米黄色风衣，穿着高跟鞋、拉着拉杆箱的徐飞在办完了登机手续后朝登机口走去。此次回国，她想晚一点告诉佐藤。但是，她万万没有料到，佐藤不知道从哪里得到消息，居然赶在她登机的前夕，来到了她的面前。

佐藤捧着一大束紫红色的玫瑰献给了徐飞："这是一百朵玫瑰！代表了我对您的百分之百的思念和满意！"

徐飞又惊又喜，她反复说了几遍："谢谢！谢谢！"接过了花束。

佐藤又拿出一个帆布包，挂在了徐飞的拉杆箱上，他说："这个包里面都是一些小礼品。代我向令尊和亲友们问好！"

徐飞的眼圈红了，她放下了花束和行李，双手搭在佐藤的肩膀上，哽咽道："对不起，怕麻烦您，所以没有提前告诉您！"

"其实，没有关系啦！"

"吻我！"徐飞对佐藤耳语。

佐藤紧紧地拥抱她，并长吻她滚烫的嘴唇。

直到扩音器里在广播飞机要起飞的催促，他俩才松开。

徐飞感动得在抽搐，并且泪水直流，她对佐藤说："……私が戻ってくるのを待っていて！（等着我回来！）"

佐藤点点头，眼圈也红了，仿佛在生离死别，他咬咬牙，执手相看泪眼，竟无语凝噎……

飞机起飞了，徐飞不断地朝舷窗外眺望，航站楼小了，停机坪小了，唯有大海和云彩充满眼帘，只有佐藤的形象占据胸间。徐飞觉得奇怪，并且笑了，自己年龄也三十了，怎么跟豆蔻年华的小姑娘一样，患上了相思病？……

回到上海，父母到虹桥机场来接。热烈的拥抱，亲切的问候。

徐飞的妈妈调侃道："小赤佬，侬搞大了！居然把日本媒体的大佬都迷住了。本事不小啊，再努力一把，说不定将来能进入日本皇宫，当上王妃……"

"做你的大头梦去吧！"徐鼎信嘲讽道。徐飞笑道："妈妈的野心比我大多了，她是想有朝一日当上皇太后！"

母女俩手拉着手笑得前俯后仰。

父亲严肃地制止太太道："作为长辈，要注意自己的形象和用词！"

20世纪90年代之初的上海，随着改革开放的大潮，到处是建筑工地，当时还没有地铁、市中心越江大桥……马路上，人们的服饰在改变。穿着喇叭裤，提着四喇叭录放机炫耀的年轻人，经常可以在马路上看到。马路上的行驶的车辆也渐渐多了起来。

回到了花威的家里，第一天，全家人开会开到了深夜。

对于徐飞终生大事的抉择，父母基本上是表示赞同的。尤其是母亲，听说女儿被日本媒体大佬相中，非常自豪。而徐鼎信的心情是复杂的，因为近代历史上的中日之间，发生过十四年的战争，日本侵略军对中国的伤害非常之深。他觉得女儿嫁给这个日本的巨商虽然很有面子，但是反过来想想亲戚、邻居们，会不会说，你女儿要去做汉奸了？怎么去跟侵略国的喉舌搅和在一起？平心而论，从历史上来讲，日本人在国人的心目当中的形象基本上偏重于负面。

上世纪30年代起，有几千万同胞死于日本的这场侵华战争中。加上这些年来，日本的一些政客为了一己私利，一味听命于美国，经常制造出各种事端，挑衅中国，给国人留下了非常不好的印象。作为回应，中国每天播出的电视节目里面，几乎都可以看到日本人中国的烧杀掳掠，做尽坏事的情节……

但是，徐飞的父母也理智地意识到，不可以没有任何理由，把日本对华侵略战争的罪行去安在年纪轻轻的佐藤先生身上。

在徐家的亲戚中，大部分赞成此事，也有少量人表示反对。

反对者认为，像你这样一个中国大学毕业生去嫁给小日本，而且嫁给日本媒体的大老板，与皇室还有瓜葛，非常的不妥，甚至于觉得她有点忘本。因为这些人的前辈，有些在以前日本的侵华战争当中，受过日本人的蹂躏和欺侮，甚至于也有给日本人枪杀掉的。当然赞成者中也有一些是比较势利的人，他们认为这样的选择，会给徐飞带来无限的财富。一个女人的婚姻，是她的第二次投胎，这种投胎投到一般日本有钱的男人也已经不错了，但是你徐飞居然被一个日本媒体巨子看中，这个情况真的是千载难逢！必有后福！

自古以来，社会上有一种对于女人尖刻的评价：最循规蹈矩的是女人；最出格的也是女人。

徐飞顾不上这些了，她考虑再三，还是决定嫁给佐藤，因为，她觉得这件事充满了戏剧性，充满挑战和各种幻想。她跟许多女孩子一样，自幼头脑里面，就常常想着"灰姑娘嫁给白马王子的故事"。她万万没有想到，今天这样的好事居然能够落到自己头上！这个机会，当然必须抓住，岂可随随便便的放弃！


在朋友圈里，徐飞也听到了反对的声音。

那天下午，徐飞约了几个闺蜜在花威的一家高档茶室里聚会。茶桌上摆满了各种零食和时令水果。

这些发小级的闺蜜，以前关系比较特别好，谈话毫无禁忌。半数以上都对徐飞的婚事表示极大的羡慕，但是芬芳和佩佩的看法不同。她们甚至这么提醒徐飞。

芬芳嗑着瓜子说："别光顾着开心！我听说这个日本男性能力比较差劲，这个，你得考虑好，否则的话，一个女人如果光有钱，而没有性福，婚姻就会出大问题！我说的'性'是性别的性。"

佩佩放下龙井茶杯附和："说得对！我是过来之人，真的，夫妻之间如果没有性福，这个婚姻就没啥意思了，活守寡嘛，宁可不要！"

旁边的几个女生起哄道："羞！羞！"

芬芳怒斥："你们啊，都是假正经！再说了，全世界都知道，日本经济再发达，不过是美国的龟儿子，二流国家，就像当年的满洲国，做这种国家的老百姓，即便是富婆，多没意思！？"

徐飞沉默不语。

听到这里，朱彬说："徐飞居然够进入日本最上流的社会，说明她情商高得出奇，让同校、同系、同班的女同学们都望尘莫及。"

梅姗芳说："这种事，我想都不敢想的。如果哪个商业大鳄看上我，我就立马答应，没有什么好犹豫的！"

"老面皮！不害臊！"朱彬讥讽道。

"你们都是焖烧锅！假什么正经?！"梅姗芳反唇相讥，笑骂道。

徐飞带着亲友美好的祝福，带着爆棚的羡慕和敬佩，甚至嫉妒，坐着来往于中日之间的航班，重新回到了东京。

云彩好像被墨汁泼过一样，变得黑乎乎的。大雨滂沱，飞机不断地在云层中穿梭、颠簸，大颗大颗的雨滴像鞭子抽打着飞机，"唰唰"地发出刺耳的噪声。徐飞紧张地看着飞机在成田机场盘旋降落。

"没有把自己返程的时间告诉过佐藤，他会来吗?"徐飞一边拖着拉杆箱走出机场，一边在想。

突然有人在接机口大声呼喊她的名字："徐飞——"

循声而去，只见佐藤穿了一身银灰色的西装，系着金色的领带，捧着一束白玫瑰等在迎接口。

徐飞应了一声，快步上前，接过玫瑰后，他们又是接吻，又是拥抱。徐飞还轻轻跟佐藤耳语道："佐藤君，谢谢你来接我！我爱你！"

佐藤一激动，还给了她一阵热吻。旁边各种肤色的人都投以恭喜和羡慕的目光。

徐飞迷糊着泪眼，轻轻地问："上次是红的，怎么这一次变成白玫瑰啦? 您什么意思啊?"

"你是个聪明人，白色的玫瑰象征着我们的之间的感情是洁白无瑕的！"

"原来如此！太感谢你了！"

"先别急着回家，你想吃些什么?"

"好啊，客随主便。"

"那这样，我们去吃烤鳗吧！"

徐飞点点头。直到这时，徐飞才瞥见，有人拿着家用型摄像机远远地在拍摄他俩的一举一动。她紧张地拉了拉佐藤的袖子，提醒道："有人在偷拍我们！"

佐藤笑了："是我叫来的。为我们的婚礼和后代，提前录制一些历史资料。"

徐飞轻轻地捶了一下他的胸口："你坏！应该早点告诉我，否则，我还以为他是狗仔队呢！"

"对不起！"佐藤重新握住徐飞的手，"如果事先告诉你了，就不自然了！"

"倒也是。"徐飞还是羞涩地抽出了自己的手。

佐藤对远处的摄像挥挥手说："井茂先生，回去吧！"

佐藤就驾车带着徐飞来到了池袋，这里位于东京的都丰岛区，与银座、新宿、涩谷、浅草同为东京的繁华街区。近年来，作为电视连续剧和小说的舞台屡屡亮相，特别是那些追求时尚的年轻人都喜欢把热切的目光投向这里。

在那家最有名的日本料理店，佐藤请徐飞吃鲸鱼片，还有一些贝壳内的肉切成的片。然后，才让徐飞吃烤鳗鱼。徐飞觉得最好吃，——脆脆的、糯糯的，香喷喷的鳗鱼上面，抹了一层秘制的甜面酱，有点辛辣，却没有一点鱼腥味。

当然蘸点芥末，三文鱼也特别可口。但吃芥末的时候，一股辣味直冲徐飞的脑门儿，呛得她咳嗽了几下，眼泪都流出来了。佐藤坐在她的身边，左手始终捏着她的右手，这样徐飞只能用左手拿着叉子和调羹吃。尽管这样，她还是觉得很幸福、很美满。还有那个日本的冬菇面，要熬制几个小时，所以面汤是白色的、稠稠的，也特别好吃。最后端上来的是徐飞特别喜欢吃的草莓冰激凌。

所有的服务生见了佐藤和徐飞都显得十分殷勤，毕恭毕敬。徐飞懂得其中的深意，——佐藤显然是这里的常客。他俩离开的时候，受到了二十来个穿和服的姑娘鞠躬夹道欢送。

第二天一早，佐藤又开着丰田敞篷车带着徐飞到海边去兜风。这时，天已经放晴，朵朵云彩似乎饶有兴趣地在看着这对恋人在一路疾驰。

红灯亮了，佐藤停车等待。佐藤趁机吻了一下徐飞的脸颊。徐飞也是紧紧地依偎在佐藤的身上。他俩来到了山顶，躲进了丛林的深处，在那里热烈地拥抱、接吻，徐飞接受了佐藤的爱抚，觉得非常刺激和幸福，两个人的眼睛都变得红红的……

徐飞之所以非常感动，是因为她面前的这个佐藤，竟然敢冒天下之大不韪，爱上自己这样一个普通的中国女子，这是需要多大的勇气和胆略？！所以，之前还有些犹犹豫豫的徐飞，现在铁了心，跟定佐藤了！

前面提及，佐藤曾去中国留学，写了一篇与中国钧窑相关的硕士论文，还拿到过多伦多艺术大学的博士学位，多次举办古瓷和字画展览和讲座。

佐藤还告诉徐飞，当初自己学成回到日本后，也不喜欢闲着，马上在自己父亲的集团担任总裁助理，出席各类高层的会议和公务，他像普通职员一样工作，经常亲自接电话，做迎来送往的事务，这在巨商中很罕见。有一次对方在电话里对NNN总裁抱怨一大通，佐藤也谦恭地听着；后来对方知道接电话的就是总裁的儿子，吓了个半死。但佐藤也没有去报复，他活得没有压力，也很潇洒。

佐藤跟徐飞越走越近，还在于他俩的兴趣爱好也相似，都喜欢艺术。徐飞喜欢收藏瓷器、字画、象牙或木雕等工艺品，并喜欢在和服带子上挂小饰品。对此，佐藤表示很喜欢。

一年以后，他们结婚了。佐藤和徐飞终于等来了这一天。

佐藤作为日本数一数二大媒体的老板，准备迎娶的又是一位中国的平民女子，佐藤和徐飞经过多次认真盘算商定——婚姻一定要办得低调。既不要在日本引起轰动，也不要波及到中国的国内，采取旅游结婚的方式完婚。这个想法也得到了佐藤家族的认可。其实佐藤的两个弟弟，内心也并不同意哥哥娶一个中国女子为妻。

佐藤当然清楚两个弟弟的想法，就带着徐飞周游世界将近一个半月。所到各国的城市和景点过多，真正给徐飞流下深刻印象、并让他俩目瞪口呆的，是来到约旦南部海拔1000米的高的佩特拉的那段经历。

　　此地距约旦首都安曼约260公里，地处广袤的沙漠之中。进入这座古城，首先必须穿越一条约1.5公里长，时而窄得几有两米多，时而宽成十几米的峡谷小路。路上布满粗劣的砂石，坎坷不平，而两旁都是上百米高、面目狰狞的悬崖峭壁。佐藤便诗兴大发，借用唐代大诗人李白的描绘，说此处的山势"峥嵘而崔嵬，一夫当关，万夫莫开"，徐飞的文学记忆的匣子也打开了，她吟道："黄鹤之飞尚不得过，猿猱欲度愁攀援"。

　　然后，两人手挽着手跨入主景区。只见天地又豁然开朗，展现在你面前的是一片开阔的盆地，让人觉得宛如来到世外。映入两人眼帘的，是紧贴着高山的一座古城，所有伟岸的建筑，几乎全在几百米高的岩石上雕凿而成。那欧式的巍峨的宫殿、挺拔的罗马立柱、精美的女神和圣贤的雕塑、威严的大法院遗址、豪华气派的大剧院、各座政府衙门……都是雕琢在坚硬的、带有珊瑚宝石般微红色调的岩石上，虽然经过两千多年的风化，但它们形态尚在，依然在阳光照射下熠熠发亮。雄伟、恢弘的都市风貌还是保留得相当完好。特殊的地貌使它呈现出绝美的颜色，所以此处又被称为"玫瑰古城"。这是需要多少万人开工，经过多少漫长的岁月才能完成的宏伟的工程！此时这对伉俪，已经惊讶得面面相觑，只剩下赞叹连连和不断按快门的声音。佐藤也算是见多识广之士，此时的他竟放下徐飞的纤手，也激动地拍摄不止，生怕将美景遗漏，新娘的玉照拍得太少……

　　不光是他们两人，全世界老百姓大多不太熟悉这个"佩特拉古城"。幸好佐藤做过功课，他告诉徐飞，两千多年前的佩特拉原为纳巴泰人的王国首都。纳巴泰人是阿拉伯游牧民族，约在公元前四世纪从阿拉伯半岛北移至这里。他们把自己的国都建在这里的高山峡谷之中，就是因为这儿易守难攻。公元前一世纪时，这里极其繁荣，直到公元106年，才被罗马帝国军队攻陷，沦为罗马帝国的一个行省，所以现在还能看到很多在古罗马文化中常有的建筑。三世纪起，因红海贸易兴起，代替了陆上商路，佩特拉开始衰落，七世纪被阿拉伯军队征服时，已是一座废弃的空城。曾经盛世辉煌的佩特拉城，从此消失在文明世界的视线里，而创造这一辉煌的纳巴泰人也似迷一般地消失了。之后的漫长岁月里，只有少量阿拉伯游牧民族的贝都因人在此荒漠中生活，直到1812年为瑞士探险家重新发现，佩特拉古城才得以重见天日。1985年被列入世界遗产名录。

徐飞动情地贴着佐藤的耳朵说："谢谢你的介绍，晚上，我一定加倍报答你！"

佐藤立即激动地当众吻她。

徐飞轻轻地推开他，继续说："我建议你们NNN可以开辟一档节目，专门介绍世界各国的名胜！"

"好主意！"佐藤兴奋地看着徐飞明亮的眼睛，"那题目叫什么呢？"

"就叫《全球揽胜》！"

"好啊！我马上安排下去。"

回到日本，两人重新回到了各自的工作岗位。几个月后，NNN的《全球揽胜》开播，立即在日本的观众中大受追捧，也带来了几十亿的广告收益。而徐飞回到原公司，同事们对她似乎更加崇敬了。

夫妻俩经常去参观国内外一些著名的博物馆。

佐藤还担任过很多官方职责，支持各种文体活动，特别推动足球事业。从1988年以来，每次日本队参加世界杯，夫妻俩大多到场。

2002年日韩世界杯时，夫妻俩还对韩国游览访问，出席了开幕式。

徐飞总是一脸笑容，很有感染力。气度和学识堪比佐藤的母亲，很镇得住场，成了集团公务活动的主力。曾接待查尔斯王储、西班牙王储夫妇。婚后的近10年里，她随佐藤一起又游览了20个国家。

徐飞很干练，又不失温柔，被"霓虹国民"称为理想的贵族女性。年纪越大气质反而越好，面如白玉，身材瘦削、神采奕奕，端正优雅，在同龄贵族女性中算最佳仪态。

徐飞最关注丈夫的幸福，尤其是膳食这块，常常去厨房间指导，甚至自己动手，以便让佐藤和自己的菜肴不仅可口，还要营养和卫生，所以胖不起来；即便在宽广、豪华的寝室，有靠背沙发，没人围观，她也不会靠着躺着，依然保持挺直坐姿，这就是进入夫家后，多年忙碌养成的习惯。

徐飞觉得，自己还是去"斯坦利"金融公司上班好，呆在豪宅里整天无所事事，闷得慌，还会在十来个女仆们里面引来各种议论和是非。

"还是上班好，上班了开心。"徐飞经常自言自语。

徐飞也乐做好事，比如，有一年的中秋节，佐藤带着徐飞进入日本皇宫，随王室的许多成员去皇家博物馆游览。

皇宫小型博物馆《至宝斋》里面有不计其数的中国古代文物，少量是从中国买回来的，大部分是借助侵略战争掠夺过来的各种各样中国历朝历代的文物，当然也陈列了东南亚几个国家的许多宝贝。由于运输、战争、气候、保养等各种因素，都受到了不同程度的损坏。而皇宫里面呢，懂得文物修正、复原的人才几乎为零。即便有点手艺的所谓专家，往往会把文物修得破绽百出。极其需要懂得修复古董的高手和专家来皇宫里面，对历年损坏的各种文物进行修复。尤其是那幅唐伯虎的《林中王》的国画，画中那只仰天长啸的大虫，栩栩如生，有一种"舍我其谁？"的霸气，绝对是中国古画中的精品。但非常可惜，它的一只眼睛不知何时被蛀虫咬坏，变成一个黑洞，非常难看。那天，此画正好被天皇瞅见，他发话说："吾国科技如此先进，难道无人能将此画修复？"

徐飞正好在场，她立即对佐藤耳语了几句，佐藤立即从作陪的人群走出来，向天皇作揖后，对天皇说："陛下，我太太有一朋友精于此道，不过，他供职于中国花威博物馆，能否请他来修复？"

天皇立即拍板。于是，徐飞儿时的小伙伴乔治中被急招到日本。他花了两个月的功夫，将此画修复，甚至于修补得真假难辨，天皇来复看时大悦，称赞道："真乃神仙也！定要重奖！"

乔治中立即获得了二十万美金的奖励。而这幅画曾经去"至尊雅集拍卖行"估过价，市场价至少在一千万美金之上。这就是乔治中的本事，他立即被日本皇宫聘为"古董大师"。

其实，九十年代初，乔治中在花威市博物馆里面还是个学徒工，主要是学习那种古代各种文物的修复。博物馆属于事业编制，乔治中的工资，在整个社会上属于中低等的水平。这种薪水，娶个女人问题不大，但对于长得漂亮的姑娘，并没有什么吸引力，也是一个不争的事实。尽管他的父亲是个很有名气的京剧演员，收入不菲。在父亲的鼓励下，一边工作，一边去读了电视大学的历史系，马上在历史、文学方面的造诣有了很快的提升。加上他父亲的关系，经常与一些著名演员的来往，所以，乔治中见多识广，交际也很广泛。

乔治中从小就聪明过人，且做人处世都非常认真好学。他从博物馆的老师傅的身上，学到了很多修复各种文物的独门绝技。尤其学到了能够把古字画修复到以假乱真的绝技。

在新世纪开始以后，乔治中就突然觉得自己不能再这样生活下去了，因为再这样生活下去，难以娶到如意妻子，以后再添个小孩，靠这点工资真的难以为继，养家糊口会有很多不如意的地方。

他在父亲的帮助下，临摹复制一些古画，寄放到旅游景点的纪念品小店里出售，居然每个月也能赚到万把块钱。

命运的转机发生在那年的中秋节，他接到了幼时的小伙伴徐飞从日本来打的那个长途电话，要他把学到的绝技运用到日本的皇宫。

经过深思熟虑，经得父母的同意，乔治中辞了职，应邀去了日本。乔治中的本事在日本的皇宫里面得到了上上下下一致的认可，成了皇宫里面的高级专家，并给了他每年100万美金的高收入。

徐飞曾经在电话中提醒乔治中："记住'教会徒弟，饿死师傅'，所以，你的独门绝技，决不能泄露一丝一毫！当然，这也是中华民族的绝活，不可外泄！"

这就是典型的中国人的心态，无论男女老少，从小就被灌输。

乔治中回答说："记住了您的提醒，谢谢啦！"所以后来，他的工作室绝对不许外人闯入。工作时，也不许别人偷看。

乔治中也会从国内将自己仿造的中国的一些字画，卖给日本皇室里的成员，或是一些财团的老总，挣到了相当高的收入。在给自己的父母的信里说："想想日本人以前在我们中国人身上抢去了多少钱财，我在他们身上赚点小钱，一点都不冤枉！"

乔治中心安理得地用挣到的钱，在上海买了别墅、高档的汽车和各种世界顶级名牌的家具和电器。

乔治中非常孝顺父母，一有时间，就带着父母亲到处旅游，享受各地美食。他还给父亲买了一辆英菲尼迪越野车。尽管父亲由于中过风。开车不是很顺手。但该车有雷达自动防撞装置，所以，一直以来也没有出过车祸。

乔治中在日本娶了华裔妻子，生了一男一女两个孩子。还拿到了日本的绿卡，米往于两国之间，经常来做些文物方面的生意，应该说混得相当不错。

十多年后，徐飞好多东西带回国内，通过乔治中出手，在国内变现。徐飞还借助他的帮忙，在花威市中心开了一家古董商店，尽管生意还不是很好，但收益总是有的。不过，这些都是后话。

徐飞原来所在的公司，在徐飞结婚以后，一丝一毫没有劝走徐飞的意思，而是感到喜从天降，将徐飞视为天大的宝贝。她来不来上班都无所谓，只要还担任公司的高管就好。因为徐飞的存在，对他们公司来讲就是一笔巨大的财富，所以他们对徐飞并没有什么强制性要求。佐藤和徐飞的婚姻，给公司带来的潜在的好处和收获，这是该公司始料未及的事。

虽然平民出身，但是徐飞婚后却用实际行动证明了自己并不比贵族女子差。

徐飞曾陪同佐藤数十次出访外国。所到之处，她以美丽的容姿、优雅的举止、流利的英语，给访问国留下了美好的印象。日本不少熟悉徐飞的人，也将她视为媒体大鳄中的外交明星之一。

佐藤有时候也带着徐飞参与集团内部的一些事务和金融界的一些投资、理财的决策活动。

但是，五六年过去了，他们两人还是没有孩子。当然，在这个过程当中，两个人的感情还是很好的。佐藤处处帮助和保护着徐飞，来自家族和外界的各种流言蜚语都由他来顶。好在佐藤人缘不错，他知道人家也不敢对他们怎么样。但是对于他俩没有孩子这件事最最不满的，当然是佐藤的母亲。所以，在跟他们会面的过程当中，有时候会唠唠叨叨，希望他们注意家族的兴旺和血脉的传承。徐飞心里最清楚，问题出在佐藤身上。日本贵族中的一些男性，性功能始终存在问题，尽管他们有性欲，但在传宗接代上就是不太行。

为此，徐飞通过各种关系，在日本找了一些中医高手，采用了中药中的一些特殊的方子，比如鹿茸、牛鞭、虫草、人参、海马……除了煎熬，还做成了药膏和胶囊之类，长期给佐藤服用，然而收效甚微。佐藤的身体好像看上去越来越差，没有精神，稍稍做点事，就气喘吁吁，难以为继。终于，在结婚了八年以后，他还患上了哮喘，怎么治疗都不起作用。

一次，卧病在床的佐藤艰难地、断断续续地对徐飞说："非常对不起，……我不能尽到……丈夫的责任，让您为我……四处奔波，辛苦你了！打扰你了！"

徐飞抱着他哽咽道："快别……这么说，这是为妻……应该做的事，您会好起来的！……"

"这是不可能的，如果……我死后，您一定要改嫁……不要耽误了自己的青春！……"

"不！不！"徐飞恸哭，"您会好的，日本医学这么发达！"

佐藤非常平静，但眼睛里还是噙满了泪水。而徐飞则趴在他身上失声痛哭："我不许你离开我！不要！一定不要嘛！……"

但佐藤精神萎靡，连回答她的力气都没有。

集团高层叫来了十几位日本医学界的顶级高手为佐藤会诊、治疗，但都无功而返。徐飞想把佐藤送到中国去治疗，因为她深知，真正的中医高手在中国国内。但是这个方案被日本的国家安全部门秘密阻止。理由似乎冠冕堂皇，一一全世界都公认，日本的卫生、医疗条件属于顶级，非常的好，非常先进，何苦还要把佐藤送到一个比他们落后太多的国家里去治疗，这不成了一个国际笑话吗？再加上佐藤的那个特殊身份，到中国去，有太多的不方便，消息走漏，有可能引起美国方面的猜忌，所以这件事情只能作罢。

但命运就这么奇怪，佐藤夫妻俩感情这么好，没延续贵族的主脉并不算事，打击最深重的当然是徐飞，年纪轻轻，就要去守寡。

终于在结婚10年不到，佐藤就患肺癌到了晚期，他们在各大医院也花了很多的钱，很多的专家教授为佐藤治疗，最后还是没有起到任何作用。由于佐藤临终前的狂躁，加上化疗时的痛苦，年纪轻轻，就变成像骷髅一样的形象，真是惨不忍睹。

最后，佐藤还是溘然离世，徐飞哭得死去活来……

在以后的日子里，徐飞无限深情地怀念自己的丈夫，并没有跟这个家族脱离。自从佐藤离世开始，她基本上一直穿着作为日本贵族遗孀通常穿的一身黑色的裙服。当然，款式是多样的，全是世界名牌。所佩戴的首饰，尽管都是素色，但天天的款式不一样。且高贵品质和佩戴得当，是有口皆碑的。不仅因为徐飞长得天生丽质，气质高雅，而且入住佐藤的豪宅后，受到佐藤家族的熏陶和历练，使得她总是显得落落大方，微笑自然。她永远抱持着优雅的风度，宠辱不惊，从容不迫。她始终未改嫁，还是保持着跟NNN集团的紧密关系。这是因为，NNN传媒集团现在的正副董事长是佐藤的弟弟吉田和田村，他们与徐飞讲明，如果徐飞不改嫁，就可封为名誉董事长，年薪100万美金，还有其他许多福利。反之，则与佐藤家族没有关系了。徐飞是个聪明人，她当然毫不犹豫选择前者。这样可以自由、方便地来往于中日两国。加上"斯坦利"金融公司也不用徐飞上班，继续支付给她丰厚的年薪。徐飞的物质生活一点不受影响。

徐飞跟她特别贴心的闺蜜透露，自己真的很爱佐藤，离开他后，她再也没有发现过有哪个男人的素质超过佐藤的……

尽管徐飞内心埋藏着巨大的苦痛，但她的性格，一直比较开朗，几乎每年多次来往于中日之间，一方面去看望自己的父母、亲戚，另一方面，也是借这个机会，经常去世界各地旅游，去结识各色人等、拓宽人脉、放松自己，在适当的机会，做点慈善事业。

徐飞谢绝仆从，凭着自己良好的体力，每一次都是自己拖着几个拉杆箱走出日本的国门。由于她拥有高贵而特殊的身份，所以，日本海关基本上不会对她的箱子进行检查。一般警官都尊称她"夫人"，哪里敢开箱检查她的行李？

其实，箱子里除了衣物等生活用品，里面主要都藏着许多珍贵的文物。这些文物，几乎无一例外的都来自于中国。涉及从汉朝、唐朝一直到明朝、清朝的一些青铜器、字画、玉器和瓷器。这些文物，部分来自中国的故宫，也有的东西来自于中国各地民间一些达官贵人和政府的收藏。反正不管出处如何，其中大部分为日本当年侵华战争时的掠获，这是毫无疑问的。每一件文物价值，少说都是有几十万、上百万，甚至于上千万、过亿的美元。

在回国途中，她总结了一下自己。她认为自己嫁给日本媒体大亨的人生选择并不是失败的，作为女性，应该说是莫大的成功。但世事难料，她开始思考着以后自己如何设计、安排度过自己中年和老年的生涯……

下得飞机，徐飞放好行李，来到花威郊外的路上。

江南的秋天总是姗姗而来，缓缓而去。秋天是沉甸甸的。秋天到了。广袤无垠的大地，仿佛在一夜之间，被人用浓重的画笔涂抹上了一层灿烂的金色。秋天是收获的季节。站在田边地头，放眼望去，一幅生动的"秋日丰收图"映入眼帘，那涨红了脸的高粱，那挥着长髯的苞米，那笑弯了腰的稻谷，那洋溢着欢声笑语的身影……看着那金黄色的落叶层层叠叠，看到金灿灿的果实堆积如山，心里便有了一种踏实，一种满足，一种喜悦。秋天不仅景色美，它还蕴藏着丰富的哲理。

"那么，我的人生，到底是赢了?还是输了?"徐飞踱着步，苦笑着自问。

# 14

转眼到了新世纪开始几年后的一个春天。

这个时候的钱晨事业上成功以后，穿着一身浅蓝色西装，正步履稳健地行走在花威的郊外，空旷的阡陌中。

心情恬静的钱晨给前面聚会过几个老同学分别发了短信，里面说："听说你们都回到了国内，那么我们定在后天上午十点，请大家到我的会所——'聚古苑'里来，我们继续喝酒聊天，互吐衷肠。不见不散哦！"

那天上午，风轻云淡，同学们都差不多准时到达"聚古苑"。

纪闲林驱车最早到，他首先敲开了豪华、气派无比的红漆大门。

保安问："你们找谁呀？"

纪闲林："我们要找钱晨。"

那个保安说："我们这儿没有一个叫钱晨的，你们是否找错了？"

纪闲林问："你们老板叫什么名字啊？"

保安回答："我们老总叫欧阳枫。"

纪闲林只好等到其他同学都到齐了就打电话给钱晨。

钱晨快步出来接他们。原来钱晨的名字已经改掉了，让老同学们都感到很奇怪。

朱彬问："你好好的名字为什么要去改呢？这个里面一定有文章。"

钱晨笑道："我们进去以后，我再仔细的把这些情况向大家做个汇报。"

同学们进了大门都纷纷赞叹。

纪闲林说："你这家伙搞大了，怎么搞出这样豪华的地方？"

"之前没有料到吧？待会儿，我给老同学逐一介绍一下。"钱晨有点得意，问纪闲林

"李钟景今天来得了吗？"

纪闲林回答："他哪里有空？正在申请做上市公司呢！"

"啊？！看不出来啊！"老同学们都惊讶不已，"这家伙不出国，居然也搞大了！"

天空的光辉照耀下的"聚古苑"古色古香，有几幢还有金碧辉煌的意味。"聚古苑"的三面被高耸的松柏和樟树包围，朝南那面，是一道高高的白墙。中间是仿古的砖雕大门楼，琉璃瓦下的门楣上，写着三个金色魏体大字——"聚古苑"。红色门上布满了有规则的门钉。这在花威市是独一无二的。

钱晨眉飞色舞地给同学讲解：关于门钉的放置，一共放置多少？这里面大有讲究，因为门钉的数量和排列，在清朝以前未有规定。清朝则对门钉的使用有一定之规。皇家建筑，每扇门的门钉是横九路、竖九路，一共是九九八十一

个钉。九是阳数之极，是阳数里最大的，象征帝王最高的地位。钱晨说自己为了低调，采用了七七四十九的门钉样式，而且，门钉是用柚木做的。当然，光制作门钉，他就花去了两万多元。

讲完了门，同学们就跟着钱晨去参观"聚古苑"其他的建筑和苑中的景致，聆听钱晨讲述其中一批亭台楼阁的来历、它们的价值，和包蕴在内的故事。

"聚古苑"里的这些宝物，原先都深藏在安徽、江西等地的僻远乡村，或者是深山老林里面。这些年，山乡、古镇都在大踏步地迈向现代化，甚至国际化。在大规模动拆迁的过程中，它们的好多历史建筑和名人故居，往往被当作累赘和废物，被随意堆放或贱卖，甚至焚烧丢弃。古建筑中，有状元的庄园，秀才的老屋，甚至还有一些太守的老宅，往往都有三四进的规模。

钱晨出厚薪邀请同济大学的几名专家翻山越岭，像精卫鸟一样，长年累月，衔着那些建筑"古董"，来回奔波，最后将一件件、一批批的"拆迁品"安全地运抵花威。

钱晨还翻阅了好多的资料、古籍、照片，可以说，为了保护它们，让这些宝物重放光彩，让蕴含在其中的历史、文化和故事不致湮灭，并得以传承。钱晨还争取到花威市政府及有关方面的关怀、支持和帮助，终于在近郊拿到50亩地，并建成了这个别具一格的"聚古苑"。

"个中所经历的各种艰难曲折，花费的大量精力和财力，都是一个个、一串串特别感人的故事。"钱晨深情满满地坦言。

这里现在已成为花威的一个新的旅游景点。一些市领导、大学的专家教授，经常来这儿参观。当然，更多的是他们向钱晨租借这个场地，用来搞一些年会，专题研讨会，学位、职称的评审会等等活动。钱晨一般都不会拒绝，会根据关系的亲疏而定价。这样多多少少也收回一点滴投资。为此，钱晨还特地在花威的聘请了几位大厨，随叫随到，烹调各种美味佳肴来取悦来宾……

同学们一边参观"聚古苑"，一边不由地发出阵阵赞叹。

朱彬问："嗯?梅姗芳原来讲好来的，怎么没有来?"

钱晨作了如下的解析："梅姗芳没有来，或许是她事先估计到，自己来了会很尴尬。所以就推说自己妇科病来了，就这样告假了，否则她可能会很难为情的。"

"是吗?"纪闲林一脸懵懂，"你说这样的话，得有依据哦。"

钱晨："有空我再跟大家做点介绍。"

同学们跟随钱晨来到"聚义厅"坐定，又一场情感交流会开始了。

钱晨说："今天，同学们在我的会所的餐厅再一次聚会。希望以后形成一个制度，至少每隔十年大家来一次碰头，畅谈人生，总结经验，启迪他人。大家说好不好?"

众人当然叫好。

钱晨继续说下去："今天，我请来的是花威市最好的厨师，做出来的菜式和点心也是上档次的。大家边谈边吃。这样，先请同学中的大美女朱彬先开个头如何?"

"好! 好!"其他同学鼓掌叫好。

打扮得贵族气十足的朱彬说："可以是可以，不过，我是从广州乘飞机来的，时差还没有倒过来。"

大家开始起哄，欧阳枫说："广州来，哪有什么时差?你就先讲吧，反正晚讲不如早讲。我呢，后面会讲的。"

朱彬表示同意，她作了一段即席讲演："前半段人生为梦想折腾自己，所以在余下的时光里，要学会放下追求一份宁静和淡然，把余生的时间还给自己，还给自己一份洒脱和快乐。不争芬芳，自带清香，就如品茶，初尝微苦，再品就会唇齿留香，回味无穷!下面，请允许我来讲讲自己的经历，或许对大家有所启迪。"

这就是中文系毕业生的说辞，总是文绉绉的，不着边际，云里雾里。但大家还是给予热烈的鼓掌。

朱彬说："我讲的，许多地方可能有点八卦，反正都是成年人，听过算数。"然后，她侃侃而谈，"或许，我首先得感谢我的父母，他们给了我一幅还算不错的外表，这样，就使我成了许多异性关注的对象，造就了关于我的无数的绯闻。但那些传闻都是假的。"

朱彬回国以后，在花威市中心一个进出方便小区——"御景梅园"，买了一个172平米的三房两厅。这是一个极其高档的楼盘，24小时都有安保在值班和监控。拉电梯的门禁卡，只能点对点地到达某一楼面的门口，这就杜绝了串门和其他的安全隐患。而且，进出小区大门和每一幢楼宇都要拉卡。小区安保都会对陌生的来客进行盘问，所以，该小区非常的安全。

其间，朱彬也曾经谈过几个男朋友，但是，在朱彬看来都不太理想，其实是陷入一个悖论——一方面，她像所有年轻女性一样，希望他是一位能够征服包括自己在内的女性、才华横溢的男神；但最后往往迎来的多半是那种年龄比自己小的"美男"，——双眼皮，水汪汪的大眼，小脸庞。打扮时尚，讲话非常轻柔，身上还不断散发出法国名牌的香水味。但他们大多属于那种吃软饭的附庸者，往往既无企业，又无财力，鲜有叱咤风云的行业精英。床上功夫也大多乏善可陈。所以，朱彬与他们交往的时间都仅有几个月，然后给点小钱，将他们打发走。

同学们都嘲笑她："朱彬啊，朱彬，你都快成武则天了？"

朱彬还嘴硬回怼："就兴你们男人挑挑拣拣，就不准我们女人严格甄别？再说，真正的业界翘楚，往往抬着高傲的头，对像我这样半老徐娘的富婆，人家根本不屑一顾。"

朱彬曾经将带回国的几件宝贝参加拍卖行的拍卖，除了个别价钱在几十、几百万的小物件，如手镯、戒指成交过以外，几千万、几个亿的古董，如玉壶、青铜尊、朝珠等基本没有交易成功过。这名正言顺的交易，都被主办方轻易地赚取了10%——15%的纯利润，更要命的是，关于自己的信息和秘密，大多被拍卖行掌控，反而暴露了自己的身份，带来安全方面的隐忧。

参加拍卖活动之后，来联系私下交易的各种电话明显多了，上门来要求看货的人也不少，打出的旗号都是"为什么要让拍卖行从我们身上各赚百分之十呢？"

朱彬不得不更换座机和"大哥大"的电话号码，并通知小区安保，没有她的同意，任何人不能让他们进入所住大楼。

"肯定是拍卖行里的人干的！他们中一定有坏人为了赚钱，将客户的信息卖掉！"朱彬心想，因为每一次参加拍卖会，都要在那里将自己的身份证、住址、电话号码等个人信息一一在拍卖行作登记，等于将自己赤裸裸地暴露在光天化日之下。

朱彬的担心无疑是正确的，但更大的麻烦似乎还在后头。

朱彬从朋友那里获悉，南方某大城市定于某一天将举行"秋季珠宝拍卖会"，那里富豪如云，东西很容易出手，于是，朱彬订了机票，带了一包缅甸产的项链、手镯、牙雕前去。那天她的穿着打扮其实也很朴素，就是一身宝蓝色的裙装，脖子上系了一根白色黑点的丝巾。唯独露富的是左手上戴的绿色的翡翠手镯。

这个碧绿纯净的手镯前面已经交代过，原先是国民党中央党部的资产，被党内腐败分子窃取，拿来变现。漂亮的朱彬戴着它当然非常相配，不仅流露出自己高贵优雅的气质，而且也是为自己的拍品作了一个引人注目的广告。她来到了嘉利大厦拍卖会的大门口，只见那里摆放着许许多多的花篮，天上还悬浮着十几个挂着红旗标语的大气球。

令朱彬万万没有料到的是，一个身穿一身黑衣的蒙面强盗突然从花篮背后蹿了出来，三步并作两步跳到朱彬的面前，先是扯下了她的挎包，然后拔出背着的大刀准备去砍朱彬戴着翡翠的手。

朱彬吓得先是大叫"救命！"随即便镇定下来。她毕竟是将门之女，其胆量非常人能比。又在部队文工团待过，练就一身好功夫，不但躲过了强盗的刀劈，还飞身一踹，正好踢在强盗的裆部，疼得强盗丢下朱彬的挎包，用力捂住自己的裤裆，像癞蛤蟆般一跳一跳地赶紧逃离。

朱彬立即捡过包，淡定地环顾四周。

边上立即涌上几个安保和好多看客，他们大叫道："赶快报警啊！"、"快去抓强盗啊！"

朱彬岂是那种人云亦云的凡夫俗子，脸色苍白、异常冷静的她，马上拦了一辆出租，直奔机场。

这一段，听得同学们惊得连连咋舌，他们纷纷发问——

"那你为什么不报警呢？"

"为什么没有抓住强盗就离开呢？"

朱彬自信地笑笑："你们连这个也不懂？万一人群中还有他们的同伙怎么办？如果警方中也有他们的内线，我不赶紧溜走行吗？说不定，会人财两空呢！所以，三十六计，走为上策！"

"有道理！"

"不愧是将门之女！"

在座的人佩服得五体投地。

朱彬说："这件事，也让我想起德国戏剧家布莱希特所言，'不管我们踩什么样的高跷，没有自己的脚是不行的。'人总是得变得不再依赖别人，学着自己去化解内心的痛苦，这便是成熟的代价。只要挺住，就是一切。"

"从此以后，我将收缩战线，只在熟人圈里将自己的那些宝贝捣腾、变现、整来点生活费是没有问题的，"朱彬如是说，"我在酝酿重新崛起的行业和机会，比如，是否可以成立一家舞蹈学校？……"

纪闲林说："那你干脆在一个合适的地方成立一家私人的博物馆，展览你的收藏。这样的话呢，或许还能够得到国家的帮助。同时，也能够给学术界带来相当多的研究课题，另外也给小朋友增加历史知识。"

"那是一个不错的主意，"朱彬淡然地说，"以后再说吧。现在轮到钱晨兄……啊哦，不，现在叫什么来着？你该接盘了。"

## 15

起风了，"聚古苑"里许多名贵的树木的树叶开始互相碰撞，发出沙沙的声响。增加了这个类似皇家花园地方的动感和神秘感。在暖阳的照耀下，这片空间显得分外妖娆。

吃好美味佳肴，钱晨又带着大家登上了建在房顶上的一个亭子。

同学们围着一块4米×1.5米的用原生态的百年榆木的剖面做成的茶几，一边品茶，一边聆听钱晨的讲述。

钱晨回国以后呢，他的工作呢并不是很顺利，也走了许多弯路。跟人家的一起搞过好几个公司做生意，最后都失败了。

其间，钱晨的父亲钱瑜为儿子正在经历的各种风波提心吊胆，毕竟在"文革"中已经受过惊吓。不久，便因心梗而去世，享年74岁。钱晨非常伤心。他发誓以后一定要善待母亲。

为了让母亲林凡紫有更好的照顾，在他的鼓动和说服下，母亲再次嫁人，嫁给了花威职大的教授欧阳天河，从此一家人又开始了其乐融融的生活。

但钱晨赶回到国内，诸事不顺，所以钱晨就想到去国外去旅游一次，解解闷，整理一下自己的思路。

钱晨真诚地说："生意做得不好，我也彻彻底底总结了一下。单打独斗、极端个人主义、自私自利、追求个人目的，不能抱团，没有远大的理想和抱负、小市民气，这是我们这些书生的共同的弱点。应该承认，在国际上这些方面，犹太人做得最好。就国内而言，温州人在这方面是做的最好的。"

这个总结也能得到了同学们的一致认同。

"后来呢？"朱彬问。

钱晨跟着旅游团来到了莫斯科，这是六月的一天上午，风和日丽，气温在17度左右，十分宜人。他们跟着导游去参观了一个以前沙皇的宫殿，又去了克林姆林宫，都是金碧辉煌，宏伟壮观。

但给钱晨留下最深刻印象的是，去参观莫斯科的"新圣女墓地"。据导游娜塔莎说，这是最值得一来的地方。这里以前叫"莫斯科新圣母修道院公墓"。

钱晨跟着旅游团在墓地当中行走。哇，原来这么多的政治家、艺术家、科学家……总之，各行各业的翘楚的墓地都建在其中。每块墓地都是一件件艺术珍品，造型独特、形态各异，展现了设计者的丰富的想象力和惊人的艺术造型能力。同时，也体现了逝者家属和亲友对他或她的人无限的尊敬和怀念。逝者中包括前苏共总书记赫鲁晓夫、叶利钦总统、《钢铁是怎样炼成的?》作者奥斯特洛夫斯基、苏联女英雄丹娘等等。

显然，这些墓地的造型跟中国人千篇一律的墓地大相径庭。原来，俄罗斯的墓地还可以这样搞。钱晨看了大受启发，他马上敏锐地意识到，在中国是不是也可以做同样的实验，这可是商机无限的地方。中国人口基数全世界第一，逝者总量一定更加可观。加之以前自己当过气象局的副局长，分管过处理职工丧葬这方面的工作，积累了一些人脉。

钱晨决定，回国以后，立即着手从事这项比较看好的生意！他在内心，将此项工作叫做"死人房地产"。

遇到"死人"这个话题，钱晨不由得笑了，自己怎么老是跟死人打交道？之前自己在日本"背死人"，想不到回国以后，现在又要"埋死人"。

"死人真是难缠啊！"说毕，钱晨开怀大笑，笑声惊动了一群小鸟，它们纷纷振翅从树上飞起，逃往广袤的天空。

后来旅游团后面的行程，钱晨一点都不感兴趣，他对娜塔莎称病，放弃了去圣彼得堡旅游两天的活动，一个人躲在四星级宾馆里，利用宾馆提供的电脑，查阅了与殡葬业有关的资料。人是不查不知道，一查吓一跳，原来在整个中国，每年居然有将近一千万人去世，可见规模之大，对墓地的需求量之高，其中的商机自然十分巨大！受这样的前景诱惑，钱晨花了两天不到的时间，就写好了在花威市郊区建设"松柏园"墓地的项目策划书。

回到花威，钱晨为了做一番事业，到派出所改了名字。对外的理由是，父亲过世，母亲改嫁。为了尊重继父和孝顺父母，改名为欧阳枫。真实的原因是，以前自己的绯闻过多，以后传来传去，不利于自己将要开展的事业。这个事情，非常方便地搞定了。

"原来如此，实在是高明之举！"杜考瀑、朱彬等几个同学恍然大悟，

"好了，我们以后就叫你欧阳枫吧。"

欧阳枫根据自己的策划，利用自己丰厚的人脉，拉了几个民政局退休的老干部入股，从而迅速的集资了三千万元。很快在远郊的普清县，花了一千万元，就买到了一块1000亩贫瘠的荒地。又凭着这块地。通过一点私人关系，在当地银行里面贷到了一个亿的钱。请来同济大学的园林工程的教授来进行规划设计，所以她的起点和艺术氛围就与当地及其附近的墓地风格迥异，独领风骚，

没有规矩，就不成方圆，在公司筹办其间，欧阳枫通过团队的讨论，拟定了如下的经营理念，然后对员工进行了反反复复的培训——

生存目标：追求企业长期利益的最大化；

存在目的：与社会融为一体，推动社会的进步；

宗旨：以人为本，文化为根；

原则："建文化陵园，创陵园文化"的企业定位原则，按市场经济规律办事的原则；

精神：创新务实精神；心平、心诚精神；

意识：市场意识、文化意识、服务意识、品牌意识、质量意识、忧患意识、竞争意识；

责任：企业责任；社会责任；行业责任；历史责任。

以上这些警句，欧阳枫请书法家写好后，装裱成4米×2米的镜框，挂放在各个办公室和对外的营业场所。

花威市松柏园地处城南远郊，毗邻沙江，山清水秀，古称四泗八峰，是六千年仰韶文化的发源地。目前已有600多位名人安息其中。园区占地一千多亩，优美的自然景色、独特的人文景观以及风格迥异的艺术雕塑，使整个园区气势恢宏、风范典雅。越做越大，就这样把"花威市松柏园建设有限公司"迅速地建了起来。建成之后，一下子就吸引了当地及附近中产阶级关注的目光。

建园期间，欧阳枫认识了宓梨。宓梨的父亲宓重善是花威市普清县的常务副县长。宓重善伸出援手，这就给欧阳枫的公司筹组工作带来了极大的便利。欧阳枫和宓梨相濡以沫，感情非常的好，他们开始了长期同居，不再赘述。

欧阳枫在这个建造松柏园的过程当中，请来了北京、上海等地和欧美的一

些最著名的设计师和雕塑家，来为客户打造最具特色的墓地。这些墓地形态各异，上面用大理石、汉白玉制作的各种形状的雕塑，往往都传神地抓住了逝者一生中的某个最能彰显他的功绩、成就的某个特征，或性格特点的一瞬。一些见多识广的参观者，几乎没有一个不被这些墓地及其雕塑的艺术成就所叹服。

这些墓地的收费非常灵活和有弹性，得到了社会各界的认同。对于在花威过世的市领导，那些参与解放战争作过贡献的战将，杰出的科学专家、著名艺术家和劳模等墓地，大幅度打折，甚至无偿提供。这些墓地划成若干庭院，分别以《尚德园》《崇敬渊》《榜样源》等命名。而对于富豪、大企业家的墓地，则参照各地的标准，加价收费，并给这些墓地命名为《安乐苑》《光宗地》等。

由于欧阳枫的团队策划的比较周到，所以开张的第1年呢，就迎来了400多个目的的购买者。加上墓地的装修、墓碑的雕刻、墓地物业管理、骨灰盒制作和存放、香烛鲜花及祭奠食品的销售、停车场收费……以及各种各样的衍生业务，当年就基本上收回了投资，这让所有股东大感意外，又大为满意。以后，就是纯收入时期。

而各项其他的业务部，也全方位如火如荼地拓展了起来。随着当地人民的收入的普遍增加，少数成功人士越来越讲究自己父母墓地的品位、造型及装饰，一方面是为了表达对先人的追思；另一方面，也是可以通过墓地来凸显自己家族的档次。

松柏园注重宣传造势和多种的经营手段，到了第二年年底，松柏园就有了2000多块墓地。其中300多块墓地，比较高端，它们形态各异，造型独特，非常有装饰感和庄重感。打造这样的墓地一般都需要几百万、甚至上千万的投入。所以这一年的收入达到了三个多亿。欧阳枫及其他股东满心欢喜，私下里说，原来死人的房地产还这么挣钱！

前进的步伐，远未止息。欧阳枫及其团队除了抓严格的内部管理，从墓地选购的程序：1、选择墓区；2、选择墓穴；3、墓地设计装饰；4、订单完成。各个环节都进行了优化。还对墓地服务包括定制艺术墓、成品艺术墓、草坪卧碑墓、绿色环保墓、传统成品墓，以及室内葬服务，墓园维护服务、殡仪服务、相关产品销售和服务进行了拓展，制定了比较科学和公道的收费标准。

比如以前基本不去管的殡仪服务，其实收益非常可观，收益主要来自规划、组织及举办出殡仪式，包括将逝者运送至殡仪设施、整容化妆、守夜、举行宗教仪式及典礼、供品及殡仪后续服务，并提供增值服务（如在出殡仪式上播放逝者生平的录像、定制花环及鲜花布置及特制装饰），为客户提供个性化灵堂布置，等等。

总之，"松柏园"的经营服务设计得非常全面周到，在业内独树一帜。

他们还不断的改进有关殡葬的各项工作、不断创新。比如，相比价格昂贵的钻石，花威市松柏园推出了将骨灰压制成灰白色的晶石的新创意。据介绍，骨灰变晶石的整个制作过程大约需要1个小时，已故成年人的骨灰可形成100粒至400粒晶石。"逝而为石"，这种晶石既可存放陵园，也可居家安葬；可回归自然，也可随身携带。甚至可以选择制成挂饰、首饰。

当然对于这种创新处理方式，不同人的接受程度存在很大差别。有人认为，与其每年去看冰冷的墓碑，不如让这份带着体温的美好继续下去。

也有"反对派"表示，"把骨灰天天摆家里或带身上，难道不觉得瘆人吗？"

欧阳枫在集团高层会议上反复强调："清明节似乎与其他节日都有所不同，我们总认为是与死人挂钩，其实既是悲伤的日子，又是欢乐的日子，还是社交的日子。我个人还觉得更是久未重逢的亲戚团圆的日子。现在，农村乱葬岗到处都是。而且多是所谓的风水宝地，良田啊！十几亿人，一占就是一大片，而且越来越大。将来必然压缩我们的粮食和经济作物逐步的生产，产生严重的社会恶果！所以，公墓制应急需替代乱葬行为。我认为，唯有生死观的转变才能促使殡葬观的转变。将生态安葬，结合现代人能够接受的高科技、新技术，将有益于形成新的殡葬风俗，推动殡葬改革走向深入。"

毫无疑问，欧阳枫这样的理念，自然博得了政府高层和社会各界人士的广泛好评。

松柏园生意越来越红火，花威市和在外省市的花威籍的一些成功人士，包括一些地方官员，觉得在松柏园买下墓地既风光，购档次，也很对得起父母、祖宗。成了该省最受欢迎、最孚盛名的天国。

欧阳枫及其团队更在扩大松柏园的知名度和社会美誉度的开拓上大刀阔斧，并且考虑让其股票在香港或美国纳斯达克股市推出。

欧阳枫及其团队不是一批凡夫俗子，他们经过研讨，认为，公司的最佳的表现，就在于高屋建瓴，该收费的决不手软；不该收费的不收分文。比如高官、高级社会名流、为国捐躯的各种烈士、超级劳模、两院院士……可以免费或低价提供墓地，这样做了，公司还拿到了好多优惠政策；对于富豪、上市公司老总、大型国企、民企……的领导人、著名书画家、演艺明星、名医、名律师……则加价收费，绝不手软。

欧阳枫及其团队的操作带来了非常好的社会效果——2004年花威市松柏园被国家民政部批准为人文纪念文化公园，园中的新四军广场于2006年被批准为"红色旅游基地"。2010年6月花威市人文纪念博物馆也在花威市松柏园隆重开馆，为城市珍藏起一段宝贵的人文历史。2012年9月，花威市松柏园品牌成功入围"亚洲品牌500强"，花威市松柏园实业发展有限公司夺得"中国创新品牌"。

随着"松柏园"阴间房地产的日益发展，一万多元一个穴位，10万多元一块墓地，甚至还可以根据客户的需要设计制作几十万、上百万，甚至上千万的豪华墓地。

就有业内人士指出，陵园墓地开发的利润，远远超过房地产业。看来一向位居暴利榜首的房地产业也要让贤了。

欧阳枫听了，都一笑了之，还是埋头干他的事业。

松柏园的这种业绩，自然成了业界的翘楚！但欧阳枫终于发现，钱拥有得太多，真情就没有了。这就像沙漠里的情形，沙漠面积扩大了，绿洲就几乎没有了。反之亦然。

欧阳枫领导下的松柏园拥有包括"聚古苑"在内的好几处会所，主要用于各种层级的接待工作和会客。欧阳枫还在各地办了好几个农场，除了小部分用于供应会所的餐饮和祭祀宴会，多余部分提供给当地的市场。

欧阳枫坦白，自己的买了四幢别墅，都是装修好的。一幢给了父母，报答养育之恩。还有两幢，分别给了弟妹。最后给自己留了一幢，过过日子。

欧阳枫突然又话锋一转："外面经常有传闻，说我在花威及各地包养了好几个美女，说她们名义上都是我们集团驻某某地方的办事处主任，或联络员。其实，这些都是谣言。我的老婆是宓梨。"

朱彬问："唉，奇了怪了，你们好像没有办过婚礼呀，我们都没有吃过喜糖啊?"

欧阳枫回答："有过以前的那些绯闻，说实在的，我真没有勇气再办盛大的婚礼。于是，我们呢搞了一个旅行结婚，低调行事。我觉得这样比较好，你们说呢?"

"如果说我们这些人，事业上多多少少有些成功，还是学习了一些国际上的市场经济运作的理念。当然主要在精神层面，也失去了好多好多。你们说是不是?"欧阳枫这样总结。

徐飞说："噢，到底是当过局长的，眼界、格局就是不一样。"

欧阳枫说，现在有空就开始学习书法和绘画，甚至佛学。

正当大家听得入神的时候，欧阳枫突然示意："你们等我一下，马上回来。"

同学们以为他出去解手了。

少顷，只见他带来了一个非常漂亮的LV包进来。

欧阳枫说："我呢，今天要举行一个小小的还款仪式，记得当年我刚到日本的时候，是个彻头彻尾的穷光蛋。当时，徐飞雪中送炭，接济我10万日元。我现在早已经脱困。所以今天当着所有人的面，还她100万人民币，请徐飞同学务必收下。"说毕，将包递给徐飞。

大家都热烈鼓掌，表示敬佩。

徐飞笑着收下了LV包包，没有收钱，致谢后起身："守信记恩，乃君子之举也!但钱是万万不能收的，心领了，好了吧?"

同学们起哄："收下!收下!"

朱彬笑道："现在，徐飞的身价，不会在你欧阳枫之下，她才不会在乎你这点小钱呢!"

"富婆的口气！"徐飞说："那就作为我们同学聚会的基金如何?"

欧阳枫点点头："也好，也好。"

酒过三巡。欧阳枫说："我的事也就这样了。"

朱彬说："接下来，本来请梅姗芳讲的，她说去治疗妇科病了，这是女人最厉害的挡箭牌。其实呢，这些年，据我所知，她混得很糟糕，说是命苦……"

徐飞说："命苦，也要讲嘛，也好作为一面镜子，对大家把握好人生的航向都有借鉴意义，大家说对不对?"

"欧阳，刚开始的时候，你不是讲好要介绍一下梅姗芳的一些事情吗?怎么不讲了呢?"纪闲林追问。

徐飞："那当然，其他同学都介绍了，她怎么可以不说?至于她是否苦命?大家听了以后再做判断。"

"对的，大家把关于她的情况凑一下，说出来，总比窝在心头痛快!"朱彬说。

大家鼓掌同意。

欧阳枫："唉，我想人总是会犯错的，以前我也是这样。有些丑事讲出来总是不大好吧。但是老同学之间呢，一定要真诚。我们都这把年纪了。这样吧，我就跟大家一起把梅姗芳的事情捋一下吧。"

# 16

花威的另一古镇——圃誉的春天也非常迷人，首先是她满眼的绿色，像一个美丽的姑娘穿上了绿色的连衣裙。不仅树木、草地，甚至墙壁都是绿的。整个小镇被整得春意盎然。马路边的商业、休闲、娱乐设施一应俱全，而且显得非常欧化、非常现代化。

梅姗芳带着自己的闺蜜史小黎来到这里，准备在圃誉这个地方的和平商业城里开一家古董店。因为圃誉是花威新的地标，虽在远郊，但靠近地铁，房租又比较便宜，尤其是停车场特别开阔。与罗临石家又距离特别远，省得他来找

麻烦。梅姗芳从罗临石家里

"顺手"拿来的那些古董、字画，就挂在那边进行买卖，挣了几百万钱。

梅姗芳将自己男人之死的事瞒住自己的婆婆已将近三年了。每次婆婆问及此事，梅姗芳都以"因在做生意过程中触犯了法律，现在国外避风头"为借口胡弄和搪塞她。然而，没有不透风的墙，梅姗芳男人因为她跑腿而亡的事，终于传到了男人一族耳朵里，他们对梅姗芳的做派和为人恨之入骨，纷纷发誓与其断绝来往，以后再也不想见到她！……

在圃誉，梅姗芳天天跟一些大大小小的画家、甚至于某些企业家、高官搅合在一起，继续做一些字画、古董买卖的事情。

由于当寡妇时间久了，生理需要煎熬着梅姗芳多年，这时，一个号称是大老板，叫诸广马的男人进入了她的视野。姓诸的比她小五六岁。梅姗芳这样一个结过婚的女的，终于明白了，原来小鲜肉，无论在哪方面都要比前夫优裕，首先是形象比较好，年纪轻，肤色好，尤其是床上功夫要比前夫强许多。就是头脑比较简单，做事毛手毛脚。

梅姗芳被他迷住了，他们两个人就开始了粘粘糊糊的同居生活。

梅姗芳哪里了解这个叫诸广马的人，据说在一家金融公司当总经理。表面上老老实实，其实呢，他在外面是有女朋友的，或者说透彻，有一个长期的性伙伴。

诸广马撺掇梅姗芳通过朋友圈介绍、发动，引进大量金主。诸广马的P2P产品"立马赚"，年化率为12%。介绍成功，梅姗芳可以拿5%的佣金。

奇了怪了，老谋深算的梅姗芳对诸广马的所有的表现都非常满意。诸广马通过介绍几个高回报的投资项目，很快的就把梅姗芳的七八百万积蓄骗到了手。

后来，国家对P2P进行清理整顿，诸广马东窗事发了，被抓了进去。

因为之前，梅姗芳与诸广马已经到市民中心登记过结婚，法院就勒令梅姗芳归还诸广马公司P2P产品的那些钱。梅姗芳只好倾其所有，最后还是欠了一大笔债，当然无力归还，于是被法院判决，禁止她高消费，并限日她去偿还那些钱。梅姗芳除了留一些"古董"，藏了50万应急、生活费以外，基本上到了倾家荡产的边缘。

真是骗人者的最后，还是被人所骗，也就算是一个骗中骗的悲剧吧。

但事情还没有到此为止。梅姗芳也似乎并没有吸取教训。

她当然已经听说了，欧阳枫现在做大做强了，于是呢，她就乘长途汽车赶到欧阳枫的公司里面。公司保安因为听梅姗芳说是欧阳枫大学里的同班同学，所以直接把她带到了董事长的办公室。

欧阳枫在自己的公司里见到了老同学，当然很热情，邀请她到自己公司高层用餐富丽堂皇的小食堂。

在等待上菜的时候，欧阳枫问她："你大老远的来找我，一定是遇到什么难办的事了?"

梅姗芳把被法院勒令还债事隐瞒不说，自信满满、微笑着说自己接了一个肯定能赚大钱的项目，——与浙大一个研究院办一个出国留学的中介公司。而她因为买下了一大批古董，现在暂时拿不出入股的资金，能不能帮助调一下头寸?

欧阳问："缺多少?"

"一千万。"梅姗芳回答。

欧阳枫觉得为难："不是我拿不出这点钱，而是呢，我们是一个上市公司，有一整套严格的财务制度。像这样大的数目资金的动用，要走很复杂程序，要开董事会研究，听取大家的意见，还要投票表决等等，非常麻烦。"

梅姗芳脸上失去了笑容："欧阳，我可是第一次向你借钱，你总得看在老同学的面上，给点面子吧。那少一点行不行?其他的钱我再去想办法。"

欧阳沉吟片刻，回想自己在日本的时候，也曾经受到过老同学徐飞的慷慨解囊。现在自己发了，当然也应该去帮助老同学，于是，他问："这样吧，我就动用自己个人的储蓄也给你报个数字。"

"两百万，如何?"

"我只能给你150万。你大概什么时候归还?"

"两年之内，我一定还你!"梅姗芳斩钉截铁地说，"今天我带来几样古董，大概值300万吧，我放在你这里作为抵押。"

"也好，你给我一个银行账号。"欧阳枫热情地保证，"明天下午之前就打到你账上。"

　　朱彬笑笑："结果呢，一定是肉包子打狗，一去不复返。那些古董，基本上也是赝品。"

　　欧阳枫平静地点点头。

　　老同学们自然对于梅姗芳的做派都表示了蔑视和不屑。接着，大家继续拼拼凑凑出后面的故事。

　　之前提到，梅姗芳有一个女儿跟自己的姓，叫梅贤。为了让她有出息，梅姗芳就学周边的中产阶级的样，把女儿送到法国去留学。但需要花上140万左右的人民币。这就是她到欧阳那里去借这么多钱的原因。

　　梅姗芳的女儿在国内书就没有读好，还是靠花钱，才进的一个重点中学。书读得很差，考试经常不及格，却整天热衷于追星。对韩国的几个小鲜肉迷得死去活来，闺房里贴满了这些偶像的照片。母亲不在时，常常会情不自禁地去吻这些照片。只要他们到中国演出，都会不顾学业，花大价钱去买他们演唱会的票子。然后去跟踪他们，甚至不顾脸面去献花、去求拥求吻，失格到极点！对此，梅姗芳绝对不能容忍。

　　看来想让女儿尽早地成才，是没有希望了，为了女儿将来能过上幸福的生活，她从富婆圈里学来了门道，——那就是让女儿到欧美去读大学"钓金龟"。所谓"钓金龟"，意思就是把女儿放到国外的学校，在学习的过程当中，遇到富家子弟的男同学就主动粘上去，然后通过谈恋爱，将自己嫁给他。富婆们认为，这是人生的弯道超车，绝对是聪明女孩享福的捷径。而拼尽全力去创业求生，那是"苦力的干活"，不值得，也犯不着。富婆们或许是从自己的切身经历当中总结出的一条人生经验，梅姗芳觉得非常有道理，是就依样画葫芦，帮女儿办了去法国留学。

　　女儿临走之前，梅姗芳推心置腹地对女儿讲："你此次到法国去，与其说是去法国留学，不如说是去那里找自己将来的另一半，也就是我的女婿！"

　　梅贤脸涨得通红，嗔怪道："妈呀，看你说到哪里去了？"

"你就别装了,女人要嫁男人的事儿,你真的一点都不懂?"梅姗芳呵斥,"妈是为了你的前途着想!记住,要是对方家里如果没有几千万,乃至上亿的就不要跟他谈朋友。"

梅贤反问:"我哪里搞得清楚人家家里到底有多少财产?"

"这个人怎么这么笨啊?可以打听呀!"梅姗芳有点火了,"用各种方法去摸清楚对方是巨富,才可以嫁给他。你想想看,你长得这么漂亮。如果嫁给一个穷小子,将来跟着他一辈子过苦日子,你不是亏了吗?我也白白浪费了140万投资,这笔钱等于莫名其妙地扔在大海里,颗粒无收,我也不是成了大傻瓜了吗?所以,千万不要看走了眼!记住了吗?"

女儿点了点头。

梅贤到了法国,进了"肯林视觉艺术学院",学的是文科的形象设计和包装专业。因为这个专业对考分的要求很低,这个专业本身也没有什么技术含量,所以,梅贤很快就被录取了。而且,一共要读上4年,给人的感觉似乎很正规。到了那里才知道,这座"肯林视觉艺术学院",其实是一个"学店",才100多个平米。开设在一个商业中心的两楼的厕所旁边。因此不断有冲刷抽水马桶的声响传过来,让人啼笑皆非。因为是商场,四周都是卖各种各样服装和女人装饰品的店铺,整天闹哄哄的。在商场里面读书,说穿了,就是烧钱,就是去"钓金龟"的。

女儿走了以后,孤独的梅姗芳开始养猫。

梅贤到了法国以后,不断地打电话向家里要钱。梅姗芳觉得奇怪,经反复盘问,才搞清楚事情的真相。原来,梅贤不会做饭,天天上馆子吃,每天要花费100欧元,相当于人民币1000多块。这样大的开销,梅姗芳觉得难以承受。当然,每顿吃西餐,梅姗芳担心对女儿的健康也不利。

更夸张的是,梅贤在巴黎期间,学习不认真,却瞒着她的妈妈,跟着一些同学去过夜总会等色情场所,观赏过色情表演。其间还谈了一个白人男朋友,后来还堕了胎。这事被梅姗芳知道了,将女儿臭骂了一通。

于是，梅姗芳坐不住了，到花威公安局出入境管理处，借口女儿在法国生病，要办签证赶过去照料。公安方面出于人道主义的考虑，就批准了梅姗芳去法国的申请。

梅姗芳临走之前，还去了一次婆婆的家里。就说到国外还要带着女儿梅贤一同去会躲在国外多年避难的丈夫华子逾。婆婆听了，觉得这是一件很好的事情，华子逾的父亲也同意了。两个老人家哪里知道梅姗芳这是在欺骗他们。

梅姗芳赶到法国巴黎，每天给女儿做饭，虽然省下了不少的钱，但梅姗芳也成了梅贤的老妈子，也是不争的事实。

梅贤极懒，每天八点了还未起床。自从妈妈去了以后，有人督促，梅贤就起了稍微早了一点。梅贤在法国，其实四年里面也没有学到什么东西。因为是在差的学校，所以来读书的男学生的档次也是不高的，家庭状况也不是很好，所以"金龟"也没有钓到。


在法国，梅贤也曾经谈过几个富家子弟，但通过不同渠道了解下来，对方的家庭也就几百万的家产，有的呢因为经营不善还欠了一屁股债，并不怎么富裕，于是，就拜拜了。

四年之后，梅贤在法国基本上是一场空，令梅姗芳心痛不已，白白烧掉了自己200多万的人民币的积蓄。

梅姗芳带着女儿只好灰溜溜地回到国内，经朋友的介绍，梅贤在新开发的花威自贸区谋了一个职，当上了一家文化传媒公司老板的秘书。

一次，花威市著名收藏家饶奕晨先生举办奢华的生日宴会，邀请梅姗芳参加。梅姗芳听说花威市首富"杨家花园"的老板杨德峻也将莅临，就穿着晚礼服，带着女儿一起去参加。

席间，大家又是敬酒，又是互赠书画和礼品，好不热闹。饶奕晨先生将主桌上的梅姗芳介绍给了同桌的杨德峻先生。梅姗芳则顺势将带去的范曾的两幅山水中国画(仿制品)，分别赠送给了饶奕晨和杨德峻。两人甚为惊喜。

酒过三巡，杨德峻见梅姗芳的女儿梅贤长得漂亮，就向梅姗芳提了亲。梅姗芳虽内心狂喜，但表面上仍保持着非常优雅的姿态，很平静地答应了杨老板的要求。

梅姗芳拿起酒杯，仔细端详了其中的洋酒："是路易十四XO吧?"然后缓缓放下杯，"小女本来呢，打算还要去美国考研，读博。我呢，想回去征求一下她的意见。你们也知道，现在的孩子个性都很强。"

杨德峻先生放下筷子，笑嘻嘻地说："那是，那是。我们也不强求。"

饶奕晨先生急了："梅女士，这样的机会千载难逢！还犹豫什么?就答应了吧！"

梅姗芳立马表态："好的！好的！一定！"

其实，梅姗芳早就打听到杨德峻除了在国内有几十家"杨家花园"门店，还在美国洛杉矶、旧金山等四个城市，开了四家"杨家花园"中国大酒店含四星级宾馆。杨德峻因自己已年逾花甲，年前就把这些酒店的所有权归到了儿子杨佚名的名下。而杨佚名毕业于哈佛大学，是一个高材生，未婚，现在至少有20个亿美金的身价。于是那天宴会上，梅姗芳与杨德峻达成共识，让两个年轻人明天中午12点正，就在市中心的凯龙美宾馆的中餐厅龙凤厅会面。两位家长也一起参加。

但是万万没有想到的是，梅贤竟迟到了半个小时，搞得不断看表的杨佚名非常恼火。究其原因，原来是她的母亲梅姗芳以前对梅贤说过，女孩子跟男孩子相亲一定要晚到一刻钟，甚至于半个小时，唯其如此，才能彰显自己的矜持和身价，今后才能在男人的眼睛里面身价高贵。不然就显得自己很下贱，没有档次。

正当梅姗芳暗暗叫苦的时候，富商杨佚名发话了："亏得梅贤小姐还去过法国留过学的，怎么连守时的规矩都不懂?既然不知道守时，那当然，以后如果成家立业以后，为人处事也会不遵守任何规矩！这种婚姻早晚都会崩塌！所以，我看今天再碰头也没有什么必要了，宴会的钱我已经付掉。你们继续等她，我另外还有些事情要处理，先走一步。再见！"

说完，杨佚名拂袖而去，弄得两个家长十分尴尬。

梅贤果然姗姗来迟。梅姗芳铁青着脸，因为有众多客人在场，她只得暂时忍耐。

回家以后，她把女儿一顿臭骂。

梅姗芳指着女儿的鼻子骂道："你以为自己也是超级富豪啊?你以为自己是法国总统的女儿啊?怎么可以这样不珍惜千年难遇的机会?要知道人家有20亿美元以上的身价啊，你如果嫁给他，就可以少奋斗50年！过上亿万富翁的幸福生活！你怎么这么傻?！"

女儿也振振有词地反驳道："不是你过去教我，说相亲的时候，女孩子一定要搭搭架子，要矜持，不能准时到场，以显示自己的高雅和身价吗?现在你倒反而来怪我?"

"那也要看看时机和场合呀?"梅姗芳火气未息，"还嘴硬?这样好的机会错过，你会后悔一辈子的！我见过许多傻子，但是，还没有看到过像你这样的超级傻子！"

"你骂好了吗?我是超级傻子，那也是你生出来的！你的基因！"梅贤也毫不示弱，"你想再骂那我就死给你看，大不了一辈子做一个老姑娘，不嫁人就罢了！"说毕，扭头甩门离开。

梅姗芳反而急了，真怕女儿有个三长两短，便立即追出门去，将女孩儿拉回家，还向她讨饶道："妈妈不再骂你总行了吧?哎呀，也是为了你前途考虑，觉得你错过这次机会太可惜了！"

从此以后梅贤还是坚持在自贸区上班。每天跟着自己公司的老板石之灵出没于各种社交娱乐场合和饭局，不久之后，梅贤的肚子就给石之灵搞大了。最后，石之灵给了梅贤50万作为堕胎赔偿费，将梅贤打发出局。

梅贤也不敢再去上班，怕到公司里让别人指指点点，就偃旗息鼓。只好躲在家里面做股票理财。每天总是睡得很晚才起床，家务劳动一概不参加。实在空得没事做，百无聊赖，就找来几个小学中学的同学，或者是到过国外的几个女生，一起到酒吧、咖啡馆去吃吃聊聊。

对此，梅姗芳毫无办法。她也开始重操旧业，在朋友尧迪开的的古董店里租了一个柜台，重新做起了小本生意。

朱彬说："有关梅姗芳的信息，大家都是道听途说的，权且当作教训。希望她以后会出现转机，谁让我们是她的同班同学呢？"

杜考瀑说："对对！我们都希望她能够活得好好的。下面转一个话题吧。还是听听纪闲林的故事。因为，我看到了他出版的一本书，叫做《我娶奥运冠军为妻》。"

徐飞说："这个，我很想听听。"

"行！"纪闲林："我承认，在婚姻恋爱方面，我比大家走得更远。今后你们可以封我为'性爱博士'。那本书，今天我带来了，每人一本。我到车库去取一下。"

# 17

向在座的几个老同学发完书，纪闲林补充道："这本书，由宇宙出版社出版，才几个月就成为国内的一本畅销书，还再版了五次，拿到了100多万的稿酬。还被许多家乡野鸡出版社盗版。我实在没有精力、没时间去打这个官司。"

然后，纪闲林讲述了自己与夏绢莉分手后，他的另外两次恋爱……

在推销"绿洲毯"业务的过程中。纪闲林还碰到了好多骗子，除了奥运会冠军夏绢莉的亲友假冒生产"绿洲毯"以外，还有纪闲林旗下公司的几个"头脑活络"的技术人员，也在分头"行动"，偷吃了"绿洲毯"这块肥肉。为此，纪闲林聘了国内有名的徐天华人律师为自己维权，打赢了不少的官司。因为走法律程序，太多太烦，也很肮脏，所以就不一一介绍了。

纪闲林有的是钱，于是半年前通过朋友介绍，邀请花威中国作协的吴明华老师，将他和夏绢莉的故事写成一部电影剧本，然后想投资一个亿，拍成电影来宣传自己，旁敲侧击一下夏绢莉，顺便也好助推自己的"绿洲毯"产业。但被吴明华老师婉言谢绝了，吴明华老师说，他不愿意去介入人家的私生活，也不愿意在不了解情况的前提下厚此薄彼。

纪闲林只好再找机会。

不久之后，纪闲林又遇到了第五个女人，不过，没有生下孩子。

清奇，远离花威市，坐落在东海之滨。在荷花坞的山坳里，茂林修竹，鸟语花香，有一个中国风格的小庭院。说是小庭院，其实，面积也不算小，院内至少可以停放十几辆小车。房子是新造的，里面镶嵌了许多木雕、砖雕等赣南深山老林里买来的老古董。显得古色古香，文气凝重。这是纪闲林买下的私人会所。

那天，是个夏日的下午，纪闲林身穿一身香烟纱中装，摇着名人作画、题字折扇，约来比自己小二十岁的红颜知己苏姗，来到会所里饮茶。其实温度已经偏凉，会所里的中央空调却终日开着。他想请苏姗帮他将自己的书改编成电影剧本。

身穿吊带白色短裙、婀娜多姿的苏姗答应了这个要求，她在给自己披上一层薄薄的纱巾时，笑着问："纪总，您能付给我多少稿酬呀？"

纪闲林呷了一口茶，不悦地问："单刀直入！现在的文人怎么都像商人，一张口就是钱！好吧，一百万，总可以了吧？"

"翻个倍，反正您也不会在乎这点小钱。"苏姗叹了口气，"说我们文人像商人，那是胡说八道，我总觉得我们像任人欺凌的穷人、被迫出卖肉体的慰安妇……"

"越说越可怜！姗姗，不要多说了，再加五十万。否则，我另请高明写了。"纪闲林斩钉截铁，"这可是两百条'绿洲毯'的钱啊！"

"那好，成交！"

苏姗笑嘻嘻地与纪闲林击掌"落槌"，被纪闲林一把抓住纤手，苏姗的手也不抽回，坚定地发声："不过，一周之内得先付百分之七十。"

纪闲林捏了捏苏姗的玉手，笑笑："没问题，小意思。"他停顿一下，"我如果一次付清，你今晚就在这儿过夜，OK？"

苏姗脸颊微微一红："……就OK吧，但之前说的话得算数哦？"

"算数！"纪闲林乐了，"明天一早就打给你！"

"不行，先付百分之三的定金！"

"厉害！"纪闲林掏出手机，"我立马打给你。不过，现在线上支付，最多也只能5万。"

苏姗点点头："其余，明天早上一定不要忘记。"

"哦了。"纪闲林埋怨，"你怎么不问所写的内容？"

"这不用我操心的，对不？"苏姗莞尔一笑，"电影的名字想好了吗？如果没想好，我来帮你起。"

纪闲林平静地说："谁叫你是著名的霹雳网的网红编剧呢？你在这方面的能力毋庸置疑！其实，名字我早就想好了，叫做《生死辫》。"

"《生死辫》？生和死的辩论？"

"不是辩论的辩，而是女孩小辫子的辫。"

"什么意思？"

"我的意思是：人的一生中，生和死，乃至万事万物的有和无，发生和消失，成长和灭亡，成功和失败，富贵和清贫……甚至快乐和悲伤，总是搅和在一起的。"

苏姗再次点点头："嗯，有点意思，比较深刻！自己的人生感悟吧？很有哲学意味！"

"我想把自己和同班中好几个有特殊经历的同学一起写下来。作为一段历史经历，一面镜子，留给家人、亲友和社会。"纪闲林若有所思地说。

"我年纪轻轻，你们那个时代的好多事都没有经历过，一点都不懂，很难驾驭……"

"说得也是。但我坚信你超强的写作能力和善解人意，这才找的你！米米，先放松一下。"纪闲林一把拉来苏姗，然后不容分说，一阵狂吻。苏姗也没推却，于是他们敞开心扉，在各个房间里聊天、疯狂地跳舞、激情四射地爱爱。

毫无疑问，这是一个远离城市喧嚣，晤谈的好去处。关键节点，根本没有仆人敢露脸。

第二天，两人起得比较晚，他们是被一群鸟雀的"打情骂俏"的啼鸣吵醒的。

秀发凌乱的苏姗猛地翻身压在纪闲林的身上："哎，我还想要一次。"

闻着苏姗满头的香味，纪闲林嘟囔："你当我是种牛啊？"

"我看也差不多！"苏姗"噗嗤"一笑，媚眼里明显闪烁着某种焦虑。

纪闲林捏了捏她的胸："年纪轻轻，怎么又松又垂。"然后轻轻地推开了她，"还是先去吃早餐吧。我的厨师做的海鲜粥和生煎包，可是味道一流，再不吃，恐怕要凉了。"

苏姗皱了皱眉，不悦地："那好，不过……"

纪闲林马上判断出苏姗的意思，掏出手机下指令："李会计，你马上到餐厅来找我，有一笔款子今天中午之前一定给我打出去！"

立即，苏姗脸上露出一丝笑意，半裸的她坐起身，给了纪闲林几个热吻。

纪闲林满意地摇了一下脖子，调侃道："情场老手，身经百战！"

苏姗莞尔一笑："你不也是一样，纵横捭阖、武林高手！"

纪闲林笑笑："回怼得好快！说得好听点，思路敏捷。"

"难听点呢？"

"刀嘴婆！"

"好难听啊，但，应该承认……很到位。"

在法式豪华的包厢里，等到蜡烛燃掉了三分之一，穿着红色短裙的苏姗才姗姗来到。轮到纪闲林发声音了："劣质的香水！太掉价！待会儿，我让佣人送你几盒正宗法国的！"

姗姗涨红了脸，嘟囔道："才知道啊，我们媒体人，基本上都是穷人！"

纪闲林好像没听见，按了按长桌上的无线电铃。马上就有两个身着宝蓝色丝绸旗袍、身材婀娜的少女托着两个银盘，将两份早餐及刀叉送了过来。

纪闲林吩咐道："把我放在储藏室里的法国香水拿四盒过来。"

少女问："哪一款的？"

"兰蔻！"

等她们离开后，苏姗笑了笑，不依不饶地揶揄道："我终于明白了，为什么说我'又松，又垂'了，原来，此处乃椰子和柚子林，玲琅满目啊！"

"这里有椰子和柚子？"纪闲林用叉子将一片培根送入嘴里，突然明白了其中的含义，笑骂："狡猾狡猾的！你们编剧啊，就是嘴不饶人！"

苏姗切着荷包蛋，叹了口气："在椰子和柚子面前，吾辈只是小小的猕猴桃或无花果而已，老了！"

"小鬼，胆子蛮大的，竟敢在我面前卖老？"纪闲林埋怨，"哎，你还有完没完？"

苏姗立马闭嘴，赶紧将中西合璧的丰盛早餐歼灭。

早餐过后，两个人手牵手，来到假山下的一处有空调的玻璃茶室里坐定，撵走了沏好茶、放好干果的丫环。采访算是正式开始。

苏姗拿出手iPad："我录音录像，你不介意吧？"

"没有关系。"纪闲林挥挥手："现在的记者，速记都不行，得借助高科技。"

"这种调侃没意思。试想，如果有飞机，谁还去坐三轮车呢？"

"也对。那就言归正传。"

"写人物传记类剧本，有各种写法，有各种切入点。为了加快节奏，今后表述时，就用问答形式，保证读者看得懂。"

"没错。"

问："我比较喜欢以婚姻作为切入点。告诉我，你一共结了几次婚？"

答："四次。"

问："'无证驾驶'的次数呢？想来，一定翻无数倍吧了？"答："都说小崔是毒舌，我看未必，你的嘴才是把锋利的刀子！

但刻毒也是把双刃剑……"

问："怎么讲？"

答："你想啊，如果我不顾你的感受，也来问你：你婚前，是哪一年开苞的？你怎么回答？"

问："我可以拒绝回答！"

答："早就知道你会这种回答！"

问："是吗？好了言归正传。四次就四次，那就一次一次地详细介绍。"

答："女人大概天生就喜欢八卦！不过也不失为一种视角。"

问："我甚至有可能去采访你的几个前妻……和你的合伙人，你会反对吗?"

答:"已经走过的路是抹不掉的,只是,不要故意污蔑我就好。"

问:"这个是绝对不可能的。但我希望自己写的东西说的是人话,有人看,最好……"

答:"最好是畅销书,对不?"

问:"当然!说明你理解我。你的第一次婚姻是在什么时候?"

就在这个时候,纪闲林的手机响了,苏姗把手机递了上去,可电话号码已经被苏姗记下了。

纪闲林马上拿起来接听:"呃,是朱彬啊。"

苏姗知趣地说:"一定是你女朋友打来的。我快躲得远远的!"

"不用。是大学里的同学。"纪闲林问对方:"老同学,什么事?"

对方说了十几秒钟。

"好的,一言为定!"纪闲林挂断电话,平静地说:"她要请我吃饭。"

"好口福啊!"苏姗忽闪着迷人的大眼:"这个朱彬……不会是想买你的股权吧?"

"你这鬼灵精!什么事能够瞒得住你?"纪闲林一边说,内心却立即作出判断,作为"鬼灵精"的苏姗多半会去采访他那位老同学——朱彬。

苏姗会不会这样呢?很有可能。纪闲林内心作了这样的判断。

半年以后剧本终于写成了,纪闲林也很满意。但是不知不觉中,居然跟苏姗同居了半年,她怀上了孩子。纪闲林只好又给了她300万作为补偿费,然后让她堕胎走人。

苏姗觉得心理价位达到,假装不开心,但其实心里挺满意地离开了。因为她的怀孕证明,其实是张冠李戴,花钱买来的。

拿着写好的剧本,纪闲林通过老同学朱立澄认识了上影厂的导演庄客将。他拉了老同学将庄客将请到花威名店——状元楼的小包厢里。这个小包厢当然装修得古色古香、十分精致。他花了一万多块,点了一桌非常精致的菜。

纪闲林诉求讲清楚以后,非常诚恳地说:"衷心希望庄老师将我书里的故事,拍成一部院线电影。相信我的故事是非常励志的,会受到广大青年朋友的欢迎。"

庄客将放下酒杯，笑笑说："这个事情你想得太简单了。假如你的前妻已经过世了，我就帮你拍了。现在的问题是，她还活着，还是个名人！我可没有这么大的胆子，把你那样的事情拍成电影，可能一旦放映，从此以后我就惹上了一场官司了，我们厂在这方面，好多前车之鉴。"

纪闲林信誓旦旦："如果发生什么官司，都由我担着，你是不用怕的。这样吧，我在原先投资的基础上，再增加一个亿，你觉得怎么样？"

"不不，我估计在剧本和拍摄这两方面都会受到有关方面的阻拦，你要做好打官司的准备，这个问题你考虑过没有？"

"啊？我花了这么多的钱，最终去买个官司来？"纪闲林犹豫了。

庄客将对他说："如果我是一个唯利是图的生意人，我就不会这样跟你说话了，好歹呢，我可以赚你一两百万的，我这把年纪了，不会去做如此造孽的事情。再说，朱立澄也是我的发小，我不会去坑他的朋友。"

"庄哥的话，都是掏心掏肺的知心话！着实让我感动！"朱立澄起身举杯："来来，我们干一杯！"

两人也立即起身举杯。

庄客将对纪闲林说："要是你找的是外面的野鸡影视公司，那么他们呢一定会答应下来。然后在整个摄制影片的过程当中。让你能输得颗粒无收。这种事，在我们业内，我是见得多了。"

纪闲林说："有道理！谢谢庄老师的提醒！"

这件事情虽然没有成功，纪闲林也没有十分懊恼，从理智上考量，他觉得庄客将的话是有道理的……

朱彬问："你刚才不是说还有另外一次恋爱吗？不妨也讲讲看，让我们大家听听。"

纪闲林说："另外一次，就是我现在的老婆余温丽，她比我小20岁，还给我生了一个儿子。我们现在过得挺好，我可不想去伤害她。我们现在跟父母住在一起，共享天伦之乐。"

欧阳说："这个话是对的！好了，他也讲得差不多了，接下来我们请徐飞同学继续。"

# 18

徐飞回到花威，家里和族里的人包了一辆可以坐十几个人的加长型的林肯轿车，和一辆50座豪华大巴到花威机场迎接。大概一共来了50个亲友，女人个个都配金戴银，珠光宝气；男人们也都西装革履，神气活现。

在机场上，他们举行了一个简单而隆重的欢迎仪式。在欢迎的过程当中，许多人说："欢迎！欢迎！"这个声音比较大，谁都可以听到。但是，也有的人，特别是女性亲眷在虔诚地、轻轻地说："欢迎徐董！欢迎徐大姐！"

徐飞的父亲徐鼎信，虽然不屑于这一套，但是非常明显，他也是精神焕发，洋洋自得。

母亲蒋伟缤见了女儿，居然向她鞠了一个九十度的躬，接着要下跪，被徐飞赶紧扶住："妈妈，您这是要干什么？"

妈妈轻轻地对女儿说："徐董，终于把您接回家了！"

这个场面，当然大出徐飞的意料。

徐飞将父母拉到一起，严肃而又悄悄地对二老说："小时候，爸爸一直告诫我，做人一定要低调，千万不要大声喧哗！这事万一传出去，对我，对爸妈和整个家族都不好，甚至还会带来各种各样潜在的灾祸！这些你们想过没有？"

徐鼎信表示同意："女儿说得对！你妈老糊涂了，我们国家，现在是中国特色的社会主义国家，不兴这个！"

蒋伟缤想想也对，就不再坚持了。

为了不扫父母的兴致，徐飞还是乘上非常豪华的林肯出租车。

回到了家里，放下行李，整个大家族和最要好的朋友，一齐欢聚在花威最豪华的"国际大饭店"的55层。整整一个楼面是旋转餐厅，一共放了20多桌，大家其乐融融。

徐飞明显地发现两个现象，一是来宾都穿得很体面，很时髦。这同她八十年代离开故国时，完全不同，那时的国人，衣衫褴褛，颜色单调；还有，尽管自己点的菜都很高档和充裕，但是，再也看不到餐饮时的那种猴急相。她确信，现在的中国真的富起来了。

父亲徐鼎信毕竟是一个知识分子，他拿起话筒作欢迎词："尊敬的各位亲友，欢迎大家光临为我女儿——徐飞接风的欢庆宴会！我们的女儿去日本也有15年了。如大家所知，徐飞在这些年份里面，在日本学到了很多的东西，发展的也很不错，这大大超出了我们的预期和意料！当然，这是她的德行和悟性所致。诚如各位所知道的那样，我们的日本女婿——佐藤先生已经因病去世。加上中日两国政治制度不同，我们女儿也需要抚平心灵的伤痛，所以，我女儿婚姻的事情已经翻篇，希望各位亲友不要在徐飞女士面前，以及其他各种场合提及此事，拜托了！"徐鼎信向大家深深一鞠躬。

台下的大人们大多都听明白了徐鼎信老先生讲话的意思，所以，不再讨论这个话题。

接下来，高档的酒会正式开始，各种山珍海味和国内外名酒都应有尽有。只见灯红酒绿，亲友们觥筹交错，各种美好的祝愿此起彼伏，还不断开奖，分发徐飞带来的各种日本相机和其他实用的日本小家电，所以，整个宴会厅气氛比较喜庆。

但是，有几个细节大家已经注意到了：首先是徐飞的打扮，她还是穿了一身黑色的晚礼服，头上插了一朵银质的菊花。没有佩戴任何彩色的饰品。另外，整个宴会厅里所用的各种装饰品，要么是白色的，黄色的，要么是黑色的。这种布置，虽然很日本化，但在国内是从来没有见到过的。当然大家都明白，这是为了要照顾徐飞的感受。

为这场宴会，徐飞大概花了100多万。但这点花费，对于徐飞来说，是小菜一碟，不足挂齿。

回到家里，已经深夜，但是大家心里都很开心。

母亲关切地问："飞飞，难道你真的想一个人过下去，不想再嫁了？"

徐飞对父母说："我不会放弃在NNN的地位和待遇。所以，让我再婚的事情，绝对不要再提起了！一切都是命运。我会经常来往于中日之间。当然，我首先会孝敬你们二老，这是毋庸置疑的。"

母亲叹了一口气："也真为难你了。"

父亲听了却连连称是，觉得既受用又感激。

其实，之前徐飞也认真思考过，作为一个正常的女人，当然也有正常的心理和生理的需要，但自己如果真的在国内秘密地恋爱或改嫁，这几乎是不可能的，存在巨大的风险。因为至少几百年来，日本在中国人这里一直设有各种各样比较体系化、强大的情报网络。此事一旦败露，传到日本NNN高层耳里，那就麻烦了，自己的名誉董事长地位一定不保，而且绝对没有好果子吃。

另外，徐飞为了能经常出去走走，为家里请来了一个保姆。负责做家务和照顾老人，包括烧饭、做菜和洗晒衣服。

尽管徐飞一再要求国内的朋友们不要透露她的特殊身份，因为那样，有可能会给她带来不利和危险。但还是有熟悉她的人不知道出于何种目的，在她回到花威以后，不断地邀请她去出席各类活动。

有一场活动是安排在花威市中心的伯克公馆。

那是一个秋天的下午，阳光路非常温暖，透过茂密宽大的梧桐树树叶，斑驳地洒落在复兴路整洁的柏油马路上。有点像五线谱上的各种各样的音符，特别的漂亮。两旁都是解放前租界留下的老式洋房。墙面有的是用鹅卵石砌成的，非常的漂亮和有特点。洋房的窗台上，妥妥的放着玫瑰、仙人掌等各式各样的花盆，让陈旧的洋房焕发了生气和灵动。

伯克公馆建于一百年前，是当时一位在宁波打拼的英籍人士，从一个"穷瘪三"变为千万富翁，一举在花威的市中心买下这块地，建造了由六幢别墅组成的伯克公馆，在花威市颇有名气。现今的伯克公馆，掩映在浓密的法国梧桐之中，设计得如同北欧梦幻中的宫殿，鹅卵石堆砌的外墙，各种哥特式的房屋立面，屋顶上造型洋气的铜杆直刺云霄……所以，直到现在，伯克公馆还保持着"丹麦皇宫"的美誉。这些年，经过当地政府资金上的大力支持，当下各种会所、小宾馆、咖吧、酒店、私房菜坊……林林总总，现在成了花威市一个高端人士经常打卡光顾的地方。

徐飞本来并不想去凑热闹，因当天上午，她感觉小便不畅，排尿时，小腹有点疼痛，但小学同学陈勋揩一次又一次来电催促，徐飞碍于友情，对于伯克公馆又有一定的好奇心，也就答应去光顾了。

四十多岁的陈勋揩兴奋异常地在电话里告诉徐飞，今天下午，将在伯克公馆举行道教的收徒仪式，"何氏道教"74代的掌门人何龙腾先生第六次举办收徒活动。

何龙腾原先是边疆某县建设局的副局长，他有独家的气功绝技。他的气功能够治病，能够将强大的能量输入别人的体内。若是门徒，可以大幅度增强你的发功能力。若是病人，就能在你体内祛除病魔和各种顽瘴痼疾。但它同化疗的差别就在于，同样是杀灭体内的癌细胞等妖孽，后者实行"三光政策"，会摧残体内所有的细胞，而前者发功时，只针对体内的"病虫害"进行剿灭，不会对人的脏器造出任何损害。

徐飞觉得，既然好朋友讲得如此神乎其神，徐飞不仅要去伯克公馆观赏神秘莫测的气功，还要去打探一下这位道教高人，觉得蛮有意思。徐飞身着一件黑色的呢制裙服，脖子上和手腕上各挂了一串意大利制作白色的珍珠项链，这是配套的饰品。上身裙服里面露出的是一件淡淡的豹斑上衣，显得高贵而富有气质。

根据地址，徐飞很快找到了举行仪式的那家会所。进了门，便见八个身高一米七十，身着各色旗袍的美貌女子带着微笑夹道相迎。然后她们中的一个带着徐飞上了二楼。那是一个西式的金碧辉煌的大厅，穹顶上挂着一个硕大的水晶吊灯，四周描金花纹的墙壁上，也安装了许多欧式的壁灯。已经有80多人坐在一排排象牙色牛皮靠椅上，前面放着的一排茶几上，放着精美的巧克力蛋糕和车厘子、草莓等时令水果。

下午三点，仪式正式开始。出土主持人高裕民宣布："现在，请何氏道教74代掌门人何龙腾大师舞台中央入坐——"

随即台下响起热烈的掌声。

只见身穿黑色中式对襟呢服的何龙腾先生，一米六四左右的个子，长得很壮实，体重至少在160斤以上，他自信满满地走到台前，然后端坐在舞台中央的牛皮沙发上。他摆了摆手，掌声立即停了下来。

然后主持人高裕民又宣布："现在，请何氏道教74代掌门人何龙腾大师的十位门徒隆重登场！他们将一一行跪拜礼、接受大师的摸顶、并赐予的法号。然后到舞台下面入坐。"

个子高矮不一的十个门徒，都穿着统一的黑色学生装，排成整齐的队伍隆重上场。在主持人的指挥下，他们列队来到何龙腾先生面前，然后一起虔诚地向师父鞠了一个九十度的躬。随后，他们挨个向师父磕头跪拜。师父立即摸顶，赐予每一个人法号。最后，他们集体向师父宣誓，表示效忠。

看着眼前的这一切，徐飞心里直犯嘀咕，记得上午陈勋揩曾神秘兮兮地告诉她，师父担任过建设局副局长，那一般都是党内同志，应该会坚守自己的信仰和党内的各项规定，那这个拜师仪式怎么搞得与传统的、封建的宗教仪式别无二致？都相信中国现在很开放，但也不至于开放到这种程度。徐飞毕竟身处日本社会高层，见多识广，她认定，这是在打擦边球。

仪式结束之后，主持人问："在场的哪一位来宾、朋友如果贵体有恙，可以接受大师的发功治疗。"

于是，便有几个中老年来宾，在向大师讲明自己的毛病及部位后，何龙腾开始运气、发功。几分钟后，主持人便一个个问及"治疗"后的感受，他们都兴奋地竖起大拇指对大师的功夫啧啧称赞。站在边上的徒弟看得认认真真，脸上都露出敬佩和自豪的表情。

而四五十个来宾中的大多数表情是困惑的。

陈勋揩因为听说徐飞有肾结石，虽然吃了中药排石汤后，结石在一个月前早已经不见了。但这两天排尿一直不畅，于是，陈勋揩将徐飞带到了大师面前，接受大师的发功。

大师见了美颜非凡的徐飞，身子微微一震，然后在她的后腰开始发功，这个过程大概持续了三四分钟。大师问徐飞："怎么样，小姐，是不是舒服一些了？"

徐飞其实并没有什么感觉，但出于礼貌，只好频频点头，表示感觉不错。其实，她一点感觉都没有。

何龙腾的发功治病还在继续。徐飞回到了自己的座位。在喝了一杯龙井，吃了几颗荔枝，与陈勋揩聊了一会儿天以后，想要解手，便离座来到了卫生间，遇到的是蹲便器。虽然有点简陋，但却安全卫生，可减少疾病传播。徐飞小解时，小腹似乎不再疼痛，须臾，只听得"叭"的一声，有一颗像红枣核一样大的褐色石子跌落在便池里，把徐飞吓了一跳。她一辈子都没见过自己排尿居然排出这么大的一粒石头！

回到座位，她还是将刚才发生的事告诉了陈勋揩。想不到陈勋揩立即将此事告诉了何龙腾。何龙腾马上叫来主持人高裕民耳语一番，后者立即拿起话筒来到舞台中央。将此事当场宣布："各位来宾、各位朋友，刚刚在我们这个场子里发生了一件匪夷所思的事，大家想不想听听？"

"想——"来宾们大声应和道。

高裕民把发生在徐飞身上的故事绘声绘色地叙述了一遍，但把其中徐飞服用过排石汤一节隐去了。徐飞刚想迅速撤退，高裕民却让徐飞站起来跟大家认识一下，搞得徐飞好不尴尬。

随后，高裕民兴奋地总结道："刚才这个案例充分证明，何龙腾大师的气功输出的强大能量是真实存在的，对于治疗一些疾病非常有效！大家说，神奇不神奇？"

"神奇——"来宾听了立即报以一片热烈鼓掌声。

当天临走时，何龙腾大师向每人赠送一袋"能量大米"，说他已对这些米已发过功了。


第二天，陈勋揩打来电话，说昨天晚上伯克公馆房间里的吊灯、墙上挂着的国画都坠落下来？说是因发功的能量太大。

但徐飞有自己的思索，好多身体不佳的人都接受何氏发功治疗，并接收所谓的能量，是否有益、有效，不得而知。另外，陈勋揩讲述的消息如果是真实的，反而说明这种功夫的盲目性、浪费性和不精准性。是否会像核辐射一样对人体造成危害呢？不排除这种可能。

徐飞告诫自己，以后出席各类活动一定要慎重，以免对自己造成危害，或者尴尬。

果然，一个月后，徐飞与陈勋揩通电话，陈勋揩告诉她，自己跟着何氏去搞各种业务，甚至甘愿当他的秘书和司机。

徐飞问他，大师近况如何?陈勋揩回答："师傅病重住院，肺气肿，肺大泡破了，有生命危险。"

徐飞在想，既然何大师神通广大，能量满满，为何治不好自己的病呢?

她问陈勋揩："你师父为何得此病?"答曰："烟抽得太多，自控太差?"

徐飞可不这样想，她在怀疑大师的功夫的真实性。

一个月后，她在一份健康的报纸上看到这样一条讣告："本报获悉，何腾龙大师在广西病逝。"还放了他的几张照片。

看了这个讣告，徐飞在想，既然何腾龙本事这么大，为什么就治不好自己的病呢?英年早逝，简直匪夷所思。是能量过度的散失吗?是自己一点不知道自身的病情呢?还是发生了什么意外?比如，误诊?被人下毒?被暗害?纵欲?得了绝症?……现在的结局，简直让人匪夷所思。

徐飞原本要带母亲去何腾龙那里去看腰椎劳损的毛病，因不知道何腾龙如何收费，故未成行，这下她暗自庆幸。

她似乎高兴得太早了，新的麻烦冒出来的。徐飞在日本佐藤家生活的那段日子里，一直有这样一个想法，回国以后，一定要想方设法回报父母的养育之恩，照顾好父母。现在既然回来了，那就应该付诸行动。于是，先是在市中心买了200多平米4房1厅的一套豪宅。将父母接过来一起住。并且出资请了一个保姆负责打扫卫生和做饭。另外，她几乎天天买一些贵重的营养品来孝敬父母，比如野山参、燕窝、鱼翅、鲍鱼、甲鱼、大闸蟹之类。但是这类好东西，吃的时间长了、久了以后，副作用很快就体现了出来。

先是母亲蒋伟缤有一天在吃饭的时候，突然觉得胸口很闷，徐飞赶紧将老人家送到医院。经过急救，病情有所缓和。一做CT，才得知是心肌梗塞。在医院里，徐飞签字后，医生立即给老人家装了三根支架，才把母亲从死亡线上抢救了过来。前前后后徐飞花去了20多万元。

在病床前，徐鼎信真诚地对徐飞说："这些钱，我会到银行里取来，然后还给你。"

"折煞我了!"徐飞动情地回答:"爸爸,以后您千万不要再说这样的话了。好不容易,女儿有机会孝敬你们,你一定要把这个机会留给我的!你们存的钱千万不要乱花,养老用。"

老两口听了潸然泪下,徐飞内心也有某种感动。

根据医生的建议,年老体弱的母亲还要到康复医院去休养几个月。

由于老两口一直相濡以沫,徐鼎信天天会赶到康复医院去照顾老伴,徐飞也不去劝阻。她给母亲蒋伟缤配了一个专门的护工不算,又因为这个康复医院离得比较远,为了方便父亲去那里,她还花五千块钱给父亲买了一张交通卡,让他每次都打的过去。但是她父亲舍不得乘出租车。正好离家不远处,有一辆公交车直通康复医院。所以徐鼎信老是坐公交大巴去,他舍不得花女儿交通卡上的钱。

两个多月下来,徐鼎信的肺结核病发作,支撑不下去了,也躺倒了。幸亏有女儿在,立即把他送到了附近的第一人民医院。但是,这家医院认为这个病可能会有一定的传染性,就立即将让他送到了肺结核专科医院。

其实徐鼎信老先生这个毛病呢,早就有的,只不过因为女儿在国外,他始终地坚持着,没有让这个病发作。人,就是个很奇怪的生物,一旦有了某种信念,它会压制着这个病情的发展。但是等到徐飞回来以后,老先生就放松了,病魔开始活跃起来,重新壮大,展露出它的青面獠牙。而老先生既要照顾妻子,又要风里来雨里去,受了好多风寒,终于疾病快速的爆发。

这下子把徐飞给忙坏了,她既要去照料送到肺结核医院里面的父亲,去要到疗养院去看望母亲,弄得她焦头烂额,忙得不亦乐乎。她往往凌晨四五点钟起床,烧煮一些鸡鸭鱼肉等有营养的东西。然后驱车分别送到父亲和母亲那里。

母亲蒋伟缤的毛病有些好转,但是,长期卧床缺少锻炼,脑子好像出了问题,讲起话来,含浑不清,有时候会把别人的名字搞错。后来上洗手间的时候又不小心摔了一跤。徐飞立即请医院把她的腿骨头接好,让她静养。但她的脑子开始出现老年痴呆症的迹象。

父亲徐鼎信的病情的越来越严重，三个月后，抢救无效，居然离世。

徐飞无限悲痛，就在花威市郊外顶级的钱晨旗下的公墓里，给老先生买了一块非常豪华的双穴墓地。

等到母亲的病情比较稳定以后，徐飞又带着母亲，去看望徐鼎信老先生的墓地。回来的路上，母亲蒋伟缤脑子异常的清晰，一路上哭哭啼啼，不停地讲述丈夫的种种优点和待她如何如何好，这让徐飞不断抹泪和抽泣。

回来以后，蒋伟缤就彻底地变成了痴呆老人。

徐飞虽然难过，但觉得这也是没办法的事情。她发誓一定要把母亲照料好；并趁自己还年轻力壮，一定要把生母孟沥英也找回来，好好地伺候她，让她也能够安度晚年，否则会后悔一辈子的！因为自己以前在日本待得太久，当时没有时间，也没有那个能力照顾好他们。

为了能寻找到自己的生母，徐飞花了很大的劲。开初，她带了一些价值不菲的小工艺品作为礼品，赶到以前自己所在的这个街道的派出所，去寻找生母孟沥英的去向。去了几次，终于查到孟沥英的户口在40年迁到太别山的一个叫刘贾村的地方。徐飞驾着一辆白色的英菲尼迪越野车开了近十个小时，赶到了那里。然后通过当地的公安局和派出所民警的通力合作，终于把生母找到了。

此时生母孟沥英的状况，还算可以。眉清目秀，只是头发已经花白，脸上布满了皱纹。衣服虽然陈旧，但很合身。生母后来嫁的老公，已经去世多年了。她一个人，靠积蓄和自己的一些低保在过日子。所以生活还是比较拮据的。生母孟沥英见到亲生女儿徐飞当然百感交集，两人相拥而泣。

在太别山刘贾村，徐飞捐赠一所中学100万，让该校去改善校舍和实验设备。这样，就非常顺利地办好了生母孟沥英迁出户口的相关手续。

徐飞把生母孟沥英接到了花威老家。徐飞在自己家的附近，给她买了一套1房1厅的装修好的二手房。然后，她还给了生母20万块的养老钱。

生母孟沥英当然很开心，幸好身体还可以，每天她都会去附近街道上散散步，公园里跳跳广场舞。优哉游哉，见到邻居，都要夸奖几句自己的亲生女儿。

还没有到此为止，徐飞还买了一辆奔驰房车，聘了一名司机，带着自己的养母蒋伟缤和生母孟沥英，一有空，就去游山玩水。当然，老人也走不动，主要是出去散散心。徐飞尽到了孝心，心里就特别享受。

徐飞还应邀与当地政府联合创办了几家高科技企业和养老院；还投资了一些慈善事业。在当地赢得非常好的口碑，也就不一一详述了。

听徐飞讲到这里，差不多所有人都快落泪。

杜考瀑由衷赞叹："好感人啊！"

老同学们也是掌声一片。

花威的冬天其实也是很美丽的，现在经常是灰蒙蒙的，像一个披着轻纱的姑娘。马路上，大部分的树木都已经光秃秃了，只有松树和香樟还维护着这座城市讨人喜欢的色彩。当然有时候太阳也会钻出厚厚的云层，起伏群山又变成了绿油油的背景。至少一半的日子是湿冷的。

这种天气老年人是受不了的，所以，徐飞请了一个来自苏北的董姓女护工来照看母亲和保持家政的正常运作。按照现在的市场行情，徐飞每个月要向护工支付一万多块的薪酬。

尽管如此，徐飞对护工的工作还是不放心的，她请来了高科技公司的工程师，在每个房间的隐蔽部位，安装了从日本采购来的高清针眼摄像头。徐飞可以通过这些摄像头，在手机上监视家里每一块地方的动静。

那个董姓的护工开始对老人还好。个把月后，当着徐飞的面还算勤快，等到徐飞一离开，她就开始偷懒，要么躺在沙发上看电视，要么利用徐飞家的固定电话不停地给老家的亲友打电话，谈笑风生。直到老人在呼叫催促，她才停止。接下来便是对老人一顿呵斥。更有甚者，到各个房间打开橱门或抽屉翻开东西，要知道，徐飞的收藏都是来自于日本皇室，非常的珍贵，是不容许外人来染指的。反正，这个董姓的护工非常不守规矩。徐飞看到录像之后，很快就把她辞退了。

又招来的护工姓孙，来自于安徽。徐飞跟她讲清楚："小孙，我家里呢，装满了进口的摄像头，与我的手机连线，你的一举一动都在我的监视当中。希望你对我母亲好一点，然后呢，我会有奖励的。"

小孙说："那我的隐私不是全暴露了吗？"

徐飞回应："在洗手间里没有装。即便装了，因为我们都是女人，我想没有多大关系吧。"

"那如果你给其他人看呢？"小孙问。

徐飞万万没有想到这个护工会提出这样的问题，她只能苦笑着回答："我以自己的人格向你保证，绝不会发生这样的事情。"

小孙笑笑："如果你的手机给人偷了，或者是不小心丢掉了，那我就惨了！"说完捧着一大堆衣服往洗衣间走去。

轮到徐飞哽噎了，她内心在叫苦："难缠的主！"她提醒自己，以后对她要小心点，但也不得不将装在卫生间的摄像头拆除。

也正是因为这样，徐飞前前后后在洗澡时有几件首饰遗忘在洗手间里，被小孙顺手牵羊，但徐飞因为没有证据，只好哑巴吃黄连。不过这是后话。

即便如此，在后来的一些日子里，徐飞觉得小孙这个女孩子还算是比较守规矩，经过几个月的观察，也没有发现小孙有什么重大的失误。于是，就一直让她干下去。

但是，只有两位老人而没有子女，徐飞觉得将来老了也是个问题。于是，她就想领个幼儿养大。经过不懈的努力，当然也花了点钱。结果在当地妇联的帮助下，徐飞在边远的山区，收养了一个三四岁的小女孩。徐飞给养女取了一个名字叫"徐翊"。并到花威的司法部门，办理好了法律手续。孩子领回家以后，尽管增加了不少麻烦，比如换尿布啊，送幼托班啊，哄孩子睡觉啊……把一家人忙得不亦乐乎，但也给家里增添了喜气和乐趣。为此，家里又请来了一个侯姓的保姆，专门负责照看、管理小孩。给予的劳务费也是1万块，这比大部分职场里面的白领的工资都要高。

春天来了，花威的大街小巷都被一片苍翠笼罩着。经历过严寒的杨柳，把许许多多的柳絮肆意扬撒。有老人在说，这是雄性的杨柳在发情，在撒种子，让雌性的杨柳受孕……

徐飞在以前的同学和亲友的撺掇下，还去参与一些商务事务和社会公益活动。因为大家都知道她特别有钱。

徐飞被几个朋友邀请去参观一个号称是花威高科技生物医药有限公司。

这个公司就建在花威的郊外，花园厂房有两个足球场大小。进得门口，建有20多米宽的甬道。两边是翠绿的草地，草地后面是花圃。花圃后面是高大的厂房。西装革履、油头粉面的董事长李光华先生笑容满面地带着几个美女来迎接徐飞和她的朋友。他们乘着阔气的电梯，被带到5楼一个宽大的会议室。桌上放满了各种水果和茶点。

徐飞刚刚坐定，便有小姐端着泡好龙井茶的茶杯放在她和所有来宾的面前。见惯大场面的徐飞，掀开杯盖，闻了一下，嗬，是上好的龙井，清香扑鼻。

几句客套话之后，董事长李光华对他们生产的产品——"神奇灵芝"系列产品做了详细的介绍，也算是开门见山："绝对不是我自我吹嘘，本公司的灵芝系列产品一定是真正的保健药品中的极品。据中医经典《本草纲目》记载，'灵芝性平，味苦，无毒，主胸中结，益心气，补中，增智慧，不忘，久服轻身不老，延年神仙。'用当代人的话说，一，灵芝'益心气'、主治'胸中结'，就是说灵芝具有强心、抗心肌缺血、改善心肌微循环及调节血脂的作用，被用于治疗高脂血症、冠心病。第二，说灵芝'安神'、'安魄'、'增智慧，不忘'。也就是说，灵芝有镇静作用，可以提高学习与记忆能力，可以治疗神经衰弱、失眠、增强记忆力。第三，'久食轻身不老，延年神仙'。就是讲灵芝具有抗氧化、清除自由基及抗衰老的作用。第四，灵芝具有'补中'、'益气'的功效。就是说，灵芝能调节免疫功能，提高机体重要器官系统，如心、肺、肝、肾等的功能。最后，灵芝还具有'扶正固本'与'稳态调节'的功效。就是说，灵芝通过其神经、内分泌、免疫的调节作用，维持机体内环境的稳定，提高机体适应内外环境变化的能力，保持健康。我们公司通过高科技的开发所生产灵芝系列产品的功效是强大而且无可挑剔的！现在已经做成了糖浆、胶囊、颗粒等等，包装都极其精美。从实验室的这个化验结果，到临床的各种试验证明，灵芝这种产品，可以非常有效地治疗各种各样的中老年疾病。特别是癌症和一些社会上难以治疗的各种各样的毛病。尤其对老中老年的心血管疾病，有非常好的疗效。由于作为药物，批准起来比较麻烦，审查的周期又相当长，所以，目前我们这个系列产品，都是以健康食品的方式销售。当然，前景看好。"

"哦，是这样。"徐飞问："我们采取怎样的合作模式？"

李光华说："我们公司采取股份制，目前还没有上市、在领导层里面呢，我私人占了50%。其余呢，将股份分给了其他管理人员。包括招聘来的来自于名校的一些博士、硕士，以及一些科技人员。我们当然还留着将近20%的股份。如果您有兴趣的话，也可以加盟。"

徐飞问："加盟费是多少呢？"

李光华回答："至少5000万，当然如果您能够提供一个亿，那么我可以割一半的股份给您，由您来控股。除了担任公司的董事长，您还可以担任灵芝研究院的院长。"

"那我变成了篡党夺权了。"徐飞开玩笑说，"灵芝被你们说得这么好，那么哪里可以作为宣传的切口呢？"

"这个问题问得好！我不知道你是否知道白娘娘和许仙的故事？"

徐飞故意说："不太清楚。"

"这个故事在民间已经流传了上千年。我国古代有一个知识分叫许仙，得了重病，昏厥过去。然后他的太太，也就是白娘娘。冒着巨大的生命危险，到高山上去采集来灵芝，治好了丈夫的病。"

徐飞假装听得津津有味。

李光华说得津津有味："因为灵芝是个好东西，本公司就派了一些懂得植物学的科研人，也叫上一些医药学专家，到了神农架的深山老林里面。终于在一个叫野人谷的地方的山坳里，发现了许许多多的千年灵芝！它们由于没有受过污染，个头都长得特别的大，医用价值更高。现在，这块地方的灵芝都给本公司买断了。就这样，我们把那里的千年灵芝拿到花威来加工成养生产品。这个独特的科研成果，已经上报国际社会的医药组织，和著名的《自然》杂志。这个论文呢，估计今年就可以刊登上去了。今天呢，本公司拿了一些样品赠送给各位嘉宾。它的价值都在一千元以上。"

李光华当着徐飞和她的一些朋友的面，上了整整三个小时的课。在讲课的过程中，他不断渲染现在的自然环境对于当代人类的戕害。尤其是患心血管毛病的人口，所占的惊人比例。威胁人类另一个元凶，就是癌症。他说，只要能长期服用这个千年灵芝粉，就能够有病治病，无病的强身。他坚信世界上主流社会，迟早会认可他们的这个科研成果。

最后，李光华请徐飞他们呢，吃了一顿饭，菜肴相当丰盛。

宴会当中，李光华知道徐飞他们不喝酒，就请他们品尝了用千年灵芝粉冲泡的饮品。

说实在的，徐飞喝了以后，觉得跟小时候吃的咳嗽糖浆，并没有多大的区别。但是，碍于身份和出于礼貌，徐飞并没有把自己的感觉说出来。临走的时候呢，还付清了礼品的钱。

李光华也照单全收。

回到家后，徐飞将礼品分给了两位母亲，关照道："这是一般的保健品，基本上没有什么疗效。如果不想吃，就扔掉，不要舍不得！"

类似的事，后来徐飞又遇上几次，但都被她识破，并未上当。

生意场上的这些事情，最多就是浪费点时间和金钱，可以吃一亏，长一智，也没有什么大的了不起。比起家里领养那个孩子的事情，前面提到的那些事都不算一回事。

徐飞哪里料到，徐翎这个孩子渐渐长大后，她身上的各种缺陷就渐渐显现出来。

徐翎五岁时，刚刚知道自己家里很富裕，于是就暴殄天物。比如，吃馒头，她会剥去皮才吃。咬一口后，如果发现不是鲜肉或是豆沙的，就立即扔掉。对待菜肴也是这样，一吃觉得不好吃，就吐掉了，不吃了。见到素菜，一般不吃。见到荤菜，大快朵颐，全然不顾别人有没有吃，一切以自我为中心。还有，就是喝牛奶，如果这个牛奶的奶油味不是很浓，或者没有放糖，她就直接倒掉。吃水果也是一样……总之，家里备好的食物如果达不到徐翎的要求，她干脆吃到一半就离开了家。然后，乘电梯下楼，到街上自己喜欢吃的馆子里点菜吃。

因为家里有的是钱，徐飞在自己的床边柜抽屉里放满了钱。徐翎从来不打招呼，经常会从里面抽出一大把钱来，约请一些要好的同学去市中心高档的小吃店、咖啡店、酒店去消费，乱吃一通。

有一次，徐飞问徐翎："你怎么拿走我好多钱?"

徐翊反问："我不是你女儿吗?用妈妈的钱还要请示报告?你怎么这么小气啊?大不了,我长大后还你就是了!"说完,就赌气躲到徐飞给她置下的琴房里去了。

徐飞噎了半天,也想不出什么好办法来治她。

徐飞曾经到花威的妇联、民政局和政府的有关部门去咨询过,想把徐翊退回去,断绝领养关系。但被这些部门一口回绝。他们回复说,一旦签订了领养文件便具有了法律效率。所以,你不能乱来,否则要承担你作为监护人相应的法律责任,弄不好还要去坐牢。你只有等到她完成学业,工作了,才可以解除领养她的协议。徐飞只好悄悄地自认倒霉。

徐翊还经常把家里的一些珍贵的东西呢,拿到自己的同学那边去炫耀,还经常地跟人家斗富攀比,结果玩完了就经常把东西弄丢了。其中,有一枚当年佐藤给徐飞的求婚戒子。徐飞知道后,非常生气,但也拿徐翊毫无办法。

徐翊对待徐飞给她买来的衣服也是这样,稍不满意就不穿了,甚至轻易地就扔掉了。经常要妈妈给她买新的穿,反正就是要不断地更换。徐翊在同学眼里,她就是一个纨绔子弟。徐翊也感到很自豪。毕竟,徐翊来自于山村,所以她的基因里面,没有高尚的审美遗传。加上她从不听从妈妈的指点,所以,徐翊在穿衣服的色彩、款式等搭配等方面都是显得不伦不类。

徐翊对自己的两位祖母也不是很尊重,有时候,一个不开心,徐翊会对祖母耍态度,砸杯子,弄得老人只好用各种小奖励去乞求她的帮助。

当然,老师对徐翊的印象也不好,首先是徐翊的学习成绩很糟糕,已经留过两次级了。徐翊在上课的时间,还常常开小差,与其他同学随便交谈、玩玩具。考试的时候,去偷看别人的答卷,有几次给老师抓个正着。每次家长会上,班主任都会给予徐翊以严厉的谴责。弄得徐飞灰头土脸、如坐针毡。

总而言之,徐翊这个孩子不可塑造,这是肯定的。

尽管如此,徐飞在生活上养尊处优,事业上也有不错的进展。这就证实了社会上的一句俗话:家家都有一本难念的经。

徐飞下定决心,一旦徐翊到了法定的年龄,就给她一些生活费,从此断绝跟她的领养关系。另外,徐飞要求所有的亲戚、朋友。绝对不能将徐翊的事透漏给日本NNN集团。

另外，为了不影响自己的经济利益和名声，她一次又一次地拒绝了各色男人对她的发展亲密关系的要求。尽管，其中她对其中有几个男士还是很欣赏的，甚至坦率地说，事前事后还曾引起了她某种心理和生理的冲动。但有红线的存在，她只能一切作罢。这就是贵妇的悲哀！

"精彩、精彩！"钱晨连声叹服。其他同学也表示赞同。

"那比我的故事要有趣多了。"朱彬若有所思，然后拍拍杜考瀑的肩膀："轮到你了。"

# 19

花威的雨，江南的雨，如果不是台风季节，就是沉默的雨，地落在绿树和草地上，无声胜有声。也是逗人的雨，真叫人喜悦。可以不必穿雨衣，在户外踯躅漫步，雨似蜜似酒，滋润着你的脸面，渗透到你的心灵。最爱雨，最爱被雨拍打在脸上的感觉——清新自然；最爱雨，最爱被雨滑过的痕迹——温馨甜美；最爱雨，最爱与家人在细雨中漫步———悠闲自在；最爱雨，最爱和朋友在暴雨中徜徉——活力四射。

不一会儿，雷声跟着闪电珍珠般的雨点落了下来，落到了房子上、树上、玻璃窗上打得噼里啪啦的响，豆大的雨点从房檐飘落下来，因为太急像断了线的珠子，一落到地下就变成了一条条小溪，天地间到处都是白茫茫的一片。此时的雨，好像是千万支魔指，好像是千万条琴弦，弹出了千变万化的声音。

看到吗？江南的雨，有时是"斜风细雨不须归"，有时是"黄梅时节家家雨"，曲子缓慢而悠扬。有时是大雨击落燕，有时是"黑布"漫天的狂风暴雨，曲子奔放而急促，这不就象征着我们辉煌的人生吗？

当然，雨后的花威，树叶变得更绿，花儿更鲜艳，更香。

杜考瀑回国以后，走在花威的马路上，一边走，一边在思考着自己未来的前途，和如何拓展自己的前途……

由于杜考瀑在红木艺术品的设计制作已具有相当高的水平，他在花威和上海每年都要举办几场"杜考瀑先生个人红木艺术品展览会",除了送几个作品给特定对象,大部分都要进行销售。这样,既可结识很多方方面面的朋友,又好接受社会上高人的指点。这样。既可以使自己路子越走越宽,也会越走越沉稳、越矫健。

在父亲杜维骏的指点下,他去读了一个复旦大学的经营管理的MBA硕士研究生。这样,他就认识了更多朋友,其中有几个是在市政府里面工作的。其他都是各行各业的翘楚。杜考瀑很快就看出了其中蕴含着的各种机遇。

杜考瀑的妈妈要求他在政治上要有所选择,要有所进步。这样,他就加入了一个民主党派,又由于他在民主党派里面,经常做一些公益类的事情,比如他花了20万元,资助了陕西省比较边远、穷困的紫阳县,在那里办了一所小学,还给他们添置了电脑和投影仪等一些现代化的教学设备。资助办学这样的就受到了民主党派高层的重视,很快就发展他为民主党派成员,不久,又通过某些必要的程序,增补他为该党派的市委委员,后来又向市政协推荐他为市政协委员。

俗话说,"屁股决定脑袋",现在的杜考瀑有了新头衔,他的脑子好像开了窍,除了把自己的红木艺术品做得更好以外,开始放宽视野,考虑一些国计民生的事情。得益于他到过国外,见识过西方的"民主制度",看到了其中的一些优劣。同时也看了一些对此进行深入研究的政论书籍,他的参政议政的水平,得到了快速的提升。

他设计、制作出来的作品,无论是题材的选择,还是作品的品位和制作水平都有了明显的提高。这样,他的艺术品的价格,就提升得很快。他除了设计制作我们国家最高的领袖人物的全身像以外,还有古代的先贤——孔子、老子、济公……的塑像,他都去做了。然后,他应邀参加了各种艺术品的展览会,在业界和社会上开始有了一定的名气。他的作品甚至于被政府当作贵重的国礼,赠送给一些友好国家的领导人或政府首脑。

本来,红木主要用于制高档家具,少量用于制作装饰品、雕塑。而杜考瀑的聪明就在于,他把红木主要用于在高端的艺术品领域倡导和弘扬中国风,用于个人的艺术影响力和政治前程的拓展,为此,他特意成立了一家"杜氏中国红木艺术品研究所"。

对于党和国家非常热爱，遇到一些重大的政治活动，杜考瀑常常提前策划好，拿出自己最好的红木做成的某种雕塑，无偿贡献给党和政府，这就让他的名字经常见诸于各大主流媒体的报道中。在一些国有大银行里面、重要的博物馆、地标性建筑物里面，甚至，在一些省市级政府机关里面，人们往往可以看到杜考瀑创作的许多栩栩如生、充满想象力的艺术作品。

杜考瀑除了在国内全方位的拓展以外，还把自己的影响力打到了国际上。

在新世纪开始的时候，杜考瀑应好友的邀请，带着妻子许俐榕到泰国去旅游了一次。到了曼谷，经徐家鲁的介绍，拜见了泰国的国王。

国王在王宫的小宴会厅里，设宴款待了杜考瀑一行。菜式当然是无比的丰盛。杜考瀑将自己雕刻制作的一尊八十公分高的泰国王的全身塑像，无偿地赠送给了泰王。

想不到泰王对这尊艺术品非常的欣赏，到了爱不释手的地步。投桃报李，泰国王不仅授予杜考瀑"泰国高贵的朋友"荣誉金质勋章。还提名让他担任泰中贸易促进会会长。给他许多低价、免税的泰国优质的水果产品，让杜考瀑赚了几个亿人民币。泰王还希望杜考瀑再帮他制作一尊两米高左右的佛像，他要将它供在自己的王宫里。为此，他叫来了宫里的财务部长，先打给杜考瀑一亿美金，还任命杜考瀑为泰中商会的会长。

在后来的中泰交往和贸易中，杜考瀑尝到好多次的甜头。

同时，杜考瀑的太太许俐榕，为他生了一个儿子。

杜考瀑还在花威的市中心要到一块绿地，建了一幢有将近一万多平米的红木艺术品博物馆。红木艺术品博物馆，他还加入了中国美术家协会，担任了副会长。杜考瀑还在全国的"艺术大师"的评定活动中，被评为"艺术大师"。这在花威的历史上还是第一次。

花威市为了打造自己的文化品牌，应杜考瀑的请求，批了一块地给杜考瀑，建了一座宫殿式的"杜考瀑红木艺术精品博物馆"，用来收藏他的红木艺术产品。当然其中的一部分场地建起了他的私人会所。杜考瀑把父母都接到这里的顶楼，一起安享晚年，共享天伦之乐。一家人其乐融融，非常幸福。

当然，这些都是后话。这也是许俐榕始料未及的，杜考瀑果然太有出息，还经常制作一些红木的雕塑，献给首都和各地的党政机关，作为对各个重大活动的献礼。

就这样，他又荣获得了"全国最杰出的红木雕塑大师"的称号。他还当上了全国政协委员，花威市政协常委，花威侨联的副主席。

# 20

那是2017年的秋天。经欧阳枫一个个电话联系，邀请老同学们还是到35年前陆镇那个老地方聚会并共进午餐。

如今的"陆镇"古镇，已经与35年前，完全大相径庭，可以好不夸张地说，是旧貌变新颜，已经变成了江南一带一个闻名遐迩的风景旅游区。周边建造了十来个大型停车场。

不时可见大片漂亮的绿化带，枫叶满树，层林尽染。镇上，粉墙黛瓦，店铺林立，游人摩肩接踵。其繁荣程度远超古诗所描绘的"烟柳画桥，风帘翠幕，参差十万人家"、"市列珠玑，户盈罗绮，竞豪奢"的江南闹市盛景。

那天临近中午，秋阳和煦。同学们陆陆续续来到了古镇老街上重新打造的"鸿运楼大酒店"的门口。现在这家饭店的所有窗户都采用雕花的硬木窗棂装饰，古色古香。每间大厅和包厢都有定制的宫廷吊灯照明，豪华气派。可以同时接待200多个人在这儿聚会进餐。

前面提到的那些老同学个个欢欣鼓舞，大多准时到达。更令他们开心的是，纪闲林告诉大家："李钟景今天也来！"

"这家伙终于露面了！"钱晨笑着说道，"他说为了以前的缺席，向老同学们赔礼道歉，所有的酒水、饮料和冷菜全由他来提供！我不知道他到底葫芦里卖的是什么药？"

欧阳告诉大家，刚才徐飞打来电话，说要迟到片刻。只有一个人不会到场，就是梅姗芳。

不知不觉当中，老同学们都已成了70岁左右的老人。欧阳枫拄着拐杖早早站在门口等待。

尽管这里已经通了地铁，但满头白发的杜考瀑还是开着劳斯莱斯豪车前来。纪闲林开着最高配置的特斯拉，载着朱彬、鲁庆林一起"驾到"。最夸张的当然是李钟景，穿了一身白色的西服，系着红色的领带。明明知道"鸿运楼大酒店"不缺酒菜，硬是叫手下的司机开了一辆房车来，运来了进口的最新鲜的海鲜、刺身；茅台、XO洋酒、高档果汁等酒水，准备提供给大家品尝。然后还给每位老同学准备了每人一份西洋参、龙井、羊绒衫组成的大礼品，让大家离开时带走。

大家寒暄一番后坐定，感慨系之。边饮茶、喝酒，边品尝着来自全世界的美味佳肴。

老人们聚在一起，自然总是先聊起同班同学的一些情况：有的人前几年已经过世了，有的人成了鳏寡老人，也有的人失忆、失聪，得了老年痴呆症。还有几个同学，已经离世。大家都唏嘘不已。

是的，每人命运虽然截然不同，但毕竟，年龄摆在那里，差不多可以盖棺论定。

欧阳枫向李钟景首先"发难"："你的好意呢，大家都心领了，唉，但是奇怪的是，你为什么我们老同学每一次聚会你都不参加？"

李钟景真诚地先向大家鞠了一个躬，然后解释道："我特别不想当老师，为什么？因为我有心结——父母都是中学教师，'文革'的时候，两人先后被红卫兵批斗致死……"说着说着，还仰天抽泣。

欧阳放下拐杖，上去安慰。

同学们恍然大悟："哦，可以理解。"

"所以，我宁愿去做邮差，也不愿意去当教师！当时，不好意思告诉大家，穿了一身绿衣也不好意思见大家。"李钟景继续坦言，"改革开放以后，每个人可以自由择业。于是，我向亲戚借了点钱，成立了一家快递公司。也曾经翻过跟斗。几经挫折，现在终于做出了电商品牌——'绝顶好'。"

"啊？原来我们每天买东西的'绝顶好'就是你开的？"同学们大惊，"这可是全国500强唉，那你是应该给我们发大礼包了！"

哈哈大笑过后，朱彬不解地问欧阳枫："你的松柏园地产已经搞得这么大了，怎么又搞起鸿运楼大酒店来了?精力过剩啊！"

欧阳枫说，"鸿运楼大酒店"的老板是他的妹妹钱帛的产业之一。"鸿运楼大酒店"是一个集农家乐餐饮、旅游、现代农业为一体的产业大集团。其连锁店、企业遍布全国各地。

纪闲林插了一句："你好像还有一个与我年龄相仿的弟弟。"

"是的。"欧阳介绍，弟弟钱易开了一家"北极牌"空调公司，已经做成了国内的名牌，产品在全国和欧美都也打得很响。

欧阳枫感叹："如此看来，其实出不出国没什么多大的区别！只要国家找对了路子，他们在国内发展，同样能够成就大事。至少不会像我们在国外要冒那么大的风险……"

众人点头表示认同。

"我现在逐步开始退居二线。"欧阳枫应老同学要求，介绍自己接下来的打算。

欧阳现在分了一半股份给亲戚和朋友，通过程序，担任了那家上市公司的名誉董事长。他也不甘寂寞，经常参加社会上的各类活动，主动请花威的一些上层人士吃吃喝喝。由于财大气粗，人家对他也挺尊重的。由于他慷慨地把"聚古苑"捐献给了国家，有关部门让他担任了花威市百老讲师团的名誉团长，经常被邀请到各个单位做报告。其间，他还资助和参加了一些高端的社会组织，比如各种慈善基金会、文化发展基金会……的各类活动，每天忙得不亦乐乎。

欧阳点了点朱彬："该美女讲了。"

"现在还是什么美女啊?早已成老太婆了。"朱彬叹息。

她介绍自己回国也有十几年了。不久之前，听说鲁庆林回国探亲，于是，她特地腾出一些时间，邀请鲁庆林一起去游览、瞻仰父辈战斗过的历史景观，工作过的军区、大型国企及办公地点。一边参观，一边宴请鲁庆林。

鲁庆林向她坦承自己下一步计划："常言道绿叶归根，我将放弃美国绿卡，带着家眷回到祖国。毕竟，我的绝大部分亲友都在国内。再说祖国现在发展的这么好。"

朱彬听了非常高兴："那好，我们尽量住得近一点，好互相照应。我马上买辆房车，我们经常开到全国各地游山玩水，享受人生。"

"那太好了！"鲁庆林说，"我争取今年就把那里的事情了断。"

朱彬坦白，回国后，自己"娶"了一个小男人(厨师)，只同居，不结婚，既解决心理生理需要，又不必把财产的一半给他，她觉得这样也挺好。为什么说自己是"娶"呢，因为主动权由她自己掌控，说"嫁"好像不是很确切。

见同学们都表示理解，朱彬感叹道："谢谢大家的宽容。时光荏苒，一晃居然过去了半个世纪！青涩少年，不知不觉渐渐变成了白发老太，人生就这样步入古来稀的年轮。在今天这样一个具有特殊意义的日子里，我尽管禁足在家，心却回到了那遥远的山乡，回到了春青勃发的年代。"

杜考瀑说："是啊是啊，电视剧《知青》，有一段是在我们下乡的勐腊县的芭蕉乡拍的。在展示勐腊小学场景时，剧中人李蓉说，她还算幸运的，这里是贵州较好的三分之一，还有不好不坏的三分之一，另有更穷的三分之一。其实，我们下乡的勐腊县的芭蕉乡，就是贵州甚至全国当时最贫穷的地方之一，直到2017年，还是中央督办的全国最后几个必须摘帽的贫困县之一。这几年，在中央和省市支持下，勐腊发展得非常快，变化可以用翻天覆地来形容，如两条高速公路环绕县域，再如历史上始终缺水的勐腊县的芭蕉乡，建成了举世瞩目的王家湾水库，成为勐腊的一个新景观，这都是我们下乡时，做梦都想不到的。现在，无论是从贵阳还是勐腊，到芭蕉乡，再也不必提心吊胆翻越酸枣坡了。还有原格丼河一带，建成了5A景区格丼河。这几年，常常有勐腊快递的火花冰脆李、手指红薯送到家，品尝到50年前的美食。我们有生之年，能与这样一片神奇的土地有缘，能亲眼见证第二故乡勐腊的腾飞，见证贵州从默默无闻到全国旅游的必到之处，至少是我们一生中，最具有意义的一段永远不会忘记的经历，可能是前无古人，后无来者。现在，我把主要的精力用在照顾鲐背之年的父母身上。"

欧阳问："考瀑兄，你好像有个姐姐？……"

"姐姐杜宇枚,现在还在复旦大学教生命科学,博导,是终身教授,生活极其优裕。她的孩子都很优秀。"

大家在交谈话当中,特别提到了梅姗芳。

朱彬冷冷地爆料:"听说梅姗芳老年痴呆了。"

"啊?!"大家感到惊讶,"怎么会呢?"

"她开过一家金店,还叫我去买过。我当然不需要。"欧阳枫插了一句。

朱彬笑笑:"据说,买过她黄货的不少顾客,当然,主要是贪便宜的女人,后来拿到有关部门去作了化验,居然都是合金,最多只有百分之六十的含金量。"

"啊?这种事情也敢做,那胆子也实在太大了。"纪闲林感叹。

钱晨没有插嘴,他深知,在若干年前,自己在日本的时候,也有过一段不光彩的纪录。

经过一番攀谈,大家了解到梅姗芳患老年痴呆症的始末。

那家金店原先是大品牌"琦雅黄金"旗下的一家门店。由于长久以来,国际黄金价格低迷,这家店生意不佳,就被梅姗芳以低价盘了下来。

梅姗芳盘下这家店后,生意渐渐好了起来。梅姗芳的货,明显比花威其他店的商品便宜。梅姗芳说是"薄利多销"。

但真正的原因当然不是这样。那些黄货的来源,一是靠走私。花威地处东海之滨,走私活动屡禁不止。二是,梅姗芳从内地一些山村小作坊里收购来的黄金,尽管打着九九金的招牌,但是所有黄货含金量大概在百分之六、七十左右,甚至于也有百分之五十的。

这样伤天害理的买卖,当然早晚会穿帮,要遭到报应的!

果然,有细心的女顾客将买来的"黄货"拿到有关的专业部门去做鉴定。结果,发现从梅姗芳店里买来的黄货这个含金量的只有50%左右,是合金!

于是,不仅经常有顾客冲到梅姗芳的金店里,跟她吵架,要求退货。更有人把梅姗芳告到了花威市的消费者协会和司法部门。丑事爆发之后,公安部门将梅姗芳找去谈话,让她交代问题。这样一来,好多购买者纷纷将梅姗芳告到法院。

　　法院考虑到她还要抚养女儿，没有对她立即采取强制措施，还是作出了初步的判决，先罚她100万的款。再一次对她做出了限制高消费的决定。等到所有犯罪事实调查清楚，将作进一步的判决。这就等于断了梅姗芳的财路。

　　但梅姗芳绝对是高级玩家，她早就用罗临石的钱在远郊买了一幢250平米的别墅。成为她储藏顺手牵羊来的"古董"地方。当然，地址只有女儿知道。

　　从此，梅姗芳只能够大部分时间躲在家里，靠吃老本过日子。有时趁人不注意，也出去做做古董的交易。但往往被熟悉她的人从中进行阻拦，交易大部分都付之东流。

　　寂寞的时候，当然梅姗芳也想找个男人解闷，但是当人家听说了她以前的那副德行，都吓得逃之夭夭。这样就导致了她先是得了抑郁症，后来病情加重，患上了老年痴呆……

　　大家都不得不为之叹息：梅姗芳的命运，恰如《红楼梦》里面所言："机关算尽太聪明，反误了卿卿性命！"

　　那么，要问其女儿梅贤是否会遭殃？那你就想错了，梅贤的小日子过得可滋润了。她赶上了好时代、好机遇！她把妈妈在远郊置下的那幢别墅租给了一个大型国企的董事长，每月收到两万五的租金，让她过上了外资高级白领的生活，几乎天天混在闺蜜和朋友圈里。吃到东，玩到西，悠哉悠哉……还意外在别墅里继承到了母亲那么多的"古董"。卖掉一件，都可以获利几万、甚至几十万。

　　尽管如此，梅贤还是狠狠心将老娘送入街道办的低端的养老院。为什么？因为自己没有学过护理知识。怕把梅姗芳的身体搞垮。同时，也好让母亲获得价廉物美、专业的照顾……

　　"简直难以想象！现在中国也有这样的吸血虫！"纪闲林感慨地说，"而且，听说这样的人还不少。一旦遇上动拆迁，个个都成百万富翁！所以，在国内混日子，既安全，又能过上好日子，生活质量一点不比我们这些游子差！"

大家说笑间，徐飞来了，她说，其实早就开车到了，就因为路上见一老先生摔倒在地，就把他救到附近医院，才姗姗来迟。

大家听了为其鼓掌。老同学间虽然谈得很高兴，但都是些婆婆妈妈的事情。

欧阳枫将一开始就为给徐飞夹的菜盘端放在她的面前，由她"补课"。

"大家都介绍得差不多了，"欧阳随口问徐飞："你领来的那个女孩现在如何？"

"你问的是徐翊啊？"徐飞告诉大家，徐翊现在已满18岁。她到公安局办理相关的手续，解除了与徐翊的领养关系。征得徐翊的同意，将她安排到外地的一家由徐飞参股的中外合资企业，担任比较轻松、简单的后勤工作。每月的薪水，也有一万五。现在，又听说徐翊已与一个老外同居，小日子过得挺好的。

觥筹交错，吃了一会儿。状态还是很好的徐飞，站起身，拿出笔记本说："光吃不行，我们既然读过中文系，那允许我给大家朗诵一段好吗？"

大家鼓掌叫好。

徐飞深情朗诵："愿我们还是像35年前一样，与春花一同烂漫，与夏荷一同嫣然，与秋果一同丰硕，与冬雪一同欢颜。愿荡漾我们脸上的，是一张最美的笑脸！……"

杜考瀑接着起身发挥："愿我们大家所有的快乐无需假装，愿大家此生尽兴，赤诚善良。无需太纠结过去和当下，也不必太忧虑未来，愿大家眼中始终有光芒，活成自己想要的模样！"

欧阳枫坐着无限感慨地说："生活在乎过程，不管结果如何，都要好好相处，就算终有一散，也要感谢相遇。用优雅的姿势相遇，用友善的心态相处，用感恩的态度告别，成就一段美好的回忆。释放无限光明的是人心，制造无边黑暗的也是人心，光明和黑暗交织着，厮杀着，这就是我们为之眷恋而又万般无奈的人世间。"

朱彬似乎也进入了状态。她接过徐飞的本子，接着朗诵——

"简简单单，

不需要处心积虑

没有利益之争

不参与勾心斗角

善良之路光明，久远，

没有阴暗的色彩平平淡淡，

知足常乐，

就像泅渡家乡的小河，

光着脚丫，

没有激流险滩！……"

太阳快要下山了，有点起风了。徐飞耸耸肩说："哎呀，天下没有不散之宴席，大家年龄都大了，也该回去了，要是感冒了，就不好办了。"

临走前，朱彬一脸无奈地感叹："以后，不知道还有没有机会再见面？"

欧阳枫也凄然回应："话虽然难听，倒也是大实话！"

杜考瀑笑笑："算了，不说丧气的话了！我提议，大家一起背诵杨慎的《临江仙》诗句好不好？"

引来一片掌声，于是，这几个老年男女一起在杜考瀑的指挥下，像大合唱一样，背诵了起来——

"滚滚长江东逝水，

浪花淘尽英雄，

是非成败转头空，

青山依旧在，

几度斜阳红。

白发渔樵江渚上。

惯看秋月春风，

一壶浊酒喜相逢，

古今多少事，

都付笑谈中！"

背诵完，大家陷入沉默和思考。

片刻之后，所有在场的人都赞叹："妙啊！太妙了！"

欧阳枫提议举起酒杯："让我们为大诗人杨慎的睿智和远见干杯！"

"干杯——"

# 后记

说实在的，写长篇小说还是首次，对于我来说，这是一次挑战。

之前，我写的比较多的是各种剧本、小品和散文，当然，也写过一些中短篇小说。

曾经写过关于许诺老师的一部人物传记，也有近20万字。类似长篇小说，但绝对不是长篇小说。作品的结构，创作的难度，写作的技巧，主题的确立……与长篇小说相距甚远。许诺老师是我的恩师，2015年秋天，我参加上海老记者协会浦东分会的一次聚会，遇到了她。席间，许诺老师约请我帮她写一部关于自己的人物传记，我二话不说，当场就答应了。不久，我接到上海文学院倪里勋副院长的电话，才知道，这件事原来是市文联的一项重要安排和决定——为上海的100位对我国和本市的文化艺术的发展和繁荣作出过卓越贡献的艺术家树碑立传，为此上海市文联将出版一套丛书，介绍这些大艺术家的生平和非凡业绩。许诺老师名列其中，自然是众望所归。许诺是上海电视台开台元老，执导拍摄的《璇子等》《芳草心》等电视剧在全国家喻户晓，其中的主题歌"金丝鸟在哪里……"和"没有树高，没有花香，我是一棵无人知道的小草……"传遍大江南北，甚至全球整个华人圈。

写这部人物传记，我前前后后大概花了两年时间，这部书已经售罄。撰写期间，我曾经想过，适当的时候，我写一部长篇小说玩玩。当然我也深知，这其实是两个差别相当大的领域。前者是有依照物的，以纪实为主。而后者，则完全要进行创作，进入了一个虚拟世界，难度系数完全不一样。

对于长篇小说的喜爱，始于幼年时代之阅读小人书。当时的小人书，都是艺术界大家的作品，画面极其讲究、精美，文字也很传神。讲述、展示的往往是一些中外名著。在念中小学的时候，只要有空，我都会去阅读一些中外名著。除了中国的四大名著，也少不了像《聊斋》《儒林外史》《今古奇观》《镜花缘》之类。1966年以后，我辍学九年，闲在家中。除了做些家务，照料多病的父母，一旦有空，我就阅读大量的世界名著，如《复活》《悲惨世界》《战争与和平》《金融家》等等。当然，由于历史原因，这一切都是悄悄地进行的，许多书都是躲在被窝里，用手电筒阅读完的。这些名著对我产生了巨大的吸引力，让我如痴如醉。对于我后来走上文学之路，起了关键作用。

我在上海电视台担任编导工作，非常繁忙，但是我还是抽空写了一些中短篇小说。退休之后，加入了上海和中国作协，出版了《风铃》这样一部中短篇小说集。

那么中短篇小说和长篇小说的区别在哪里呢？通过这一次创作《浪迹天涯》的实践，我以为，写中短篇小说犹如演绎一个小品，展示的是一个生活片断，讲究的是结构的精巧，主题的鲜明。而长篇小说，就像一部电视连续剧，它提靠右供给人们观看一个社会，或者准确地说是一个社会的角落，难度系数更高。换个说法，写中短篇小说，如同带着游客浏览了某一座山，某一个景区。而创作一部长篇小说，则是带着驴友去观赏、关注群山。

众所周知，创作写长篇小说还需花费大量的时间和精力。这次莫名其妙地遇到了新冠疫情，为我静下心来创作这部长篇小说提供了一个十分难得的机会。这里，我要特别谢谢三位帮助我出版这本书的贵人。首先是毛时安先生，他是我的好朋友，中国文艺评论家协会原副主席。他工作十分繁忙，还是抽空为我这部作品作序。他的序对于我今后写好长篇小说，肯定起到相当大的指导作用。另外，我还要感谢浦东作家协会的副秘书长唐根华先生热情的牵线搭桥，和上海文艺出版社责任编辑徐如麒的兢兢业业。他俩为此书的顺利出版，花费了不少的时间和精力。

希望这部小说出版发行之后，能够得到众多专家和读者的批评指正。谢谢！

**张文龙壬寅年八月于沪上枣树斋**